KB253977

보노보의 집

Ape House is a work of fiction.
Names, characters, places, and incidents are
the products of the author's imagination or are used fictitiously.
Any resemblance to actual events, locales, or persons, living or dead,
is entirely coincidental.

Ape House

보노보의 집

새러 그루언 지음
한진영 옮김

평화주의자 보노보의 보금자리 탈환기

차례

세상의 모든 위대한 유인원을 위하여
그중에서도 팬배니샤*를 위하여

* 팬배니샤Panbanisha: 1985년에 태어난 암컷 보노보. 미국 조지아주립대학 언어연
구센터에서 훈련을 받아 약 3천여 개의 단어를 구사할 수 있으며, 컴퓨터 합성장
치로 자신의 뜻을 전달하고 간단한 문장은 자연스럽게 구사할 수 있다. 현재는 미
국 아이오와주의 그레이트 에이프 트러스트Great Ape Trust 연구센터에서 지내고
있다.　　　　　　　www.greatapetrust.org/about-the-trust/meet-our-apes/panbanisha

오렌지 줘, 내게 줘, 오렌지 먹어, 나 오렌지 먹어, 내게 줘, 오렌지 먹어, 내게 줘 너.

– 님 침스키*, 1970년대

내게 줘 내게 더 줘, 내게 더 줘, 내게 줘 내게 더 줘.[†]

– 브리트니 스피어스, 2007년

---

* 님 침스키Nim Chimpsky: 1973년, 뉴욕 컬럼비아대학의 허버트 테라스Herbert S. Terrace는 동물의 인지능력을 부정하는 노암 촘스키의 주장에 반박하기 위해, 촘스키의 이름을 딴 '님 침스키'라는 이름의 침팬지에게 수화를 가르쳤다. 허버트는 님이 3년 8개월 동안 125개의 단어를 배웠다고 주장했다. 님은 지성적인 사고를 바탕으로 한 의사 표현을 스스로 하진 못했지만 서로 다른 의미의 신호를 구별하여 이해했다.

† 미국의 팝 가수, 브리트니 스피어스의 2007년 곡 〈Gimme more〉의 가사. 원문은 "Gimme gimme more, gimme more, gimme gimme more".

1장

비행기가 이륙하기 전부터 사진기자 오즈굿은 잔잔하게 코를 골고 있었다. 그는 존 티그펜과 커피색 스타킹에 편안한 신발을 신은 여자 사이에 불편하게 끼어 앉아 있었다. 그리고 무거운 몸을 그 여자에게 기대고 있었는데, 여자는 팔걸이를 내려놓은 터라 점점 벽과 한몸이 되고 있었다. 존은 아무것도 모른 채 자고 있는 오즈굿을 시샘 섞인 눈으로 흘끗 쳐다봤다. 두 사람이 일하고 있는 《필라델피아 인콰이어러》의 편집장은 호텔비를 아끼기 위해 영장류언어연구소 취재를 하루 만에 끝내고 오라고 했다. 그래서 지난밤 송년회를 함께했음에도 존과 캣, 오즈굿은 새해 첫날 새벽 6시에 캔자스시티행 비행기에 올라탔던 것이다. 존은 오즈굿에게 기대더라도 잠깐이나마 눈을 붙이고 싶었다. 하지만 오늘 취재한 내용을 세세하게 기억할 수 있을 때 기록해둬야 했다.

앞좌석과의 공간이 좁아서 존은 두 무릎을 통로 쪽으로 돌렸다. 캣은 그들의 뒷좌석에 앉아 있었는데, 존은 그녀의 기분이 어떤지 잘 알고 있었기 때문에 등받이를 뒤로 젖히지도 못했다. 그녀는 운 좋게도 좌석 한 줄을 온전히 혼자 차지했지만, 승무원에게 진 두 잔 과 토닉 한 잔을 주문해서 마시고는 곧바로 잠을 청했다. 캣은 그렇 게 만나고 싶었던 보노보 여섯 마리는 구경도 못하고 온종일 언어학 서적만 들여다봐야 했던지라, 세 좌석을 몽땅 차지하고도 분이 안 풀리는 모양이었다. 캣은 자신의 감기 증상을 알레르기라고 둘러댔 지만, 그들을 맞이한 이사벨 던컨 박사는 눈치를 채고 캣을 즉시 언 어학과로 쫓아냈다. 캣은 자신의 전매특허인 애교를 총동원해서 어 떻게든 남아보려고 했지만, 이사벨 던컨은 꿈쩍도 하지 않았다. 보 노보는 인간과의 DNA 일치율이 98.7%나 돼서 같은 바이러스에 감 염되기 쉽다는 게 이사벨의 설명이었다. 그녀는 보노보들을 그런 위 험에 노출 시킬 수 없고, 특히 한 마리가 임신 중이기 때문에 더더욱 안 된다고 했다. 덧붙여 최근 발표된, 보노보의 발성법에 대한 흥미 로운 자료가 언어학과에 들어와 있다고 했다. 그래서 존과 오즈굿이 보노보를 보러 간 동안, 실망한 데다 몸까지 아픈 캣은 그날 오후 내 내 블레이크 홀에서 혀의 다양한 모양과 활발한 움직임에 관한 설명 을 들으며 보냈다.

"어차피 너희도 유리벽을 통해서 봤잖아. 안 그래?"

나중에 캣이 택시 안에서 투덜거렸다. 존과 오즈굿은 두 사람 사 이에 앉아 있는 캣에게서 감기 바이러스가 옮을까 봐 필사적으로 얼굴을 양쪽 창밖으로 돌리고 있었다.

"유리벽이 있는데 어떻게 병균을 옮길 수 있다는 건지 이해가 안 돼. 그 여자가 나한테 벽에서 한참 물러서 있으라고 시켰으면 그대로 했을 거라고. 아니, 방독면이라도 썼을 거야.”

그녀는 잠시 말을 멈추고는 에이프린 스프레이를 양쪽 콧구멍 속에 뿌리고 화장지에 팽 하고 코를 풀었다.

“내가 오늘 뭐 하고 보냈는지 알기나 해? 정말이지 언어학 용어는 도대체 이해가 안 돼. 시작부터 ‘담화’에서 꽉 막히더라고. ‘진술 화행의 목적’은 이것이고 ‘의무 양상’은 저것이고, 어쩌고저쩌고.”

그녀는 에이프린 병을 든 손과 코 푼 휴지를 든 양손을 휘저으며 ‘어쩌고저쩌고’를 강조했다.

“등급어휘관계에서는 정말 뭐가 뭔지 하나도 모르겠더라니까. 입냄새 나는 떠버리 아저씨 같지 않아? 도대체 신문 기사에는 뭐라고 써야 하는 거야?”

존과 오즈굿은 비행기 좌석을 배정받고는 다행이라는 눈빛을 주고받았다. 존은 오즈굿과 단둘이 있을 기회가 없었기 때문에 오늘 취재한 내용에 대해 그가 어떻게 생각하는지 물어보지 못했다. 하지만 존에게는 새로운 세계를 경험한 하루였다.

존은 보노보와 서로 주고받는 대화를 했다. 그가 영어로 말하면 보노보들은 수화로 대답했는데, 이는 보노보들이 인간의 두 가지 언어를 사용한다는 의미이므로 더욱 놀라웠다. 그중 본지라는 보노보는 세 가지 언어를 쓰는 것으로 봐도 무방했다. 특수 설계된 그림문자를 사용해 컴퓨터로도 대화할 수 있었기 때문이다. 보노보들의 언어가 얼마나 복잡한지 존으로서는 알 수 없었다. 하지만 그들은 구체적인 정보를 음성으로 전달하는 능력을 분명히 보여줬다. 예를 들면 그들은 서로 볼 수 없는 상황에서도 자신이 원하는 요구르트의 맛이나 물건이 숨겨진 장소를 음성으로 전달할 수 있었다. 보노보의 눈을 들여다보면서 존은, 지각력을 가진 지적인 존재가 마주 보고 있다는 사실을 한치도 의심할 수 없었다. 그가 받은 인상은 동물원의 철망을 통해서 볼 때와는 전적으로 달랐다. 그리고 그것은 말로는 설명할 수 없지만 그의 세계관을 근원적으로 흔들어 놓았다.

아픈 사람을 걸러내는 것은 보노보의 생활구역으로 들어가기 위한 1단계에 불과했다. 캣을 블레이크 홀로 보내고 이사벨과 보노보들이 이야기하는 동안 오즈굿과 존은 행정실에서 기다렸다. 그들이 보노보의 생활구역에 들어갈 수 있는지에 대한 최종 결정권은 보노보들에게 있고, 보노보들이 변덕스럽다는 얘기는 이미 들은 터였다. 지난 2년 동안 보노보들은 지원자들의 절반에게만 입장을 허락했다고 했다. 존은 그러한 이야기를 듣고 사전에 준비를 철저히 했다. 인터넷에서 보노보의 취향을 조사한 뒤, 보노보 수대로 배낭을 사서 그들이 좋아할 만한 것들로 가득 채운 것이다. 통통 튀는 공과 양모 담요, 실로폰, 미스터 포테이토 헤드,[*] 과자, 그리고 그밖에 그들이 좋아할 것 같은 선물을 이것저것 넣었다. 그리고 이사벨 던컨에게 이메일을 보내 깜짝 선물을 가져갈 거라는 말을 보노보에게 전해달라고 했다. 존은 그렇게 노력했으면서도 기다리는 동안 이마에 땀이 삐질삐질 나는 것을 느꼈다. 이윽고 보노보들과 얘기를 끝낸 이사벨이 돌아왔다. 이사벨은 보노보들이 그냥 들어오라고 한 정도가 아니라 반드시 들어와야 한다고 했다는 말을 전해줬다.

---

[*] 감자 모양의 플라스틱 인형.

이사벨은 두 사람을 관찰실로 데려갔다. 그곳은 보노보들이 노는 곳과 유리벽으로 구분된 공간이었다. 이사벨은 존이 준비한 배낭을 모두 들고 복도로 사라지더니, 유리벽 반대편에 나타나 보노보들에게 하나씩 나눠줬다. 존과 오즈굿은 보노보들이 배낭을 열어보는 모습을 서서 지켜봤다. 존은 너무 열중한 나머지 코와 이마가 유리벽에 닿아 눌리는 것도 몰랐다. M&M 초콜릿을 본 본지가 그에게 뛰어와 유리에 대고 키스를 할 때, 존은 유리벽이 있다는 것을 깜빡 잊고 뒤로 넘어질 뻔하기도 했다.

존은 보노보들의 취향이 제각각이라는 건 알고 있었지만(예를 들어 음봉고는 파를 좋아하고 샘은 배를 좋아했다), 그들의 개성도 인간처럼 확연히 구분된다는 것을 알고 깜짝 놀랐다. 암컷인 본지는 자타가 인정하는 지도자인데, 당당하면서도 차분하고 신중했다. M&M 초콜릿을 보면 사족을 못 쓰고 좋아했지만 말이다. 샘은 나이가 가장 많은 수컷으로 외향적이고 카리스마가 있었으며, 자신의 매력을 자랑스러워하는 것이 눈에 보였다. 청년기에 해당하는 수컷인 젤라니는 넘치는 에너지를 주체하지 못했고, 특히 벽을 타고 올라가서 뒤로 재주넘는 걸 좋아했다. 마케나는 임신 중이었는데, 젤라니를 무척 아끼면서도 본지에 대한 애정이 넘쳐서 조용히 앉아 본지의 털을 단장해주는 데 많은 시간을 바쳤다. 그 결과 본지는 다른 보노보들보다 머리에 털이 없었다. 꼬마 보노보인 롤라는 더할 나위 없이 귀여웠지만 장난꾸러기이기도 했다. 롤라는 편히 누워 있는 샘의 머리 아래에 깔린 담요를 홱 잡아당기고는 본지에게 부리나케 달려가 **나쁜 큰일! 나쁜 큰일!** 하며 살려달라고 애원했다. 이를 존도 목격했다(이사벨의 설명에 의하면, 다른 보노보의 잠자리를 어지르는 것은 심각한 위반행위이지만, 그것보다 더 상위의 법칙이 있다고 했다. 엄마 보노보가 있는 데서는 아기 보노보가 무슨 짓을 하든 용납한다는 것이다). 또 다른 어른 수컷인 음봉고는 샘보다 작았고 성격은 더 예민했다. 그래서 존이 '괴물 쫓기' 게임을 잘못 이해한 후로는 그와 이야기조차 하려 하지 않았다. 음봉고가 고릴라 가면을 썼을 때 존은 겁먹은 얼굴로 도망가는 시늉을 해야 했지만 아무도 그런 걸 가르쳐주지 않았다. 존은 음봉고가 가면을 썼다는 것도 모르고 있다가 음봉고가 게임을 포기하고 가면을 벗었을 때 웃음을 터뜨렸다. 이에 크게 상처받고 등을 돌린 음봉고는 그때부터 존을 아는 체도 하지 않았다. 결국 이사벨이 제대로 상대해줘서 음봉고의 기분을 풀어줬지만, 음봉고는 존과의 대화는 끝까지 거부했다. 존은 마치 어린 아기를 때린 것 같이 미안해졌다.

"실례합니다."

존이 고개를 들어보니 한 남자가 존의 다리 때문에 통로를 지나가지 못하고 서 있었다. 존이 두 다리를 오즈굿 쪽으로 돌리니 오즈굿은 잠결에 뭐라고 툴툴거렸다. 남자가 지나간 후 다리를 다시 통로 쪽으로 돌리던 존은, 세 번째 줄 앞에 앉은 여자가 들고 있는 책 표지를 보고 아드레날린이 솟구치는 것 같은 느낌을 받았다. 그 책은 아내 아만다의 데뷔소설이었던 것이다. 요즘은 그 소설이 마지막 소설이 될 것 같은 상황이라 아만다는 데뷔라는 말도 쓰지 말라고 했지만 말이다. 《강의 전쟁》이 처음 출간되었을 때만 해도 존과 아만다는 희망에 차 있었다. 그래서 그 책을 읽고 있는 사람을 목격하는 상황을 묘사하기 위해 '황야에서의 발견'이라는 말까지 만들어 냈지만, 지금까지 그 말을 써본 적은 없다. 존은 아만다도 이 광경을 봤으면 얼마나 좋을까 생각했다. 그녀는 지금 응원이 절실하게 필요했지만, 존은 자신이 도울 일은 거의 없다는 결론을 내린 상태였다. 그는 승무원이 어디 있는지 둘러봤다. 승무원이 주방에 있는 것을 확인한 존은 휴대폰을 재빨리 꺼내, 좌석 위로 살짝 들어 올린 후 사진을 찍었다.

음료 카트가 다시 왔다. 캣은 또 진을 샀고, 존은 커피를 주문했다. 그리고 오즈굿은 졸지에 인간쿠션이 된 옆자리 여자가 노려보는 것도 모르고 계속 코를 골고 있었다.

존은 노트북 컴퓨터를 꺼내 새 문서를 작성하기 시작했다.

겉모습은 침팬지와 비슷하지만, 몸집은 더 날씬하고 팔다리가 길며 눈썹 부위가 더 평평함. 검은색 내지는 탁한 회색의 얼굴, 분홍색 입술. 몸 중심부를 따라 털이 양쪽으로 갈라짐. 표정이 풍부한 눈과 얼굴. 목소리 톤이 높고 발성이 잦음. 모계중심이고 평등주의적이며 평화로운 성향. 성적인 활동을 지극히 좋아함. 암컷끼리의 유대감이 강함.

존은 보노보가 애정 표현에 개방적이라는 건 알고 있었지만, 그들이 성적인 접촉을 자주 하는 것, 특히 암컷끼리 하는 것을 보고 깜짝 놀랐다. 그들은 재빨리 성기를 문지르는 행동을 악수처럼 자연스럽게 여기는 듯했다. 음식을 나눠 먹기 직전처럼 예측 가능한 때도 있었지만, 대부분은 그 주기나 이유를 알 수 없었다.

존은 커피를 한 모금 마셨다. 우선은 이사벨과의 인터뷰 내용과 언어로 표현하지 않은 세세한 것들, 이를테면 이사벨의 표정과 손짓, 그리고 예고 없이 시작되는 사랑스러운 수화를 기억하고 있을 때 기록해 놓는 것이 급선무였다. 존은 귀에 이어폰을 꽂고 재생 버튼을 눌렀다.

이사벨 그럼, 이젠 저에 대해 얘기해야 하나요?

존   네.

이사벨 (긴장한 듯 웃으며) 그렇군요. 저 대신 다른 사람 얘기를 쓰시면 안 될까요?

존   죄송하지만 안 됩니다.

이사벨 제 얘길 하는 게 겁이 나서요.

존   그럼 어떻게 이런 일을 하게 됐는지부터 이야기해 보시죠.

이사벨 리처드 휴즈 교수님 수업을 듣고 있었는데 — 이 연구소를 만든 분이죠 — 그분이 당시에 하고 계시던 작업에 대해 조금 얘기해주셨어요. 그 얘기를 듣고 완전히 사로잡혔죠.

존   그분, 최근에 돌아가셨다죠?

이사벨 네. (잠시 멈췄다가) 췌장암이셨죠.

존   안타깝네요.

이사벨 네.

존   그런데, 그 수업은 언어학이었나요? 아니면 동물학?

이사벨 심리학이었어요. 행동심리학.

존   그럼 심리학을 전공하신 건가요?

이사벨 첫 전공은요. 그땐 심리학이 우리 가족을 이해하는 데 도움이 될지도 모른다고 생각했던 것 같아요. 잠깐만요. 죄송하지만 그거 지워줄 수 있어요?

존   지우다뇨, 뭘요?

이사벨   제 가족에 관한 거요. 그거 빼줄 수 있죠?

존   네, 그러죠.

이사벨   (안도의 표정을 지으며) 휴, 고마워요. 어쨌든, 저는 사실 1학
        년 때 아무런 목표도 없이 심리학 수업을 듣고 있었어요. 그
        런데 교수님의 보노보 프로젝트에 대해 듣고, 연구소에 가서
        보노보를 본 뒤에는 그 일 이외에 다른 일을 한다는 건 상상
        도 할 수 없게 됐어요. 그걸 어떻게 설명해야 할지 모르겠네
        요. 저는 휴즈 교수님께 무슨 일이라도 시켜달라고 빌고 사
        정했어요. 바닥청소도 좋고, 화장실 청소도 좋고, 빨래도 좋
        으니 무조건 연구소에서 일하게 해달라고 부탁했죠. 그건 정
        말……. (한참 동안 말을 잇지 못하고 먼 곳을 바라보다가) ……그
        걸 뭐라고 해야 할지 모르겠어요. 마치…… 내가 있어야 할
        곳이 바로 이곳이라고 운명처럼 느꼈어요.

존   그리고 그분은 받아들여 주셨고요.

이사벨   아뇨. (웃음) 교수님께선 제가 여름방학 때 일반언어학 과정
        을 듣고, 당신이 쓴 책을 모두 읽고, 수화를 유창하게 할 정
        도로 배워오면 생각해보겠다고 하셨죠.

존   그래서 그대로 했습니까?

이사벨   (당연하다는 듯이) 그럼요. 제 인생에서 가장 힘들게 보낸 여름
        이었어요. 그건 4개월 안에 일본어를 유창한 수준으로 배워
        오라는 말이나 마찬가지였으니까요. 수화는 단순히 손으로
        하는 영어가 아니에요. 독특한 문법을 쓰는 독특한 언어죠.
        수화는 시제와 화제와 의견에 중점을 둔 언어인데 영어처럼
        변화형도 있어요. 예를 들면 (수화를 시작한다) **어제 나 먹어 체**

리라고 할 수도 있고 **어제 먹어 체리 나**라고 할 수도 있어요. 하지만 그렇다고 해서 주어-동사-목적어 형식을 쓰지 않는다는 건 아니에요. 다만 '상태' 동사를 쓰지 않는다는 거죠.

존   무슨 말인지 모르겠는데요.

이사벨 (웃음) 죄송해요.

존   그러니까 당신은 돌아와서 교수님 코를 납작하게 만들고 일자리를 얻은 거군요.

이사벨 코를 납작하게 만들었는지는 모르겠지만…….

존   보노보들에 관한 얘기 좀 해주세요.

이사벨 어떤 거요?

존   오늘 당신이 보노보들과 얘기하는 걸 본 다음에 저도 보노보들과 얘기를 나누고, 그러다가 그중 하나를 마음 상하게 했어요. 정말 놀라운 경험이었죠.

이사벨 음봉고라면 기분 풀었어요.

존   아뇨, 안 풀었어요. 그런데 그런 모든 일이 보통 사람에게는 얼마나 이상하게 보일지 짐작이 가세요? 살면서 어떤 동물의 기분을 상하게 할 수 있고, 그래서 그 동물을 달래야 한다? 그런데 그 동물이 화를 풀지 않을 수도 있다? 유인원이 사람이 하는 말을 알아듣고 수화로 대답할 수 있는데, 그것도 다른 이유가 아니라 하고 싶어서 대화를 한다?

이사벨 분명히 음봉고는 기분 풀었어요!

존   듣고 보니 그런 것 같네요.

이사벨 죄송해요. 어쨌든, 그래요. 일반인에게 알리는 것이 우리 연구의 궁극적인 목표예요. 보노보는 인간의 아기와 마찬가지

로 언어에 대한 노출과 대화하려는 욕구를 통해 언어를 습
득해요. 그리고 경험이 쌓이면서 그들에게도 인간과 비슷한
언어능력이 생기죠. 저는 앞으로 좀 더 범위를 확장하고 싶
지만요.

존   어떻게요?

이사벨 보노보에게는 자신들만의 언어가 있어요. 오늘 보셨죠. 샘이
본지에게 자기가 숨긴 열쇠가 어디에 있는지 정확히 말해줬
잖아요. 둘이 서로 다른 방에 있어서 얼굴을 볼 수 없었는데
도요. 본지는 샘의 말을 듣고 곧장 열쇠를 향해 갔죠. 다른
곳은 쳐다보지도 않고요. 우리가 그들의 발성법을 배워서 대
화하는 건 영원히 불가능할 수도 있어요. 그들이 영어로 말
할 수 없는 것처럼요. 인간과 보노보의 발성 기관은 무척 다
른데, 우리는 그것이 HAR1* 유전자 염기서열과 관련 있다고
보고 있어요. 누군가 그 암호를 푸는 일에 도전할 거라고 전
생각하고 있어요.

존   섹스에 관해서도 설명해 주시죠.

이사벨 섹스의 어떤 점이요?

존   굉장히 많이 하더군요. 그리고 정말…… 섹스의 달인 같아
요. 분명히 생식을 위한 건 아닌데요.

이사벨 정확히 보셨어요. 보노보는 돌고래와 인간처럼 섹스를 즐길

---

* HAR s(Human Accelerated Regions): 인간이 척추동물에서 진화하는 과정에
서 유지된 49가지의 유전체(게놈)를 가리킨다. 하지만, HARs는 동물과 인간 사
이에서 큰 차이를 보인다. 그 차이가 가장 큰 것부터 일련번호(1~49)를 붙여 식별
한다. 즉 HAR1은 침팬지와 인간 사이에서 가장 큰 차이가 나는 유전체를 가리킨
다.

줄 아는 유일한 동물이에요.

존　　보노보들은 왜 섹스를 하죠?

이사벨　당신은 왜 하는데요?

존　　어…… 알겠습니다. 그냥 설명해 주시지요.

이사벨　죄송해요. 그런 질문이 나올 만하죠. 저희는 그런 행동이 긴
　　　　장을 풀고, 갈등을 없애고, 우애를 다지기 위한 걸로 보고 있
　　　　어요. 물론 암컷의 음핵 크기나, 발정기와 상관없이 섹스를
　　　　받아들이는 그들의 습성과도 관련이 있지만요. 이런 요인들
　　　　이 보노보의 행태를 형성했는지, 아니면 그들의 행태에서 생
　　　　겨난 건지는 과학적인 규명이 필요한 문제지만 어느 정도 관
　　　　련은 있어요. 그들의 자연 서식지에는 식량이 풍부하기 때문
　　　　에 암컷이 새끼를 키우기 위해 경쟁할 필요가 없죠. 그래서
　　　　암컷들은 강한 우애를 형성하면서 공격적인 수컷들을 ‘교정
　　　　하기’ 위해 협력해요. 그렇게 하면 유전자가 섞일 일이 없고,
　　　　따라서 침팬지와 달리 보노보 수컷은 새끼를 죽이는 일이 없
　　　　어요. 어쩌면 어떤 새끼가 자신의 새끼인지 수컷들이 전혀
　　　　몰라서일 수도 있고, 아니면 아예 상관하지 않아서일 수도 있
　　　　어요. 그리고 그런 특성이 쭉 이어지는 거죠. 아니면 암컷한
　　　　테 갈기갈기 찢길까 봐 새끼를 죽이지 않는 건지도 모르죠.
　　　　아까 말씀드렸듯이 논쟁의 여지가 있어요.

존　　보노보는 자신이 유인원이라는 걸 알까요? 아니면 인간이라
　　　　고 생각할까요?

이사벨　유인원이라는 걸 알아요. 하지만 당신이 생각하는 것과는 달
　　　　라요.

존		무슨 뜻인가요?

이사벨	그들은 자신이 보노보고 우리가 인간이라는 건 알지만, 누가 주인이고 누가 우월한지, 그런 것까지 의식하고 있진 않다는 말이에요. 우리는, 우리 모두는 협력하는 사이라고 보는 거죠. 사실 우리는 한가족이에요.

존은 녹음기를 끄고 노트북 컴퓨터를 닫았다. 그는 이사벨의 가족 이야기를 캐보고 싶었지만, 그녀가 즉시 발을 빼는 바람에 그냥 넘어갔다. 그녀가 마지막에 보노보들을 가족이라고 말한 것도 흥미로웠다. 인터뷰를 한 번 더 하다면 어쩌면 그녀의 마음을 열 수 있을지도 모른다. 분명히 서로 통하는 게 있었으니까. 존은 자신과 이사벨의 관계가 남녀 사이의 가벼운 연애장난으로 흐를까 봐 걱정되기도 했지만, 시간이 지날수록 그렇게 돼도 괜찮을 것 같다는 생각이 들었다. 이사벨은 누가 봐도 아름다웠고, 날씬한 엉덩이와 탄탄한 몸매에 긴 금발머리는 거의 허리까지 닿았다. 하지만 그녀의 진짜 매력은 솔직하고 열정적인 성격이었다. 그녀는 화장을 하지 않았고 액세서리도 전혀 하지 않았다. 그녀는 자신이 매력적이라는 사실을 모르고 있는 것 같았다. 두 사람 사이에 흐르던 것은 친근함이었다. 그러니 어쩌면 이사벨은 존을 믿고 자신의 복잡한 가족사를 들려줄지도 모른다. 시시콜콜한 것을 좋아하는 독자들은 그런 내용에 관심이 많다. 물론 이 기사는 그런 독자들을 이미 많이 확보하고 있지만 말이다.

이사벨은 고릴라 가면을 쓰고 '괴물 쫓기'라는 게임을 보여주면서 또 다른 흥미로운 말을 했었다. 그녀는 음봉고를 '잡은' 후에 서로 간질이고 웃으면서(그녀의 크고 높은 웃음소리는 정말 재밌어하는 것 같았고, 음봉고가 낸 낮게 쌕쌕거리는 소리는 얼굴 표정으로 보아 의심의 여지 없는 웃음소리였다) 바닥을 뒹굴었다. 존은 그런 야단법석을 보며 충격을 받았다. 유인원을 연구하는 것은 굉장히 위험하다고 믿고 있었기 때문이다. 보노보는 다른 유인원과 좀 다르다는 글도 읽었지만, 이사벨이 그 정도까지 신체적으로 허물없이 지내리라고는 예상하지 못했다. 존이 놀란 것을 보고 이사벨은 장난을 멈추고 말했다.

"지난 몇 년 동안 이 아이들은 인간을 더 닮게 됐고, 저는 보노보를 더 닮게 됐어요."

그 순간, 존은 좁은 틈을 통해 얼핏 엿보기라도 한 것처럼 그들의 세계를 이해하게 되었다.

문에 기대선 이사벨은 저녁 식사가 담긴 카트를 유심히 살펴봤다. 두 살짜리 롤라만이 그녀가 나타난 것을 알아채고 슬쩍 눈길을 던졌다. 몸집이 작은 롤라는 다른 보노보 새끼들처럼 본지의 가슴과 목에 매달려 젖꼭지를 물었다 빼기를 반복했다.

보노보들은 각자 담요로 공들여 만든 보금자리에 편안히 누워 〈그레이스토크*〉를 보고 있었다.

본지는 항상 보금자리를 다른 보노보보다 공들여 만들었다. 정확히 담요 여섯 장을 조금씩 겹치게 해서 둥글게 연결한 뒤, 가장자

---

* 1984년 개봉한 영국 영화. 원제는 〈Greystoke: The Legend of Tarzan, Lord of the Apes〉. 타잔 시리즈 중 하나. 19세기경 스코틀랜드의 코레이든경 부부는 아프리카로 가는 배를 타고 가던 중 난파되어 밀림에서 생활을 한다. 어머니는 아이를 낳다 죽고, 아버지는 고릴라들에게 습격당해 죽는다. 혼자 남겨진 아들 존 클레이튼은 고릴라에게 키워져 밀림의 왕자(타잔)로 군림한다.

리를 밑으로 접어 넣어 가장자리를 폭신하게 만드는 것이다. 꼼꼼한 성격인 이사벨은 본지가 보금자리를 그렇게 세심히 매만지는 것을 즐겁게 구경했다. 본지는 보금자리를 정성스레 만들고 나면 손으로 가슴을 두드리며 수화로 롤라를 불러들였다.

아가 와.

젤라니와 마케나는 담요 위에서 머리를 맞대고 누운 채, 손을 위로 뻗어 긴 손가락으로 느긋하게 서로의 얼굴과 가슴을 훑으며 이 잡는 시늉을 했다. 7대 그레이스토크 백작인 존 클레이튼이 제인 포터의 하늘하늘한 나이트가운을 어깨에서 벗겨 내리는 장면이 나오자 그들은 턱을 쳐들고 나른한 키스를 나눴다.

샘은 팔로 머리를 받치고 한쪽 다리를 다른 쪽 다리에 얹은 채 누워 있었다. 발을 까닥거리면서 수박껍질에서 마지막으로 남은 달콤한 조각을 이빨로 긁어냈다. 음봉고는 이미 방 한쪽 구석에 보금자리를 만들어놓고 존이 선물로 준 배낭을 담요로 꽁꽁 감싸놓았다. 수상쩍게 부풀어 있는 것을 샘이 눈치챌까 봐 그런 것이다. 음봉고는 자기 공을 받자마자 실수로 찢어 버린 바람에 샘의 공을 '빌려' 놨다. 커다란 송곳니를 보이며 어색하게 웃는 음봉고의 시선이 샘과 불룩한 담요 사이를 불안하게 오갔다. 좋아하는 걸 들킬까 봐 조마조마하는 게 너무 티가 나서 샘이 곧 알아차릴 것 같았다.

영화 감상을 방해하지 않기 위해 이사벨은 빈 카트를 조용히 내갔다. 그리고 카트를 하나씩 밀어서 실리아에게 전달했다. 실리아는 머리를 진분홍색으로 물들인 열아홉 살의 인턴이다. 카트를 모두 주방으로 가져온 뒤 두 사람은 남은 음식물을 처리하기 시작했다. 이사벨이 과일과 남은 채소들을 음식물 쓰레기통에 넣은 뒤 흐르는 물에 손을 씻는 동안, 실리아는 플라스틱 수프 그릇을 쌓았다.

실리아가 먼저 침묵을 깼다.

"오늘 그 대단한 손님들은 어땠어요?"

"좋았어."

이사벨이 대답했다.

"대화도 많이 나눴고 사진도 많이 찍었지. 사진기자 카메라가 디지털카메라라서 나도 사진을 많이 봤어."

"우리가 아는 사람들이에요?"

"《필라델피아 인콰이어러》에서 나왔어. 캣 더글러스하고 존 티그펜이라는 기자들인데, 유인원에 관한 시리즈를 마무리하는 중이래."

실리아가 코웃음을 쳤다.

"캣우먼과 돼지우리*! 맘에 드는데요. 보노보들 반응은 어땠어요?"

"여자는 감기에 걸려서 들여보내지 않았어. 대신 언어학과로 보냈지."

"데이비드랑 에릭이 출근했어요? 새해 첫날에?"

"고급 스펙트럼 분석기가 생기니까 거기에 붙어살아."

"취재는 잘 됐어요?"

이사벨은 들고 있던 접시에 시선을 둔 채 빙그레 웃었다.

"내가 그 사람들한테 신세 한 번 진 거지. 그 여잔 정말 대단하더라."

"설마! 돼지우리가 수화를 했어요?"

---

* 존의 성인 티그펜Thigpen은 돼지우리를 의미하는 단어 피그펜pigpen과 발음이 비슷하다.

"그 남자 이름은 존이야. 수화를 한 건 아니고 내가 통역해줬지."
잠시 생각하던 이사벨은 고쳐 말했다.
"전부는 아니지만."
피어싱한 실리아의 한쪽 눈썹이 왜냐고 묻듯 올라갔다.
"음봉고가 그 사람한테 '더러운 나쁜 변기'라고 했거든. 그래서 그 말은 좀 다르게 통역할 수밖에."
실리아가 웃었다.
"그 남자가 무슨 짓을 했기에요?"
"괴물 쫓기 게임을 했는데 완전히 엉망이었거든."
실리아는 플라스틱 접시를 여러 각도로 돌려봤다. 접시가 물로 헹궈서 깨끗한 건지, 혀로 핥아서 깨끗한 건지 구별하기 위해서였다.
"돼지우리의 입장에선 유리벽을 사이에 두고 괴물 쫓기 놀이를 하긴 어려웠겠죠."
"그렇다 해도 정말 엉망이었어. 하지만 우리는 놀이를 어떻게 하는지 보여줬지. 괴물 쫓기, 괴물 간질이기, 사과 쫓기, 이런 거 전부. 사진기자는 신났을 거야."
"피터는 오늘 나왔어요?"
이사벨은 '오, 급선회인걸?' 하고 생각하며 실리아를 흘낏 훔쳐봤다. 실리아는 개수대에 시선을 둔 채 만족스러운 미소를 짓고 있었다. 이 인턴의 지난 24시간 중 어느 시점에서부터 벤튼 박사님이란 호칭이 피터로 바뀐 것이다.
"아니, 못 봤는데."
이사벨이 조심스럽게 대답했다.
어젯밤 송년 파티에서 이사벨은 부실한 저녁 식사(조그만 치즈 네

조각)와 강한 칵테일("이건 글렌다 벤다요!" 파티 주최자인 글렌다의 남편은 파란색 혼합음료를 이사벨의 손에 쥐여주며 그렇게 외쳤다) 석 잔 때문에 그녀답지 않게 곤혹스러운 일을 겪었다. 이사벨은 평소에는 술을 마시지 않는데 — 집에 오는 손님들에게 권하기 위해 보드카 한 병을 난생처음 사둔 참이었다 — 그날은 리처드 휴즈 교수가 세상을 떠난 후 처음으로 영장류언어연구소에서 일하는 사람들이 모두 모인 날이었고, 다들 즐거운 분위기에 맞추려고 애를 쓰고 있어서 모처럼 술을 마셨던 것이다. 그런데 너무 힘들었다. 이사벨은 버티려고 했지만, 결국 비틀거리며 화장실로 들어갔다. 거울 속에 있는 술에 취한 벌건 얼굴을 대면하자 '괴물 쫓기'의 고릴라 가면보다 훨씬 더 무서운 얼굴이 떠올랐다. 비틀거리는 창백한 얼굴, 그것은 바로 어린 시절에 보던 어머니였다. 이사벨은 화장하는 게 서툴러서 립스틱이 한쪽 볼에 번져 있었다. 틀어 올린 머리에서 머리카락 한 움큼이 나뭇가지처럼 삐져나와 있었다. 그녀는 석 잔째인 글렌다 벤다를 싱크대에 쏟아 붓고 물을 틀어 파란색으로 물든 얼음조각을 녹였다. 그리고 더 망신을 사기 전에 조용히 빠져나가려고 했다. 휴즈 교수의 후계자이자 이사벨의 약혼자인 피터가 그녀를 로비에서 발견했을 때, 그녀는 벽에 기댄 채 털썩 쭈그리고 앉아 구두를 벗어 엄지손가락에 걸고 있었다. 고개를 들어 피터를 본 그녀는 별안간 눈물을 쏟았다.

피터는 옆에 쪼그리고 앉더니 손을 들어 이사벨의 이마를 짚어봤다. 그의 눈에 무척 걱정스러운 빛이 떠올랐다. 그는 위층에서 차가운 물수건을 가져와 그녀의 뺨에 대줬다.

"정말 괜찮겠어? 내가 데려다 줄게."

얼마 후에 그가 이사벨을 택시에 태우며 물었다.

"난 괜찮아."

하지만 이사벨은 말을 끝내자마자 택시 밖으로 몸을 숙여 토했다. 택시기사가 놀라서 백미러로 그 모습을 바라봤다. 피터는 바짓단을 들어 구두를 살펴보고는 몸을 숙여 이사벨을 찬찬히 들여다봤다. 그의 이마 주름 아래로 눈썹 사이에 깊은 골이 생겼다. 가만있던 그는 결심한 듯 말했다.

"같이 가줄게. 코트 가져올 테니까 기다려."

"아냐, 정말 괜찮아."

이사벨은 감정을 추스르며 핸드백을 뒤져 화장지를 찾았다. 이런 모습을 더 이상 보여주고 싶지 않았다.

"그냥 여기 있어."

그녀는 파티장 쪽으로 손을 내저으며 고집을 부렸다.

"정말이야. 괜찮아. 당신은 여기 있다가 새해를 맞아."

"정말 괜찮아?"

"그럼."

이사벨은 코를 훌쩍이고, 고개를 끄덕인 다음 어깨를 폈다.

피터는 잠시 더 지켜보더니 말했다.

"물을 많이 마시고, 타이레놀도 먹어."

그녀는 고개를 끄덕였다. 이사벨은 술에 취한 상태였지만 피터가 키스를 할까 말까 망설이는 것을 느낄 수 있었다. 그래서 그에게 자비를 베풀기 위해 타프타 드레스 위로 차 문을 당겨 닫았다. 그리고 택시기사에게 출발하라는 손짓을 했다.

이사벨은 자신이 떠난 후에 무슨 일이 있었는지 모른다. 물론 그녀가 남아 있었을 때는 그렇게 우울한 분위기가 아니었다. 하지만 결국은 그런 분위기로 흘러갈 수밖에 없는 상황이었다. 가슴속의 슬픔과 끊임없이 마셔대는 술, 그리고 피터가 후계자로 낙점되며 생긴 일부 선임 연구원들의 분개가 미묘하고도 예측할 수 없는 분위기를 만들었다. 피터는 연구소에 근무한 지 1년밖에 되지 않았으니 그 프로젝트에 더 오랜 시간을 바친 사람이 후계자가 돼야 한다고 생각하는 사람들이 있었다.

술을 마신 지 거의 스무 시간이 지났는데도 이사벨은 여전히 죽을 맛이었다. 그녀는 조리대에 배를 기댄 채 다시 한 번 실리아에게 흘낏 시선을 던졌다. 1월임에도 실리아는 밝은 보라색의 브래지어 위로 '평화'라고 쓰인 오렌지색 민소매옷을 입고 있어서 어깨에서 손목까지 새긴 문신이 눈부시게 드러나 있었다. 이사벨은, 실리아가 파티에서 피터에게 의도적으로 접근했을지도 모른다는 생각이 들었다. 춤을 좀 추고 가벼운 농담을 주고받다가, 파티가 끝날 무렵에는 한밤의 키스를 위해 그에게 다가갔을 수도 있다.

이사벨은 한숨을 내쉬었다. 설령 그랬다 해도 그런 행동을 사적인 감정으로 받아들일 일은 아닌 것 같았다. 자신과 피터와의 관계는 아직 비밀이었기 때문이다. 열정적인 교제가 과속으로 진행되었고 ― 이사벨은 누군가와 이렇게 빨리 깊은 관계가 되긴 처음이었다 ― 피터가 프러포즈를 한 것이 겨우 며칠 전이었다. 하지만 피터는 전 부인과 진행 중인 악의에 찬 양육권 다툼이나 다른 연구원들의 시선 등 여러 가지를 고려해서 함께 살기 전까지는 비밀로 하는 게 최선이라고 생각했다. 게다가 실리아는 피터가 그녀를 싫어한다는 것을 모르는 것 같았다.

"왜요?"

실리아는 개수대 바닥에 널린 채소 껍질을 치우다가 자신의 팔을 내려다봤다.

이사벨은 자신이 아직도 실리아의 문신을 쳐다보고 있다는 것을 깨닫고 접시로 시선을 옮겼다.

"아냐. 머리가 좀 아파서."

본지가 복도를 돌아 두 사람에게 다가왔다. 본지에게 업힌 롤라는 작은 손을 어미의 어깨 앞으로 넘겨 깍지를 끼고 있었다.

실리아는 고개를 돌려 소리쳤다.

"본지, 손님한테 키스했니?"

본지는 자랑스럽게 씩 웃더니 발뒤꿈치로 빙 돌았다. 그리고 손가락으로 입술과 볼을 두 번씩 만지고 가슴 앞에서 두 손을 엇갈리며 수화로 말했다.

키스 키스 본지 사랑해.

실리아가 웃으며 물었다.

"그럼 음봉고는? 음봉고도 손님을 좋아했니?"

본지는 잠시 생각하더니 손가락으로 턱 아래를 긁적였다. 그리고 손을 아래로 쓸었다.

더럽게 나빠! 더럽게 나빠!

"음봉고가 손님을 머저리라고 했다고?"

실리아가 다 씻은 접시를 쌓으면서 물었다.

"실리아! 말조심해!"

이사벨이 소리쳤다.

피터는 휴즈 교수가 남들이 모두 욕심내는 인턴 자리를 괜찮은 여섯 명을 마다하고 실리아에게 내준 것을 못마땅해했는데, 그 이유가 바로 실리아의 말버릇 때문이었다. 그녀가 쓰는 경박한 언어가 걱정스러웠던 것이다. 만일 어떤 보노보가 욕을 배워서 적절한 상황에서 반복적으로 사용하면, 그 단어는 공식적인 보노보 사용언어 목록에 올라가야 할 것이다. 하지만 보노보가 스스로 '더러운 나쁜 변기'라는 말을 생각해내는 것과 사람들한테 '머저리'라는 말을 배우는 것은 의미가 전혀 달랐다.

실리아와 이야기를 하던 본지는 이제 이사벨을 빤히 쳐다보고 있었다. 그러다가 걱정스러운 표정으로 말했다.

미소 포옹. 본지 손님 사랑해. 키스 키스.

"본지, 걱정하지 마. 너한테 화낸 거 아니야."

이사벨이 말과 수화를 동시에 했다. 그리고 실리아에게 나무라는 시선을 던지며 본지의 주의를 원래의 화제로 돌리려 했다.

"영화 끝까지 안 볼 거니?"

원해 커피.

"그래, 커피 만들어 줄게."

원해 사탕 커피. 이사벨 가. 빨리 줘.

이사벨은 웃으면서도 짐짓 화난 척했다.

"내가 만든 커피는 싫다는 거야?"

본지는 불쌍한 표정으로 엉덩이를 깔고 앉았다. 어깨로 기어 올라간 롤라는 눈을 껌뻑거리며 이사벨을 올려다봤다.

"졌다. 나도 내 커피 싫어해."

이사벨은 인정해버렸다.

"캐러멜 마끼아또 마실래?"

본지는 신나서 킬킬댔다.

좋은 음료. 가 빨리.

"알았어. 마시멜로 올려줄까?"

이사벨은 본지가 하는 대로 커피 위에 얹는 거품을 마시멜로라고
했다.

미소 미소, 포옹 포옹.

이사벨은 젖은 수건을 어깨너머로 던지고 아직 축축한 손을 허벅
지에 닦았다.

"제가 다녀올까요?"

실리아가 물었다.

"그래. 고마워."

실리아가 나선 건 뜻밖이었다. 아직 머리가 지끈거려서 고맙기도
했다. 실리아의 근무시간은 정확히 15분 전에 끝났다.

"나는 설거지하던 거 마저 끝낼게."

실리아는 이사벨이 카트를 벽 쪽으로 정리하는 동안 기다렸다.
그러다 "그런데요……" 하고 입을 열었다.

이사벨이 고개를 들었다.

"왜?"

"박사님 차 좀 쓰면 안 될까요. 제 차는 카센터에 있거든요."

어쩐지. 이사벨은 소리 내어 웃을 뻔했다. 밤중이라 차를 얻어 타
려고 남은 거였군.

이사벨은 호주머니를 여기저기 두드려보며 열쇠 소리가 나는 곳
을 찾았다.

찍어 사진.

본지가 수화로 말했다.

"비디오카메라 가져가."

이사벨이 열쇠꾸러미를 포물선으로 던지며 말했다.

"카페인 없는 커피에 탈지 우유 넣는 거 잊지 말고."

실리아는 고개를 끄덕이며 공중에서 열쇠를 낚아챘다.

보노보들이 모두 그렇지만, 특히 본지는 자신이 부탁한 일을 사람들이 수행하는 모습을 비디오로 보는 것을 좋아했다. 이전에는 밖으로 일을 보러 갈 때 보노보도 제한적으로 따라갈 수 있었지만, 2년 전 본지가 운전대를 잡아서 전신주를 들이받을 뻔한 뒤로는 사정이 달라졌다. 본지는 그저 손을 뻗어 운전대를 잡아본 것뿐이었다. 전신주를 들이받기 전에 이사벨이 가까스로 브레이크를 밟았지만, 차도에서 이탈하는 것은 막을 수 없었다. 그 일이 있기 불과 일주일 전에는 휴즈 교수의 차가 맥도널드 드라이브 스루에서 사람들에게 둘러싸인 사건이 벌어졌다. 음봉고가 조수석에 앉아 수화로 자신이 좋아하는 치즈버거를 시키는 것을 앞에 있던 밴 운전자가 백미러로 훔쳐본 후, 어른 아이 할 것 없이 탄성을 지르며 음봉고에게 몰려들었던 것이다.

"원숭이다! 원숭이!"

그들은 소리를 지르며 창문으로 손을 밀어 넣으려 했다. 그 광경에 놀란 음봉고는 뒷좌석 아래로 기어들었고, 그 사이에 휴즈 교수는 창문을 닫았다. 그런 일이 있은 지 얼마 후 본지가 운전대를 돌려 사고를 냈으니, 그때의 일은 보노보들의 외출금지를 예고하는 상징적인 사건이 되었다.

보노보들은 바깥세상과의 접촉을 그리워했다(물론 그들은 놀이터 주위에 이중 전기담장과 해자가 설치된 것은 자신들을 가두려는 게 아니라 사람이나 고양이가 들어오지 못하게 하려는 것이라고 굳게 믿고 있었다). 그래서 이사벨을 비롯한 연구소 사람들은 바깥세상을 비디오에 담아 보노보들에게 보여주기 시작했고, 이제 이 지역 상점에서는 이웃에 사는 보노보들에게 즐거움을 주기 위한 촬영을 자연스럽게 받아들이고 있었다.

"시위하는 사람들은 그냥 무시하고 가."

"지금은 밖에 아무도 없어요."

"정말?"

정문 밖에는 거의 1년 내내 시위꾼들이 있었다. 그들이 들고 있는 피켓에는 유인원들이 끔찍한 실험을 당하는 사진이 붙어 있었다. 언어연구소에서 진행되는 작업이 어떤 건지 전혀 모르는 사람들이기 때문에 이사벨은 그들을 무시하고 있었다.

실리아는 비디오카메라의 파인더를 열었고 건전지를 확인하기 위해 스위치를 눌렀다.

"'래리-해리-개리'하고 초록 머리 괴짜는 저녁 시간 전에 있었는데 아까 제가 담배 피우러 나갈 때 보니 없던데요."

"초록 머리 괴짜? 핫핑크 머리를 한 당사자 입에서 그런 말이 나와?"

"핫핑크가 아니에요."

실리아가 귀 앞으로 늘어진 머리카락을 손가락으로 말면서 말했다.

"이건 푸크시아*에요. 그리고 저는 그 애 머리색깔엔 유감없어요. 그냥 머저리라고 생각할 뿐이죠."

"실리아! 말조심하라니까!"

고개를 획 돌린 이사벨은 본지가 단어 하나를 배울 기회를 놓치고 텔레비전 방으로 가버린 것을 알고 안심했다.

"실리아, 정말 조심해. 분명히 경고하는 거야."

실리아가 어깨를 으쓱했다.

"뭐가요? 제 말 못 들었잖아요."

이사벨은 자기도 모르게 다시 실리아에게 시선을 돌렸다. 그녀의 몸에 새겨진 문신은 감탄과 혐오를 동시에 불러일으켰다. 벌거벗은 사람과 인어가 복잡하게 뒤엉켜 실리아의 어깨에서부터 팔뚝을 따라 미끄러져 내려와 손목 부근에 이르기까지 즐겁게 장난을 치고 있었는데, 악마의 비늘투성이 사지와 꼬리가 그들의 머리와 가슴을 휘감고 있었다. 진분홍과 노란색, 자주색, 흐린 청록색으로 세심하게 그린, 눈이 데이지꽃으로 된 해골과 말발굽이 전체에 걸쳐 비처럼 내리고 있었다. 이사벨은 실리아보다 고작해야 여덟 살이 많을 뿐이지만, 그녀의 몸에 남은 반항이라고는 일찌감치 고향에서 최대한 멀리 떠나, 책에 코를 박고 장학생으로 살아온 것이 전부였다.

"다녀올게요."

실리아가 비디오카메라를 옆구리에 끼면서 말했다. 이사벨은 실리아의 발소리가 복도를 따라 멀어지는 것을 들으며 다시 설거지를 시작했다.

---

* 푸크시아fuchsia: 바늘꽃과의 꽃이름에서 유래된 색상. 보통 보라색이 섞인 진한 분홍색을 가리킨다.

잠시 후 문이 끽 소리를 내며 열렸다. 이사벨이 몸을 획 돌렸다.

"잠깐만! 너 운전면허증은……."

문이 쾅 닫혔다. 이사벨은 잠시 문을 쳐다보다가 영화의 마지막 장면을 보려고 루브리덤Lubriderm 보습제를 가지고 방으로 들어갔다.

샘이 공을 가져가 버렸는지 음봉고는 자신의 보금자리에서 부루통한 얼굴로 처량하게 앉아 있었다. 어깨에 멘 배낭이 푹 꺼진 것으로 보아 안에 공이 없다는 걸 알 수 있었다. 이사벨은 팔짱을 낀 채 어깨를 축 늘어뜨린 음봉고에게 다가갔다. 그리고 옆에 무릎을 꿇고 앉아 음봉고의 어깨에 손을 얹었다.

"샘이 공을 다시 가져갔구나?"

그녀는 말과 수화로 동시에 말했다.

음봉고는 불쌍한 얼굴로 앞만 쳐다봤다.

"안아줄까?"

처음엔 아무 대답도 하지 않더니, 야단스럽게 수화로 말했다.

키스 포옹, 키스 포옹.

이사벨은 몸을 기울여 두 손으로 음봉고의 머리를 감쌌다. 그리고 주름 많은 이마에 키스를 해주고 길고 검은 털을 펴줬다.

"가여운 음봉고."

그녀는 음봉고의 어깨를 감싸며 말했다.

"있잖아, 내일 내가 새 공 사줄게. 하지만 이번에는 이빨로 물어뜯으면 안 된다. 알았지?"

음봉고는 금세 씩 웃으며 얼른 고개를 끄덕거렸다.

"보습제 안 발라도 되겠니? 어디 손 좀 보자."

이사벨이 음봉고의 팔을 잡았다.

음봉고는 순순히 팔을 내밀었다. 이사벨은 음봉고의 손을 잡고 손가락으로 피부를 쓸어봤다. 겨울에는 항상 가습기를 틀어놓지만, 아무래도 보노보의 고향인 콩고 분지와는 비교가 안 될 것이다.

"이럴 줄 알았어."

이사벨은 보습제를 손바닥에 짜내 음봉고의 길고 마디가 굵은 손에 발라주었다.

그때 보노보들이 일제히 복도 쪽을 쳐다봤다.

"왜 그래?"

당황한 이사벨이 보노보들을 하나하나 쳐다봤다.

손님.

본지가 말했다. 다른 보노보들은 눈을 문쪽으로 향한 채 꼼짝 않고 앉아 있었다.

"아냐, 손님 안 와. 손님들은 갔어. 아까 떠났어."

하지만 보노보들은 여전히 복도 쪽을 쳐다보고 있었다. 샘의 털이 잔뜩 곤두선 것을 보자 이사벨은 별안간 목과 머리에 작은 거미들이 스멀스멀 기어가는 듯한 느낌을 받았다. 그녀는 일어서서 텔레비전 소리를 죽였다.

그랬더니 정말 조심조심 부스럭거리는 소리가 들려왔다.

샘이 입술 양 끝을 당겨 소리쳤다.

"워! 워! 워!"

본지는 롤라를 끌어내려 겨드랑이 아래로 감추고 다른 한 손으로는 걸려 있던 소방호스를 잡았다. 그리고 벽에 서로 다른 높이로 설치해놓은 단 중에서 가장 낮은 곳으로 뛰어올랐다. 마케나도 불안한 표정으로 이를 드러내며 본지와 롤라에게 매달렸다.

부스럭거리는 소리는 그쳤지만 이사벨과 보노보들의 눈은 여전히 복도를 향하고 있었다. 잠시 후, 부스럭거리던 소리는 들릴락 말락 하게 짤랑거리는 소리로 바뀌었다.

샘이 콧구멍을 벌렁거렸다. 그러더니 이사벨을 돌아보며 다급하게 수화를 했다.

손님. 연기.

"아냐, 손님은 없어. 아마 실리아일 거야."

그렇게 말했지만 이사벨의 목소리에도 두려움이 깃들어 있었다. 아직 실리아가 커피를 사올 시간은 안 됐다. 게다가 실리아라면 그냥 들어왔을 것이다.

샘이 일어나 두 발로 휘청휘청 걸었다.

암컷 보노보들은 더 높은 자리로 올라가 벽에 등을 바짝 붙였고, 음봉고와 젤라니는 방의 네 모퉁이를 초조하게 돌아다녔다.

이사벨은 보노보의 내부 거주지를 제한하는 칸막이 밖으로 빠져나온 뒤, 칸막이가 잘 고정되어 있는지 확인했다. 8년 동안 살면서 보노보들이 이런 행동을 보인 적은 없었다. 그들의 흥분이 전염병처럼 번지고 있었다.

이사벨은 불을 켰다. 복도는 평소와 다름없어 보였다. 뭔진 모르지만 들리던 소리도 그쳤다.

"실리아?"

이사벨이 머뭇거리며 불러보았다. 대답이 없었다.

그러자 그녀는 주차장으로 이어지는 문을 향해 걸어갔다. 뒤를 돌아보니 샘이 공동생활을 하는 방문을 지나 소리 없이 뛰어갔는데, 근육질의 검은 물체로 보였다.

이사벨은 문 손잡이를 잡으려다 손을 거둬들였다. 그리고 이마가 거의 닿도록 몸을 앞으로 기울였다.

"실리아? 거기……."

순간 쾅 하는 폭발음과 함께 문짝이 떨어져 나갔다. 이사벨은 그 폭발로 뒤로 날아가면서도, 자신과 문을 복도로 밀어내고 있는 것이 솟구쳐 밀려드는 불덩이라고 판단했다. 그녀는 정신이 또렷했고 침착했기에 비디오의 이어지는 프레임을 자세히 살펴보듯이 상황을 분석했다. 반응할 시간이 없었기 때문에 머릿속에 기록만 해야 했다.

벽에 부딪히는 순간에는 자신의 머리가 움직임을 멈췄고 그다음에 뇌가 멈췄다는 것을 기억했다. 문이 날아와 그녀를 덮쳤을 때에는 얼굴 왼쪽 — 문이 왼쪽에서 날아왔다 — 이 그 충격을 받아내는 것을 지켜봤다. 눈에서 별들이 번쩍이고 입이 피로 가득 찰 때도 나중을 위해 이 사실을 머릿속에 저장했다. 이어서 불덩어리가 휘익하며 문을 지나 보노보들을 향해 굴러가는 것을 그녀는 속수무책으로 바라봤다. 결국 문이 한쪽으로 쓰러져서 몸이 자유로워지자 그녀는 바닥으로 허물어졌다. 숨을 쉴 수 없었지만, 몸에 불이 붙은 것 같지는 않았다. 그녀의 눈이 문 없는 출입구로 향했다.

검은 옷에 복면을 쓴 형체들이 모였다가 흩어지는데, 묘하게 섬뜩하면서도 고요했다.

그들이 쇠지레를 휘두르자 유리 파편이 날았다. 하지만 아무도 입을 열지 않았다. 그중 한 명이 이사벨의 머리 옆에 재빨리 무릎을 꿇고 커다란 고무밴드 같은 입으로 "쉿!" 했을 때야 비로소 그녀는 귀가 들리지 않는다는 것을 깨달았다. 여전히 숨도 쉴 수 없었다. 그녀는 눈을 감지 않으려고 필사적으로 버티며, 가슴을 짓누르는 압력에 맞섰다.

그녀의 바들거리는 눈꺼풀에 따라 툭툭 끊기는 흑백의 정지 화면과 수없이 많은 벌들이 윙윙거리는 듯한 소리. 그녀를 지나 달려가는 장화들. 그녀는 고개를 오른쪽으로 기울인 채 등을 대고 누워 있었다. 혀를 움직여보았다. 해삼처럼 부풀어 있었다. 혀를 내미니 입 안에서 이가 하나, 둘, 세 개 밀려났다. 정지 화면이 한 번 더. 이번에는 좀더 길었다. 그러다가 눈도 못 뜨게 만드는 강렬한 빛과 뼈가 으스러질 듯한 통증. 숨이 막혔다. 눈동자가 눈꺼풀 아래서 이리저리 돌아다녔다.

시간이 지나자 — 얼마나 지났는지는 알 수 없었다 — 갑자기 몸이 홱 움직였다. 라텍스 장갑을 낀 손가락이 얼얼한 맛을 남기며 그녀의 입 안을 훑었고, 쏘는 듯한 빛이 눈꺼풀 안쪽 혈관을 비쳤다. 그녀의 두 눈이 번쩍 뜨였다.

사람들의 얼굴이 이사벨 위로 왔다갔다하고 다급한 말소리가 오갔다. 그들의 목소리는 파도를 타는 듯 멀어지고 가까워지기를 반복했다. 장갑을 낀 손들이 티셔츠와 브래지어를 급하게 반으로 잘랐고, 누군가는 그녀의 코와 입에서 이물질을 빨아내고 마스크를 씌웠다.

"……호흡장애. 왼쪽에서 숨소리가 안 들려요."

"기도氣道 이동이야. 관 삽입해."

"삽입했어요. 염발음捻髮音 들려요?"

가슴을 마사지하는 손가락들. 가슴 속에서 뭔가가 부서지고 발포 비닐이 터지는 소리가 난다.

"들려요."

이사벨은 숨을 크게 들이마시려 했지만, 색색거리는 소리만 간신히 내는 데 그쳤다.

"걱정하지 마세요."

산소마스크를 잡은 손의 주인한테서 들려오는 목소리였다.

"여기가 어딘지 알겠어요?"

이사벨이 숨을 들이마시려 하자 칼날 수천 개가 목을 찌르는 듯했다. 그녀는 산소마스크 안에서 고양이처럼 울었다.

그녀의 얼굴 위로 한 남자의 얼굴이 나타났다.

"피부에 차가운 느낌이 들 겁니다. 숨을 더 잘 쉴 수 있게 바늘을 꽂을 거거든요."

얼음처럼 차가운 소독 솜의 느낌이 지나가더니 길고 번득이는 바늘이 허공에서 아래로 내려와 가슴에 꽂혔다. 지독하게 아팠지만 숨쉬기가 편해졌다. 공기가 숫하는 소리와 함께 바늘로 들어갔고 그녀의 폐가 다시 부풀었다. 다시 숨을 쉴 수 있게 된 것이다. 그녀는 입을 크게 벌리고 산소마스크가 찌그러져 얼굴에 닿을 정도로 맹렬하게 숨을 들이마셨다. 마스크를 떼어내려고 움켜쥐었지만, 그것을 잡고 있는 손은 요지부동이었다. 이사벨은 그제야 마스크가 얼굴에 밀착되어 있어도 산소는 계속 공급된다는 것을 알았다. 마스크에서 싸구려 샤워커튼이나 욕실용 장난감에서 나는 PVC 냄새가 났다. 그런 장난감들은 낡기 시작하면 환경호르몬이 나온다고 해서 보노보에게는 사주지 않았었다.

"들것으로 옮겨."

손들이 그녀의 머리를 받치면서 옆을 조심스레 잡은 뒤에 등이 바닥에 닿게 눕혔다. 무전기로 다급하게 보고하는 소리가 주위에서 들려왔다.

"여자 환자. 20대 중후반이고 폭발사고 피해자. 긴장성 기흉이 있어서 현장에서 바늘 감압술을 했음. 호흡은 정상. 안면과 구강에 외상. 머리 부상. 의식 변동 상태. 이동 준비 완료. 도착 예정시간은 7분 후."

이사벨이 눈을 감은 채 눈동자를 굴리니 다시 벌떼가 윙윙댔다. 온 세상이 빙빙 돌고 있어 멀미가 났다. 상쾌한 저녁공기가 얼굴에 부딪히자 눈꺼풀이 활짝 열렸다. 자갈밭을 달리고 있어서 이동용 침대가 심하게 덜컹거렸다.

주차장은 번쩍이는 불빛과 사이렌 소리로 아수라장이었다. 이사벨은 머리가 벨크로 접착띠로 고정되어 있어서 눈을 움직여야 했다. 실리아가 저만큼 떨어진 곳에서 소방관에게 들여보내 달라고 울부짖고 있었다. 그녀는 캐러멜 마끼아또를 담은 종이 트레이를 움켜쥐고 있었는데 이동용 침대에 누운 이사벨을 본 순간 들고 있던 커피와 트레이를 땅에 떨어뜨렸다. 끈에 매달린 비디오카메라가 그녀의 손목에서 그네를 탔다.

"박사님!"

실리아가 울부짖었다.

"오, 세상에! 박사님!"

그때서야 이사벨은 자신이 당한 사고를 실감했다.

침대의 앞바퀴가 구급차 뒤쪽에 닿고 그녀의 몸 아래서 접힐 때 나무 꼭대기에서 시커먼 형체 하나가 언뜻 보였다. 그리고 하나, 또 하나. 그녀는 마스크 안에서 신음을 냈다. 보노보들은 적어도 반은 살아남았다.

별이 빛나는 하늘이 사라지고 구급차 천장이 눈에 들어오자 그녀는 눈을 감았다. 누군가가 눈 하나를 억지로 열고 나머지 하나도 열더니 그 안에 불빛을 비췄다. 구급차 내부를 배경으로 얼굴들이 보이고 병원복과 장갑 낀 손, 수액 주머니, 그리고 십자 튜브가 눈에 들어왔다. 웅웅 울리는 목소리와 무전기로 낮게 보고하는 소리, 누군가가 그녀의 이름을 부르는 소리가 들렸지만, 그녀는 파도에 휩쓸린 듯 아무 말도 할 수 없었다. 그녀는 깨어 있고 싶었지만 — 그들이 자신의 이름을 불렀으니 그래야 도리일 것 같았다 — 그럴 힘이 없었다. 그들의 목소리가 소용돌이치며 울리는 동안, 그녀는 벌떼 저편에 있는 어둠보다 더 어두운 심연으로 빠져들었다. 아무것도 존재하지 않는 곳이었다.

존은 현관문을 열고 갑자기 멈춰 섰다. 그가 놀란 건 파인솔Pine-Sol 세제의 냄새 때문이었다.

9주 전에 그들이 키우던 고양이가 죽자 그렇지 않아도 우울함에 젖어 있던 그의 아내는 언제 빠져나올지 모를 만큼 깊은 나락으로 떨어졌다. 1년 전, 존의 직장인 《필라델피아 인콰이어러》 때문에 뉴욕에서 필라델피아로 이사하면서 시작된 기나긴 행진의 결말이었다.

아만다에게 이주가 쉬운 일이 아니라는 것은 알고 있었다. 그때도 그녀는 거의 동시에 발생한 출간 계약과 저작권 대리인 문제로 비틀거리고 있었던 것이다. 완곡한 표현으로 '경기 침체'였던 문제는 산사태로 돌변해 모든 출판사를 휩쓸어 버렸다. 아만다의 저작권 대리인은 출판 저작권 중개업에 환멸을 느낀 나머지 출판계를 떠나 천연섬유 상점을 열었고, 그 결과 아만다는 문학적 고아가 됐다.

존은 아만다가 필라델피아에 애정을 느끼게 하려고 온 힘을 다했
다. ─ 누군들 필라델피아의 음식, 사람들, 건축에 반하지 않을 수
있겠어? ─ 하지만 그녀는 요지부동이었다. 그녀는 친구들을 그리
워하고 뉴욕을 그리워했다. 심지어는 엘리베이터도 없던 6층 건물의
좁은 아파트까지 그리워했다. 그 아파트에 쥐가 들끓었다는 것도 잊
은 모양이었다. 존은 오솔길과 개인 정원이 딸린 퀸 빌리지의 새집이
아내의 기분을 달래주고 기운을 북돋아 주기를 바랐다. 하지만 그
녀는 이사하자마자, 패배의 아가리 속으로 사라져버릴 것 같은 성공
을 낚아채겠다는 열망에 불타 노트북 컴퓨터를 안고 두 번째 소설에
파고들었다. 온종일 혼자서 일하는 그녀에게 존은 동물 보호소에서
자원봉사라도 하는 게 어떻겠냐고 권했다. 사람들을 만나 새 친구
가 생기기를 바라는 마음에서였다. 하지만 그 결과 그녀는 놀랄 만
큼 빠른 속도로 한 고양이에게 푹 빠져 버렸다.

문제의 그 고양이는 마니피캇*이란 이름이었지만, 10킬로그램이
넘는 데다가 귀는 하나밖에 없고 꼬리도 기형적으로 굽은 늙다리 메
인쿤 종이었다. 거기다 각질이 일어나는 피부염에 걸려 군데군데 피
부가 비늘처럼 떨어지고 맨살이 드러났다. 그래도 그놈이 육중한 몸
을 두 사람의 베개 사이에 밀어 넣고 자면서, 쓰다듬어주는 게 시원
치 않을 때마다 그들의 머리를 때리지 않았다면 참을 수도 있었다.
아만다는 베개에 비듬이 좀 떨어지는 걸 존이 왜 그렇게 질색하는
지 이해하지 못했고, 존은 이가 다 빠져 항상 혀를 빼물고 있는 울상
의 괴물 고양이가 아니라 귀여운 아기를 입양하고 싶다는 것을 어떻

---

* 마니피캇magnificat : 예수를 잉태한 마리아가 엘리사벳을 방문했을 때 부른 찬미의
  노래를 뜻한다. '마리아의 노래'라고도 한다.

게 설명해야 할지 몰랐다. 하지만 여덟 달 후 마니피캇의 신장이 고장 나서 안락사시켜야 했을 때 존은 아만다 만큼이나 충격을 받았다. 두 사람은 차 안의 빈 고양이집을 보고 손을 맞잡고 흐느껴 울었다. 그리고 20분 후에야 존은 마음을 가라앉히고 운전을 할 수 있었다. 집으로 돌아온 아만다는 블라인드를 치고 침대로 기어들어가 사흘 동안 누워 있었다. 그런 모습을 지켜보는 존도 미칠 것 같았다. 그녀는 100마일 이내에 단 한 명의 친구도 없고, 작가로서의 경력은 파탄 났으며, 애완용 고양이까지 죽었다. 그런데 그가 해줄 수 있는 일은 하나도 없었던 것이다. 다른 고양이를 입양할 것을 제안하자 그녀는 배신감에 치를 떠는 눈으로 그를 노려봤다. 상담을 좀 받아보라고 권했다가 상황은 더 나빠졌다. 그가 보기에도 아만다는 치료가 필요할 정도로 심한 우울증이었는데 말이다.

아만다는 거의 먹지 않았다. 잠도 잘 수 없었지만 아침에 침대 밖으로 나오는 시간은 점점 더 늦어졌고 일어나서도 옷을 거의 걸치지 않았다. 침대에서 소파로 옮겨서는 무릎에 노트북 컴퓨터를 올려놓고 퀼트 이불을 뒤집어쓴 채 있으니 방안에 빛이라고는 모니터에서 나오는 푸르스름한 유령 같은 불빛뿐이었다.

존은 아만다가 집안일을 팽개치고 나서야 그녀가 그동안 얼마나 많은 일을 했는지 깨달았다. 이제 그의 서랍 속에 깨끗한 속옷과 양말은 없었다. 셔츠 더미는 그가 세탁소에 한꺼번에 맡길 때까지 옷장 한쪽에 계속 쌓였다. 기름 낀 거미줄이 가구 아래쪽을 따라 생겨나더니 벽 아랫부분까지 그 반투명한 손아귀를 뻗쳤다. 복도에 놓인 탁자는 고지서와 카탈로그, 신용카드 회사에서 보내온 전단지로 뒤덮여 보이지도 않았다. 부엌 일은 존이 어느 정도 맡았지만 개수대는 늘 설거지할 접시로 가득 찼고, 조리대 위에까지 쌓이는 경우도 많았다. 아만다가 보여주는 노력이라고는 파우더룸에 레몬 향의 세정제를 뿌리거나, 누군가 온다는 통보를 받았을 때 몸에 수건을 두르는 정도였다.

그나마 손님은 항상 존의 부모님이었다. 그들은 이사 오면서 부모님이 가까이 산다는 점을 고려하지 못했는데, 그건 존과 아만다의 큰 실수였다.

패트리샤와 폴 티그펜은 아들 부부가 이사 온 후 거의 1년 동안 자신들이 다니는 교회에 나오라고 설득했다. 교회에 나가면 억지로라도 사람들을 만나게 될 테니 부모님이 아닌 다른 사람이었다면 받아들였겠지만, 존과 아만다가 참여하는 친목모임 주변에 부모님이 계신다는 것은 생각하기도 싫었다. 존의 부모님은 포기한 듯했지만, 대신 매주 일요일 정오에 와서 이런저런 훈계를 하고 유치원에 다니는 애들이 얼마나 귀엽고 사랑스러운지 열정적으로 이야기하는 것이었다. 한숨과 불만으로 가득한 침묵 속에서 존은 머리를 싸매고 울고 싶었다. 아만다는 냉정한 우아함으로 시부모를 견뎌내고 있었다(존은 그것이 체념이든 냉랭함이든 고마울 뿐이었다. 아만다 집안의 기질상 싸움은 결국 도자기를 집어던지는 방향으로 가리란 걸 알고 있었기 때문이다).

집안 분위기가 무거워질수록 패트리샤의 꾹 다문 입과 못마땅해하는 눈초리는 점점 뚜렷해졌다. 일요일마다 존은 어머니가 노여운 눈길로 아만다를 쏘아보는 것을 지켜봤다. 존은 정상이 아닌 아내를 감싸기 위해 어떻게든 나서야 했지만, 집안 꼴은 엉망인 데다 시부모 마음은 아랑곳하지 않고 아기도 낳지 않는다는 어머니의 비난에 제동을 걸 수 있는 분위기는 아니었다. 티그펜 부자의 일치된 의견은 패트리샤의 심기를 건드리지 않는 것이 상책이라는 것이었다(존의 형제인 루크와 매튜는 다른 대륙에 사는 것이 얼마나 행운인지 모르고 있었다. 아니면 이미 알고 있는지도 모를 일이다).

한 손을 문틀에 대고 있던 존은 마음을 가라앉히고 다시 쿵쿵거리며 냄새를 맡았다. 세정제 냄새뿐 아니라 향초, 소고기 탄 냄새, 석류향의 목욕비누 냄새도 새어나왔다. 그는 마음을 다잡고 문을 열고 들어갔다. 그리고 손을 뒤로 돌려 문을 닫았다.

아만다는 거실의 커피 테이블에 몸을 숙이고 으깬 얼음 위에 껍데기를 깐 굴을 진열하고 있었다. 페리에주에Perrier Jouët 두 병과 크리스털 플루트 샴페인 잔들이, 결혼식 때 구입한 아담한 도자기 한가운데에 보기 좋게 담은 오세트라 캐비어와 나란히 놓여 있었다. 아만다는 존이 크리스마스 때 선물한 실크 드레스를 입고 깨끗이 청소한 바닥에 맨발로 서 있었다. 그 드레스는 점점 침대에서 나오기 싫어하는 그녀를 위해 존이 자포자기하는 심정과 간절한 바람으로 서툴게나마 시도한 선물이었다. 존이 아는 한 아만다가 그 드레스를 입은 건 오늘이 처음이었다. 그는 갑자기 현기증이 났다. 그가 집에서 이런 장면을 마지막으로 본 것은 《강의 전쟁》 원고가 팔렸을 때였다. 다른 저작권 대리인을 찾은 걸까? 두 번째 소설 《재앙을 부르는 비결》이 팔린 걸까?

"와."

존은 감탄한 듯 말했다.

아만다가 몸을 돌렸다. 기쁜 표정이었다.

"들어오는 소리 못 들었는데."

그녀는 샴페인 병을 들고 다가왔다. 되는대로 모아놓은 스프링 같은 그녀의 머리는 ─ 그는 보티첼리 골드색이라 했고, 그녀는 로널드 맥도널드 오렌지색이라 했다 ─ 목덜미에서 느슨하게 묶여 있었다. 입술에는 립글로스를 발랐고, 유백색으로 칠한 발톱은 분홍 드레스와 잘 어울렸다. 그녀의 눈꺼풀도 뭔가로 반짝였다.

"정말 멋진걸."

존이 말했다.

"오븐에 웰링턴 스테이크 준비해놨어."

그녀가 키스하며 샴페인 병을 건네줬다. 존이 포일을 어설프게 뜯는 바람에 작은 은박지 조각들이 카펫 위로 떨어졌다. 그는 나머지 조각들을 둥글게 뭉치고 마개의 철사를 풀면서 물었다.

"무슨 일이야?"

그녀는 요염하게 웃었다.

"당신이 먼저 말해. 출장은 어땠어?"

불안감이 밀려나고 기쁨이 솟구쳤다. 그는 차가운 병을 잠시 옆구리에 끼고 호주머니를 뒤져 휴대폰을 꺼냈다.

"실은……. 이거 정말 신나는 건데……."

터치스크린을 만지작거리던 그가 의기양양하게 휴대폰에 찍힌 사진을 보여주었다.

"짜잔!"

아만다는 실눈을 뜨고 올려다봤다. 가까이 다가오더니 머리를 뒤로 젖혔다.

"이게 뭐야?"

"잠깐만."

그는 휴대폰을 다시 가져가서 《강의 전쟁》을 읽고 있는 여자 사진을 확대했다.

"이거야."

아만다는 어떤 사진인지 알아보고 휴대폰을 잡아챘다.

"황야에서의 발견이지!"

존이 샴페인을 터뜨렸다. 그리고 기대 어린 미소를 지으며 아만다를 바라봤다.

그런데 그녀는 기쁜 기색도 없이 두 손으로 휴대폰을 잡고 화면만 뚫어지게 들여다봤다. 존의 미소가 서서히 사라졌다.

"왜 그래?"

그녀는 코를 훌쩍이며 눈가를 닦았다.

"아냐, 아무것도. 실은 당신한테 할 얘기가 있어. 와서 앉아봐."

뭔가를 억누르는 목소리였다.

존은 그녀를 따라 소파로 갔고, 그녀는 소파에서 등을 곧추세우고 두 손을 꼭 맞잡았다. 그의 두 눈은 그녀의 옆모습과 진수성찬이 차려진 테이블을 초조하게 왔다갔다했다. 축하 만찬이 분명한데 그녀는 금방이라도 울 것 같았다. 임신한 건가? 아닐 거야. 샴페인 잔이 두 개나 놓여 있는 걸 보면. 존은 난데없이 목구멍 깊은 곳에서 올라오는 싸늘한 두려움을 무시하려 애썼다. 그리고 몸을 앞으로 기울여 샴페인을 따랐다. 그는 테이블에 유리잔을 내려놓고 그녀의 손과 깍지를 꼈다. 그녀의 손바닥은 축축했고, 손가락 끝은 차가웠다. 시선은 테이블 가장자리에서 꼼짝 않고 있었다.

"아만다, 무슨 일이야?"

"직장을 구했어."

존은 움찔했다. 그러지 않을 수 없었다. 그는 마음을 다잡고 애써 표정을 풀며 숨을 깊이 들이마셨다. 직장을 구했다니 기쁜 척해야 하는 건지 말려야 하는 건지 종잡을 수가 없었다. 그녀가 하고 싶었던 일은 오직 소설을 쓰는 것뿐이었고, 최근에 《재앙을 부르는 비결》을 탈고했음을 존도 알고 있었다. 확실히 포기하기에 좋은 타이밍은 아니다. 하지만 아침에 일어나야 할 이유가 생긴 건 좋은 일일 것이다. 바깥세상을 만나고, 새 친구들을 사귀고, 가차없이 계속되는 거절 답장을 받는 일도 없을 것이다.

아만다가 눈을 깜빡이며 그의 반응을 기다리고 있었다.

"어딘데? 무슨 일을 하려고?"

이윽고 그가 입을 열었다.

"어, 그게 설명하자면 좀 복잡해."

그녀는 다시 자신의 무릎을 내려다 봤다.

"로스앤젤레스야."

"어디라고?"

존은 잘못 들은 게 아닌가 싶어 다시 물었다.

그녀는 존에게 고개를 돌리더니 그의 손 깊숙이 깍지를 꼈다.

"정신 나간 소리로 들린다는 거 알아. 잘 알고 있어. 그리고 당신이 처음에는 안 된다고 할 거라는 것도 알아. 그러니까 지금 대답하지 말고, 하룻밤만 자면서 생각해봐, 응?"

존은 몇 박자 동안 가만히 있었다.

"알았어."

그녀가 눈을 크게 뜨고 그의 눈을 찬찬히 들여다봤다. 그리고 깊이 숨을 들이마셨다.

"내가 숀하고 텔레비전 프로그램용 예비대본을 하나 썼는데, 그 사람이 지난주에 NBC에서 제안회의를 했어. 오늘 승인이 났고, 4회분을 먼저 제작할 거래. 그다음에 어떻게 될 건지는 두고 봐야지."

방이 흔들렸다. 천장이 변기의 물처럼 소용돌이쳤다. 존은 자신의 몸이 흔들리지 않는다는 것을 확인하기 위해 발뒤꿈치를 카펫에 지그시 눌렀다. 숀이라는 작자가 뭘 했다고? 대본이라니?

아만다가 설명했다. 그녀는 작가들이 모이는 온라인 채팅방에서 어떤 사람을 만났다. 그 사람이 숀인데, 몇 주일 동안 연락을 주고받았다. 존이 걱정할 필요는 없다. 아만다는 온라인 채팅방의 위험성을 속속들이 잘 알고 있어서 핫메일 계정도 가명으로 만들었기 때문이다. 두 사람은 숀의 신분이 진짜라는 것을 아만다가 확신한 후에야 진짜 정보를 주고받았다. 숀은 몇 년 동안 주요 방송국의 다양한 프로그램에 방송작가들을 연결해주었는데, 이번에는 프로그램 대본을 직접 쓰기로 했고 아만다에게 공동작업을 하자고 했다. 그는 《강의 전쟁》을 읽고 그녀의 열렬한 팬이 되었으며, 그 책이 주목을 받지 못한 것은 정말 안타까운 일이라고 했다. 그 책이 잘 되었다면 그녀가 쓴 두 번째 책도 다른 출판사에 팔렸을 거라고 하면서 말이다. 그는 아만다가 이 프로젝트에 딱 맞는 목소리를 가졌다고 했다. 40대 독신여성이 주인공이고 베드신이 많아서 수많은 시청자(베이비붐 세대는 자신이 60대가 아니라 40대로 생각하는 경향이 있다)의 가슴을 뛰게 할 것이 분명한 작품이라고 했다. 그들은 5쪽 정도 되는 예비대본을 공동으로 집필했고, 최초의 4회분이 끝난 후에 NBC가 후속작을 찍기로 하면 아만다는 회당 만오천 달러를 받는다고 한다. 지금까지 존에게 얘기하지 않은 것은 존의 기대가 너무 커질까

봐 걱정스러웠기 때문이었다.

존은 아만다의 설명이 끝났다는 걸 깨달았다. 그녀는 그의 반응을 살피며 그의 눈을 뚫어지게 들여다보고 있었다.

"내가 그 일을 하는 게 싫은 거구나."

마침내 그녀가 말했다. 존은 그녀의 이야기가 무엇을 의미하는지 파악할 시간을 벌기 위해 대답을 궁리하려고 애썼다.

"그렇게는 말 안 했잖아. 놀랐거든, 그게 다야."

그녀는 그가 계속하기를 기다렸다.

"《재앙을 부르는 비결》은 어쩌고?"

"저작권 대리인 129명이 거절했잖아."

"하지만 그건 원고를 보내겠다는 편지에 대한 거절이었지. 안 그래? 실제로 그 원고를 읽어본 사람은 없었잖아."

"상관없어. 아무도 안 읽어볼 거야. 분명해."

"왜 당신이 그 시리즈를 하고 싶은지 말해봐."

"쓰고 싶어서. 방송대본도 글이니까."

"당신은 책을 쓰고 싶은 거잖아."

"출판계의 저작권 대리인에게는 계속 거절만 당했어. 이젠 끝났어."

존은 벌떡 일어나 걷기 시작했다. 아만다가 옳으면 어떡하지? 아만다가 포기하는 것은 생각도 하기 싫지만, 인내가 어느 시점에서는 자기학대로 변하기도 한다.

"찬찬히 따져보자. 나는 로스앤젤레스에서 뭘 하지? 지금 기자를 구하는 신문사는 없으니 취직 못 할 거야. 이 자리를 유지하는 것도 운이 좋은 거야."

존이 말했다.

"그게 문제야."

아만다가 말을 꺼내고 한참 동안 침묵을 지키자, 그는 다음에 나올 말이 달갑지 않을거란 걸 깨달았다.

"당신은 지금 당장 옮길 필요가 없지. 여기 일을 계속할 수 있잖아. 그러니까, 방송국에서 그 시리즈를 계속할 건지 말 건지 결정할 때까지만."

존은 3초 동안 입술을 달싹이다가 겨우 말했다.

"나를 두고 로스앤젤레스로 가고 싶다고?"

"아냐, 아냐."

그녀가 황급히 대답했다.

"물론 그런 뜻이 아니야. 주말에는 만나야지."

"국토를 횡단해서?"

"격주로 만나."

"그 항공료를 어떻게 감당해? 게다가 당신 집세는 어떡하고? 아파트는 얻어야 할 거 아니야. 차도 있어야 하고."

계산해 보던 존의 목소리가 높아졌다.

"저금한 돈을 쓰면 어떨까."

존은 고개를 저었다.

"안 돼. 절대 안 돼. 그리고 NBC에서 그 시리즈를 계속하겠다고 하면 그때는? 우린 계속 떨어져 살아야 해?"

"그럼 당신이 내가 있는 곳으로 와. 그쪽에서 시리즈를 하겠다고 하면 당신이 직장을 구하는 동안 생활비는 내가 벌 수 있을 거야."

"선금은 얼만데?"

아만다는 시선을 떨어뜨렸다.

"선금도 없어?"

"대본이 있는 프로그램은 제작비가 너무 많이 들어서……."

"농담이지?"

"리얼리티 쇼 때문이야. 대본이 있는 프로그램은 편당 제작비가 거의 3백만 달러나 되는데, 그에 비하면 리얼리티 쇼는 돈이 거의 안 들거든. 예전에는 하나쯤은 히트하겠지 하고 드라마나 코미디를 열 편도 넘게 제작했는데 지금은 한두 편밖에 안 만들어. 나머지는 머저리 같은 인간들이 진실한 사랑을 찾는답시고 카메라 앞에서 밤마다 매번 다른 사람과 핫 터브hot turb에서 섹스하는 지저분한 프로그램들뿐이야. 물론 나도 선금을 받아야 한다는 건 알아. 하지만 내가 이 시리즈를 안 하겠다고 해도 거기에 목매고 있는 작가가 수천 명이나 된단 말이야."

존이 두 손을 허공에 들어 올렸다가 힘없이 떨어뜨렸다. 두 손은 허벅지에 탁 부딪쳤다. 아내가 스팸메일에 첨부되어 날아온 할리우드의 헛된 꿈을 좇으려고 나라의 양쪽 끝에 떨어져 살자고 하는 게 꿈이길 바랐다. 그곳 글쟁이 판에는 무슨 짓이든 사양하지 않을 사람들이 우글거릴 테고, 못된 사람들도 있을 것이다. 게다가 아만다는 유혹에 매우 취약한 상황이었다. 그는 아내가 손이라는 인간에게 무슨 대가라도 치른 건 아닌지 궁금했다. 이 일이 정상적이라는 낌새는 정말이지 하나도 느껴지지 않았다.

존의 휴대폰이 울리면서 불편하게 유지되던 침묵이 깨졌다. 아만다가 받았다.

"여보세요?"

잠시 후 그녀가 존에게 전화기를 넘겨줬다.

"당신네 편집장이야."

존은 손으로 얼굴을 쓸어내리며 전화기를 받았다.

"네, 엘리자베스. 아뇨. 괜찮아요. 네, 정말이에요."

그의 눈이 휘둥그레졌다.

"네? 그게 사실이에요? 오, 세상에. 어떻게 이런 일이. 그럼 거기는…… 그 사람은 괜찮아요? ……네, 네. 그럼요. 알았어요."

존은 전화를 끊고 눈을 감았다. 그러더니 아만다에게 말했다.

"캔자스시티에 다시 가봐야겠어."

"무슨 일이야?"

"언어연구소가 폭파됐대."

아만다는 손으로 입을 막았다.

"오늘 당신이 다녀온 데? 보노보가 있다는 거기?"

"응."

"오, 세상에. 누가 그런 짓을!"

"모르겠어."

"보노보들은 괜찮대?"

"모르겠어. 하지만 내가 인터뷰했던 박사가 크게 다쳤대."

아만다가 그의 팔에 손을 얹었다.

"정말 안 됐다."

존은 고개를 끄덕였다. 아만다의 말이 멀리서 웅얼거리는 소리로 들렸다. 머릿속으로는 오늘 방문했던 일들이 사진처럼 휙휙 지나갔다. 관찰실로 안내하던 이사벨의 머릿결이 발걸음에 맞춰 물결 치던 모습. 양말에서 크리스마스 선물을 꺼내는 아이들처럼 보노보들이 배낭에서 '깜짝 선물'을 하나씩 꺼내는 광경을 숨죽이고 지켜보던 자신. 이사벨의 연구실에 앉아 그녀의 눈이 그와 녹음기 사이를 불안하게 왔다갔다하는 걸 보며 자신의 육체적 열망에 대해 양심의 가책을 느꼈던 일. 음봉고와 고릴라 가면. 유리벽에 키스하던 본지. 눈에 사랑스러움이 넘치던 장난꾸러기 새끼 보노보. 이사벨은 지금 위독한 상태다. 엘리자베스가 보노보들의 상태에 대해서는 자세히 이야기해주지 않았지만, 그의 머릿속에서는 온갖 끔찍한 형상들이 어지럽게 명멸했다.

"우린 그렇게 못 해."

존이 불쑥 말했다.

"불가능해. 그런 일은 없을 거라고 말해줘."

아만다는 존이 시선을 내려 피할 때까지 그의 눈을 똑바로 바라봤다. 그러더니 그를 지나쳐 계단을 올라갔다. 몇 초 후, 침실 문이 탁하고 닫혔다.

'내가 죽일 놈이지.'

존은 커피 테이블 옆 바닥에 털썩 앉으며 생각했다. 그는 굴을 찔러 껍데기 안에서 굴이 움츠러드는 걸 지켜봤다. 그리고 침울한 마음으로 오세트라 캐비어를 바라봤다. 그게 얼마나 비싼지는 대충 알고 있기 때문에 냉장고에 넣어두어야 했다. 위층에서 아만다가 침대로 들어가 머리까지 이불을 뒤집어쓰는 모습이 떠올랐다. 가봐야 한다는 것은 알고 있었다. 그렇지만 그는 뚜껑을 연 술병의 목을 잡고 벌컥벌컥 마시다가 허벅지 위에 내려놓기를 반복했다. 얼마 후 그의 허벅지에는 동그란 자국이 축축하게 남았다.

그 시리즈 이야기는 사실이라고 하기엔 우연이 너무 많았다. 하지만 만일 사실이라면? 자신의 직업도 어쩌다 보니 얻은 것 아니었던 가. 그는 아버지처럼 변호사가 될 생각이었지만 《뉴욕 가제트》에서 인턴 자리를 얻게 되었다. 당시 스물한 살이었던 그는 가제트의 분위기에 반했다. 그곳 사람들은 다들 똑똑하고, 섬세한데다 아주 당당한 괴짜들이었고, 그는 그 무리에 끼고 싶었다. 유명한 사람들을 만나 원하는 것은 무엇이든 물어볼 수 있었고, 글을 써서 돈도 벌었다. 글을 써서 돈을 번다고? 어릴 때는 생각도 못한 일이었다. 그리고 매일매일 해야 할 일이 바뀌었고, 매번 새로운 사람을 만나 새로운 이야기를 들었으며, 사람들을 즐겁게 하거나 알려야 할 만한 것을 찾아냈다. '신문사가 할 일은 고통받는 사람들을 편안하게 해주고 편안한 사람들을 고통스럽게 하는 것이다'는 그의 상사가 즐겨 인용하는 경구였다. 물론 신문사는 현재 고통받는 쪽으로 분류되었다. 어쨌든 그런 자신이 다른 사람에게 다가온 예상치 못한 기회를 막을 자격이 있을까?

그 시리즈가 사실이라면 제안서나 계약서가 있을 테니 확인하기는 어렵지 않을 것이다. 하지만 그다음엔? 장거리 결혼생활이 결국 파탄으로 이어진다는 것은 상식이었다. 존은 반평생을 아만다와 함께 살았고, 많은 부분에서 그녀는 그의 삶 자체이기도 했다. 아내 없이 산다는 것은 생각만 해도 두려웠다. 늑대 같은 남자들에 둘러싸여 있는 그녀를 상상하는 것은 더욱 두려운 일이었다. 아만다는 아름다운 데다가 지금은 신경을 있는 그대로 드러내 놓은 것처럼 마음이 약해진 상태이기 때문이다.

존은 접시에 놓인 작은 숟가락을 들고 캐비어를 살펴봤다. 진주층이었다. 아만다는 축하하려고 캐비어를 샀을 것이다. 존은 윤기나는 캐비어 더미에 숟가락을 쿡 찔러 약간 떠내 입에 넣었다. 이 비싸고 귀한 것을 바로 삼켜선 안 될 것 같아서 잠시 입안에 머금고 있다가 혀와 입천장 사이에서 알들을 터뜨렸다. 그 맛은 참으로 황홀해서 그렇게 하길 잘했다고 생각했다. 그는 한 번 더 조금 떠먹고, 한 입을 더 먹었다.

4회분이라면 제작에 그리 오랜 시간이 걸리지는 않을 것이다. 6개월 정도면 아만다는 무사히 집으로 돌아올 수도 있다. 그녀가 실패하기를 바라는 것은 아니다. 그녀는 다른 누구보다도 성공할 만한 자격이 있으니까.

아만다는 엘리자베스 개스켈*의 작품에 나타난 산업혁명의 사회학적 영향에 대한 심도 있는 논문으로 최우수논문상을 받고 졸업했다. 그리고 필라델피아로 이사할 때까지 거의 모든 시간을 야외스포츠 의류의 온라인 카탈로그용 카피를 쓰면서 보냈다. 하루 여덟 시간씩 방한화와 사계절용 파카를 참신하게 설명할 문장(파이퍼라임의 분위기에 어그의 향취, 고양이털 절대 없음!)을 고민했다. 그녀는 상황이 더 심각할 수도 있었다고 농담하지만 ― 그녀의 가장 친한 친구 지젤은 반에서 1등으로 졸업하고도 주택 외벽에 페인트를 칠하고 있고, 남편은 생식주의자들에게 소리치료를 가르치고 있다면서 말이다 ― 존은 그녀가 그냥 씩씩한 체하는 거라는 걸 알고 있었다. 아만다는 시간이 날 때 소설을 썼지만 부끄러워서 완성되기 전에는 존에게 보여주지 않았다.

---

* 엘리자베스 개스켈Elizabeth Gaskell: 영국의 소설가(1810~1865). 빅토리아 시대의 사회문제와 빈민층의 세태를 섬세하게 묘사한 작가이다. 대표작으로는 《메리 바턴Mary Barton》(1848), 《샬럿 브론테의 생애Life of Charlotte Bronte》(1857) 등이 있다.

드디어 아만다가 소설을 완성하여 보여줬을 때 존은 페이지를 휘리릭 넘겨보면서 점점 불안해졌다. 그는 진심으로 자신이 틀렸기를 바랐다. 그는 댄 브라운이나 마이클 크라이튼 같은 작가의 소설을 좋아했는데, 아만다의 소설에는 그런 소설에서 느껴지는 중요한 무엇인가가 빠져 있다는 생각을 떨칠 수가 없었다. 그녀의 문장은 아름답고 세련되며 술술 읽혔지만, 끝까지 어떤 사건도 일어나지 않았다. 자동차 사고도, 살인사건도, 비밀조직도, 전 세계적인 전염병도 없었다. 그냥 심리적이고 문학적인 작품이었다. 그런 종류의 책을 좋아하는 사람도 있는 건 알지만 존 자신은 그런 부류가 아니었다. 막 집필을 끝낸 아내가 존의 의견을 듣고 싶어하는 상황에서 그건 지극히 곤혹스러운 일이었다. 그는 자신의 침묵이 너무 길었다는 것을 깨닫고 새빨간 거짓말을 했다.

소설 원고가 뉴욕에 있는 출판사들로부터 계속 거절을 당하면서, 변함없이 강하고 씩씩하던 아만다도 무너지기 시작했다. 불면증이 생겼고, 피가 날 때까지 손 거스러미를 물어뜯었다. 만들기 어려운 요리를 해놓고는 거의 입도 대지 않았다. 두통이 생겼고, 생전 처음으로 카피라이터 일에 대해 불평하기 시작했다("도대체 '스컹크털'이 뭐가 잘못됐다는 거야? 자극적인 표현을 원해서 그렇게 써줬잖아. 그게 진짜 스컹크인지 아닌지 내가 어떻게 알겠어? 그리고 그렇다 치더라도 스컹크털인 건 왜 숨기는데?").

4개월 반이 지났다. 거절 답신들이 조금씩 들어오다가 그것도 멈춰버렸다. 그러고는 아만다의 서른다섯 살 생일에 그녀의 저작권 대리인이 전화했다. 한 출판사가 아만다의 《강의 전쟁》과 아직 집필하지 않은 그다음 작품을 사겠다는 것이었다.

선금은 적었지만, 카피라이터를 그만둘 정도는 되었다. 중국산 고양이털과는 안녕이었다! 가명으로 책을 낸다는 조건이 마음에 안 들긴 했지만, 아만다가 그렇게 행복해하는 모습은 처음이었다(출판사의 담당 편집자는 "아만다 티그펜이라는 이름으로 내면 아무도 책을 안 살 거예요. 반면에 아만다 라루라고 하면……"). 책이 출간된 날 처음으로 오세트라 캐비어가 등장했고, 그날 밤에는 불가능한 일이 없을 것 같았다. 베스트셀러 진입, 해외판, 영화 계약. 존은 그렇게 행복해본 적이 없었다.

《강의 전쟁》이 출간되기까지가 흥분과 불안의 도가니였다면, 이어진 몇 주 동안 그들은 비탄에 빠졌다.

출간 기념회도 없었다. 그때를 되돌아보면 존은 자신이 나서서 기념회를 열 걸 그랬나 하는 후회가 들었다. 하드커버가 아닌 페이퍼백으로 출간했다는 이유로 서평도 없었다. 존과 아만다는 이해할 수 없는 부당한 관행이었지만, 아무도 그 이유를 설명해주지 않았다. 출간 행사라고는 가까운 지역의 서점 세 군데에서 사인회를 하는 것뿐이었다.

첫 사인회가 있던 날 아만다는 운전도 못 할 정도로 겁에 질려 있어서 존이 그녀를 태우고 갔다. 변속기 너머로 그녀의 손을 잡아보니 얼마나 주먹을 세게 쥐고 있었는지 손바닥에 손톱자국이 패어 있었다. 아만다는 서점에 들어가기 전에 주차장에서 심호흡을 해봤지만 손이 너무 심하게 떨려서 사인도 하기 어렵겠다며 불안해했다.

서점에는 작은 테이블이 놓여 있었고 그 앞에는 접이식 의자가 반원형으로 배치되어 있었다. 테이블에는 아만다의 책이 쌓여 있었고, 그 옆에는 샤피 펜 두 자루와 초콜릿 칩 쿠키 한 접시, 그리고 물병이 있었다.

아만다에게 주어진 시간이 반쯤 지났을 때 한 남자가 반원형으로 놓인 의자들 가운데로 와서 앉았다. 존이 주위에서 서성거리며 지켜보니 아만다의 낯빛이 처음에는 창백했다가 사과처럼 붉어졌는데, 나중에는 미소를 지으며 용기를 내서 말을 걸어보려고 했다. 그런데 그녀가 숨을 내쉬는 순간 남자는 두 발을 뻗고 팔짱을 끼더니 눈을 감아버렸다. 조금 후에는 코까지 골았다. 아만다의 볼에서 핏기가 싹 가셨고, 존은 그 남자에게 걸어가 뜨거운 커피를 다리에 쏟아버리고 싶은 걸 간신히 참았다.

남은 시간 동안에 서점 이벤트 담당자는 용감하게 손님들을 아만다의 테이블로 끌고 왔다. 잡혀온 그들은 책을 들어 뒤표지를 읽어보는 척하며 어색한 표정으로 중얼거리다가 아만다의 눈을 피해 다른 곳으로 가버렸다. 정해진 시간이 다 지났을 때 쿠키는 사라지고 책만 남았다. 아만다의 낯빛은 흰 분필 같았다.

그녀는 나머지 사인회에는 혼자 가겠다고 고집을 피웠다. 두 번째 사인회에 다녀온 그녀에게 존이 어땠냐고 묻자 명랑하게 "응. 좋았어." 하고 대답했다. 그녀는 잠시 미소로 버텼지만 결국엔 어깨를 들썩이며 울었다. 세 번째 사인회에 다녀온 그녀는 좀 더 현실적으로 변해 있었다. 텀블러에 보드카와 오렌지주스를 반반씩 섞으면서 차분하게 말했다. "완전히 물먹었어."

몇 달이 지나는 동안 한두 나라에 판권이 팔렸다(대만에서는 잠시 베스트셀러 2위에 오르기도 했는데, 미국에서 한 번이라도 베스트셀러 목록에 올랐었다면 그 소식에 기뻐했을 것이다). 그러던 어느 날 갑자기 출판사와 저작권 대리인이 사라졌다. 그녀가 잘못한 것은 전혀 없는데

도 아만다는 자신의 실수를 찾아내는 데 집착했다. 만일 라루Larue
라는 성 대신 티그펜Thigpen이라는 성을 그대로 썼다면 그녀의 책은
서점에서 폴 서룩스*와 딜런 토마스† 사이에 있었을 것이다(인터넷의
작가 커뮤니티에서는 조슈아 페리스‡의 책이 잘 팔리는 이유가 그의 이름이
조너선 사프란 포어§와 비슷해서라는 추측이 널리 퍼져 있다). 아니면 홍
보를 위해 차에 내비게이션을 달고 동부 해안을 돌아다니면서 책 한
권 한 권마다 사인을 해줄 수도 있었다. 웹사이트를 만들거나, 퀴즈
프로그램에 나가거나 블로그를 시작할 수도 있었을 것이다. 존은 아
만다가 스스로를 광기로 몰아가는 모습을 속수무책으로 지켜봤다.
그러다 시작할 때만큼이나 갑자기 자기학대가 끝났다. 그녀는 예전
상사에게 전화하더니 칸막이 사무실로 돌아가 고어텍스의 장점을
선전하는 일을 시작했다. 그녀가 직장에 복귀한 것은 그들에게 경제

---

* 폴 서룩스Paul Theroux(1941~): 미국의 여행작가이자 단편문학 작가. 대학 졸업
  후, 1963년 평화봉사단의 일원으로 말라위에서 교사로 재직했다. 이후 우간다,
  싱가포르 등지에서 생활하며 교직을 이어가다 영국으로 돌아와 본격적인 집필활
  동을 시작했다.

† 딜런 토마스Dylan Thomas(1914~1953): 1930년대를 대표하는 영국의 시인. 1934
  년 첫 번째 시집 《18 Poems》를 발표하여 젊은 천재 시인이란 칭송을 받으며 인기
  를 끌었다. 미국으로 건너간 후에는 술값을 벌기 위해 미국 전역을 돌며 방랑하는
  등의 기행으로 더욱 전설적인 인물로 남았다.

‡ 조슈아 페리스Joshua Ferris(1974~): 미국의 소설가. 2007년 《호모오피스쿠스의 최
  후Then We Came to the End》로 문단의 주목을 받으며 데뷔했다. 사회생활이나 대인
  관계에서 공감 가는 소재를 통해 대중적인 인기를 끌었다.

§ 조너선 사프란 포어Jonathan Safran Foer(1977~): 독창성과 실험적인 시도로 주목받
  는 미국의 젊은 소설가. 2002년 가족사를 바탕으로 만든 소설 《모든 것이 밝혀졌
  다Everything Is Illuminated》로 데뷔했다. 대표작은 9.11사건을 배경으로 한 《엄청나
  게 시끄럽고 믿을 수 없게 가까운Extremely Loud and Incredibly Close》(2005)이다.

적인 구원이었다. 곧이어 존이 직장을 잃었던 것이다.

충격적이긴 했지만, 존의 해고는 예상 못 한 바는 아니었다. 주요 신문사마다 대량 해고를 감행하고 있었기 때문이다. 게다가 《뉴욕 가제트》의 상황은 특히 심각했다. 전 직원이 인원감축을 피하기 위해 이른바 '임금 협상'을 받아들인 지 몇 달 만에 경영진은 보도국 인원의 4분의 1을 줄이겠다고 발표한 것이다. 이어서 직원들이 모두 온 힘을 다한다면 '더 적은 인원으로 더 많은 일을 할 수 있다'는 취지의 문건이 하달되었다. 다음 문건에서는 '업무를 혁신하라' '콘텐츠를 만들라'고 촉구했다(임원진은 기자들이 하는 일이 무엇인지 알고나 있는지 궁금했다). 그리고 '시각 자료'에 집중하라고 했다. 도표! 비주얼! 디자인! 이런 것들이 미래로 가는 길이라는 것이다. 임원 중 허풍쟁이 한 명은 디자인이 완벽한 페이지라면 독자들이 보다가 커피를 쏟을 정도로 빠져들게 해야 한다고 했다.

이런 상황을 겪다 보니 존은 켄 폭스가 신문사를 경영하던 때가 그리워졌다. 하지만 연갈색 머리에 음흉한 미소를 짓던 미디어 거물 폭스는 이미 오래전에 포르노라는 신천지로 자리를 옮겨버렸다. 존이 그 사람을 특별히 좋아한 것은 아니었다. 돌이켜보면 그는 칭기즈 칸처럼 사람들을 부려 먹었지만 적어도 회사는 흑자 상태를 유지했다.

몇 달 동안의 구직활동 끝에 존은 《필라델피아 인콰이어러》에 자리를 얻었다. 직원들은 회사를 '인키Inky'라고 불렀다. 그곳은 괜찮은 직장, 아니 꽤 좋은 직장이었지만 그의 아버지가 무스 산장 회원에게 청탁하여 얻어낸 자리라는 게 죽도록 싫었다. 하지만 결국 존은 그 신문사에 들어갔고, 인키의 직원들이 조기 퇴직을 권고받고 있는 터라 그의 존재를 못마땅해하는 엘리자베스를 상사로 모시게 되었다.

그런 상황만 아니었다면 존은 과거의 실적으로 인정받았을 것이다. 그는 2008년 크리스마스 이브에 한 동물원의 유인원 우리에서 발생한 화재를 취재하면서 그곳의 총체적 부실을 밝혀냈다. 화재경보기가 고장 났지만 아무도 몰랐고, 사람들이 연기 냄새를 맡았는데도 어떤 조사도 없었으며, 스프링클러 시스템도 설치되어 있지 않았다. 보노보 일가족을 포함해 죽은 동물이 총 스물세 마리였다. 일주일 전이 화재 발생 일주년이었는데, 그날 서너 살쯤 되는 어린아이가 담을 기어올랐다가 7미터 아래 고릴라 우리로 떨어지는 사건이 벌어졌다. 그런데 일 년 전 화재에서 질식사로 새끼를 잃고 혼자 살아남은 어미 고릴라가 호기심에 몰려든 다른 고릴라 무리를 헤치고 달려가, 아이를 팔에 안고는 우리 출입문 앞에 있던 동물원 직원에게 건네줬다. 이 놀랍도록 인간적인 행동은 비디오에 찍혀 전국에 방영되었지만 보수적인 언론과 전문가들은 단순한 훈련의 결과라고 깎아내렸다. 하지만 존은 궁금했다. 무엇을 위해 그런 훈련을 시킨단 말인가? 그런 훈련을 하기 위해 동물원 사람들이 고릴라 우리에 인형을 떨어뜨리기라도 했단 말인가? 존은 고릴라가 보여준 행동만큼이나 그들의 보수적인 태도가 불가사의했다. 오직 인간만이 동정심을 발휘할 수 있다고 생각하기 때문일까? 그런 주장은 진화와 관련이 있는 것일까?

이 사건을 겪은 그는 회사에 영장류언어연구소에서 진행하고 있는 인지과학 연구를 다뤄보자고 제안했다. 그런데 엘리자베스는 느닷없이 캣 더글러스와 공동취재를 하라고 지시했다. 이유는 설명해주지 않았지만, 존은 두 가지 가설을 세웠다. 아직도 존을 채용한 것에 대해 화가 안 풀려서 가장 성깔 있는 여자를 이용해 그를 괴롭히려는 것, 또는 퓰리처상을 노려볼 만한 기획취재에 자신이 아끼는 스타 기자를 끼워주려는 것이었다(캣은 이전에 어느 퓰리처상 수상 기자가 가짜로 여덟 살짜리 마약중독자를 만들어낸 사실을 알아내고 그 과정을 폭로함으로써 퓰리처상을 받아 언론계의 스타가 된 적이 있었다. 또한 소문에 의하면 그녀는 라이벌 기자에게 접근해서 연인이 된 후 그의 아파트에서 파일을 훔쳐낸 적도 있다고 한다).

존은 자신이 오세트라 캐비어를 마지막 한 알까지 다 먹어버렸다는 것을 깨닫고 깜짝 놀랐다. 병에 샴페인이 조금 남아 있었지만 입 안의 캐비어 향을 술로 망치고 싶지 않았다. 캐비어를 더 먹고 싶었다. 그는 손가락으로 접시를 훑어서 핥아 먹었다.

그리고 그는 몸을 간신히 일으켜 현관문을 잠갔다. 복도 테이블을 지나가던 그는 전화기에서 음성녹음 표시등이 깜빡거리는 것을 발견했다. 들어보니 장모 프랜이 남긴 녹음 메시지들이었는데, 뒤로 갈수록 어조가 강경해졌다. 아만다가 전화를 피했던 모양이었다. 존은 충분히 이해할 수 있었다. 존과 아만다의 어머니들은 극과 극의 성격이었지만 두 사람을 힘들게 하는 건 마찬가지였다. 존의 어머니는 냉담하게 입을 다물고 물러나지만, 아만다의 어머니는 침실의 양말까지 정돈해주는 성격이었다. 장모는 남의 불행을 고소해하면서도 못 도와줘서 안타까워하는 시늉을 하며 속마음과 다르게 염려해주는 척했지만, 그것은 모두 친척들에게 소문을 내기 위해 정보를 모으는 것에 불과했다. 일단 프랜의 귀에 들어가면 온 세상이 다 아는 거나 마찬가지였다.

존은 음성메시지를 모두 삭제했다.

존이 웰링턴 스테이크를 떠올린 건 새벽 두 시였다. 그 시간에 스테이크를 떠올린 이유는 집에 불이 난 줄 알았기 때문이다. 그는 탄내를 맡는 순간 눈을 번쩍 떴다. 아만다는 깊은 잠에 빠져 있었다.

존은 계단을 구르듯 내려가 주방으로 들어갔다. 연기가 오븐 틈새로 새어나오고 있었다. 얼른 오븐을 끄고 창문과 뒷문을 열었다. 그리고 수건을 꺼내 연기를 밖으로 빼기 위해 투우사의 망토처럼 휘둘렀다.

직사각형 웰링턴 스테이크는 타서 구이판 바닥에 딱 달라붙어 있었다. 아만다가 공들여 만들어서 스테이크 위에 붙여 놓은 구불구불한 덩굴 모양의 패스트리는 가장 적게 타서 존은 그중 잎사귀 하나를 떼어내 먹어보았다. 그리고 아만다가 만든 예술작품을 찬찬히 뜯어봤다. 잎사귀마다 정확히 여섯 개의 칼집이 나 있고, 줄기와 그 주변부는 갈라져 완벽하게 패스트리로 된 칡 같았다.

그들이 막 동거를 시작했을 때 아만다가 캔 수프로 만든 즉석 음식을 먹고 두 사람 모두 식중독에 걸린 적이 있었다. 그녀의 후회는 컸고, 결심은 더 컸다. 그녀는 식도락 요리사가 되기로 결심했다. 처음에 존은 그 말을 대수롭지 않게 생각했지만, 돌아보면 그때 처음으로 그녀의 의지력이 얼마나 강한지 확인할 수 있었다. 아만다는 줄리아 차일드*의 책을 한 권도 빼지 않고 전부 사서 파고들었다. 그

---

* 줄리아 차일드Julia Child: 미국의 요리연구가(1912~2004). 텔레비전 요리 프로그램을 진행하고 일간지에 컬럼을 연재하는 다양한 활동을 통해 프랑스 요리의 대중화에 이바지했다.

리고 거기에 나온 지시사항은 하나도 어기지 않았다(존이 처음으로 그녀가 그런 모습을 보았을 때 그녀는 수줍어하며 "줄리아가 브로콜리 껍질이라도 벗기라고 한다면 벗겨야 해"라고 말했다. 그는 크게 웃고 말았지만 완성된 요리를 맛본 후에는 주방에서 아무리 희한한 장면을 봐도 이상하게 생각하지 않았다).

오늘 밤에는 도마 옆에 굽지 않은 퍼프 패스트리 한 움큼과 심사를 통과하지 못한 잎사귀들이 남아 있었다. 조리대 위에는 계란 껍데기가 마늘 껍질과 버터 포장지와 엉겨서 말라붙어 있었고, 주방 바닥은 밀가루로 뒤덮여 있었다. 각종 조리도구는 아만다가 마지막으로 사용한 자리에 그대로 남아 있었다. 존은 수도꼭지를 틀어 온수가 나오기를 기다렸다. 피곤했지만 아침에 일어난 아만다에게 깨끗한 주방을 보여주고 싶었다.

4장

이사벨은 소용돌이 속을 부유하고 있었다. 주변에서 일어나는 일들을 의식하고 있으니 잠든 건 아니었다. 사람들은 알아들을 수 없는 이야기를 하고, 그녀가 터널과 터널 사이를 빠른 속도로 통과할 때 휙 하는 소리가 들렸다. 이번 터널은 오렌지색, 이번 터널은 파란색, 이번에는 초록색. 여러 손이 그녀의 몸과 얼굴을 만졌고, 가끔 뭔가가 찌르는 고통을 느끼기도 했다. 하지만 그에 반응하거나 움직이지는 않았는데, 그녀는 움직일 수 없는 상태였으니 차라리 그게 나았다. 마침내 온갖 색과 소음이 편안하고 무감각한 암흑 속으로 사라졌다.

삐 하는 고음과 간헐적으로 쌕쌕거리는 소리가 심연으로부터 깨우고 재촉하여 이사벨의 휴식을 방해했다. 이사벨은 파리를 무시하듯 그 소리를 무시하려 했지만, 그 소리는 파리처럼 끈질겼다. 마침내 그녀의 의식이 심연 위로 떠올랐다.

그녀는 몇 번 눈을 깜빡이더니 천장의 압착타일을 보고 있다는 사실을 깨달았다. 그 주변은 퉁퉁 부은 자신의 살 때문에 흐릿하게 보일 뿐이었다.

"드디어 깨어났구나."

피터의 얼굴이 이사벨 위에서 미소 짓고 있었다. 그의 두 눈 아래에는 초승달 모양의 짙은 그림자가 져 있었고 턱은 까칠한 수염으로 얼룩덜룩했다.

"간호사가 곧 의식이 돌아올 거라고 하더니."

그가 침대 옆으로 의자를 끌어당겨 그녀 옆에 앉았다. 그리고 침대의 가로널 사이로 손을 내밀었다. 그의 손은 따뜻하고 친숙했다. 그의 왼손 검지는 두 마디가 없었는데, 오클라호마 록웰에 있는 영장류연구협회에서 졸업논문을 준비하던 중 침팬지에게 물려서 잘려나간 것이었다. 이사벨은 피터의 손가락을 꽉 잡고 싶었지만 힘이 없었다. 그는 다른 손으로 그녀의 손을 잡아주었다.

이사벨은 뭐라고 말하려 했지만 입이 움직여주지 않았다. 혀는 움직였지만 턱이 꼼짝도 하지 않았다.

"턱을 철사로 고정해놨어. 말하지 마."

이사벨이 손을 들어보니 손가락을 고정한 죔쇠와 정맥 튜브가 거치적거렸다. 그녀는 다른 손을 피터의 손에서 빼내 조심스럽게 자신의 얼굴을 만져보았다. 깁스와 거즈, 반창고, 부어오른 입술에 난 보드라운 혹, 남은 치아를 고정한 틀, 그리고 그 틀과 교차하고 있는 철사가 만져졌다. 이사벨의 시선이 피터에게 향했다. 그리고 그녀의 수화가 시작됐다.

어떻게 됐어.

"당신 턱이 깨졌고, 뇌진탕도 있었대. 폐에 공기를 주입하느라 가슴에 튜브를 연결했고, 당신 코는……."

나 말고, 보노보들.

그녀의 수화는 이어지지 않았고 어색했다. 수화할 때 보통 두 손이 필요한 철자들은 제대로 표현하지 못했기 때문이다.

"아."

피터가 말했다.

피터.

"보노보들은…… 괜찮아."

피터는 양 입꼬리를 올려 미소를 지어보려 했지만, 눈은 진실을 감추지 못했다. 철사로 얽힌 이사벨의 입 밖으로 울음소리가 흘러나왔다.

다쳤어?

"아니, 그런 것 같진 않아. 확실히는 모르겠지만. 아직도 주차장 나무 위에 있거든. 내려오려고 하질 않아."

전부 다?

"응."

피터가 이사벨의 손을 쓰다듬으며 차분하게 말했다.

"다들 애쓰고 있어. 소방서 사람들도 거기 있고, 휴메인 소사이어티Humane society랑 동물관리국에서도 나와 있어. 난 거기랑 여기를 왔다갔다하고 있어."

이사벨의 시선이 천장을 이리저리 떠다니다가 창문으로 옮아갔다. 진눈깨비가 유리창을 두드렸다. 우박에 가까운 통통한 알갱이가 유리를 덮고 있었다. 그녀의 눈에 눈물이 고였다.

"괜찮을 거야. 내가 장담할게."

피터가 거친 숨을 몰아쉬며 이마를 침대의 가로널에 기댔다.

"당신이 깨어나서 정말 다행이야. 난 정말 두려워서……."

나를 거기 데려다 줘. 부탁이야. 날이 너무 추워. 그 애들이 죽을 거야.

"이사벨, 그럴 순 없어."

마케나가 임신 중이야.

"알고 있어. 약속할게. 그 애는 괜찮을 거야."

누구 짓이야? 이유가 뭐야?

"극단주의자들 짓이야. 그놈들은 자기들이 보노보를 '해방' 시켰다고 주장하고 있어. 나중에 비디오로 봐. 영락없는 알카에다야. 인터넷에 쫙 퍼졌어."

피터는 이를 악물었다가 힘을 뺐고, 그의 눈은 벽 너머 어딘가에 고정되었다. 그러다 이사벨이 자신을 보고 있다는 것을 깨닫고 표정을 풀었다.

"미안해. 난 그냥……."

그는 시선을 떨어뜨리고 입을 다물었다. 잠시 후, 이사벨은 피터의 어깨가 들썩이고 있다는 걸 깨달았다. 울고 있었던 것이다.

얼마 후 피터가 마음을 가라앉히고 손등으로 눈물을 닦았다.

"당신이 정신이 들면 경찰이 몇 가지 물어보겠다고 했어."

이사벨은 알았다는 뜻으로 천천히 눈을 깜빡거렸다.

"당신이 알아야 할 게 있어. 실리아가 조사받으러 들어갔어."

이사벨의 눈이 커졌다.

우리 실리아? 체포된 거야?

"아니, 그런 건 아니고. 하지만 '요주의 인물'로 경찰이 데려갔어. 실리아가 동물보호 활동 전력이 있는 것 같아. 솔직히 난 놀라진 않았어."

이사벨은 마음속으로 연구실에서 함께한 실리아의 시간을 거꾸로 거슬러 올라갔다. 이사벨도 피터처럼 그녀가 쓰는 말을 염려하긴 했지만, 보노보에 대한 실리아의 헌신을 의심한 적은 한 번도 없었다.

아냐. 그 사람들이 틀렸어. 믿을 수 없어.

피터가 안쓰럽다는 표정으로 물끄러미 이사벨을 바라봤다. 그녀의 감은 눈에서 눈물이 미끄러져 내렸다.

두 사람 사이에 침묵이 흐르는 동안 후드득하는 우박소리가 들려왔고, 그 소리를 들으니 나무에 갇힌 보노보들이 떠올랐다. 이사벨이 다시 눈을 떴을 때 피터는 그녀를 빤히 쳐다보고 있었다. 그는 숨을 토해내며 손가락으로 자신의 머리를 훑어내렸다.

내 얼굴을 보여줘.

그가 내키지 않는 얼굴로 물었다.

"정말?"

응.

피터는 병실을 둘러보고 화장실도 들여다본 뒤 복도로 나갔다. 그리고 몇 분 후에 손거울을 들고 돌아왔다. 그는 침대 옆에 서서, 거울이 비치는 면을 스웨터에 대고 숨겼다.

"이건 수술 직후의 모습이야, 알았지? 이 도시에서 최고의 수술진이 있으니 좋아질 거야. 틀림없이 좋아져."

이사벨은 피터를 바라보며 기다렸다.

피터는 헛기침하더니 거울을 위로 올렸다. 그리고 이사벨의 얼굴이 보일 때까지 거울을 기울였다.

이사벨이 거울에서 본 것은 생전 처음 보는 얼굴이었다. 머리와 양쪽 볼은 붕대에 감겨 있었다. 콧대는 무너져 옆으로 퍼져 보였고, 산소 튜브 아래에는 피 섞인 콧물을 받아내기 위해 가제가 반창고로 고정되어 있었다. 살은 퍼렇게 멍들어 부어오른 데다 군데군데 피멍이 보였다. 공처럼 부풀어 오른 살 사이에서 가늘게 째진 두 눈이 보였는데 그나마 한쪽 흰자위는 선홍색이었다. 얼굴 한쪽에서 떨고 있는 손가락은 분명히 그녀의 것이었다. 거울이 사라졌다.

이사벨이 방금 본 모습을 받아들이기까지는 얼마간 시간이 필요했다. 그녀는 위로받고 싶은 마음에 피터 쪽으로 눈을 돌렸으나 그는 여전히 이를 악물었다 풀었다 반복하고 있었다.

내 머리는? 깎았어?

"당분간만이야. 머리를 50바늘 넘게 꿰맸거든."

이는?

"다섯 개가 빠졌을 거야. 임플란트하면 돼. 그리고 머리 꿰맨 부분은 전부 머리카락이 나는 자리야. 머리가 다시 자라면 아무도 모를 거야. 정말 이만하길 다행이야. 화상을 입을 수도 있었는데."

시계 초침 소리가 들려왔고, 진눈깨비가 창을 때렸다.

우리 엄마한테 전화했어?

"했어."

그런데?

피터가 잠시 멈칫했다가 이사벨의 손을 잡았다. 그리고 그녀의 손가락 끝을 자신의 입술에 갖다 댔다.

"오, 이사벨. 유감이야. 정말."

✦———·———✦

그날 오후에 경찰들이 왔다. 비에 흠뻑 젖은 점퍼 차림의 사복경찰 두 명이었다. 수화를 통역할 사람을 기다리는 동안 그들은 불편한 기색으로 침대에서 약간 떨어져 있었다. 이사벨은 거울로 본 자신의 몰골을 떠올리고는 그들의 침묵을 이해했다.

드디어 통역이 도착하자, 이사벨은 손가락에 연결된 산소포화도 측정기를 털어내 버리고 두 손으로 맹렬하게 수화를 해댔다.

통역은 이사벨의 손을 지켜보다가 말로 옮겼다.

"보노보들은 아직 나무에 있나요? 물이나 음식을 좀 먹었어요? 그 애들에게는 날씨가 너무 추워요. 예민하거든요. 폐렴에 걸리기 쉬워요. 독감에도요. 한 마리는 임신 중이고요. 누가 그 애들을 지키고 있나요?"

형사들은 서로 눈짓을 주고받았다. 그중 더 나이 들어 보이는 사람이 통역에게 물었다.

"우리가 묻는 말에 대답을 해줘야 한다고 전해주시겠습니까?"

"직접 말씀하세요."

통역이 고개로 이사벨을 가리키며 대답했다.

"그러죠."

형사가 대답했다. 그는 눈을 깜빡이며 질문을 기다리는 이사벨을 마지못해 바라봤다. 목을 가다듬은 그가 단어마다 간격을 두며 외치다시피 물었다.

"폭발 후에…… 몇 명이…… 연구실로…… 들어갔습니까?"

나 귀머거리 아니에요.

이사벨이 대답했다. 그런 다음 잠시 생각하더니 대답했다.

넷 아니면 다섯.

"그중 아는 사람이 있었습니까?"

경찰의 이마가 번들거렸고 두 눈은 이사벨과 통역 사이를 왔다갔다했다. 단어를 만들어내는 손을 쳐다봐야 할지 그것을 해석해주는 입을 쳐다봐야 할지 헷갈리는 모양이었다.

아뇨. 다 복면 쓰고 있었어요.

다른 형사가 물었다.

"실리아 허니컷이 연구실을 나간 직후에 폭발이 일어난 게 사실입니까?

네.

"그 여자가 이상하게 행동한 적은 없습니까?"

네.

"긴장하거나 불안해하지도 않았고요?"

네, 전혀.

"폭발 후에 들어온 사람들 말입니다, 아무 말도 하지 않았습니까?"

못 들었어요. 폭발.

"소리도 못 듣고 아무것도 못 봤다는……."

숨 쉴 수 없었어요. 들을 수 없었어요.

"벤튼 박사님 말로는 동물보호론자들이 평소에 연구실 바로 밖에 서 있었다고 하던데요. 그들 중에서 그날 밤에 침입한 사람이 있습니까?"

몰라요. 복면 때문에. 아까 말했죠.

"혹시 그 사람들에 대해 알고 있는 게 있습니까?"

거의 없어요. 이름이 해리, 래리, 아니면 개리라는 사람이 있어요. 중년. 큰 키. 잘입었어요. 그리고 녹색 머리 아이 하나. 문신한 아이 하나, 레게 파마와 냄새나는 판초 몇 명. 사립고등학교 스타일 몇 명. 대부분 학생 같았어요.

"협박을 받은 적은 없습니까?"

아뇨. 우리가 운전하며 지나갈 때 피켓을 흔들기만 했어요.

"그 사람들이 자기네 조직 이름을 밝힌 적은 없습니까?"

몰라요. 이야기를 해본 적이 없어요.

"지구해방연맹에 관해 들은 적도 없다는 말씀이죠?"

네.

"어제저녁에 이상한 낌새는 없었습니까?"

폭발 말고요?

형사가 뭉툭한 손가락으로 이마를 긁었다.

"폭발 전에요. 평소와 다른 걸 보거나 듣지 않았느냐는 말입니다."

아뇨. 하지만 보노보들은 뭔가 알았어요. 밖에 누군가 와 있다는 걸 알았어요. 연기 냄새도 맡았고요. 나무에서 내려오면 그 애들에게 물어 보세요.

"네?"

형사가 수첩에 펜을 댄 채 동작을 멈췄다.

"아닙니다. 신경 쓰지 마세요."

그리고 한숨을 쉬더니 수첩과 펜을 셔츠 주머니에 넣고 관자놀이를 문질렀다.

"됐습니다. 음, 시간 내주셔서 감사합니다."

그는 이사벨과 통역 사이의 벽 부근에 시선을 던지며 말했다.

"빨리 나으시길 바랍니다."

보노보들을 내려줘요.

이사벨이 말했다.

그 애들에게 물어 보세요.

이사벨은 통역에게 수고했다고 말하고 자리를 뜨는 형사들을 노려보았다. 이사벨은 형사들이 그 누구보다 많은 것을 알고 있는 보노보들에게 물어보지 않으리라는 것을 알고 있었다. 그녀를 미쳤다고 생각한다는 것도 알고 있었다. 그런 반응은 셀 수도 없을 만큼 겪어봤다. 하지만 그런 반응이 지금처럼 절망스러운 적은 없었다.

✦━━━━✦

간호사가 희멀건 액체로 된 저녁을 가져왔다. 어떤 주스와 함께 초록색 가루를 뿌린 맑은 수프를 갈색 플라스틱 보온병에 담아왔다. 간호사 뷸라가 이사벨을 돌아보았다.

"훨씬 좋아지신 것 같네요. 저녁 좀 드실래요? 저녁 같지도 않아 보이겠지만, 의사 선생님께서 천천히 시작하라고 하셨거든요. 텔레비전 좀 켜드릴까요?"

뷸라는 이사벨이 누운 침대의 머리 쪽을 올리고 텔레비전을 켰다. 그리고 이사벨 옆에 자리를 잡더니 침대의 가로널을 내리고 주스를 들었다.

"몸을 숙이지 않아도 돼요. 제가 알아서 해 드릴게요."

뷸라는 이사벨의 입에 빨대를 넣어줬다. 이사벨은 빨대로 사과 주스를 빨아들였다. 입에 통증과 함께 단맛이 전해졌다. 그녀의 혀는 엄청나게 부어 있어서 마음대로 움직여지지 않았는데, 갑자기 혀의 가장자리를 따라 애벌레의 뻣뻣한 가시처럼 튀어나온 꿰맨 자국이 느껴졌다. 주스를 목으로 넘기기까지 여러 번 노력해야 했다.

"괜찮으세요?"

뷸라가 잠깐 이사벨을 돌아보며 물었다. 이사벨은 힘없이 고개를 끄덕였다.

"이놈의 뉴스 듣기 싫어 죽겠네."

뷸라가 리모컨으로 손을 뻗으며 말했다.

"온통 우울한 뉴스뿐이니. 경제불황에, 기름 유출에, 전쟁에……."

이사벨은 그대로 두라는 뜻으로 뷸라의 손을 잡았다. 방금 텔레비전 화면에 이슬비를 맞고 서 있는 기자와 함께 영장류언어연구소의 주차장이 나왔기 때문이다. 모자 달린 노란색 우비를 입은 기자는 추위 때문에 어깨를 움츠리고 있었다. 밝은색으로 표시된 바리케이드 밖의 주차장 가장자리에 사람들이 몰려와 있었다.

"……캔자스대학 영장류언어연구소에서는 극적인 상황이 계속되고 있습니다. 당국은 이 보노보들이 온순하다고는 하지만, 여전히 야생성이 남아 있고 성인 남자보다도 훨씬 힘이 세서 심하면 팔다리가 부러지는 부상을 당할 수도 있다고 경고하고 있습니다."

이사벨이 눈을 번쩍 떴다.

카메라가 비춘 나무 꼭대기에는 비에 젖은 보노보들이 바람을 피하려고 줄기에 몸을 기댄 채 불쌍하게 모여 있었다.

"폭발 사고로 건물이 파괴되고 연구원 한 명이 중상을 입은 가운데, 위험에 처한 보노보들을 구하기 위해 여러 단체가 모였습니다. 그리고 오늘은 이 대학 총장의 집이 공격당했습니다. 극단적인 동물 보호 단체인 지구해방연맹은 인터넷에 배포한 동영상을 통해 자신들이 범인이라고 밝혔습니다. 하지만 당국에서는 아직……. 오! 맙소사!"

날카로운 소리가 나면서 카메라가 급히 이동했다. 카메라는 어깨에 총을 멘 남자를 보여주고 이어서 나무 꼭대기를 보여주었다. 처음에는 아무 일도 없었다. 그러다가 보노보 한 마리가 이리저리 흔들리기 시작했다. 외마디 비명과 끽끽 대는 소리가 들리는 가운데 다른 보노보들이 흔들리는 보노보의 허벅지에서 마취탄을 뽑아 땅바닥으로 내던졌다. 하지만 너무 늦었다. 마취총을 맞은 보노보가 — 너무 어두워서 샘인지 음봉고인지 분간할 수가 없었다 — 쓰러지는가 싶더니 자신을 붙잡고 있던 털북숭이 검은 팔들로부터 뚝 떨어져 버렸다. 다시 총소리가 들리고 다른 보노보가 떨어졌다. 이번에는 두 발을 동시에 쏘았는지, 두 마리가 빙그르르 돌아 나뭇가지 사이로 거꾸러졌다. 한 마리는 소방수들이 잡고 있는 동그란 캔버스 천 가운데로 떨어졌고, 나머지 한 마리는 — 이사벨은 롤라를 알아봤다 — 캔버스 천 가장자리에 떨어졌다가 공중으로 다시 튀어 올랐다. 소방수들이 팔을 내밀고 롤라를 받으려 돌진하는 순간, 모여 있던 군중과 뉴스 보도진들은 모두 숨을 죽였다.

이사벨은 억눌린 절규를 흘리며 침대에서 일어나려고 몸부림쳤다. 간호사가 들고 있던 주스가 이사벨의 손에 맞아서 흘러넘쳤다. 보온병은 보이지 않는 손에 의해 떠밀린 것처럼 엎질러진 주스 위로 미끄러졌고, 그 바람에 안에 든 수프가 출렁거렸다.

"그러지 마세요. 다쳐요! 그만해요!"

뷸라가 말했다. 하지만 이사벨이 몸부림을 멈추지 않자 뷸라는 비상버튼을 누르고 이사벨의 손목을 잡은 채 누구 좀 와달라고 소리쳤다. 곧이어 복도를 황급히 달리는 발소리와 함께 흰 제복을 입은 사람들이 나타나 이사벨에게 정맥주사를 놓았다.

'그래.'

무슨 일이 일어났는지 깨닫고 이사벨은 생각했다.

'적어도 나를 나무에서 쏘아 떨어뜨리는 건 아니네.'

텔레비전이 꺼지면서 나무에서 떨어지는 보노보들의 모습도 사라졌다. 곧이어 이사벨은 머리맡을 내린 침대에 다시 눕혀지고 그녀의 절망스러운 발작도 약기운의 자비로운 마비에 의해 가라앉았다.

존은 할 수 없이 다음 날 아침 비행기를 예매하고 나서(이상하게 당일 비행편은 모두 예약이 꽉 차 있었다) 보노보가 나무에서 떨어지는 동영 상을 보고 있었다. 그때 누군가가 현관문을 세차게 두드렸다. 맹렬하게 두드리는 소리가 계속되자 경찰일지도 모른다는 생각이 들었다. 경찰이 존과 이야기하려는 것은 당연했다. 그가 언어연구소를 다녀간 지 불과 몇 시간 후에 폭발사고가 일어났으니 말이다. 하지만 인정사정없이 두드리는 소리를 들으니 문득 불안해졌다. 설마 나를 용의자로 지목하는 건 아니겠지?

문을 활짝 열자 모든 게 확실해졌다. 찾아온 사람은 6개 주州나 떨어진 곳에 있어야 할 사람이었지만.

"장모님?"

"아만다는 어딨나?"

장모 프랜이 따지듯 물으며 존과 문 사이를 비집고 현관으로 들어섰다. 불룩한 슈퍼마켓 봉투들이 그녀의 손과 손목에서 흔들거렸다. 존은 봉투에 벨비타 치즈 상자가 비쳐 보였다고 확신했다.

"아마……."

존이 말끝을 흐린 건 프랜이 벌써 주방 쪽으로 가고 있기 때문이었다.

존이 다시 문쪽으로 돌아섰다. 그의 장인이 여행용 가방 두 개를 들고 계단을 올라오고 있었다. 바퀴도 없고 접이식 손잡이도 없는 구식 하드케이스 가방이었다. 손잡이 둘레에는 보라색 띠가 묶여 있었는데, 회전하는 수하물 컨베이어 벨트에서 30년 묵은 짐 가방을 다른 짐들과 구별해주는 띠일 것이다.

"잘 있었나."

팀이 문에 멈춰 서서 인사를 했다.

"어서 오십시오."

존은 주방에서 뭐라 큰 소리로 말하는 장모를 돌아보며 물었다.

"두 분이 오시는 걸 아만다도 알고 있나요?"

"모를 걸세. 아만다가 새해가 됐는데도 전화로 인사를 하지 않으니 자네 장모가 뭔가 일이 생긴 것 같다고 하지 뭔가."

존이 한숨을 쉬며 장인한테서 가방을 받아들었다. 그는 두 사람을 손님방으로 안내했는데, 그 방은 아만다의 사무실이나 다름없었다. 아만다가 《재앙을 부르는 비결》 원고를 다듬으면서 여러 저작권 사무실에 문의편지를 보내던 무렵, 고양이가 갑자기 죽은 이후 이 방은 아수라장으로 방치됐다. 들어가 보니 방은 종이공장이 폭발한 모양새였다. 아만다가 교정을 본 원고 뭉치가 침대와 그 주변에 널려

있었고, 거기에 수십 통의 거절편지까지 뒤섞여 있었다. '소설 쪽에
는 진출할 여력이 없어서……' '저희에게는 적절하지 않은 듯……' '지
금으로서는 새 저자를 맞을 형편이……' 존은 뒤집어진 종이 한 장
을 집어들었다. 아만다가 직접 보낸 문의편지였는데, 그 위에 엄청나
게 커다란 붉은 색 NO가 대각선 방향으로 휘갈겨 쓰여져 반송되어
온 것이었다.

존은 아만다가 제발 이번만은 '네, 그 원고를 보내주십시오. 읽어
보고 싶습니다'라는 답장이기를 바라며, 자신이 주소를 쓰고 우표까
지 붙였던 봉투를 떨리는 손으로 열어보는 모습을 떠올렸다. 하지만
그녀는 결국 이런 답장을 받았던 것이다. 존은 편지를 바닥에 떨어
뜨렸다. 분노가 불길처럼 온몸을 휘감았다. 자신의 무력함이 이렇게
사무칠 때가 없었다.

장모의 목소리가 집안 어디에선가 다른 곳으로 떠다니는 소리가
들리자 존은 마음을 추슬렀다. 자신이 할 일은 많지 않았지만 — 방
이 깔끔했다 하더라도 프랜의 눈에는 만족스럽지 않았을 테니 — 종
이를 한데 모아서 프린터와 함께 벽장에 넣고, 폐지함에 발을 넣어
안에 든 내용물을 꾹 밟았다. 끝으로 아직도 고양이 비듬으로 뒤덮
인 침대 위의 이불을 매끄럽게 정돈했다.

❖———❖

프랜으로부터 아만다를 보호할 방도는 없었다. 그 분쟁에 끼어들면
상황만 악화될 게 뻔했기에 존은 텔레비전 앞에서 장인과 부시밀
Bushmill 위스키 한 병을 나눠 마시며 거실에 붙박여 있었다. 얼마 후

프랜이 벽은 물론 굽도리판자까지 문질러 닦으며 기다시피 거실로 들어왔다. 입으로는 쑤시는 무릎과 아만다의 형편없는 살림 솜씨를 불평하고 있었다. 아만다는 마지못해 젖은 종이 수건을 댄 자루걸레로 바닥청소를 하며 뒤따라왔다. 프랜은 아만다의 허물을 끝없이 흠잡았다. '누가 손님방을 그렇게 어지럽혀 놓느냐? 왜 주방에 시트지를 붙이지 않았느냐? 넌 그런 데 관심도 없을 테니 내가 사서 붙여야겠다. 오, 맙소사, 어디서 너 같은 애가 나왔는지 모르겠다. 나는 이렇게 꼼꼼하게 살림을 하는데 말이다.' 언젠가 한번 존은 프랜이 뒤돌아선 것을 확인한 후에 그 뒤에서 손으로 사납게 짓는 짐승 흉내를 낸 적이 있다. 아만다는 장단을 맞추느라 손가락으로 자신의 머리를 권총으로 쏘는 시늉을 했다.

위스키를 마셔서 몽롱해진 상태에서 존은 벨비타 치즈를 넣은 스캘럽 감자구이, 맛없는 강낭콩 한 무더기, 그리고 쉐이크앤베이크[*]를 입힌 폭찹을 억지로 먹고 있었다. 크라프트 드레싱으로 버무린 시저 샐러드에는 존이 좋아하는 로메인 상추의 아삭아삭한 하얀 부분이 말끔히 제거되어 있었다. 따뜻하게 데운 디너롤 한 바구니는 프랜이 4분의 3을 먹어치웠다. 그동안에도 프랜은 아만다를 쉴 새 없이 다그쳤다. '너 사는 꼴 좀 봐라. 이제 젊은 나이가 아니지 않으냐. 서른이 아니라 마흔이 가까운 나이인데, 직업도 없고 남들에게 자랑할 아이도 없다. 둘 중 하나라도 있으면 좋겠지만 너는 아무것도 해놓은 게 없으면서 대책도 없다. 책을 쓰는 모험을 했으니 이제는 앞일을 좀 생각할 때가 됐다. 그런데도 어떻게 남편을 두고 LA로

---

[*] 쉐이크앤베이크Shake 'n Bake: 닭고기나 돼지고기에 사용하는 빵가루 스타일의 튀김옷. 이것이 들어 있는 백에 고기를 넣고 흔들면 고기의 겉에 입혀지는 방식이다.

갈 생각을 하느냐. 그러다가 결국은 웨이트리스나 하고 말 거다. 게다가 나이도 많아서 오래 서 있지도 못하지 않느냐. 우리 가족에게 유전적으로 하지 정맥류가 있다는 건 너도 알지 않느냐.'

존은 아만다가 그런 맹공격을 참을성 있게 '네, 알겠어요' 하는 식의 태도로 받아들이는 모습을 매우 놀라서 지켜봤다.

프랜이 식탁을 치우려고 일어나자 아만다도 일어나 차분하게 접시를 모았다. 팀 매튜스는 배를 두드리더니 텔레비전이 있는 방으로 뒤뚱뒤뚱 걸어갔다. 존은 속으로 '휴, 살았다' 하며 의자가 넘어질 듯이 벌떡 일어나 장인을 뒤따라갔다.

✦———·———✦

방에 둘만 있게 되자 아만다는 속내를 감추고 있던 가면을 계란판 버리듯이 내던졌다.

"믿을 수가 없어."

아만다가 침대에 털썩 누우며 말했다.

"엄마 아빠가 글쎄 포트마이어스에 갔다가 여길 '들렀다'는 거야. 대체 포트마이어스가 어딘데, 거기에 갔다가 여길 '들르는' 게 가능해?"

"얼마나 계실지 들은 거 있어?"

"아니."

그녀의 목소리에는 공포감이 서려 있었다.

"나 내일 아침에 첫 비행기로 떠나는데, 괜찮겠어?"

"모르겠어."

"당신 오늘 대단하더라. 어떻게 그렇게 참을 수가 있어? 그래도 장모님은 자기식대로 당신과 부딪치긴 했지만."

"내가 딴청을 피운 거지. 아니 그러려고 노력을 했다고 해야 하나. 어려워. 얼마나 버틸 수 있을지 모르겠어. 엄마는……"

목소리를 죽이고 이야기하는 게 힘들었는지 아만다는 갑자기 기침하며 몸을 앞으로 숙였다. 존은 팔꿈치로 상체를 일으키고 아만다의 등을 쓰다듬어줬다.

"괜찮아?"

"으음."

아만다는 겨우 기침을 멈췄다.

"사레가 들렸나 봐. 괜찮아."

아만다는 헛기침하며 그에게 붙어 편히 누웠다.

그때 복도 저쪽의 손님방 문이 삐걱하고 열리는 소리가 들렸다. 발소리가 나더니 화장실을 빠르게 지나 계단을 내려가는 기척이 들렸고, 이어서 주방에서 달그락거리는 소리가 들려왔다. 식기를 넣어두는 서랍에서 나는 소리 같았지만, 누군가 한밤중에 감자구이가 먹고 싶은 게 아니라면 거기서 소리가 날 리 없었다. 그런데 그럴 가능성도 없었다. 요리를 만들었다고 하기에는 너무 빨리 누군가 계단을 올라오는 소리가 분명히 들려왔기 때문이다.

이어서 복도를 걷는 소리.

존과 아만다의 방으로.

문이 벌컥 열리며 벽을 때렸다. 존은 황급히 담요를 턱까지 끌어당겼다. 아만다도 똑같이 담요 속에 숨으며 '어머나!' 하고 비명을 질렀다.

프랜은 침대 끝에 멈춰 서서 그림자 속에서 딸을 찾느라 실눈을
떴다.

"거기 있구나."

그녀가 아만다의 옆으로 다가왔다. 존은 숟가락에 창백한 달빛이
번쩍이는 것을 보았다. 아만다는 알몸을 가리기 위해 두 손으로 이
불을 꽉 잡은 채 고분고분하게 윗몸을 약간 숙였다. 프랜은 시럽으로
된 기침약을 숟가락에 따랐고 아만다는 새끼 새처럼 입을 벌렸다.

"이제 가라앉을 거다."

프랜이 고개를 끄덕이며 말했다. 그리고는 휙 돌아서서 방을 나가
문을 닫았다. 존과 아만다는 어리둥절한 채 말없이 침대에 누웠다.

"방금 일어난 일, 꿈은 아니지?"

존이 물었다.

"그런 것 같아."

존이 천장을 물끄러미 바라봤다. 거리를 지나는 자동차 헤드라이
트가 침실 벽을 길게 비추다가 사라졌다.

"내일 나랑 같이 가자."

존이 말했다.

"당신 이름을 비행기 대기자 명단에 올려놓을게."

그러자 아만다가 존에게 덥석 달려들었다. 그리고 둘의 머리만 내
놓고 이불로 몸을 휘감았다.

"고마워."

아만다는 거미원숭이처럼 달라붙어 그의 얼굴에 유칼립투스 향
이 나는 따뜻한 숨을 내쉬었다.

"당신이 나를 엄마 옆에 두고 갔으면, 엄마를 죽였을지도 몰라."

다음 날 아침, 존은 아래층에서 텔레비전 소리가 들려올 때까지 꼼짝 않고 누워 있었다. 텔레비전 소리는 장인 장모가 하루를 시작했다는 확실한 표시였다.

아만다는 팔을 이마에 얹은 채 자고 있었다. 스프링처럼 곱슬곱슬한 그녀의 머리는 베개와 손목 위에까지 헝클어져 있었다. 컬럼비아대학 복도에서 처음 그녀를 보았을 때 그를 사로잡은 것이 바로 이 머리카락이었다. 그녀는 존과 햇빛 사이에서 소용돌이치는 곱슬머리를 후광처럼 지니고 서 있었다. 그 머리카락은 늘 주체할 수 없이 흩날렸고, 틀어올려 고정해도 마찬가지였다. 아만다는 머리를 고무줄로 묶지 않고 젓가락이나 연필, 플라스틱 포크처럼 찔러넣을 수 있는 것은 무엇이든 고무줄 대용으로 썼다. 둘이 막 사귀기 시작했을 때, 존은 아만다가 자신의 어깨에 기댈 때마다 그녀의 머리에 뭔가 꽂혀 있는지 확인했다. 눈이 찔리지 않기 위해서였다. 하지만 아무리 단단하게 고정하고 다시 정돈해도 머리카락 몇 가닥은 늘 빠져나와 있었다.

존은 몸을 반쯤 일으켜 아만다의 머리에 코를 묻었다. 숨을 깊이 들이마신 다음에는 그녀의 쇄골을 살짝 베어 물었다. 쇄골은 완만한 곡선을 그리다가 애달프게 움푹 파였다. 주여, 제가 어쩌다 이 여자를 사랑하게 되었을까요. 그가 사랑한 사람은 아만다밖에 없었다. 18년 동안 아만다뿐이었다. 한 번도 다른 여자를 사귄 적이 없다. 지넷 피니거와의 한심한 사건만 제외한다면 말이다. 하지만 존은 그 사건을 외도로 치지 않았다.

"으음."

아만다가 잠결에 존을 손으로 쳤다.

"갈 시간이야."

그가 속삭였다. 아만다가 눈을 크게 떴다. 존이 손가락으로 그녀의 입술을 누르자 그녀는 미소를 지었다.

〈더 프라이스 이즈 라잇*〉의 재방송을 배경음악으로 삼아 존이 여행가방을 가져오려고 현관 앞 벽장으로 살금살금 가는 동안, 아만다는 침대에 개켜놓은 옷을 포개 놓았다. 두 사람은 한 마디도 주고받지 않았지만, 눈이 마주치면 숨을 죽이며 킥킥댔다. 그들은 계단을 기듯이 내려와 현관문 앞에 섰다.

"안녕히 계세요! 저희 떠납니다!"

존이 큰소리로 외쳤다. 당황하는 듯한 기척이 복도를 통해 들리더니 빠른 발소리가 이어졌다.

아만다는 웃음을 참으려고 입을 주먹으로 누르며, 방한화와는 완전히 대조되는 번쩍거리는 높은 굽의 검은 부츠에 발을 집어넣었다. 존은 감탄하는 눈으로 그 모습을 바라봤다. 하지만 잠깐이었다. 아이소토너Isotoner 슬리퍼를 신은 프랜의 육중한 두 발이 나타났다.

"무슨 소리야? 떠나다니?"

장모는 손을 허리에 얹고 눈을 번득였다.

"어디 가는데?"

"캔자스에요."

아만다가 대답했다.

---

* 〈더 프라이스 이즈 라잇The Price Is Right〉: 미국 CBS 방송국의 TV 게임 쇼.

"LA에요."

그와 동시에 존이 대답했다.

"집 보러요."

그가 덧붙였다. 아만다는 잠시 멈칫했다가 벨트가 달린 분홍색 코트를 입는 데 열중했다. 그녀의 눈은 벌써 커다란 선글라스 뒤에 숨어 있었다.

팀은 천천히 복도를 걸어오고 있었다.

"안녕히 계세요, 장인어른! 들러주셔서 감사합니다."

존이 즐겁게 외쳤다.

"아, 아니네."

노인은 당황스러운 투로 대답했다.

존이 현관문을 열었다.

"잠깐만!"

프랜이 외치자 냉기가 존의 몸을 타고 찌르르 흘렀다. 그것은 복종을 요구하는 말투에 대한 반사작용이었다. 존은 단단히 각오하고 몸을 돌려 장모의 강렬한 시선과 마주쳤다.

"네?"

"어젯밤까지만 해도 그런 말은 없었잖나."

"막 결정된 일이라서요. 어쩔 수 없었습니다. 부동산 중개인이 너무 바쁘다 보니……."

"정말 바쁘대요."

아만다가 거들었다. 그녀는 존 뒤에 살짝 숨어 코트의 벨트를 맸다.

"이사 가려고 생각 중이라고 했지, 결정했다고 하진 않았지 않나.

언제 돌아오는데?"

"모르겠습니다."

존이 아만다에게 차에 타라는 손짓을 했다. 아만다가 뛰다시피 차로 향했고, 존은 여행가방을 들고 뒤따랐다.

"그럼 우린 어떡하라고?"

프랜이 현관에 서서 외쳤다.

"계시고 싶은 만큼 계세요."

존이 대답했다.

"두 분 모두 편히 계세요!"

"결혼식 때 봬요!"

아만다가 어깨너머로 외쳤다. 그리고 차에 올라타 문을 세게 닫았다.

존이 뒤를 돌아봤다. 프랜이 진입로를 따라 달려오고 있었다. 횡격막 위에 자리 잡은 난공불락인 그녀의 가슴은 여전사 한 명으로 이루어진 무적함대 같았다.

존이 운전석에 앉을 무렵에 아만다는 차의 햇빛가리개를 끌어내리고 핸드백에서 뭔가를 찾고 있는 척했다.

"여보, 빨리 튀어!"

그녀가 고개를 숙인 채 말했다.

존은 아만다가 시키는 대로 일단 후진했다가 전진해서 차도로 진입했다. 얼마간 달린 후에야 그는 안전벨트를 매고 아만다에게 물었다.

"결혼이라니? 누구 결혼 말하는 거야?"

"사촌 아리엘이 3주 후에 결혼하거든."

“그렇게나 빨리?”

“우리는 모르는 척하고 있지만, 사정이 있어서 급하게 하는 결혼이야. 그런데 우리 정말 LA로 가는 거야?”

“아니, 캔자스시티로 가야지.”

“그렇구나.”

“하지만 그다음에 당신은 LA로 가도 돼. 당신이 정말 가고 싶다면 말이야.”

“오, 여보.”

아만다는 고개를 뒤로 떨어뜨리고 뒤 유리창으로 밖을 바라봤다. 빨간 불이 들어오자 존은 차를 세웠다. 아만다는 정지신호가 끝날 때까지 아무 말도 하지 않았다. 이윽고 파란 불로 바뀌자 그녀가 물었다.

“당신, 진심이야?”

“당신이 진심으로 원한다면, 나도 진심이야.”

존은 아만다를 바라봤다가 화들짝 놀라 한 번 더 바라봤다. 그녀의 뺨에 눈물이 흐르고 있었던 것이다. 하지만 아만다가 존의 목덜미를 감쌌을 때 아만다의 표정에는 행복이 넘치고 있었다.

“그러고 싶어. 정말, 정말 가고 싶어. 하지만 당신 정말 괜찮겠어?”

“응.”

그들은 잠시 생각에 잠겼다. 그러더니 존이 손을 뻗어 아만다의 허벅지를 두드리며 말했다.

“응, 정말 괜찮아.”

6장

존과 아만다가 탄 비행기는 신시내티에서 1시간 쉬었다 갈 예정이었으나 처음에는 20분 연기되더니 그다음엔 10분, 다시 15분 하는 식으로 결국 6시간을 기다리게 했다. 처음에 등장한 변명은 날씨였으나 하늘은 더할 나위없이 맑았다. 다음에는 오헤어 공항의 체증을 탓했지만, 존은 항공사 직원에게 자신들이 오헤어 공항으로 가는 것이 아님을 지적했다. 주말의 비행 정체로 인한 도미노 효과임이 분명하겠지만 그것은 아무래도 상관없었다. 이제 사건이 터진 지 이틀이나 지나버렸기 때문에 존은 거의 미칠 지경이었다.

그 결과로 존이 가장 먼저 출발하는 비행기를 예약했음에도 어째선지 캣이 존보다 하루 전날 밤에 먼저 도착했다. 캣은 도착 즉시 엘리자베스에게 이메일로 자신의 성과를 알리며 존을 참조 수신인으로 지정했다. '현장 도착. 존을 기다리는 동안 먼저 취재 시작하겠음.' 캣은 야간 항공편의 대기자 명단에 이름을 올려놨을 것이다. 존은 탑승권을 뺏긴 어느 재수 없는 세일즈맨이 재갈을 물리고 결박당해 공항의 사물함에 갇혀 있는 모습을 상상했다.

존과 아만다가 호텔의 로비에 도착했을 때 캣은 아늑한 벽난로 근처의 벽돌벽에 기대 있었다. 마침 호텔의 '친교 시간'이어서 캣은 쌀쌀맞은 분위기를 풍기며 공짜 포도주를 마시고 있었다. 캣이 투명 망토라도 걸치고 있는 양, 다른 손님들은 그녀에게 너무 가까이 다가갔다가 놀란 얼굴로 황급히 방향을 바꾸곤 했다.

"캣."

"왔어?"

"아만다 알지?"

"그럼."

캣이 아만다를 찬찬히 살펴보다 느릿느릿 손을 내밀었다.

"다시 만나서 반가워요. 여기 가족이 사나 보죠?"

캣은 고개를 살짝 옆으로 기울이며 미소를 지었다.

"아니에요."

아만다가 대답했다. 캣은 그럼 여기 왜 따라왔느냐고 묻듯이 눈을 깜빡거리며 아만다를 쳐다봤다. 아만다도 눈을 깜박이며 시선을 맞췄다.

그러자 결국 캣이 시선을 돌렸다. 그러고는 "그럼, 체크인해" 하며 포도주를 더 받으러 가버렸다.

존은 한숨을 내쉬었다. 이제 틀림없이 엘리자베스도 해질녘이면 아만다가 동행한 사실을 알게 될 것이고, 그 점을 고려하여 존의 출장비 보고서를 검토하게 될 것이다.

존과 아만다는 캣을 부를 것인지 잠시 의논하다가 단둘이 저렴한 식당을 찾아 나섰다(엘리자베스는 그 호텔방에는 주방이 딸려 있으니 별도의 식사비는 지원하지 않는다고 못 박았던 것이다).

"그런데 어젯밤에 우리 엄마가 뭐라고 했는지 알아?"

아만다가 마르가리타 칵테일과 튀긴 닭 날개를 앞에 두고 말했다.

존은 바싹 구워진 스테이크를 썰고 있었다.

"내가 별 볼 일 없는 놈이니 헤어지라고?"

"정반대야. 내 난자가 유통기한이 거의 다 됐으니까 서두르라는 거야. 믿어져?"

"응. 당연하지."

아만다가 눈을 부릅떴다.

"뭐라고?"

존이 즉각 자신의 실수를 깨달았다. 그리고 무슨 소리냐는 얼굴로 말했다.

"아니지. 당연히 아냐. 내 말은 장모님이 그런 말 하셨다는 게 믿어진다는 말이야. 당연히 그러실 만한 분이지. 안 그래?"

아만다는 동의의 의미로 한숨을 쉬고, 닭 날개가 든 바구니에 손을 뻗었다. 그리고는 하나를 꺼내 두 손가락으로 들고 찬찬히 살피더니 한 입 베어 먹었다.

"그럼 당신은 그렇게 생각하지 않는다는 거지?"

"뭐가? 당신 난자 말이야? 응. 난 그렇게 생각 안 해."

아만다는 입에 넣은 닭고기를 몇 번 씹다가 허공으로 시선을 던졌다. 그리고 물잔을 앞으로 끌어당겼다. 물잔은 터무니없이 커서 마치 어항 같았다. 아만다는 물잔에 든 얼음조각 사이로 작은 빨대를 꽂았다.

"아이를 낳게 되면, 나도 엄마같이 변할까?"

"당신은 절대 장모님처럼 되지 않을 거야."

존이 입안에 가득한 스테이크를 씹으며 말했다.

"장모님은 괴물이고 고질라야. 하지만 아만다, 당신은 흠잡을 데 없잖아."

그는 포크로 아만다를 가리켰다. 레스토랑이라서 용납되는 행동이었다.

"하지만 다들 그러잖아. 여자는 엄마를 닮는다고."

아만다가 마지막 남은 마르가리타를 후룩 마시고, 잔 양쪽을 슬쩍 쳐다보더니 혀를 내밀어 소금이 묻은 가장자리를 핥았다.

"아, 제발 나는 안 그랬음 좋겠어."

그녀는 다시 빨대를 휘저었다.

"안 그럴 거야."

"나도 하나 갖고 싶어."

아만다가 말했다.

"아기 말이야."

존은 아만다를 찬찬히 살폈다. 그녀의 입 양쪽에 바비큐 기름이 묻어 있었다. 장모와 테킬라 때문에 일시적으로 이러는 걸까, 아니면 진심으로 하는 말일까? 지난 몇 년간 가끔 아이 문제가 화제에 오르긴 했다. 대개는 아만다가 임신축하 모임이나 친척모임에 다녀온 후였다. 하지만 지금까지는 금세 흐지부지되곤 해서 존은 다행이라 생각하고 있었다. 아이가 생기면 해야 할 일이 넘칠 것이고, 그렇게 되면 자신과 아만다 사이도 예전 같지 않을 것이다. 또한 아이가 생기면 그의 어머니는 논외로 치더라도 장모 프랜을 엄청나게 자주 보게 될 것은 확실하다.

"당신이 지금 이 나라 반대편으로 가려는 시점인데 그래도 될까?"

존이 조심스럽게 물었다.

"아이가 생긴다면 내가 필라델피아로 돌아오든가 당신이 LA로 와야겠지. 우리 엄마 말이 맞으면 어떡해? 우린 여태 그 문제를 피해왔는데, 나중에 너무 늦었다고 하면 어떡하냐고."

"요즘엔 60대에도 낳잖아."

"그렇긴 해. 징그러운 여자들이지."

잠시 말을 멈춘 아만다가 덧붙였다.

"하지만 나는 그러고 싶지 않아. 늙은 엄마가 되긴 싫다고."

존이 테이블 맞은편으로 손을 뻗어 아만다의 손을 잡았다. 두 사람이 다 서른여섯 살이라는 건 엄연한 사실이었다. 존은 자신이 서른여섯이란 게 실감이 나지 않았다. 언제 이렇게 나이를 먹은 걸까?

⟡————•————⟡

"캣입니다. 메시지를 남겨 주세요."

"또 나야. 전화해줘."

존이 벌써 세 번째 남기는 메시지였다. 캣이 일부러 그러는 건 아닐 거라고 생각하면서도 — 샤워 중이거나 휴대폰을 방에 두고 아침을 사 먹으러 나갔는지도 모르니까 — 불편한 심기가 고개를 들었다.

아만다는 일찍 일어나더니, 호텔 커피는 도저히 마실 게 못 되고 패스트리는 콘크리트 같다며 근처 식료품점을 찾아 나갔다. 그녀는 불안해 하며 잠을 깊이 못 잤는데, 존은 자신이 밤새워 뒤척여서 그런 것 같아 미안했다.

존은 안내 데스크에 전화해서 캣의 방과 연결해달라고 했다. 하지만 방 전화도 받지 않아서 음성녹음을 남겼다.

"캣, 휴대폰이 꺼져 있는 것 같은데, 전화 좀 해줘. 만나서 취재 계획 세워야지."

캔자스대학에 전화해봤더니 개인 인터뷰는 절대 사절이라고 했다. 사고 이후 첫 기자회견을 오전에 할 예정이기 때문에 그때까지는 어떤 성명도 내놓지 않는다는 것이다. 기자들이 며칠 동안이나 기다려온 걸 생각하면 이상한 일이라고 존은 생각했다.

그다음에는 병원에 전화했다. 병원에서는 가족이냐고 묻더니 이사벨 던컨이 입원해 있는지 아닌지 대답하기를 거부했다. 존은 이사벨이 그곳에 있다고 확신했지만 따지지는 않았다. 그 병원은 인근에서 유일한 일급 외상 전문병원이었다. 그리고 이사벨이 거기 없다면 왜 가족이냐고 물었겠는가?

존은 이사벨의 집 전화에 음성메시지를 남겼다.

"이사벨, 저 존 티그펜입니다. 전에 그…… 어, 기억하시리라 생각합니다."

그는 꽤 길게 주절주절 이야기했다. 자신이 인터뷰를 노리고 전화한 게 아니라 진심으로 그녀의 안부가 걱정돼서 전화했다는 말을 꼭 해주고 싶었던 것이다. 그리고 그것은 사실이었다. 잠을 설친 존의 꿈에 이사벨이 나타났던 것이다.

존이 언어연구소 복도에서 이사벨을 기다리고 있다. 이사벨이 뒤에서 소리 없이 나타나 그의 손을 쓰다듬는다. "저를 따라오세요."

그녀가 속삭인다. 그의 온몸이 떨린다. 그녀의 입술이 귀에 거의 닿을 듯하다. 그녀의 숨결에서 레몬 셔벗의 향이 난다. 그녀를 뒤따라간다. 그녀의 엉덩이를 바라본다. 그녀는 인디언 사냥꾼처럼 한 발을 한치도 어긋나지 않게 다른 발의 앞에 놓으며 걷는다. 그때 휙 하고 지나가는 그림자를 보고 그 자리에 얼어붙는다. 순간 무슨 일이 일어날지 깨닫고 위험하다고 소리친다. 두 팔을 뻗고 그녀를 향해 뛰어든다. 그녀가 무슨 일이냐는 듯 돌아보지만, 입을 열기도 전에 그녀는 뒤로 날려가 뜨거운 벽에 부딪힌다. 벽은 무척 하얘서 그녀가 태양 속으로 빨려 들어가는 것 같다. 그녀가 눈앞에서 사라진다. 둥그렇게 굽은 등이 먼저, 그다음에는 얼굴과 허벅지, 그리고 팔이. 이어서 얼굴 주변에서 물결 치는 긴 머리카락이, 마지막으로 그녀의 손과 발이 사라진다. 존은 땀에 흠뻑 젖어 떨면서 깨어났다. 심장이 고동치고 있었다. 자신이 어디에 있는지도 몰랐다가 잠시 후에야 침대에 누워 있다는 것을 깨달았다. 아만다가 몸을 기울여 그의 가슴에 손을 얹었다.

"세상에, 존, 괜찮아? 당신 심장이 미친 듯이 뛰고 있어."

"괜찮아. 나쁜 꿈을 꾼 것뿐이야."

아만다가 스탠드를 켰다.

"으!"

존은 얼른 팔로 눈을 가렸다. 아만다는 그의 이마를 짚어보고 얼굴을 찬찬히 살폈다.

"나 심장마비 아냐. 정말이야."

그러자 아만다는 불을 끄고 다시 누웠다.

"뭐였어?"

“응?”

“그 꿈 말이야.”

존은 고개를 저었다.

“너무 괴상해서 설명할 수가 없어.”

그는 걱정된 나머지 눈만 뜨고 누워 있었다. 내가 이사벨의 이름을 외친 걸까? 아만다가 자신의 등에 바싹 붙어 잠들 때까지 어깨를 쓰다듬어 주는 걸 보면 그건 아닌 것 같았다. 하지만 아침이 되자 확신이 줄어들었다.

존은 자신이 라디에이터를 노려보고 있다는 걸 깨닫고, 머리를 흔들어 복잡한 생각들을 털어버렸다. 그리고 다시 캣에게 전화를 했다. 이번에는 굳이 메시지를 남기지 않았다. 남겼다면 더 이상 좋은 말이 나오지 않을 것 같았다. 만일 캣이 10분 안에 전화하지 않으면 혼자라도 출발할 작정이었다. 둘이 일을 이중으로 하게 된다 해도 그의 잘못은 아닐 터였다.

그는 아만다가 로비에서 방금 가져온 커피를 한 모금 마시고(그녀의 말이 맞았다. 정말 맛이 없었다) 컴퓨터를 켰다. 그리고 웹브라우저의 검색창에 ‘지구해방연맹 캔자스시티 언어연구소’를 입력한 다음 엔터 키를 눌렀다. 그리고 검색 결과에 놀랐다.

서른두 페이지의 구글 검색 리스트가 만들어졌다. 비디오 동영상은 이미 바이러스처럼 퍼져서 유튜브, 개인 블로그, 동물보호단체의 게시판까지 흘러들어 갔다. 몇 번 본 영상이지만 그에게는 지금도 충격적이었다.

창문도 장식도 없는 방에 검은 복면을 쓴 남자가 철제 책상에 앉아 있다. 벽은 흰색 콘크리트 벽돌로 되어 있다. 장갑을 낀 손은 책상 위에 올려 놓았다. 거친 화면은 1970년대의 홈비디오처럼 올리브 색과 노란색으로 덮여 있었다.

남자는 손 아래에 놓인 종이를 내려다봤다. 거기 쓰인 내용을 죽 읽으려는 것 같았다. 남자가 카메라를 정면으로 바라봤다. 그는 '악마의 수하들'의 이름을 읽는 것으로 시작했다. 피터 벤튼, 이사벨 던컨, 언어연구소와 연관된 몇 사람, 그리고 캔자스대학 총장인 토머스 브래드쇼가 그들이다. 그는 그 사람들의 전화번호와 우편번호를 포함한 집 주소를 죽 읽어내려갔다.

"너희는 하나같이 비열하고, 하나같이 죄가 무겁다. 너희는 멀리 떨어진 사무실에 편안히 앉아, 미친 과학자들이 타락한 연구실에서 실험에 동의하지 않은 순진한 보노보들을 상대로 자행한 해괴한 연구와 고문을 지시하고, 방관했다. 우리는 더 이상 좌시하지 않을 것이다. 너희는 이사벨 던컨처럼 그 대가를 치를 것이다. 너희들의 주소는 이제 공개되었다. 누가 무슨 짓을 할지 아무도 모른다. 토머스 브래드쇼, 이번에는 네 집이 물에 잠겼을 뿐이지만 다음엔 무슨 일이 벌어질까? 폭발? 네가 과학의 이름으로 고문했던 그 죄 없는 보노보들처럼 너희 가족이 집안에 갇히게 될지도 모르지. 아니면 네 차에 무슨 일이 생길지도 모른다. 차를 운전하기 전까진 알 수 없을 거야. 그리고 그땐 너무 늦을 거고. 브래드쇼, 네 자식들에게는 뭐라고 말할 텐가? 결국 너는 네가 그 구역질 나는 사악한 연구소에 오랫동안 가두어두었던 힘없는 보노보와 같은 처지가 될 것이다."

남자가 다시 종이로 눈을 향했다. 그가 카메라를 향해 얼굴을 들었을 때 복면의 입 구멍 사이로 입가의 냉혹한 미소가 어렴풋이 보였다.

"이제 연구는 중단되었다. 중단시킨 것은 우리지만, 영원히 중단하는 일은 너희가 해야 한다. 그렇지 않으면 무슨 일이 벌어질지 이제는 알 것이다. 우리는 보노보들을 해방하고, 또 해방할 것이다. 그리고 너희 한 사람 한 사람을 쫓아다닐 것이다. 멈추지 않고 끝까지. 우리는 절대 물러서지 않는다. 우리는 지구해방연맹이다. 우리는 어디에나 있고 절대 포기하지 않는다. 기대하고 있으라."

화면이 멈췄다. 존은 마지막 정지화면을 몇 초 동안 바라보다가 자신이 입을 벌리고 있다는 것을 깨달았다.

고문? 미친 과학자들? 실험에 동의하지 않은 보노보들? 짧은 시간이었지만, 존이 보기에 그 연구소 사람들 모두는 보노보의 자유를 최대한 보장하고 있었다. 그 프로젝트의 기본 전제는 보노보는 자신들이 원하기 때문에 대화한다는 것이었다. 혹시 이 테러리스트들은 '연구소'라는 단어가 포함되어 있다는 단순한 이유 때문에 건물을 폭파한 건 아닐까? 만약 영장류언어연구소가 아니라 '영장류언어프로젝트'라고 했으면 이런 사태를 피할 수 있었을까?

이사벨은 얼마나 심하게 다친 걸까? 혹시 눈을 꼭 감고 집중하면 텔레파시 같은 느낌을 받을 수 있을까 싶었다. 시도해봤다. 효과가 없었다. 그러고 나니 죄책감이 밀려들었다.

존은 커피를 마셨다가 입안에 커피가루가 들어오자 얼굴을 찡그렸다. 부엌 수도꼭지 옆으로 고개를 숙여 입을 대고 커피가루를 헹궈냈다. 그리고 캔자스대학을 향해 출발했다. 재수 없는 캣 더글러스.

이사벨은 하루 내내 기다리기만 했다. 간호보조원들이 그녀를 휠체어에 태워 이곳저곳 데리고 다니며 검사와 시술을 받게 하기를, 의사가 설명을 해주기를. 무엇보다도 피터가 보노보들의 소식을 전해주기를.

그 애들은 무사할까? 탈수증이 온 건 아닐까? 어디에 수용된 걸까? 대기실에 놓인 텔레비전들은 전날 밤에 본 화면과 인터넷에 떠도는 섬뜩한 영상만 반복해서 보여주고 있었다. 그 영상은 아주 짧았지만 항상 뉴스 진행자의 어깨 위에 자리했다. 복면 속의 입술은 움직이고 있었지만, 이사벨에게는 아무것도 들리지 않았다.

이사벨은 실리아가 연관되었다는 소식에 큰 충격을 받았다. 그녀는 사람을 잘 믿는 편이 아니었지만 보노보들의 평가는 절대적으로 믿었고, 보노보들은 실리아를 매우 좋아했다. 실리아가 연구소에 처음 출근한 뒤에, 본지가 말했다.

실리아 사랑해! 보금자리 만들어. 빨리 실리아 와 본지 사랑해.

시간이 흐르면서 이사벨의 뼛속까지 사무치는 외로움에 더해 더욱 근원적이고 간절한 욕망이 서서히 밀어닥쳤다. 이사벨의 어머니가 오지 않을 거라고 피터가 이야기한 이후 일어난, 이유를 설명할 수 없는 고통스러운 열망이었다. 피터와 결혼하기로 하였으니 언젠가는 자신의 유전자에 숨어 있는 것들을 숨김없이 밝혀야 한다는 것을 알면서도 이사벨은 가족력에 대해 피터가 소화할 수 있을 만큼씩만 이야기해주었다. 피터는 그녀의 아버지가 가출하자 어머니가 알코올 중독에 빠졌다는 것, 그리고 실은 두 사건의 순서가 바뀌었을지도 모른다는 것을 알고 있었다. 어머니가 부당하게 사회보장 혜택을 받았다는 것도 알고 있었다. 그리고 남동생이 열다섯 살 때 퇴학당했고, 곧이어 당연한 순서처럼 약물중독에 빠졌다는 사실도 알고 있었다. 동생이 죽었는지 살았는지는 이사벨도 알 수 없었다. 이사벨의 암울한 학창시절에 대해서도 어느 정도 알고 있었고, 친구들과 우정을 계속 이어간 적이 한 번도 없었다는 것도 알고 있었다. 친구의 부모들은 이사벨의 집안 사정을 알게 되면 자식들이 그녀와 어울리지 못하게 막았던 것이다. 중고매장에서 사입은 옷, 이상한 점심 도시락 때문에 학교에서 웃음거리가 된 것도 대개 알고 있었다. 하지만 이사벨이 점심으로 통조림 옥수수로 만든 샌드위치를 싸온다는 사실을 알게 된 벗슨 부인이 자신의 딸 미셸에게 매일 여분의 도시락을 들려 보냈고, 그런 그릇된 친절함으로 인해 이사벨이 공식적으로 하층민이 되어버렸다는 것까지는 모르고 있었다. 마릴린 조가 운동장에서 이사벨을 뒤따라 다니며 잔인할 정도로 그녀를 똑같이 흉내 냈을 때, 그녀가 바닥에 비친 그림자를 통해 그 모든 동작을 보았다는 것도 피터가 모르는 사실이었다. 그리고 '삼촌들', 이사벨의 어머니가 그 삼촌들을 은밀히 만날 때마다 화장실로 뛰어가 립스틱을 바르고 즐거운 비밀이라도 있는 양 자식들을 지하실로 쫓아내곤 했다는 것은 전혀 몰랐다. 위층에서 벌어지는 일을 생각하지 않으려고 이사벨이 기를 쓰며 남동생과 더 머핏 쇼*나 방과 후 특집을 봤다는 것, 삼촌이라는 사람이 떠나버린 뒤에 어머니가 화장실로 사라져 오랫동안 훌쩍였다는 것도 그가 모르는 사실이었다.

그런데도 이사벨은 어머니가 지금 병원으로 오고 있다고, 어떻게든 용기를 내서 당장에라도 문을 열고 들어올 거라는 상상에 빠지지 않을 수 없었다. 어머니는 이사벨이 어렸을 때처럼 그녀를 두 팔에 안고 미안하다고, 정말 미안하다고 말해주리라. 어머니에게 위로를 받을 수만 있다면 상황은 달라질 것이고 모든 일이 잘 풀릴 것 같았다. 이사벨은 그렇게 믿기로 했다. 그렇지 않으면 가족이나 친구 한 명 없이 병원 침대에 혼자 누워 있다는 사실을 받아들일 수밖에 없었기 때문이다.

오후에 간호사 뷸라가 문을 열고 고개를 내밀더니 밝은 표정으로 말했다.

"손님이 왔어요."

이사벨은 눈물이 왈칵 솟았다. 엄마가 오셨구나.

"언니세요."

뷸라가 말했다.

---

* 더 머핏 쇼The Muppet Show: 1976년부터 1981년까지 미국에서 인기를 끌었던 어린이 대상의 인형극 텔레비전 프로그램.

이사벨의 눈이 번쩍 뜨였다. 열린 문을 통해 들어온 사람은 캣 더글러스였다.

"던컨 박사님, 다시 만나서 반가워요. 몸은 좀……."

말을 멈춘 캣의 눈이 휘둥그레졌다.

"어머, 세상에."

그녀는 주머니에서 디지털카메라를 꺼내 사진을 찍고 손안에 쥐었다.

이사벨이 신음을 흘리며 벌떡 몸을 일으켜, 간호사들과 대화할 때 쓰던 메모지와 펜을 찾아 손을 내저었다. 그러다 갑자기 펜을 타일바닥에 떨어뜨리고 메모지를 캣에게 힘껏 집어던졌다. 메모지들이 펄럭이며 흩어지더니 이제 막 나는 법을 배우는 새들처럼 바닥에 내려앉았다.

순간 사정을 깨달은 뷸라의 얼굴에 두려움이 떠올랐다. 뷸라는 캣을 향해 홱 돌아서서는 "언니라면서요" 하고 낮게 으르렁거렸다.

"어떻게 감히 이런 짓을! 당장 나가요!"

캣이 이사벨의 얼굴을 살피기 위해 허리를 굽혔다.

"꽤 심하게 다치셨군요. 말은 할 수 있으세요?"

뒤에서 피터의 목소리가 쩌렁쩌렁 울렸다.

"당신 대체 뭐하는 작자야?"

이사벨은 두 손으로 미친 듯이 수화를 했다.

저 여자 여기서 내보내, 여자 내보내, 여자 내보내.

눈물이 뺨을 타고 흘러내렸다.

피터가 캣의 팔을 잡아당겼다.

"이 팔 놔요!"

캣이 날카롭게 소리 질렀다.

"이건 폭행이에요!"

피터가 캣을 가까이 끌어당기더니 그녀의 귀에 대고 말했다.

"그럼 고소하시지."

그의 눈은 이글거렸고, 미소는 차가웠다. 캣은 턱을 치켜들고 그를 똑바로 바라봤다. 캣은 피터가 세게 밀자 비틀거리긴 했지만 아직 팔이 잡혀 있어서 넘어지지는 않았다.

"경찰 불러줘요."

피터가 뷸라에게 말했다.

"알았어요. 알았어. 가면 되잖아요."

캣이 말했다. 그리고 잠시 자세를 가다듬으며 자신의 팔을 감고 있는 손가락을 내려다봤다. 그리고 집게손가락 일부가 없는 것을 보고 눈을 깜빡거렸다.

"알았으면 당장 꺼져. 어서."

피터가 캣을 잡아서 문쪽으로 홱 밀었다.

뉴스 보도진 대여섯 명이 기자들과 함께 캔자스대학 본부건물 밖에서 기다리고 있었다. 그중 몇 명은 존도 아는 사람들이었다. 한 명은 컬럼비아대학 동창이었다. 햄프턴에 여름 별장까지 있는 부유하고 가정적인 여자와 결혼한 그는 《뉴욕타임스》에 자리를 잡았다. 이름은 필립 언더우드. 그는 지넷 피니거 사건이 일어나던 밤 그 자리에 있었으며, 누군가 존의 입에 깔때기를 꽂고 있는 동안 존이 천장을 바라보고 누워 있도록 다리를 잡고 있던 놈이다. 모든 것이 흐릿했고 나중에도 또렷하게 기억이 나지 않았다. 세월이 그렇게 흘렀지만, 존은 아직도 창피해서 그 장면을 본 사람이라면 누구도 마주치고 싶지 않았다.

또 한 명의 낯익은 얼굴은 《뉴욕 가제트》에서 함께 근무했던 동료였다. 그는 공동으로 쓰는 냉장고에 도시락을 넣어둘 때면 누가

훔쳐가기라도 할까 봐 마스킹 테이프에 경고문을 써서 붙여놓고, 말
할 때 "서론이 길다", "알짜배기" 같은 구식 표현을 남발하는 것으
로 유명했다. 그는 야위어 보였지만 배는 불룩했고 머리, 옷, 낯빛까
지 모두 잿빛이었다. 몇 년 전에 이혼한 후 생기와 색깔, 어쩌면 10년
이라는 세월까지 빼앗겨버린 것 같았다. 그는 낡아빠진 트렌치 코트
차림이었고, 바람을 피해 어깨를 움츠리고 있었다.

존이 그에게 다가갔다.

"이봐, 세실."

세실은 존을 건너다보더니 담배를 마지막으로 한 모금 빨고 땅바
닥에 휙 던졌다. 꽁초는 끝이 빨개진 채 또르르 굴러갔다. 그는 발
개진 손을 한데 모아 비비며 호호 불었다.

"어이, 존."

"안에 스웨터는 걸쳤겠지?"

존이 물었다.

"아니."

세실이 어깨를 으쓱하더니 똑바로 바라봤다.

"그래, 아직 인키에 있지?"

"음. 자넨 아직 가제트에 있고?"

"응."

이어서 기자들끼리 나누는 뻔한 얘기가 오갔다. 자신이 알고 있
는 것은 감추면서 상대방이 알고 있는 걸 알아내려 애쓰는 것이다.

결국 세실은 호주머니에 손을 넣고 놀랐다는 듯이 몸을 뒤로 젖
혔다.

"그럼 자넨 아무것도 아는 게 없단 말이지?"

존은 고개를 저었다.

"없어. 자넨?"

"전혀."

그들은 안타깝다는 듯이 천천히 고개를 끄덕였다. 존은 폭발 사고가 일어난 날 자신이 이사벨과 보노보들을 만난 사실을 말해줄 이유가 없다고 생각했다. 그러면서도 세실이 뭘 감추고 있을지 궁금했다.

그때 흥분한 목소리들이 들려와서 보니, 몸집이 큰 사내 둘이 건물의 이중 유리문을 열고 있었다. 그러자 정장 차림에 하이힐을 신은 몸집이 작은 여자가 계단을 내려와 마이크 앞에 섰다. 두 남자도 내려와 그녀 양쪽에 섰다.

여자는 안경을 추켜올리고 머리를 매만졌다. 매니큐어를 칠한 손이 추위에 떨고 있었다.

"와주셔서 감사합니다."

주위를 둘러보며 여자가 입을 열었다. 보도진들은 마이크를 머리 위쪽 좋은 위치에 대려고 서로 밀쳐댔고, 기자들은 질문을 쏟아내기 시작했다.

"습격을 받을 당시 총장님 가족은 집에 있었습니까?"

"이사벨 던컨의 상태는 어떤가요?"

"보노보들도 다쳤나요?

"체포된 사람은 없습니까?"

여자는 앞에 있는 얼굴들을 하나씩 쳐다봤다. 카메라 플래시가 연방 터지면서 그녀의 안경알에 반사되었다. 보온 덮개를 씌운 마이크들이 까만 털로 뒤덮인 괴물 애벌레처럼 그녀의 얼굴을 둘러싸고 있었다. 여자는 잠시 눈을 감고 숨을 들이마셨다.

"경찰은 요주의 인물 몇 명을 조사하고 있지만, 현재는 그 사람들을 용의자로 지목하진 않았습니다. 이사벨 던컨 박사는 오늘 아침 안정을 찾았고, 담당의사 말로는 머지않아 정상으로 회복될 거라고 합니다. 대학 총장님의 집은 이번 사건과 관련해서 습격을 당했지만 가족들은 무사합니다. FBI는 지구해방연맹을 가장 위험한 국내테러단체로 보고 어떠한 협박도 엄중히 처벌하겠다고 밝혔습니다. 보노보들은 다치진 않았지만 안전을 위해 다른 장소로 옮긴 상태입니다."

이어서 또 다른 질문들이 포화처럼 쏟아졌다.

"요주의 인물은 누구입니까?"

"보노보를 옮긴 곳은 어떤 시설입니까?"

"아직 캠퍼스 안에 있습니까?"

여자가 질문을 퍼붓는 사람들을 제지하듯 손을 들어 올렸다.

"죄송합니다만 방금 하신 질문에는 구체적으로 답변해 드릴 수 없습니다. 저희는 틀림없이 범인들을 찾아내서 법정 최고형을 받게 할 것입니다. 더불어 이 사건에 대해 조금이라도 알고 계신 분들은 당국에 신고해주시기를 부탁합니다. 그동안 저희는 학생과 교직원의 안전을 보장하기 위해 온 힘을 다했고, 앞으로도 그럴 것입니다. 감사합니다."

여자는 눈을 내리깔고 메모카드를 가지런히 정리하며 자리를 뜰 준비를 했다. 그러자 기자들의 질문이 숫제 고함으로 변했다.

"총장 집에 대한 습격은 폭파가 일어난 지 24시간 후에 벌어졌습니다. 학교 당국에서는 다음에 있을지도 모를 공격을 막기 위해 어떤 조치를 취했습니까?"

잠깐 생각하던 그녀는 마이크에 손을 대고 말했다.

"저희는 이런 일이 더 이상 일어나지 않도록 분명한 조치를 취했습니다. 더 자세한 질문은 홍보실로 해주시기 바랍니다. 감사합니다."

그녀가 몸을 돌려 비틀거리며 돌계단을 다시 올랐다.

"저 여자가 그놈의 홍보실에서 나온 거 아니었어?"

세실이 투덜거렸다.

존은 그 자리를 떠나 언어연구소로 갔다. 따분한 표정의 경찰관 둘이 주위에 쳐놓은 노란 테이프를 따라 걸으며 사진기자들이 들어오지 못하도록 지키고 있었다(그런데 오즈굿은 어딨지? 엘리자베스가 출장비를 아끼기 위해 연합통신사에서 사진을 받기로 한 모양이군).

존은 연구소를 볼 마음의 준비가 되었다고 생각했지만 실제로 가보니 연구소 내부는 폭격이라도 당한 것 같았다. 사흘 전에 그는 저 계단을 오르고 저 손잡이를 잡았다. 손잡이는 청회색이었는데, 지금은 칠이 벗겨지고 검게 타 있었다. 그는 이사벨 던컨을 따라 저 문을 통과해 보노보가 사는 방으로 들어갔었다. 문은 떨어져 나갔고, 문이 있던 자리는 어둠의 진원지에서 입을 벌리고 있었다. 외벽은 성난 자국으로 그슬려 있었다. 복도 안쪽은 몇 미터밖에 볼 수 없었지만 그을음이 묻은 천장에는 절연체와 철사들이 매달려 있었고, 플라스틱이 탄 역겨운 냄새가 여태 남아 있었다.

존은 주차장으로 시선을 던졌다. 존과 캣, 오즈굿이 택시에 올라탔던 이곳 자갈 바닥에는 유리파편이 널려 있었다. 구급차가 이사벨 던컨을 태운 곳도 바로 여기일 것이다. 보노보들이 도피처로 삼았던 나무 아래에는 부러진 가지들이 엉망이 된 새 둥지처럼 어지럽게 널려 있었다. 보노보들이 기를 쓰고 나무에서 버티려다 실패한 증거일 것이다. 존은 보노보들이 정신을 잃고 어둠 속으로 떨어지는 광경을 머릿속에서 지우려 고개를 돌렸지만 소용없었다.

그다음에는 차를 몰고 로렌스 시 동물관리국으로 갔다. 뒤쪽에 개 사육장이 몇 줄로 늘어선 1층짜리 건물이었다. 콘크리트 벽돌로 된 안내실의 벽은 초록색이었고, 리놀륨 바닥은 냄새로 보아 최근에 표백제로 청소한 것 같았다. 건물 뒤쪽으로 통하는 흔들리는 문 뒤에서 오페라풍으로 구슬프게 우는 개의 울음소리가 들려왔다.

"스타워즈의 우키 소리 같군요."

존이 말했다.

"방금 들어온 놈이거든요. 별로 행복하진 않겠지만, 그래도 전에 살던 데보다는 여기가 나을 거예요."

책상 앞에 앉아 있던 여자가 말했다.

"저는 존 티그펜이라고 합니다. 《필라델피아 인콰이어러》에서 일하고 있죠. 혹시……."

여자는 말을 다 듣지도 않고 손을 들었다.

"보노보라면 여기 없어요."

"여기 왔었군요?"

여자는 존을 의심스러운 눈으로 유심히 살피고 나서 입을 열었다.

"잠깐 있었죠. 한밤중에 트럭에 실려왔는데, 사람들이 그 녀석들을 마취하고 가버리더군요."

"마취총을 또 쐈다고요?"

"그 방법밖에 없다던데요. 우리는 주로 개와 고양이를 받기 때문에 크러시 케이지*가 없거든요. 우리가 맡았던 가장 위험한 동물은 악어였어요. 어떤 남자가 플로리다에서 갓 부화한 놈을 샀는데, 금세 2미터 넘게 크더니 칠면조 다리를 지하실 계단으로 던져주고 거기에 놔둔 유아용 풀에 고무호스로 물을 채워줘야 했다나요. 거기까지는 좋았는데 벽난로까지 부수는 바람에 수리공을 불러야 하는 지경이 됐답니다."

존은 눈을 크게 뜨고 그녀를 바라보더니 머리를 흔들었다.

"그 보노보들은……. 그 애들을 실어갈 때 여기 계셨습니까?"

"네. 직원이 부족하거든요. 어제 그 난리를 치를 땐 자원봉사자들이 떼로 불려 갔었죠. 그 언어연구소 인턴도 거기 섞여 있었고요."

존이 귀를 쫑긋 세웠다.

"그래요? 그 남자 연락처 좀 알 수 있을까요?"

"여자예요. 어차피 인터넷에 도배돼 있으니 안 될 것도 없죠. 아직 조사하고 있겠지만요."

그녀는 서랍에서 장부를 꺼내 뒤적이더니 종이쪽지에 이름과 연락처를 적었다. 그리고 안내 데스크 위로 존에게 밀어줬다.

실리아 허니컷. 이 여자는 용의선상에 올라 있는 것 같은데, 지구해방연맹 비디오에서 거명된 것이 이상했다. 수사에 혼선을 주려고 일부러 응징 대상에 포함한 걸까? 존은 종이쪽지를 접어 주머니에 넣었다.

"왜 이 여자를 잡아갔는지 아십니까?"

"모르겠네요. 그런데 지금 몇 시죠?"

---

* 크러시 케이지crush cage: 동물을 가둔 후에 꼼짝 못하게 고정시키거나 공간을 좁힐 수 있게 만든 우리.

그녀가 시계를 보더니 자포자기하듯 한숨을 내쉬었다.

"맙소사, 전 여기서 열여섯 시간째 일하고 있네요."

"누가 보노보들을 데려갔습니까?"

여자는 고개를 저었다.

"전혀 몰라요. 그 사람들 트럭 번호판까지 가렸더라니까요. 제가 아는 거라곤 그 사람들이 보노보를 사고팔고 했다는 거예요. 그러니 넘겨줄 수밖에 없었죠."

"뭐라고요?"

그러다 앞뒤 사정을 간파한 존은 눈을 감았다. 이런 일이 앞으로 절대 일어나지 않도록 조치했다는 대학 당국의 성명이 무슨 뜻인지 문득 알게 된 것이었다. 이 사실을 이사벨도 알고 있을까 생각하니 몸에 찌르르하고 통증이 지나갔다.

가족. 이사벨은 보노보들을 그렇게 불렀다.

존은 안내 데스크에 몸을 기대고 팔에 이마를 얹었다.

"구매자 이름 좀 알려주십시오."

"회사 번호였어요."

"그 번호 적어놓으셨죠?"

"죄송하지만 없어요. 저 혼자 여기를 지켰는데, 뒤에는 보노보 여섯 마리뿐 아니라 다른 동물들도 많았거든요. 그 사람들은 대학 직원뿐 아니라 변호사까지 대동하고 왔더라고요. 제가 뭘 어떻게 하겠어요? 그 사람들이 주인인데."

여자는 잠시 입을 다물고 있더니 덧붙였다.

"그런데 제가 가끔 스타벅스에 갔을 때 실리아나 다른 연구소 사람들이 보노보가 마실 탈지 라떼를 주문하곤 하더군요. 그 사람들은 항상 비디오카메라를 갖고 왔죠. 나중에 보노보들이 그 비디오를 보는 것 같았어요. 계산대에 있는 직원들은 그 카메라가 보노보인 양 말을 걸곤 했죠. 그걸 볼 때마다 신기하다는 생각을 했어요. 보노보들이 영어를 알아듣나 봐요.”

“맞아요. 저도 만나봤거든요.”

존이 머리를 들며 조용히 말했다. 그리고 한숨을 쉬며 손가락 관절로 안내 데스크를 몇 번 두드렸다.

“네, 그럼. 말씀 감사합니다. 많은 도움이 됐습니다.”

✦———·———✦

차에서 실리아 허니컷에게 전화를 해봤지만 예상한 대로 전화를 받지 않았다. 호텔로 돌아온 존은 복도에서부터 아만다의 요리 냄새를 맡을 수 있었다.

존과 아만다의 스위트룸과 바로 이어져 있는 아담한 주방 공간에는 전기코일 위에 놓인 커다란 냄비에서 뭔가가 지글지글 끓고 있었다. 아만다는 조리대 앞에서 버섯을 꼼꼼하게 다듬고 있었다. 조리대의 나머지 공간에는 셀러리, 양파껍질, 닭고기, 여러 가지 통조림, 포도주병, 면직물 천, 리크 조각, 그리고 플랫 파슬리 몇 묶음이 놓여 있었다.

존은 아만다의 목덜미에 키스했다.

“이거 뭐야?”

“치킨 팟 파이에 넣을 속이야. 빵 껍질만 없으면 수프랑 비슷해.”

“그렇군.”

잠시 후 존이 덧붙였다.

"하지만 나는 빵 껍질이 제일 좋은데."

"빵 껍질은 내가 만들면 되는데 여긴 파이 구이판이 없어. 밀대도 없고."

그녀의 눈이 조리대를 훑었다.

"포도주병을 물에 담가서 상표딱지를 떼어내고 그걸 밀대로 쓰면 되겠다. 식료품점에 가면 포일로 된 파이 접시가 있을 거야."

존이 냉장고 옆 물건 더미에서 플라스틱 사각 밀폐용기를 집어들고 살펴봤다.

아만다가 그 모습을 힐끗 쳐다봤다.

"그게 한 끼용 크기라서 산 거야. 당신이 냉장고에서 하나만 꺼내 전자레인지에 데워 먹으면 될 것 같아서."

존의 심장이 덜컥 내려앉았다. 그녀는 '우리'가 아니라 '당신'이라고 말했던 것이다.

"그리고 쇠고기 부르기뇽도 만들어놨어. 좀 다양하게 먹어보라고. 찬장에 있는 계란면이나 삶은 감자를 곁들여 먹어도 좋을 거야. 그리고 즉석 모듬 채소도 좀 샀어. 봉지를 찢을 필요도 없이 그냥 전자레인지에 넣기만 하면 돼."

아만다는 버섯 꼭지를 도마 한쪽 끝에 쌓고, 하나씩 가운데로 옮겼다. 그리고 솜씨 좋게 사등분했다. 버섯 꼭지를 다 자른 다음에는 냄비에 넣고 뚜껑을 닫은 뒤 불을 약하게 줄였다.

"됐다."

아만다가 허벅지에 손을 닦으며 말했다. 아만다의 얼굴은 발그레했고, 곱슬곱슬한 머리카락이 이마와 관자놀이에 들러붙어 있었다.

"포도주 한잔할래? 쇠고기 요리하면서 하나 따놨어."

"아름다워."

존이 말했다.

아만다가 미소를 지으며 얼굴에서 머리카락을 쓸어내고 병을 들었다.

"좋다는 말로 들을게."

그들은 거실 소파로 가 앉았다. 아만다는 두 다리를 접어 소파 위에 올리며 존의 팔 아래로 파고들었다.

"당신 정말 괜찮아? 내가 LA로 가는 거?"

"괜찮아."

"나, 내일 아침 비행기 예약해 놨어."

"어, 그건…… 좀 빠르다."

"응."

아만다가 불안한 표정으로 존을 쳐다봤다.

"해야 할 일이라면 빨리하는 게 좋을 것 같아서. 그리고 필라델피아까지 다시 돌아가는 건 말이 안 되는 것 같아. 방향이 정반대잖아. 그래서 돌아가는 항공편을 버리더라도 바로 LA로 가는 게 더 싸게……."

존이 아만다를 끌어당겨 그녀의 머리에 얼굴을 묻었다. 그녀에게서 버건디 포도주 향이 났다. 그녀의 모든 것이 좋았다. 존이 키스했다.

"괜찮아. 정말, 괜찮아."

아만다는 미소를 지었다. 숨을 깊이 들이마신 그녀가 그를 올려다봤다.

"그래, 오늘은 어땠어?"

"그거 알아? 아래층에 핫 터브가 있더라. 거기서 얘기하자. 그런 다음에 나는 캣을 찾아보든가 혼자서 기사를 보내든가 할 거야."

김이 나는 냄비를 쳐다본 아만다의 얼굴에 그래도 될까 하는 망설임이 스쳤지만, 그녀는 침실로 들어가 옷을 갈아입었다.

✦———·———✦

존이 아만다를 위해 풀로 들어가는 유리문을 잡고 있는데 캣의 뒷통수가 눈에 들어왔다. 혼자서 핫 터브를 차지한 그녀는 두 팔을 뻗어 핫 터브 가장자리에 올려놓고 있었다. 아만다는 존을 돌아보며 속삭였다.

"호랑이도 제 말 하면 온다더니."

존이 앞을 보며 웃음을 참았다.

"그러게 말이야."

아만다가 수건을 가져오는 동안, 존은 핫 터브 근처에 서서 캣을 내려다봤다. 그녀는 머리를 뒤로 젖힌 채 눈을 감고 있었는데, 가지런한 진갈색 단발이 타일바닥에 닿을락 말락 했다. 잠들거나 죽은 사람처럼 보였다. 존은 고개를 갸우뚱하며 생각했다. 캣이 어떤 여잔지 몰랐다면 그 모습이 매력적이라고 생각했을지도 모른다. 굴곡이 뚜렷한 쇄골, 탄력 있는 팔, 조각 같은 손가락, 작지만 단아한 코. 하지만 그는 그녀가 어떤 사람인지 알고 있었다. 중요한 건 그거였다.

존은 주위를 살피려고 시선을 돌렸다. 핫 터브 너머 풀에는 세 가족 정도쯤 될 아이들이 비현실적으로 파란 물속에서 물장구를 치며 소리 지르고 있었다. 부모들은 풀 주변에 모여 있었다. 중년 남자들은 물기 마른 수영팬티를 입고 구부정하게 앉아 가끔 찡그린 얼굴로 블랙베리를 들여다보거나 캔맥주를 홀짝거렸다. 부인들도 물기 없는 수영복 차림으로 일광욕하듯 무릎을 약간 굽히고 양팔을 위로 올린 채 수건 위에 누워 있었다. 그중 한 명은 고개를 들지 않아도 마실 수 있게 플라스틱 포도주잔에 굽은 빨대를 꽂고 번들거리는 타블로이드판 신문 ―《위클리 타임스》였다 ― 을 읽고 있었다. 콘크리트벽을 장식하고 있는 야자수와 백사장 그림은 통풍구 옆에서 약간 들떠 있었고, 머리 위에서는 얼음조각 모양의 커다란 인공조명이 깜빡거렸다.

아만다는 차곡차곡 갠 하얀 수건들을 가져와 테이블 근처에 놓고, 존이 보고 있는지 확인하기 위해 눈을 맞췄다. 그녀는 역동적인 시선으로 테이블 중앙에 펼쳐진 차양을 올려다보고 웃었다. 그리고 옷을 벗기 시작했다.

세 남자 중 휴대폰을 들고 있던 두 명이 고개를 들더니 블러드하운드처럼 코를 찡그렸다. 순식간에 아만다는 그들이 함께 쏘는 트랙터 빔* 같은 시선에 사로잡혔다. 아만다가 핫 터브로 걸어가자 한 남자가 무릎으로 상황 파악을 하지 못하고 있는 세 번째 남자의 다리를 건드렸다.

꿈도 꾸지 마. 존은 생각했다. 느닷없이 설명할 수 없는 분노가 그를 사로잡았다. 어딜 가나 남자들은 아만다를 보느라 정신이 없었고 존은 그런 상황을 즐기는 편이었다. 지금까지는.

---

* 트랙터 빔tractor beam: 물체에 광선을 발사하여 다른 곳으로 옮길 수 있다는 가상의 장치. 우주선이 나오는 공상과학영화에 등장한다.

아만다는 핫 터브에 붙어 있는 계단을 내려갔다. 그녀의 허벅지가 물 아래 잠기자, 아만다는 "앗, 뜨거워! 앗, 뜨거워!" 하면서도 계속 들어가 어깨까지 물속에 담갔다. 아만다는 가장자리에 자리를 잡고 깊은숨을 몰아쉰 뒤에 기대하는 눈빛으로 존을 바라봤다.

"안 들어올거야?"

존은 마지막으로 중년의 세 아버지들을 맹렬히 쏘아보았다. 아만다의 몸이 핫 터브의 물 속으로 사라지자 남자들은 이전의 상태로 되돌아가 부인과 아이들은 거들떠보지도 않고 이메일을 확인하기 시작했다.

존은 아만다를 따라 김이 나고 소용돌이치는 물속으로 들어가 캣 옆에 앉았다.

"그래, 오늘 어디 있었어?"

캣이 고개를 들고 설마 하는 표정으로 눈 한쪽을 떴다.

"오, 존, 왔구나."

그녀는 머리를 다시 뒤로 눕혔다.

"전화를 한 번도 안 받더군."

"전화가 꺼져 있었어. 미안."

"함께 취재해야 하잖아."

"미안하다고 했잖아."

"제발 전화 좀 켜놔!"

"알았어. 그래야지."

캣의 목소리에 짜증이 묻어났다. 그녀는 손가락 끝으로 물을 휘저었다.

그들 뒤에서 새로운 놀이를 시작한 아이들의 목소리가 콘크리트 벽에 반사되어 울렸다.

"마르코*!"

"폴로!"

"마르코!"

"폴로!"

젖은 발로 콘크리트 바닥을 찰박—찰박—찰박 내달리는 소리가 났고, 이어서 한 아이가 징징거렸다.

"반칙이야! 물 밖으로 나갔잖아."

"아, 짜증 나!"

머리를 젖히고 있던 캣이 벌떡 일어나 앉았다. 그녀가 두 손을 입가에 모으고 부모들에게 소리쳤다.

"너무 시끄럽네요!"

그리고는 다시 머리를 젖혀 핫 터브 가장자리를 베고 나른한 자세를 취했다.

"저 애새끼들은 쥐도 새도 모르게 여기로 와서 물을 튀기고 오줌을 쌀 거야. 그래도 부모들은 내버려 둘걸. 대단해."

그녀가 눈알을 굴리며 말하는데, 어린아이들이 있는 또 다른 가족이 들어왔다.

"저기."

캣이 손등으로 존과 아만다를 밀어내는 시늉을 하며 말했다.

"우리가 모두 차지하게 뒤로 물러나."

---

* 마르코 폴로Marco Polo: 물속에서 하는 술래잡기. 술래가 숫자를 세고 '마르코'라고 외치면 나머지가 '폴로'라고 외친다. 술래가 폴로를 외친 사람 중 하나를 잡으면 잡힌 사람이 다시 술래가 되는 놀이.

"그냥 재밌게 노는 건데요, 뭐."

아만다는 그렇게 말하면서도 캣이 가리키는 방향으로 물러났다.

존은 그 자리에서 움직이지 않고 물이 분사되는 곳에 몸을 댔다. 그리고 팔을 핫 터브 가장자리로 들어 올리며 물었다.

"그래, 오늘 뭐했어?"

캣이 어깨를 으쓱했다.

"피터 벤튼을 인터뷰하고 이사벨 던컨을 만났어. 너는?"

존은 얼른 아만다를 살펴보곤 몸을 바로 하고 앉았다.

"이사벨을 만났다고?"

"응."

"어땠어?"

"말도 못하게 성질 사납던데. 그런데 턱을 철사로 고정하고 있어서 그 여자한테서는 별로 얻을 게 없었어. 그래도 피터 벤튼한테는 소개를 해주더군."

"거긴 어떻게 들어갔는데?"

캣이 별거 아니라는 듯 손을 저었다.

"뭐, 어렵지 않았어."

그녀를 유심히 바라보던 존은 점차 확신이 들었다.

"아니야. 너, 인터뷰 안 했어."

"했어. 그렇지 않으면 내가 어떻게 거길 들어갔겠어?"

배가 볼록 나온 어린아이가 좋아서 소리를 지르며 지나갔고, 아이의 아빠가 그 뒤를 바싹 따라갔다.

"저거 수영용 기저귀가? 저런 건 방수도 안 될 텐데 뭐하러 입히지?"

캣이 얼굴을 찌푸리며 말했다.

"정말 예쁘다. 수영복에 있는 데이지꽃 봤어?"

아만다가 말했다. 존은 그녀에게 놀란 표정을 지어 보였다.

아기의 뒷모습을 쫓아 얼굴을 돌린 아만다에게서 억지로 시선을 돌리며 존이 물었다.

"그래, 피터 벤튼은 뭐라고 했어?"

"내가 보기엔 학계는 좀 밖으로 나와야 해. 그 사람들은 숨기는 게 너무 많아."

"그 사람한테서 아무 말도 못 들었군."

캣이 어깨를 으쓱했다.

"내가 그 사람 손마디가 없어진 걸 보고 어떻게 된 거냐고 물었지. 그걸 감추거나 하지는 않는 것 같아서. 그랬더니 갑자기 나한테 화를 내는 거야. 분명히 거기 뭔가 사연이 있을 거야."

존은 한숨을 쉬며 이마를 문질렀다.

"알았어. 어쨌든, 무슨 기사라도 함께 써보내야 하잖아. 지금 할까, 저녁 먹고 할까?"

"이미 했어."

"뭐라고?"

"이미 했다고. 한 시간 전에 내가 보냈어. 진정하라고."

존은 화를 내며 똑바로 앉았다.

"나는 알아낸 게 없을 거라고 멋대로 생각한 거야?"

"알아낸 게 있어?"

"캔자스대학이 보노보를 팔아버렸어. 그거 알고 있었어?"

캣이 이마를 찡그렸다.

"그리고 그 연구소의 인턴 한 명이 조사받고 있어. 그건 알고 있었어?"

캣이 짜증스러운 표정으로 그를 쳐다보더니 고개를 돌렸다.

"고쳐서 보낼게."

"안 돼. 내가 고쳐서 보내야겠어. 내가 한 말을 네가 취재한 것처럼 원래 기사에 추가하려고?"

캣이 자기 손가락을 바라보며 다시 물을 휘젓기 시작했다.

"고친 다음에 너한테도 보낼게."

존은 어이가 없어서 그녀를 쳐다봤다. 이건 절대 용납할 수 없는 일이므로 대꾸도 하지 않았다. 취재기자 이름에 내 이름을 쓰긴 쓸까?

핫 터브 가장자리에 한 노인이 나타나 물었다.

"자리 있나요?"

아만다가 미끄러지듯이 움직여 자리를 옮겼다.

노인은 두 계단을 내려와서 세 사람을 슬쩍 살펴보더니 존에게 윙크를 했다.

"두 여인을 감당하려면 부담스러울 것 같은데, 한 분은 제가 책임질까요?"

"그럼 고맙지요."

존이 턱으로 캣을 가리키며 말했다.

캣이 천천히 그 노인을 향해 고개를 돌렸는데, 모욕적인 눈빛과 어이없다는 표정을 숨기지 않았다. 무안해진 노인은 다시 계단을 올라가 안락의자에 앉았다.

"변태."

캣이 내뱉었다.

"그냥 붙임성 좋은 사람 같은데요."

아만다가 말했다.

"당신은 모든 사람을 다 좋아하는군요?"

"뭐, 거의 모든 사람을요."

아만다가 장난스럽게 대답했다. 그리고 얼굴을 훔치며 일어섰다. 엉덩이에서 물이 미끄러져 김이 오르는 온탕에 뚝뚝 떨어졌다.

"난 방으로 돌아갈게요."

그녀가 계단을 오르자 존은 대놓고 그녀의 몸을 감상하는 남자들을 째려봤다.

존은 요란하게 물을 튀기며 자리에서 벌떡 일어났다. 한 번에 두 계단씩 올라간 그는 가까이 있는 수건을 집어들고 아만다의 몸을 감쌌다.

"고마워, 자기."

그녀는 수건을 붙든 채 옷을 챙겨 들고 방으로 향했다.

뒤따르던 존이 문을 당기면서 돌아보니 남자들은 여전히 이쪽을 바라보고 있었다. 그는 처음에는 아만다를, 다음에는 자신의 결혼 반지를 가리키며 입 모양으로 말했다.

"내 여자요."

✦────✦

그날 밤 두 사람은 존이 숨을 헐떡거리며 전율을 느낄 만큼 격렬한 사랑을 나눴다. 그는 짐승처럼 간절하게 욕망을 채우고 싶었고, 그녀를 자기 것이라 외치고 싶었다. 아만다도 그의 마음을 아는 듯 반응했다.

그전까지 존은 다른 남자들이 아만다를 보며 감탄하면 우쭐해했다. 하지만 오늘 밤에는 그 남자들에게 살의를 느꼈다. 지금까지는 한 번도 그런 사내들의 본심을 예민하게 느껴본 적이 없었다. 그곳에도 결혼한 남자들, 아이가 있는 남자들, 아내와 아이가 있는 남자들이 있을 것이다. 그런데 어떻게 그녀를 혼자 LA로 보낼 수 있단 말인가?

하지만 그보다 더 두려운 것, 너무 두려워서 생각조차 하고 싶지 않은 비밀이 있었다. 방으로 돌아오면서 존은 자신이 아만다에게 일편단심이라고 생각했다. 그녀를 위해서라면 못 할 것이 없다. 그녀에게 간이 필요하다면 내줄 것이다. 눈이 필요하다면? 그것도 줄 것이다. 하지만 지금, 그의 옆에 남들이 탐내는 아름답고 완벽한 아내가 알몸으로 누워 있는데도, 존은 자신의 마음이 이 도시 어딘가에 있을 이사벨 던컨에게로 흘러가는 것을 막을 수가 없었다.

9장

본지는 목에 매달린 롤라와 함께 어두운 구석에 웅크려 있었다. 본지가 열쇠가 짤랑거리는 소리를 가장 먼저 듣고 나머지 보노보들에게 조심하라며 소리를 질렀다. 그들이 돌아왔다.

형광등이 불규칙하게 깜빡거리다가 가까스로 켜졌다.

본지와 롤라의 맞은편 우리 안에 있는 샘이 "와아!" 하고 소리 지르며 좁은 우리 안을 뱅뱅 돌았다. 그러다 멈춰서 수화로 **나쁜 손님!** **나쁜 손님!**이라고 하더니 압출 철제 우리의 앞쪽으로 나와서 손과 발로 우리를 미친 듯이 흔들었다. 펄쩍 뛰어 물러섰을 때는 오른손 엄지에서 피가 나고 있었다. 상처가 난 것도 모르고 샘은 우리 앞쪽으로 다시 나와 앉았다. 털이 곤두선 머리를 쳐들고 잔뜩 경계하는 자세였다. 다른 보노보들은 앞을 내다보며 조용히 앉아 기다렸다.

사람들의 발소리가 들려왔다. 밑창이 두꺼운 신발이 콘크리트 복도를 밟는 소리가 울려 퍼졌다. 그들이 다가오자 본지는 공포에 사로잡혔다. 남자들이 그녀의 공간 가까이 도달하기 전까지는 전혀 볼 수 없었기 때문이다.

젤라니, 샘, 마케나는 통로를 사이에 두고 본지와 마주 보고 있어서 본지는 그들을 모두 볼 수 있었고 그들도 본지를 볼 수 있었지만, 젤라니와 샘과 마케나는 그들 사이에 있는 콘크리트벽 때문에 서로 볼 수 없었다. 아무도 음봉고를 볼 수 없었지만 근처에 있다는 것은 모두 알고 있었다. 홀로 떨어져 있다는 괴로움이 음봉고의 목소리에서 확연히 드러났다.

발소리가 점점 커지더니 남자들이 눈앞에 나타났다. 이번에는 두 명이었다. 본지가 알아볼 수 있는 사람은 한 명이었다. 하루에 두 번 복도를 걸어와 철창 사이로 맛없는 알갱이들을 담은 그릇을 넣어주고 호스로 물도 채워주는 사람이었다. 그는 보노보들과 결코 눈을 마주치지 않았다. 보노보에게는 말도 걸지 않았지만, 보이지 않는 다른 사람과는 늘 심각하고 불만에 가득 찬 말투로 얘기했다.

나머지 한 명은 처음 보는 사람이었다. 머리색은 밝았고 눈은 회색인데, 음흉하고 기분 나쁜 미소를 지었다.

"이놈들은 꼭 침팬지같이 생겼는데."

그가 말했다.

"이놈들을 원한 건 당신인데요."

먹이 주는 남자가 낄낄 웃으며 말했다.

낯선 남자는 그를 노려봤다.

"제 말은……."

먹이 주는 남자가 눈을 내리깔며 변명했다.

"침팬지라면 훨씬 싼 값에 살 수 있었다 이 말이죠."

우두머리 남자는 자신의 권위를 확실히 하려는 듯 엉덩이에 손을 얹고 보노보들을 살펴보고 평가했다.

"이놈들은 아무거나 잘 먹는 거야?"

"그런 것 같습니다."

배.

본지가 수화로 말했다.

좋은 배. 배 줘.

"사람들이 볼 때 건강해 보여야 하거든. 학대하는 것처럼 보이면 안 되니까."

우두머리 남자가 본지의 우리 밖에 쪼그리고 앉아 눈을 똑바로 들여다봤다.

"이놈은 뭐야? 이놈이 족장인가?"

나 본지. 본지 나.

본지가 수화로 말했다.

배 줘. 계란. 좋은 계란. 샘 아파.

"도대체 뭐하는 거야? 원숭이 부두교 신자 이런 건가? 소름 끼치네."

먹이 주는 남자가 눈을 돌리며 말했다.

본지는 우두머리 남자의 시선을 붙든 채 왼손 주먹을 올려 귀를 털어냈다. 그런 다음 양손의 집게손가락을 가슴 앞에서 서로 부딪혔다.

"레이, 조용히 해. 우리한테 뭔가 말하려고 하잖아."

샘 아파.

본지가 한층 다급하게 반복했다.

샘 아파. 좋은 배 필요해.

"대체 뭐라는 거예요?"

레이라는 남자가 물었다.

우두머리 남자는 더욱 다급하게 뭔가를 호소하고 있는 본지를 계속 지켜봤다.

"뭔가 얘기를 하고 있어."

"무슨 얘기요?"

"나도 몰라."

본지 나가. 열쇠 줘. 빨리.

레이의 목소리가 커졌다.

"맘에 안 들어요. 뭔가 이상해. 이것들 원래 이런 거예요? 유전자 조작 같은 거 해서 이렇게 된 거 아니냐고요. 근데, 얘들은 항상 섹스한다면서요? 그런데 여기 와서는 한 번도 안 했잖아요."

"따로따로 갇혀 있잖아, 이 멍청아."

레이는 양쪽 다리에 번갈아 체중을 실으며 불안하게 복도를 왔다 갔다했다.

"좀 기다려봐."

우두머리 남자가 말했다.

"모든 게 뒤바뀔 테니까."

그리고 우리 쪽으로 더 바싹 몸을 기울이며 속삭였다.

"넌 내 거지?"

본지는 가만히 있었다. 반응이 없다는 건 아니라는 뜻이었다.

그가 한 번 더 말했다.

"넌 내 거야. 그렇지?"

쉿소리와 함께 이 사이에서 고약한 냄새가 풍겼다.

본지는 꼼짝도 하지 않았다.

"곧 다른 곳으로 옮겨주마."

그가 일어서며 레이에게 말했다.

"자, 나가자."

나가는 길에 그는 샘이 갇혀 있는 우리를 손바닥으로 두 번이나 탕탕 쳤다. 시끄러운 소리가 시멘트 복도에 울려 퍼졌고, 샘은 한쪽 구석에 몸을 움츠렸다.

존과 아만다의 짐을 나누자 그녀의 모든 물건이 배낭 하나에 다 들
어갔다. 캔자스에 올 때 아만다는 간단하게 몇 가지의 옷만 가져왔
던 것이다.

"필라델피아로 금방 갈 거 아니지?"

마지막이자 네 개째인 셔츠를 말면서 그녀가 서글픈 얼굴로 물었
다.

"잘 모르겠어. 그건 전적으로 여기 일이 어떻게 되느냐에 달린 거
니까."

"LA로 떠날 결심을 했을 때는 옷을 미처 생각하지 못했어."

그녀는 지퍼를 올린 배낭을 빤히 바라보며 서 있었다.

"자기 어머님께 와서 살림 좀 봐달라고 말씀드릴까 싶어. 내 속옷
서랍까지 뒤지실 걸 생각하면 정말 싫지만."

존이 코웃음 쳤다.

"당신 어머니보다는 낫지."

아만다가 존의 가슴을 치며 말했다.

"하! 맞아, 그래."

존이 시계를 봤다. "음, 이제 출발해야겠는데."

✦———•———✦

존과 아만다는 공항에 가까워질수록 조용해졌고, 렌터카를 주차할 무렵에는 더욱 말이 없어졌다. 두 사람은 보안검색대에 도착할 때까지 몇 분 동안 한마디도 하지 않았다. 그들은 손을 잡은 채 헤어져야 할 지점까지 천천히 걸어갔다. 갑자기 아만다가 몸을 돌려 존의 가슴에 안겼다. 존이 아만다의 얼굴을 감싸 올려 보니 그녀는 힘겹게 울음을 참고 있었다.

존은 엄지로 눈물을 닦아주었다.

"당신 정말 괜찮겠어?"

아만다는 코를 훌쩍이며 고개를 끄덕이고 애써 밝은 표정으로 말했다.

"그럼. 난 괜찮을 거야."

그녀는 핸드백에서 화장지를 꺼내 코를 풀었다.

"우리 주말마다 보는 건 힘들겠지?"

존은 망설이다가 고개를 끄덕였다. 다른 대답을 하고 싶었지만, 전날 밤을 새우며 경제 상황을 분석해 본 바로는 그럴 수 없었다. 사실 그들은 존의 월급으로 간신히 생활하고 있었다. 여행 경비를 쓰지 않는다고 해도 이제 저금에 손을 대지 않을 수 없는 형편이었다.

"우리가 로또에 당첨되면 모를까, 힘들지. 하지만 매일 통화하자. 그리고 아리엘 결혼식까지 3주도 안 남았잖아."

아만다는 이제 줄에서 두 번째였다.

"괜찮아질 거야."

존이 응원하듯 말했다.

"조만간 해결할 방도를 찾아볼게. 2주나 3주마다 한 번씩 교대로 날아가 만날 수 있을 거야. 당분간만 그럴 거니까 너무 서운해하지 마."

아만다는 두 손으로 자신의 이마와 뺨을 쓸어내렸다. 그리고 물었다.

"나 잘하고 있는 걸까?"

"그럴 거야. 그렇게 돼야지. 어쨌든, 우리는 함께 하는 거야. 우린 같은 편이야. 알지?"

아만다 앞에 있던 남자가 검색대를 통과했다.

"탑승권하고 신분증 주세요."

교통안전청 직원이 말했다.

아만다는 그것들을 내주고 존에게 돌아서서 키스했다.

"이제 헤어질 시간이네. 잘 있어."

"잘 가."

존이 아만다를 꼭 껴안았다.

"도착하면 바로 전화해."

"그럴게."

교통안전청 직원은 아만다의 운전면허증과 그녀의 얼굴을 대조해

보고, 형광펜으로 탑승권에 뭔가를 끼적이고는 돌려줬다. 아만다는 잠시 긴장한 듯하면서도 씩씩한 미소를 지어 보이고는 사라져갔다.

존은 유리벽을 돌아 아만다가 보이는 곳까지 걸어가서 그녀가 부츠와 지갑과 노트북 컴퓨터를 컨베이어 벨트 위의 회색 바구니에 넣는 것을 지켜봤다. 그리고 직원의 지시로 아만다가 부츠와 지갑을 다시 바구니에서 꺼내 컨베이어 벨트 위에 올려놓는 것도 지켜봤다. 아만다는 스타킹만 신은 발로 금속탐지기 앞에 서서 통과신호를 기다리다가 정말로 사라져 버렸다.

"잘 가, 아만다."

존이 속삭이듯 말했다.

✦———◆———✦

존이 호텔 주차장에 차를 대고 있을 때 휴대폰이 울렸다. 순간 그는 혹시 아만다의 항공편이 취소되거나 연기된 건 아닐까 하고 기대했다. 방금 마지막 식사를 함께하긴 했지만.

"여보세요?"

"나야, 엘리자베스."

"아, 예."

그가 실망한 기색을 애써 감추며 말했다.

"수정한 기사 받았죠?"

"응. 이봐, 필라델피아로 돌아와야겠어. 얼마나 걸릴까?"

"예? 왜요?"

"취재할 게 있어서."

"지금 취재하고 있잖아요."

"그렇긴 하지만, 보노보 사건은 캣이 맡으면 될 것 같고—"

"젠장!"

"—그리고 두 사람 사이도 좋지 않으니까—"

"캣이 뭐라고 했는데요?"

"뭐라고 했든, 여기로 오라고."

"캣이 …… 뭐라고 …… 했냐고요!"

"상관없잖아. 솔직히, 두 사람이나 거기에 둘 여유가 없는 데다가 캣이 더 일을 잘하잖아. 그리고 다른 칼럼을 맡을 사람도 필요하고. 그러니 최대한 빨리 돌아오라고."

엘리자베스가 전화를 끊어버렸다.

존은 휴대폰을 끊고 조수석에 던져버렸다. 차를 주차한 뒤에 두 손으로 운전대를 움켜쥐고 입을 꾹 다문 채 호텔 입구 바로 옆에 있는 개 전용 화장실을 노려봤다.

'캣이 더 일을 잘하잖아.'

그리고 당신은 일을 못해. 존은 난생처음 누군가를 죽이고 싶은 충동을 느꼈다. 이것은 그의 기획, 그의 기사, 그의 아이디어였다. 그런데 캣이 그걸 추수감사절 만찬 아래서 식탁보를 휙 빼듯이 교묘하게 가로챈 것이다. 그리고 이렇게 외치고 있었다.

짜잔!

차고 진입로에 프랜과 팀의 렌터카는 없었지만, 그냥 쇼핑하러 간 건지도 몰랐다. 하지만 손님방에 가보니 그들이 떠났다는 게 확실해졌다.

프랜의 손길이 닿지 않은 곳이 없었다. 레이스로 된 의자 등받이 덮개, 시트지를 깐 선반, 새로 정리된 서랍, 다시 개켜놓은 수건과 침대 시트, 그리고 모든 게 다림질되어 있었다. 그의 청바지와 러닝셔츠까지 다려놓은 걸 보고는 유난스럽다고 생각했는데, 사각팬티까지 다려놓은 걸 보니 기분이 언짢아졌다.

식탁엔 깔끔한 리넨이 깔려 있어서, 존은 헝그리맨*을 소파로 가지고 갔다. 텔레비전을 켠 뒤에 발을 뻗어 테이블에 올려놓았다. 걸쭉한 감자수프를 숟가락으로 떠서 입으로 가져가면서 버터를 듬뿍 넣은 아만다식 감자수프와 비교하지 않을 수가 없었다. 아내가 그를 위해 만들어준 온갖 맛있는 음식들, 지금은 호텔 뒤의 쓰레기통에서 썩어가고 있을 그 음식들이 떠올랐다. 그 음식을 버리는 건 배신행위처럼 느껴졌지만 — 고통스러울 정도로 괴로웠다 — 그렇다고 캣에게 주고 오는 건 죽기보다 싫었다. 캣이 물속에 빠져 익사할 지경이라 해도 지푸라기 하나 던져줄 생각이 없었다. 이것은 캣이 찍은 그 사진을 보기 전에 한 생각이었다. 한 가지 후회되는 것은 세실을 찾아보지 못한 것이었다. 몇 년 동안 가정식을 먹어보지 못했을 테니 그 음식들을 줬으면 좋아했을 것이다. 하지만 비행기에 오르고

---

* 헝그리맨Hungry-Man: 전자렌지에 데우는 것만으로 한끼 식사를 할 수 있도록 요리를 포장한 냉동 혹은 냉장식품 브랜드.

서야 그 생각이 났다.

텔레비전 채널을 넘기면서 무의식적으로 스포츠 채널을 건너뛰던 존은 스포츠 프로그램을 싫어하는 아만다가 집에 없다는 걸 깨달았다. 아, 아내가 집에 있다면 얼마나 좋을까. 아만다가 없는 집은 터무니없이 넓고 텅 빈 것처럼 느껴졌다. 전화로 아만다는 존이 기사를 뺏긴 걸 자기 일처럼 분개했지만, 그가 바란 건 두 팔로 그녀를 끌어안고 그녀의 존재를 통해 안락함을 느끼는 것이었다.

존을 불러들인 엘리자베스는 '도시의 전사들'이라는 주간 칼럼을 맡겼다. 그 대단한 도시의 전사는, 이제 막 산통을 견디며 쌍둥이를 낳은 탓에 잠을 거의 못 잔 나머지 육아휴가에 들어가는 여자였다. 그게 무슨 전사야. 존의 생각이었다. 우스꽝스러운 포대기를 하고 양쪽 유방에 애를 하나씩 물린 상태에서 그 빌어먹을 구멍을 측량한다면 모를까. 이것은 괜한 심술이 아니었다. 그가 실제로 맡은 임무가 그랬다. 도로에서 움푹 파인 곳을 측정하고 비교하는 장치를 특허 낸 이상한 남자, 비행청소년이 득시글거리는 고등학교의 졸업생 대표, 필라델피아에서 가장 많은 사랑을 받는 도어맨을 인터뷰하거나, 고속도로에 버려진 자동차의 수를 세는 것, 도시에서 가장 쓰레기가 많은 도로는 어디인지 조사하는 것 등이 그가 맡은 일이었다. 이번 주에는 페어마운트 공원과 리튼하우스 광장에서 애완견의 배설물을 치우지 않는 주인을 잡기 위해 함정수사를 펼쳐야 했다.

그런데 그곳에 그 사진이 있었다. 《필라델피아 인콰이어러》의 웹사이트에 접속해서 이전에 실린 '도시의 전사들' 기사를 찾아보다가 캣이 캔자스에서 처음 쓴 기사와 부상당한 이사벨 던컨의 충격적인 사진을 발견한 것이다. 존은 몸이 실제로 아파오는 걸 느꼈다. 존은 이사벨을 알아보지 못했다. 사진설명을 읽기 전에는 누구인지 깨닫지 못했다. 사진을 자세히 살폈지만 화질이 좋지 않고 붕대 감은 곳이 너무 많아서 얼마나 다쳤는지 알 수가 없었다. 그런 사진을 허락받고 찍었을 리가 없었다.

언제 어떤 식이 될지는 모르겠지만, 언젠가 캣은 그 죗값을 치르게 될 것이다.

"준비됐어?"

피터는 이사벨의 이마에 키스하고 옷더미를 내밀었다.

이사벨은 고개를 끄덕이고 잡다한 물건들을 바라봤다. 처음 보는 스키용 털모자가 가격표가 붙은 채 맨 위에 있었다. 이사벨은 가격표를 떼어내 돌돌 말아서 침대 옆 간이테이블 끝에 놓았다.

"머리 가리라고."

피터가 말했다. 상황이 지금 같지 않았다면 그 말을 농담으로 여겼겠지만, 이사벨은 이제 다시는 웃을 일이 없을 거라는 생각이 들었다. 16일 전에 피터는 병실에 와 보노보들이 팔렸다고 말해줬다. 창고세일 때 나오는 온갖 물건들처럼, 토스터나 제설기처럼.

그 말을 듣고 완전히 무너져 버린 이사벨은 다시 진정제를 맞았고, 이사벨의 생각에 진정제의 약효는 며칠 동안이나 지속되었던 것 같다. 그녀는 보노보를 잘 보살피겠다고 약속했던 피터에게 격분했다. 보노보들을 아무 고민도 없이 즉시 내친 대학 당국에도 분개했다. 그리고 보노보를 그저 돈으로만 계산한 세상 사람들에게 분노했다. 피터는 그런 분노를 견뎌가며 어떻게든 일을 바로잡을 방도를 마련하겠다고 약속하며 그녀를 달랬다. 하지만 조사는 관료조직의 벽에 부딪혀 갑자기 중단되었다. 보노보를 사는 조건 중 하나는 구매자의 익명을 보장해주는 것이었고, 대학의 전담 변호사는 캠퍼스의 안전문제 때문에(그리고 필시 계약위반 때문에) 그 조건을 지킬 작정이었다.

"예쁜 스카프도 몇 장 사야겠네."

이사벨이 계속 모자를 만지작거리자 피터가 말했다.

"여기에 거의 다 와서야 당신이 집에 입고 갈 옷이 필요하겠다는 생각이 들더라고. 그래서 제일 처음 눈에 띄는 가게에 들어가서 거기 있는 걸 사온 거야."

이사벨은 혼자서도 걸을 수 있을 것 같았지만 뷸라가 말리는 바람에 병실에서부터 휠체어를 타고 한 시간 전까지만 해도 경찰이 앉아 있던 복도의 빈 의자를 지나갔다. 그 경찰은 캣 더글러스가 침입한 이후에 이사벨을 위해 배치되었다. 이사벨이 알기로 캣이 왔다간 후에 이사벨을 만나러 온 사람은 실리아뿐이었지만, 실리아는 피터의 요청에 의해 돌아가야 했다.

피터가 차를 가지고 오는 동안 이사벨은 사람들의 시선을 의식하며 보도 가장자리에 가만히 앉아 있었다. 그들을 비난할 마음은 없었다. 이사벨은 안쓰러울 정도로 야위었고 짙은 멍이 있는 데다, 코에 희한한 깁스까지 하고 있었으니 말이다. 털모자를 아래로 푹 잡아당겨 봤지만, 오히려 가릴 머리카락이 없다는 사실만 더 드러낼 뿐이었다.

청명한 하늘과 회색빛 땅 그리고 콧속을 매섭게 찔러 대는 바람은 캔자스의 겨울 날씨다웠다. 코 성형수술은 그녀가 받은 수술 중 최악이었다. 통증 때문이 아니었다. 턱을 고정한 철사로부터 해방됐다고 기뻐할 새도 없이 콧구멍을 거즈로 틀어막았기 때문이었다. 담당 외과의사는 이사벨의 심정은 아랑곳하지 않고 결과에 흡족해했다. 콧날에 있던 작은 혹은 사라지고 코끝은 각이 서게 다듬어졌다는 것이다. 그러면서 이만하면 할리우드에 진출해도 될만한 코라고 큰소리쳤다. 이사벨은 코의 중격中隔만 치료하고 나머지는 내버려뒀으면 좋았을 거라 생각했지만, 일이 다 끝난 마당에 불평을 해봤자 무슨 소용인가 싶어 아무 말 하지 않았다.

차를 보도 앞으로 끌고 온 피터는 시동을 걸어놓고 조수석 쪽으로 돌아왔다. 뷸라가 몸을 숙여 휠체어를 바닥에 고정했다.

"집에 가게 돼서 좋으시겠어요."

뷸라가 말했다.

"얼마나 좋은지 모르실 거예요."

이사벨이 휠체어의 팔걸이를 잡고 일어섰다.

"짐작이 가요. 어서 타세요. 그리고 다신 병원에 오지 마세요."

뷸라가 짐짓 엄한 표정을 지으며 손을 흔들었다.

이사벨은 소리 내어 웃으려고 애썼다.

뷸라가 몸을 기울여 이사벨을 안았다.

"몸조리 잘하세요."

이사벨을 놓아주고 나서는 피터를 향해 손가락을 흔들었다.

"박사님도 잘 돌봐주셔야 해요."

"걱정하지 마세요."

피터가 대답했다. 그는 이사벨이 볼보에 올라 자리를 잡는 동안 그녀의 팔꿈치를 잡아줬다. 뷸라는 피터에게 이사벨의 소지품이 담긴 투명한 비닐 봉투를 건넸다. 별건 없었다. 핸드백, 잡지 몇 권, 그리고 방사선과 대기실에서 가져온 《강의 전쟁》이라는 소설이었다. 다른 환자들을 위해 두고 오려고 했는데 어쩌다 그 안에 들어가게 된 모양이었다. 병원 양말 외에 다른 옷가지는 하나도 없었다. 병원에 도착할 때 입고 있었던 옷은 모두 잘려서 폭발물 검사실로 갔기 때문이다.

"하고 싶은 거 뭐 없어?"

피터가 차를 빼면서 물었다.

"생각 있으면 반지 사러 가도 좋고."

이사벨은 고개를 저었다.

"집에서 영화 볼까? 음식을 주문하는 건 어때. 물론 부드러운 걸로. 렌즈콩 카레? 시금치 파니르는? 굴랍자문*도 괜찮을 것 같은데? 침대 위에서 소풍 온 것처럼……."

"마음대로 해. 난 그냥 집에 가고 싶어."

피터는 이사벨을 건너다보고는 그녀의 다리에 손을 얹었다. 이사벨은 창밖으로 고개를 돌렸다.

엘리베이터에 탈 때 피터가 이사벨의 손을 잡았지만, 문이 열리자 그녀는 손을 빼내고 예전처럼 복도 한가운데를 같은 모양새와 보

---

* 굴랍자문gulab jamun : 분유를 반죽하여 동그랗게 만들어 튀기고 그 위에 시럽을 뿌린, 인도의 전통요리.

폭으로 걸었다. 이런 익숙한 의식이 안정을 주길 바라면서. 건물의 분위기는 예전과 똑같았고 냄새도 그대로였지만, 한편으로는 완전히 달랐다. 온 세상이 몇 도 기울어진 것 같은 느낌이었다.

피터가 문을 안으로 밀고 이사벨이 들어가도록 비켜설 때까지 그녀는 조금 떨어져 서 있었다.

이사벨은 방안을 휘 훑어보았다. 화초들이 힘없이 시들어 화분 밖에 매달려 있었다. 죽음의 고통 속에서도 화초들은 안전한 곳을 향해 기어가려 하고 있었다. 폭발이 일어난 날 아침에 이사벨은 평소와 달리 피자 상자를 치우지 않고 출근했는데, 그녀가 먹다가 떨어트린 부스러기 묻은 냅킨처럼 그 자리에 그대로 남아 있었다. 그 옆에는 찻잔이 있었는데, 푸딩 표면의 가장자리처럼 우유 거품만 말라붙어 있고 내용물은 다 증발하고 없었다. 이사벨이 키우던 샴 투어鬪魚 스튜어트는 아직도 털털거리며 작동하는 필터 흡입구에 바싹 붙어 흐릿하고 색깔 없는 덩어리로 변해 있었다.

피터는 비닐 봉투를 가지고 침실로 사라졌다. 그가 다시 나왔을 때 이사벨은 소파에 앉아 있었다.

"뭐 좀 갖다 줄까?"

그가 눈을 맞추기 위해 커피 테이블 가장자리에 걸터앉으며 물었다.

"물이라도 한 잔 줄까?"

"아니."

그녀는 고개를 돌렸다.

"괜찮아?"

이사벨은 너무 피곤하고, 너무 공허해서 말할 기분이 아니었다.

그녀는 스튜어트의 잔해를 다시 쳐다보다가 분노 어린 얼굴로 고개를 돌렸다.

"아니, 안 괜찮아. 피터, 난 저 물고기를 정말 좋아했어. 당신이 보기에는 우습겠지만 나는 정말로 좋아했다고. 2년이나 키웠으니까. 스튜어트는 나랑 말이 통하는 내 친구였어. 내가 다가갈 때마다 무슨 일인가 하고 어항 앞으로 와서……."

이사벨은 울음을 터뜨렸다.

피터는 재빨리 물고기를 쳐다보고는 눈이 휘둥그레졌다.

"어쩜……."

이사벨이 거의 발작하듯이 말했다.

"당신은 스튜어트가 죽은 것도 몰랐단 말이야?"

"먹이를 줬는데. 정말이야."

"사체에 줬겠지. 3주 동안이나."

"3주가 아니야. 살아 있는 걸 본 게……."

피터는 다시 한 번 작은 물고기를 바라봤다.

"……최근이었는데."

"당신은 스튜어트가 언제 죽었는지도 모르지? 그리고 내 화초도. 그거 알아? 난 그 화초들도 좋아했어. 괭이밥 사와. 노퍽 소나무도. 아무거나 사와."

이사벨이 처참하게 죽어 있는 화초들을 향해 손을 휘저으며 말했다.

"알았어. 그렇게. 당신이 원하는 건 뭐든."

피터가 어깨에 손을 얹으려 하자 그녀는 뿌리쳤다.

"당신은 내 말이 무슨 뜻인지 몰라. 그렇지?"

피터는 대답하지 않고 이사벨의 눈을 들여다봤다. 그녀는 피터가 낚싯바늘에서 빠져나오려는 물고기처럼 머릿속으로 얼마나 애를 쓰고 있을지 충분히 짐작할 수 있었다. 심리학 학위가 전혀 쓸모없지는 않은 것 같아 다행이었다.

"그만 쳐다봐."

이사벨이 말했다.

"당신은 지금 제정신이 아니야. 그럴 만도 해. 지옥 같은 경험을 했으니까."

"제발, 입 좀 다물어."

"이사벨……."

"피터, 나한테 약속했잖아. 분명히 약속했잖아!"

"물고기 일은 미안해."

"보노보 말이야. 피터. 보노보! 당신이 지켜주겠다고 했잖아."

피터는 이사벨의 손을 잡았다. 그리고 낮은 목소리로 말했다.

"내 말 들어봐. 이번 일은 정말 너무나 충격적이야. 나도 알아. 여태 우리가 노력해서 이뤄온 것들이 모두 물거품이 됐다는 거. 하지만 우린 다시 시작할 수 있어."

"뭐?"

이사벨은 놀라서 잠깐 멈췄다가 말했다.

피터는 필사적이었다.

"함께 하면 돼. 보노보를 새로 구하자. 자금을 모을 수 있을 거야. 나도 이런 상황이 안타까워. 쉽지 않다는 건 인정할게. 나는 마흔여덟 살이나 됐으니, 우리가 한 달 전에 이룬 지점까지 도달하면 난 너무 늙어 있겠지. 게다가 어디서 새끼 보노보를 구할 수 있을지막막해. 하지만 당신은…… 당신은 달라. 당신은 젊잖아. 스타가 될 수 있어. 큰일을 할 수 있다고."

이사벨이 그를 빤히 쳐다봤다.

"당신 진심 아니지."

"진심이야. 우리가 못할 게 뭐 있어. 그 공을 함께 나누자고. 뭐, 좋아. 논문에 당신 이름을 먼저 쓰게 해줄게."

"그 보노보들을 대신할 수 있는 건 없어."

"왜 없어?"

"그 애들은 햄스터가 아니야! 우린 롤라, 샘, 음봉고, 본지를 얘기하는 거야……. 피터, 그 애들은 가족이야! 8년 동안 함께 지낸 가족. 뭐 느끼는 거 없어? 게다가 마케나는 임신 중이야. 임신 중이라고! 어쩌면 지금쯤 그 애들은 생의학 실험실에 가 있을 거야. 그 애들이 무슨 일을 당할지 아무도 몰라."

"나도 알아. 나도 충격받았어. 하지만 지금은 그 애들이 없다는 걸 받아들여야 해. 새 보노보들을 아껴주면 되잖아. 못할게 뭐야?"

이사벨이 벌떡 일어나 부엌으로 향했다.

"어디 가?"

피터가 물었다.

"뭐 좀 처마시려고. 당신이 내 보드카를 없애지 않았다면."

그녀가 대꾸했다.

피터는 문간에 서서 이사벨이 찬장에서 보드카를 꺼내 유리잔에 두 손가락 높이가 되게 따르는 것을 지켜봤다.

"정말 마시려고?"

"맙소사, 피터. 당신이 나한테 뭐라 할 자격이 있어?"

그는 문틀에 기대어 지켜보기만 했다. 이사벨은 잔을 만지작거렸지만 조리대 위에 그대로 두었다.

"어떻게 그럴 수가 있었어, 피터? 어떻게 그 애들을 데려가게 내버려뒀냐고!"

"그런 게 아냐."

피터가 조용히 말했다.

"난 아무것도 할 수 없었어."

"막지도 않았잖아. 막긴 했어?"

이사벨은 떨리는 손으로 술잔을 들었다.

"이사벨?"

자신을 걱정하는 것 같은 그의 시선이 역겨워진 이사벨은 바로 코앞에 있는 프라이팬으로 그의 얼굴을 후려치고 싶었다.

"나가."

이사벨이 말했다.

"당신 피곤하잖아. 내가 침대로 데려가 줄게."

"싫어. 당신이 나가줬으면 좋겠어. 그리고 내 열쇠 두고 가."

"당신 열쇠는 거기……."

"당신 거. 당신이 갖고 있는 내 집 열쇠. 그 열쇠 두고 가란 말이야."

"이사벨……."

"그냥 하는 말 아냐. 열쇠 두고 나가."

한동안 망연히 이사벨을 쳐다보던 피터는 결국 몸을 돌렸다. 그가 모퉁이를 도는 순간 이사벨은 보드카를 싱크대에 쏟아 부었다. 그녀가 술잔을 조리대에 탁 놓자마자, 다른 방에서 열쇠가 바닥에

툭 떨어지며 미끄러지는 소리가 들렸다. 이사벨은 피터가 문을 열고 나가는 소리를 기다렸지만 들리지 않았다.

"가라고 했잖아!"

그녀가 악을 썼다. 영원 같은 시간이 흐른 뒤, 문이 닫히는 작은 소리가 들렸다. 이사벨은 즉시 현관으로 달려가 문을 잠그고 체인까지 걸었다.

피터에게 너무 심하게 대했다. 아무리 신경쇠약 상태인 이사벨이라도 그건 분명히 알 수 있었다. 즉시 전화해서 돌아와 달라고 해야 한다는 것도 알고 있었다. 지옥을 경험한 것은 그녀만이 아닐 것이다. 피터는 이사벨이 깨어날 수 있을지 걱정하면서 며칠 동안 그녀 곁을 지켰고, 이사벨의 회복을 돕는 중에 보노보가 팔렸다는 소식을 듣게 되었을 것이다. 이사벨에게 그 사실을 전하는 것도 그에게는 괴로운 일이었으리라. 이사벨만큼이나 그도 충격을 받았을 것이고, 어쩌면 그녀보다 더 마음고생을 했을지도 모른다. 이사벨의 의식이 없는 동안 그는 깨어 있었으니 말이다. 그리고 이사벨이 물고기를 걱정한 것은 사실이지만, 진심으로 화초까지 걱정한 것은 아니었다. 보노보가 팔려갔다는 사실을 안 순간부터 점점 끓어오르던 이사벨의 절망과 슬픔이 마침내 폭발했을 때, 피터가 그 옆에 있었던 것뿐이었다. 그녀는 방 한쪽에 있는 전화기를 건너다봤다. 머릿속으로는 벌써 손가락이 피터의 전화번호를 누르고 있었지만, 그녀는 움직이지 않았다. 비록 대상은 잘못 골랐지만 그 분노만은 진심이었다.

아직은 물고기를 처리할 기력이 없었지만, 이사벨은 기어이 몸을 일으켜 수조의 불을 끄고 필터의 전원을 뽑았다.

전화기의 음성녹음 메시지는 폭발 사건 직후부터 쌓여서 꽉 차 있었다.

"안녕하세요, 던컨 박사님. 저 캣 더글러스예요. 어제 만났죠. 혹시 제가 찾아뵈어도……."

"안녕하세요, 이사벨. 존 티그펜입니다. 어제 만났던……. 어, 음, 기억하시겠지요. 병원에 전화했는데 거기에서는 아무것도 알려주지 않더군요. 괜찮으시길 빕니다. 정말, 정말 안타깝습니다. 어떻게 그런 일이……. 저랑 제 아내는 지금 인근 호텔에……."

"아, 안녕하십니까. 저는 필립 언더우드라고 합니다.《뉴욕타임스》의 특집기사를 맡고 있죠. 부탁할 게 있는데요……."

"안녕하세요, 미스 던컨. 여기는 백비앤백비Bagby and Bagby 법률사무소입니다. 혹시 이번에 입은 부상과 관련해서 상담을 받아보셨는지요. 저희 백비앤백비의 변호사들은 귀하와 같은 분들이 제대로 보상받을 수 있도록 20년이 넘는 다양한 경험을……."

어머니한테서 온 전화는 없었고, 남동생한테서 온 전화도 없었다. 아는 사람이나 이웃 사람들, 심지어는 연구소 동료한테서 온 전화도 없었다. 유일하게 실리아의 메시지만 있었는데, 병원에서 매번 면회를 거절당했다는 하소연만 길게 늘어놓았다. 이사벨은 녹음 내용을 모두 삭제했다.

이사벨은 폭발 사고가 있던 날 아침, 커피 테이블 앞에 다리를 꼬고 앉아서 남아 있던 피자 한 조각을 힘겹게 삼켰던 것을 떠올리며 피자 상자를 들어 올렸다. 이사벨은 상자 뚜껑을 닫아 원반처럼 현관문 쪽으로 던져버렸다.

그때 그녀는 그녀의 시야 밖에서 미묘하게 균형이 맞지 않는 것을 발견하고 그대로 굳어버렸다. 피자 상자와는 달리 노트북 컴퓨터가 그녀가 놓아둔 대로 놓여 있지 않았던 것이다. 이사벨은 물잔을 내려놓을 때 컵 받침 한가운데에 정확히 내려놓았다. 수건을 개킬 때 또는 침대 시트를 깔 때도 선을 정확히 맞췄다. 그리고 노트북 컴퓨터를 책상에 놓을 때는 책상 앞 가장자리에서 정확히 5센티미터 들어간 곳에 평행하게 놓았다. 이사벨은 은색 몸체를 바라보며 어떻게 할지 망설였다. 그러다 몇 차례 심호흡을 한 뒤, 책상 앞에 앉아 컴퓨터로 차가운 손가락을 뻗었다.

최근 문서목록을 보니 누군가가 그녀의 이메일과 문서 폴더, 사진, 휴지통까지 뒤진 게 분명했다.

FBI가 내 하드디스크를 조사한 건가? 당혹스러운 마음에 방 안을 다시 찬찬히 살폈다. 다른 곳도 마구 헤쳐 놓고 가지 않았을까? 서랍도 뒤지고, 소파의 쿠션도 뒤집어놓고, 벽장에 있는 것도 다 가져가고?

웹 브라우저를 열어보니 누군가 즐겨찾기에 링크를 추가해 놓은 것을 발견했다. 그것은 곧장 지구해방연맹 동영상으로 연결됐다. 이사벨은 처음 보는 동영상이었다.

동영상이 험악한 이미지를 끝으로 멈췄을 때 이사벨은 두 손으로 얼굴을 감싸고 얼어붙어 있었다. 그들이 여기 왔다 간 것이다. 다른 이유는 없었다. 즐겨찾기는 명함 대신이었다.

몇 초 뒤, 이사벨은 고개를 홱 돌려 문에 체인을 걸었는지 확인했다. 그리고 창문의 블라인드를 모두 내리고 커튼을 쳤다. 그런 다음

방마다 돌아다니며 서류 집게와 머리핀, 클립을 모아 와서 덜덜 떨리는 손으로 커튼 사이를 벌어지지 않게 고정했다. 마지막으로 거실 구석에 놓인 스탠드를 끄고, 소파에 올라 무릎을 세워 턱을 괴고 앉았다.

한 시간 후에도 그녀는 똑같은 자세로 있었다. 그러다 퍼뜩 의식이 돌아온 것처럼 턱을 들고 숨을 헐떡거렸다.

이사벨은 방을 유심히 살펴보았다. 방안의 벽들은 거의 보노보 사진액자로 꾸며져 있었다. 사진 속에서 음봉고는 마블런*을 조립하고 있고, 본지는 록스타와 전자키보드를 치고 있다. 본지가 그 가수에게 수화로 했던 말은 유명했다. **앉아! 조용해! 땅콩 먹어!** 그 가수의 측근들에게 짜증이 났던 것이다. 샘은 컴퓨터로 미즈 팩맨 게임을 하고 있다. 롤라는 이사벨의 어깨에 올라타고 숲을 산책하고 있는데, 한 손으로는 이사벨의 턱을 잡고 다른 한 손으로는 가고 싶은 방향을 가리키고 있다. 리처드 휴즈 교수와 젤라니는 나무 아래에 앉아 수화로 삶은 달걀에 대해 진지하게 얘기를 나누고 있다. 실리아와 마케나는 둘 다 눈을 감은 채 입술을 내밀고 키스를 하고 있다. 이사벨은 이 마지막 사진을 한참 동안 바라봤다.

그때 엘리베이터 벨 소리가 들렸고 이사벨은 현관문으로 고개를 돌린 채 얼어붙었다. 잠시 후 이사벨은 테이블 스탠드로 달려들어 거의 넘어뜨릴 뻔하고는 불을 껐다. 그다음에는 보조 테이블 옆에서 몸을 둥글게 말았다.

비닐 봉투가 부스럭거리는 소리가 나더니 이어서 엘리베이터 닫

---

* 마블런marble run: 구슬이 굴러갈 수 있는 구조를 쌓거나 조립하고 그 위에 구슬을 굴려서 노는 장난감.

히는 소리가 났고, 그다음에는 지루한 침묵이 이어졌다. 이윽고 발소리가 들리기 시작했다. 그 발소리는 이사벨의 문 앞까지 와서 그쳤고, 그때부터는 아무 움직임이 없는 듯했다.

어둠 속에 앉은 이사벨은 숨이 가빠지면서 현기증이 났다. 그녀는 눈을 꼭 감고 격렬한 심장박동이 진정되길 바라며 턱을 쳐들었다.

몇 분 동안 똑바로 앉아 있던 이사벨은 스탠드를 다시 켰다. 그리고 전화기로 손을 뻗었다. 이사벨은 손가락을 번호판 위에 올리고 신중하게 몇 명의 번호를 떠올렸다. 그러다 마침내 하나를 선택했다.

"여보세요?"

전화기 반대편에 있는 목소리가 말했다.

"실리아?"

이사벨은 수화기에 대고 속삭였다.

"나야. 네가 필요해. 여기 와줄 수 있니?"

12장

아만다가 보안검색대를 통과해서 달려오자, 존은 그녀를 들어 올려 빙 돌렸다. 사람들이 쳐다봤지만 아랑곳하지 않았다. 그녀의 향기, 그녀의 머릿결. 다시는 보내고 싶지 않았다.

"오, 존. 정말 보고 싶었어."

아만다가 신뢰의 표시로 존의 어깨에 머리를 얹자 존은 가슴이 미어지는 것 같았다.

"나도, 여보. 나도."

존이 바닥에 내려주자 아만다는 주위 사람들을 돌아보며 옷매무새를 바로잡았다. 얼굴엔 홍조가 떠올라 있었다.

존이 그녀의 배낭을 들었다.

"이게 다야?"

"사흘만 있을 거잖아."

"알려줄 거 없어."

"내일 정말 못 쉬는 거야?"

"응. 그 기사가 일요일에 실리는 거라서."

두 사람은 집에 도착해서 문을 잠그기도 전에 입술을 포갰다. 존이 아만다의 가방을 바닥에 던지듯 내려놨다.

"조심해!"

키스 때문에 숨을 헐떡이며 아만다가 말했다.

"노트북 들었어!"

"앗, 미안!"

존이 숨차게 대답했다. 그가 코트를 벗는 동안 아만다는 그의 셔츠 단추를 풀었다.

몇 분 후, 절정의 순간 아만다가 상체를 기울이며 속삭였다.

"우리 아기 만들자."

그 말의 효과는 즉시 충격적으로 나타났다. 아만다가 성심성의껏 보조했음에도 — 게다가 아만다의 상태는 무척 좋았다 — 존은 회복하지 못했다. 결국 아만다도 포기하고 돌아누웠다.

그녀는 몇 분 동안 아무 말 없이 있다가 물었다.

"무슨 일 있어?"

그녀가 양초에 불을 붙이다가 잠시 멈춰 서자 벽을 따라 불빛이 깜빡였다. 초의 심지가 길어졌고, 그림자는 짙어졌다.

"모르겠어."

그가 말했다.

"그럴 때도 있잖아."

그는 매트리스가 자신을 통째로 삼켜버렸으면 했다. 꿀꺽, 이렇게. 우주 속 어느 작은 구멍에 숨거나. 그걸 꼭 물어볼 게 뭐람.

"전에는 한 번도 이런 적 없었어. 내 말 때문이야?"

아만다가 말했다.

"무슨 소리야. 아냐."

존은 그녀를 안심시켰다. 하지만 그의 머릿속에서는 고함이 터졌다. 맞아, 그럼 뭐겠어.

"당신, 도움이 될 만한 거…… 써볼 생각 없어?"

아만다가 놀리듯 물었다.

존이 어릴 때 그의 어머니는 타파웨어* 파티와 에이본† 파티에 다니곤 했다. 나중에는 탑 세프 파티‡와 캔들 파티§에도 나갔다. 뉴욕에 있을 때 아만다도 친구들로부터 그런 파티에 초대를 받았지만 이제 파티에는 란제리나 성인용품이 등장했다. 파티 주최자는 저녁 내내 아만다에게 값싼 포도주를 마시게 한 뒤에 '상담실'로 데려갔고, 취해서 낄낄거리며 집에 돌아온 아만다는 존에게 가방 한 개를 안겼다. 존은 깜짝 놀라 할 말을 잃었지만 호기심이 발동하는 건 어쩔 수 없었다.

존은 곧 그 물건들이 필요한 상황임을 깨달았다. 18년이나 함께 살아왔으니 지금쯤 변화를 꾀하는 것도 좋을 것 같았다.

---

* 타파웨어Tupperware : 플라스틱 주방용품 브랜드로 밀폐용기나 전자렌지전용 용기가 유명하다. 타파웨어 파티는 주부 판매원이 가정에서 티 파티를 열고 주부들을 초청하여 타파웨어 제품을 홍보하고 판매하는 모임.

† 에이본Avon : 다단계 마케팅 방식으로 판매하는 화장품 브랜드.

‡ 리얼리티 텔레비전 쇼 〈탑 세프Top Chef〉를 함께 보거나 요리법을 배우며 음식을 만들고 나눠먹으며 즐기는 모임.

§ 타파웨어 파티와 비슷한 방식으로 향초를 판매하는 모임.

"음…… 좋아."

"특별히 원하는 거라도 있어?"

"아니. 새로운 거 기대할게."

아만다가 맨 위 서랍을 여는 동안 존은 두 팔을 머리 위로 쭉 뻗어 기지개를 켰다. 서랍 안쪽으로 손을 넣어 여기저기 더듬어보던 아만다는 이상하다는 표정을 짓더니 손놀림이 빨라졌다. 이윽고 그녀의 손이 쭈글쭈글한 뭔가에 닿았다. 자세히 보기 위해 안을 들여다본 아만다는 비명을 질렀다. 아만다는 그들이 기르다 죽은 고양이 마니피캇이 삼킨 털을 토해내기 직전처럼 왝왝거리더니 방에서 뛰쳐나갔다.

존은 팔꿈치로 몸을 받쳐 일어나 서랍 안을 들여다봤다. 서랍 안의 물건들은 하나씩 지퍼백에 담겨 크기별로 정리되어 있었다.

존은 침대에 뒤로 털썩 누워버렸다. 프랜이 서랍을 열고 그 안의 물건들을 발견하는 장면을 떠올리니 소름이 돋았다. 존은 생생히 떠올릴 수 있었다. 프랜은 자신이 발견한 물건들을 보고 회심의 미소를 지었을 것이고, 그것들을 닦아 지퍼백에 넣고 정돈하면서 자신의 분노를 음미했을 것이다. 또한 자신이 한 일을 존과 아만다가 알았을 때 보일 반응을 그려보며 관음적 쾌락을 느꼈을 것이다.

아만다가 어떤 심정일지 존은 충분히 상상이 갔다. 아니, 그녀의 심정을 귀로 들었다. 아만다는 화장실에서 10분 동안이나 헛구역질을 했던 것이다. 존은 아만다가 침대로 돌아오기 전에 서랍에 있던 성인용품과 윤활유를 아래층 쓰레기통에 깊이 처박고 촛불도 꺼놓았다.

"괜찮아?"

존이 물었다.

"아니."

아만다는 침대로 들어와 존의 팔 아래로 파고들었다. 아만다는 울어선지, 오랫동안 머리를 변기에 숙이고 있어선지 코를 훌쩍였다.

"그 촌스러운 소파 덮개도 그렇고 서랍을 정리해 놓은 것도 그렇고, 엄마는 우리가 고마워하길 바랄 거야."

존은 그녀의 머리카락을 쓰다듬어 뒤로 넘겨주었다.

"맞아. 그러실 거야."

✦———·———✦

아리엘의 결혼식은 급조된 티가 전혀 나지 않았다. 오히려 아리엘 모녀는 이 결혼식을 위해 아리엘이 태어날 때부터 33년 동안 준비해 온 것 같았다. 존은 통로 쪽 의자를 장식한 꽃다발과 리본, 망사 천을 감탄하며 바라봤다.

그와 아만다는 방금 그들이 지나친 간판 이야기를 하며 킥킥대다가 식이 시작하기 직전에 도착했다(그 간판에는 '총과 와플'이라고 쓰여 있었는데, 존이 '부부가 하는 가게 같네. 안 그래?'라고 하자 아만다는 '맞아, 우리 집에서는 엄마가 총을 맡고 있지만 말이야'라고 대꾸했다).

교회에 도착한 두 사람은 서둘러 자리를 안내받았다. 프랜은 그들 쪽으로 힐끗 시선을 던지더니 턱을 쳐들고 고고하게 고개를 돌렸다. 아만다는 기분이 팍 상한 표정으로 한숨을 내쉬었다. 존이 그녀의 손을 꼭 쥐었다.

아만다와 프랜 사이의 갈등이 해소되는 과정은 조심스럽게 연출

되곤 했는데 이것은 꽤 오래전부터 반복된 패턴이었다. 프랜이 토라져 있으면 아만다가 눈물을 글썽이며 사과를 하고, 프랜은 아만다를 가슴에 안으며 모든 잘못을 존에게 돌린다. 하지만 그들은 한가족이니까 자비롭게 그를 용서한다. 마지막 단계는 보통 프랜이 존을 쏘아보는 것으로 끝나는데, 중세시대 같으면 마녀로 몰려서 십자가에 매달려 화형당할 만한 눈빛이었다.

아만다가 이렇게 오래 버티기는 처음이었다. 그들이 집에서 '대탈주'를 감행한 지 3주나 지났던 것이다. 그래서 프랜은 아주 단단히 무장하고 있는 분위기였다.

턱시도를 입은 아리엘의 신랑은 통로 끝에 서서 공포에 사로잡힌 한 마리 사슴처럼 하객들을 바라보고 있었다. 존은 신랑의 다리 사이로 오줌이 흘러내릴지도 모른다고 생각했다.

입장이 시작되자 맞지도 않는 초록색 레이스 드레스를 입은 들러리 네 명이 신부를 안내하며 앞장섰다. 반면 아리엘은 사랑스러움 그 자체였다. 장식을 길게 내려뜨린 부케와 허리까지 내려오는 베일은 부른 배를 감쪽같이 가려주었다.

눈물을 흘리는 부인들도 많았는데, 그들은 공들여 한 화장이 지워지지 않도록 조심스럽게 눈물을 찍어냈다. 하지만 아만다는 울지 않았다. 식이 반쯤 진행됐을 때 아만다는 얼굴을 찡그리며 이 사람 저 사람에게 눈을 돌리고 있었다. 머릿속으로 뭔가를 계산하고 있는 듯했다. 나중에 차에 올라 피로연 장소로 갈 때가 돼서야 존은 그 이유를 알게 되었다.

"엄마가 친척들을 모두 내 적으로 만들었어. 내가 잘못했다고 빌지 않으니까 자기편을 모은 거지."

“무슨 소리야?”

“자넷은 육촌이고 나는 사촌이야. 그런데 걔들은 임신축하 파티에 나를 부르지도 않았잖아! 파티를 안 했을 리가 없어. 분명히 했을 거야. 내가 바보지!”

존은 영문을 몰라 머리를 이리저리 굴리다가 드디어 아만다가 화를 낼 만한 그럴싸한 이유를 생각해냈다. 그래서 아만다에게 고개를 휙 돌리고 물었다.

“당신, 들러리가 하고 싶었던 거야?”

“무슨 소리야! 누가 신부 들러리를 하고 싶겠어. 하지만 예의상 물어는 봤어야지. 어떻게 된 건지 다 알아.”

그녀가 주먹으로 앉은 자리를 쳤다.

“엄마가 아그네스 숙모에게 다 일러바친 거야. 내가 엄마의 충고를 들은 체도 않고 집에서 나가버리고, 엄마가 우리 집에서 해준 일을 고마워하지도 않는다고 말이야. 그래서 아무도 내게 말을 안 걸었던 거야.”

그리고는 터지는 울음을 막기 위해 얼른 손으로 입을 막았다.

“아, 어떡해. 그 성인용품. 엄마가 그 얘기까지 사람들한테 해버렸으면, 나 죽어버릴래.”

존은 그러지 않았을 거라고 안심시키고 싶었지만, 프랜이 어떤 사람인지는 그도 잘 알고 있었다.

자동차 시트커버를 움켜쥐고 눈물을 글썽이던 아만다가 그에게 고개를 돌렸다.

“우리 가지 말자.”

“뭐라고?”

존은 운전대를 꽉 잡은 채 그녀의 표정을 읽으려 몇 번이나 고개를 돌렸다.

"피로연 말이야. 거기 가지 말고 집으로 가자고."

"진심이야?"

"그럼. 어차피 우리한테 말 거는 사람도 없을 텐데 뭐. 그리고 친척들이 알고 있다는 걸 나도 알고 있는데 그 사람들을 내가 어떻게 봐?"

"그 사람들이 알고 있는지 어떤지는 모르는 일이지."

"알고 있어. 십중팔구 아그네스 숙모는 엄마한테 전해달라며 나한테 감사장을 주실 거야. 틀림없어."

이번에도 존은 아만다를 안심시키고 싶었지만, 이번 일은 2년 전과 똑같았다. 그때 아만다의 죄목은 프랜이 베풀어준 '호의'를 별로 고마워하지 않는다는 것이었다.

"그렇게 하자."

아만다가 점점 생기를 되찾아가며 말했다.

"여기서 차 돌려. 얼른!"

아만다는 손가락으로 창문을 찔렀다.

"선물은 우편으로 보내면 돼."

존도 마음이 흔들렸다. 사실 그도 정말 그냥 가고 싶었지만 가까스로 말했다.

"참석해야 해. 당신이 안 가면 장모님이 더 노발대발하실 거야. 그러면 당신이랑 장모님이 화해하는 게 더 힘들어져."

존이 다시 살펴보니 아만다는 사나운 표정으로 창밖을 바라보고 있었다.

"화해하기 싫어."

"그렇겠지. 하지만 결국 할 거잖아."

아만다는 고개를 옆으로 푹 꺾어 창문에 기댔다.

"여보, 당신이 정말 가기 싫다면 그렇게 해. 하지만 이건 되돌릴 수 없는 일이야. 나중에 후회하게 될 거야."

아만다는 창에 기댄 채 움직이지 않았다. 그러다 힘없이 한숨을 쉬었다.

"그래, 좋아. 가. 하지만 사과는 하지 않을 거야."

"내가 언제 사과하랬어."

"좋아."

존은 이 일이 부부싸움으로 번지지 않기를 바라며 아만다를 힐끗 쳐다봤다. 두 사람 다 신경이 날카로운 상태였다. 어젯밤의 재회는 그들이 바랐던 것과는 거리가 멀었다. 자세한 얘기는 듣지 못했지만 아만다는 LA에서 행복한 것 같지 않았다. 존 자신도 캣에게 보노보 기사를 빼앗긴 일이 점점 더 분해졌다. 캣이 쓴 수사 진행상황에 관한 기사들은 1면에 정기적으로 실리고 있었다. 반면 존이 '도시의 전사들'에서 최근에 맡은 일은 도심의 노숙자나, 부랑인, 마약중독자들을 비롯한 위험인물들에게 스컹크 오일을 살포해서 그들의 소굴에서 축출하려는 당국의 시도를 직접 체험하는 것이었다. 존은 당연히 경찰과 공무원들과 동행해서 현장에 나가겠거니 했지만, 엘리자베스는 그러면 기사가 뻔한 내용이 될 거라며 참신하게 부랑자들의 시각에서 써보라고 했다. 그래서 존은 그날 오전, 신분을 숨긴 채 부랑자 사이에 섞여 스컹크 오일 스프레이를 맞으며 쫓겨났던 것이다. 나중에 토마토주스를 세 캔이나 마셨지만 독한 냄새는 가시지 않았다.

"아만다! 세상에! 정말 반갑구나."

신부의 자랑스러운 아버지이자 아만다의 삼촌인 앱이었다. 그는 체통을 잃을 만큼 술에 취해, 아내와 다른 여자 친척들이 대놓고 눈치를 줘도 알아채지 못했다.

프랜은 댄스홀의 번쩍이는 불빛 아래서 분노를 지그시 발산하며 홀의 반대편 테이블에 석고상처럼 앉아 있었고, 팀은 만사 포기한 표정으로 칵테일을 휘젓고 있었다. 스피커에서 시스터 슬레지Sister Sledge의 〈위 아 패밀리〉가 큰 소리로 흘러나오자 나이 지긋한 손님들은 술기운에 몸을 내맡겼다. 그들은 두 손을 허공에 들어 올려 잠시 그대로 있다가 다음에는 어떻게 해야 할지 몰라 두 손을 냉큼 내리곤 했다.

앱은 조금 비틀거리며 다가와 아만다를 안더니 볼에 축축한 키스를 했다. 그가 존과 악수를 하는 동안 아만다는 냅킨으로 얼굴을 닦았다. 그런데 넌더리가 나는 듯 앱의 콧등에 주름이 잡히고 입꼬리도 아래로 처졌다.

"이거 무슨 냄새인가?"

앱이 머리를 갸우뚱거리더니 존을 향해 코를 킁킁거렸다.

"스컹크 오일이에요."

"뭐라고?"

"스컹크요."

존이 확실히 말해주었다.

"이렇게 지독한 걸 어떻게 참고 다니나?"

앱이 물었다.

"아리엘이 정말 예뻐요."

아만다가 음료수를 마시며 말했다. 그녀는 자신의 잔 테두리 너머로 무대를 응시했다.

"예뻐 보여야지, 암."

앱이 대꾸했다.

"저렇게 꾸미는 데 돈이 얼마나 든 줄 아니? 손톱에, 화장에, 눈썹 정리라니! 세상에 눈썹 정리라니!"

앱은 강조의 뜻으로 집게손가락을 들어 흔들었다. 그러더니 숨을 고르며 잘난 척 고개를 끄덕였다. 그러다 문득 음모라도 꾸미듯 몸을 숙였는데, 그의 늘어진 턱살에서는 오드콜로뉴 향수 냄새가, 입에서는 조니워커 레드 냄새가 났다.

"아만다, 그거 아니? 난 네가 그런 헛짓거리는 절대 안 하는 게 맘에 든다."

아만다의 눈썹이 치켜 올라갔다. 그녀는 얼른 손으로 눈썹을 가렸다. 존은 증오심에 불타 노인을 노려보며 생각했다. '이건 정말 등급별로 가지가지 하는군.'

집에 도착하자, 아만다는 구슬장식 핸드백을 복도에 있는 테이블에 내던지고 화장실로 달려갔다. 그리고 잠시 후에 흐느끼는 소리가 들려왔다.

"왜 그래?"

냉장고로 달려가 맥주부터 꺼내던 존이 물었다.

"삼촌 말이 맞아!"

존이 냉장고 문을 닫았다.

"뭐가 맞아?"

그가 화장실로 가서 그녀 뒤에 섰다. 그녀는 거울에 얼굴을 들이 댄 채 한 손으로는 머리를 뒤로 넘기고 다른 한 손으로 미간을 가리 켰다.

"이거 봐."

존이 가까이 다가가 그 부분을 찬찬히 살폈다.

"아무것도 안 보이는데."

"털이 있잖아. 삼촌이 이 털을 본 거야."

"그런 뜻이 아니었어."

"속으로는 그런 뜻이었어. 내가 털이 이렇게 많은데도 다듬지 않 는다는 거지."

"그런 뜻으로 한 말이 아니었어. 그런데 당신 언제부터 올드 스파 이스*나 쓰는 노인네의 패션 조언을 귀담아듣는 거야?"

존이 두 팔로 아만다의 어깨를 감쌌다.

"당신은 섹시해. 당신 눈썹도 마찬가지고."

"한쪽 눈썹만 그렇다는 거겠지."

아만다가 몸을 돌려 빠져나왔다. 존도 그녀를 따라 거실로 들어 왔다. 그녀가 소파에 풀썩 앉았다.

"왜 그런 말에 신경 쓰는 거야? 딴 사람도 아니고 고작 앱 삼촌이 한 말에."

아만다는 상체를 숙여 두 손으로 턱을 받쳤다.

---

* 올드 스파이스Old Spice: 1930년대 미국에 등장하여 면도용 비누와 애프터셰이브 로션 시장을 장악한 브랜드. 범선이 그려진 흰색 유리병으로 유명하다. 1990년에 프록터앤갬블이 사들여 지금까지도 판매하고 있다.

"지난주에 무슨 일이 있었어."

존이 불안한 마음을 억누르며 그녀 옆에 앉았다.

"무슨 일?"

그녀는 고개를 저었다.

"여보, 무슨 일이야?"

아만다는 한숨을 쉬더니 눈을 감았다. 그녀가 입을 열 때까지 몇 세기가 지난 것처럼 느껴졌다.

"NBC 임원들이 숀하고 나를 아이비라는 레스토랑에 데리고 가서 점심을 사줬거든. 연예인들이 바글거리는 곳이야. 파파라치도 사방에 깔렸고."

존이 아만다를 쳐다보며 다음 말을 기다렸다.

"그런데 내가 거기서 키쉬*를 시켰지 뭐야."

한동안 아무 말 없던 존이 말했다.

"무슨 말인지 이해가 안 돼."

"할리우드 여자들은 키쉬를 안 시키는 것 같아. 드레싱 없는 샐러드나 딸기 같은 걸 시키지."

"그래도 이해가 안 가는데."

"처음에는 다들 별말 안 하더니, 조금 있으니까 누군가 방귀라도 뀐 것처럼 점점 분위기가 어색해지는 거야. 그러다 결국 제작부장이 나서서 내가 할리우드 여자들과 달라 신선하다고 말해주더라."

존이 끼어들었다.

"맞아. 그건 좋은 거잖아."

---

* 키쉬Quiche: 파이 생지에 달걀과 생크림, 고기, 햄, 각종 채소 등을 넣어 만든 프랑스의 식사용 파이.

“아냐. 좋은 게 아닌 것 같아. 그 사람이 한쪽 눈을 치켜뜨면서 말했거든. 그러니까 진짜 하고 싶은 말은, 내가 할리우드 여자들 수준에 안 맞는다는 거야.”

존은 할 말이 없었다. 그래서 아만다가 울기 시작하자 그녀를 끌어당겨 안아주기만 했다.

✦———•———✦

다음날 아침 아만다는 단골 미용실에 갔다가 머리 모양이 바뀌어서 돌아왔다. 미용사는 그녀의 머리를 자르고 곧게 편 다음 피부관리사에게 데려갔다. 피부관리사는 눈썹을 다듬어주고 화장법을 가르쳐줬다고 했다. 집에 돌아온 아만다는 스모키 눈화장에, 큐피드의 활같이 굴곡진 입술, 그리고 잡티 하나 없는 백옥 같은 피부의 여인으로 변신해 있었다. 그녀는 금박글씨와 매끄러운 밧줄 모양의 손잡이가 달린, 반짝이는 분홍색 쇼핑백을 꽉 움켜쥐고 있었다.

“그 미용사가 내 머리를 펴주고 싶다고 예전부터 노래를 불렀거든.”

존이 곧바로 반응을 보이지 않자 아만다가 소심하게 말했다. 존은 뜻밖에 그런 눈부신 변신이 반가웠는데, 동시에 새로움과 변화에 흥분했다는 사실이 부끄러워졌다.

“다시 원래대로 돌아가는 거지?”

존이 그녀의 머리를 손가락으로 빗어 내리며 물었다. 곧게 편 머리는 감촉이 아주 달랐다. 물 같기도 하고 비단 같기도 했다.

그녀가 웃었다.

"응. 아쉽지만, 감고 나면 다시 곱슬곱슬해지겠지."

존이 쇼핑백 위로 튀어나온 연녹색 화장지를 찔러보다가 금색 스티커로 봉해진 상자에서 정체불명의 화장수들을 발견했다.

"오늘 다 해서 얼마나 쓴 거야?"

"모르는 게 좋아."

아만다가 미안한 눈빛을 던지며 덧붙였다.

"머리는 어차피 자르려고 했었고, 눈썹 다듬는 건 15달러 줬어. 하지만 어떻게 하는지 봤으니까 앞으로는 내가 직접 하면 돼. 그리고 이 화장품들은 1년 이상 쓸 거야."

"허."

존은 그녀가 끝내 총액을 밝히지 않고 빠져나가자 할 말을 잃었다.

아만다는 손으로 머리를 빗어 내리며 말했다.

"이 멋진 머리도 샤워하면 사라지니까, 오늘 저녁 사주지 않을래?"

"저녁 사주면 이따가 죽여 줄 거야?"

"당연하지. 그리고 이젠 애 낳자는 말 안 할게."

아만다는 깨닫지 못했지만, 존은 그 말을 듣는 순간부터 벌써 그 문제를 고민하고 있었다. 그것도 심각하게. 결국은 아이를 갖게 될 거라고 생각하고 있었지만, 현재 상황으로 봐서는 지금이 적절한 시기는 아닌 것 같았다.

두 사람은 단골 초밥집으로 갔다. 과소비일 수 있었지만, 다음 날 아침에 아만다가 LA로 돌아가 버리면 두 사람은 3주 후에나 만날 터였다. 아만다는 아리엘의 결혼식 때 입은 드레스에 새로 산 구두를 신었다. 존의 오른쪽으로는 술병으로 가득 찬 바가 있었는데, 선반 안쪽에 있는 조명은 15초에 한 번씩 색깔이 바뀌었다.

아만다가 물었다.

"당신 무슨 일 있어? 말수가 적네."

존이 자신이 아까부터 사케 잔을 빙빙 돌리고 있었다는 걸 깨달았다.

"아, 미안해. 당신이 다시 돌아간다고 생각하니 너무 아쉬워서. 당신이 보고 싶을 거야."

그가 시선을 올렸다가 다시 내렸다. 그리고 덧붙였다.

"그리고 내가 하는 일이 지겨워서."

아만다는 놀란 표정이었다.

"오, 여보—."

"정말이야. 난 기자 일을 좋아했어. 내가 세상을 바꾸는 것 같았어. 보노보 시리즈는 언어, 이해력, 문화 같은 여러 분야에서 획기적인 기획이었거든. 진화라든가 우리가 다른 동물을 보는 관점의 근본적인 변화, 양쪽의 극단주의자들, 그 사이에 있는 이성적인 사람들……. 나는 내가 의미 있는 논쟁에 한몫하고 있다고 느꼈지."

그가 깊은 한숨을 내쉬었다.

"그런데 내가 써야 하는 다음 회 〈도시의 전사들〉 취재거리가 뭔지 알아?"

아만다가 고개를 저었다.

"매춘하는 전업주부들에 관한 기사야. 아이들이 낮잠을 자는 사이에 성매매하는 여자들이지."

아만다의 입이 쩍 벌어졌다.

"그래, 어이없지. 수요일에 어떤 여자랑 시간을 잡아놨어. 이름이 캔디라지 아마. 내 이름이 존이라고 하니까 믿지 않더라고. 남자들은 다들 존이라고 한다면서."

"아마 그럴 거야."

아만다가 말했다.

"어쨌든, 그 여자가 주차는 좀 떨어진 곳에 해놓고 동네 사람들 눈에 띄지 않게 뒷마당으로 들어오라고 하더라. 참, 이게 제일 황당한 건데, 그 여자 사는 곳이 우리 부모님 집하고 두 블록밖에 떨어져 있지 않은 거야. 그리고 난 그 집 애가 창문으로 보이는지 확인해야 해. 애가 〈세서미 스트리트〉를 보면서 과자를 다 먹은 다음 아기 식탁의자에서 내려오거든. 그러니 의자가 비어 있을 때 뒷문으로 들어가야 하는 거지."

"오, 세상에. 나 눈물 나려고 해."

아만다는 정말 울음을 터뜨릴 것 같더니 한참 후에 물었다.

"그 여자는 당신이 기자라는 거 몰라?"

"응. 그냥 존이라는 가명을 쓰는 남자로 생각하는 거지."

"그 여자가 당신 신분을 알고도 이야기를 해줄까?"

"그래 주기를 바라는 거지. 안 그러면 다른 사람을 찾아서 다시 시작해야 하거든."

아만다는 어느새 건더기가 가라앉은 된장 국물을 저었다. 그리고 미역과 두부의 소용돌이를 물끄러미 바라봤다.

존이 손을 뻗어 그녀의 손을 잡았다.

"아만다, 그 아이비에서 멍청한 얘기를 한 녀석 말고 LA에 대해 얘기할 거 없어? 별일 없는 거지? 일은 어떻게 되고 있어?"

"뭐……."

그녀는 어깨를 으쓱해 보였다.

"일은 다 좋아. 그런데 담당 프로듀서가 계속 대본을 뜯어고치고 있어. 내용의 가닥을 잡으려는 단계인데 자꾸 그러니까 정말 짜증나."

"친한 사람은 좀 생겼어?"

"손이랑 가끔 외출해."

아만다는 존의 놀란 표정을 보고 덧붙였다.

"걱정하지 마. 그 사람 동성애자야."

"다행이네."

그녀는 푹신한 의자에서 핸드백을 재빨리 집어들고 일어섰다.

"금방 돌아올게."

"그래."

존은 그녀가 자신을 지나치자마자 조그만 사케 잔을 잡고 만지작거렸다. 그에게 정말 필요한 건 신경안정제였다.

아만다의 집주인은 6개월 치 계약을 요구했기 때문에 그동안에는 집 대출금뿐 아니라 LA에 있는 아만다의 아파트 월세도 내야 했다. 전에도 라면만 먹고 산 적이 있으니 다시 그렇게 사는 건 두렵지 않았다. 존은 단지 이런 변화를 계기로 그녀가 정말 행복하기를 바랐지만 아직은 그런 것 같지 않았다.

"오오오오오, 이게 누구예요!"

친숙한 목소리가 요란하게 들려왔다. 존이 고개를 돌려보니 그들의 단골 종업원인 리가 바 뒤에 서 있었다. 리의 얼굴은 빛나고 있었고, 미소 짓는 입과 눈은 크고 과장되게 벌어져 있었다. 존이 주위를 휘 둘러보니 아만다가 화장실에서 나오고 있었다.

아만다는 걸음을 멈추고 리가 자신을 보고 한 말인지 확인하려고 어깨너머로 좌우를 둘러봤다. 그리고 자신이 아니라고 판단하고 다시 걷기 시작했다.

"너무 멋져요! 알아볼 수가 없잖아요!"

리가 노래하듯 말했다.

그때서야 아만다는 리가 자신에게 말하고 있다는 것을 알아차렸다. 걸음을 멈춘 아만다의 표정이 긴장에서 두려움으로 바뀌었다. 잠시 후 아만다가 말했다.

"고마워요."

그리고는 뻣뻣한 자세로 테이블로 돌아왔다. 그녀는 자리에 앉자 속상한 얼굴로 존에게 몸을 기울였다.

"있잖아, 저 여자가 칭찬으로 한 말이라고 믿어야겠지만, 좋은 뜻으로 한 말이 아닌 것 같아."

"확실히는 모르겠지만, 분명히 저 여자는……"

"어쩜, 세상에!"

언제 왔는지 리가 두 사람 바로 앞에 서 있었다.

"아직도 믿어지지가 않아요."

리는 활짝 웃으며 손뼉 치더니 아만다 옆에 슬그머니 앉았다. 그리고 존을 향해 손가락을 흔들었다.

"오늘 밤엔 정신 바짝 차리셔야겠네요. 남자들이 댁의 아름다운 부인만 쳐다볼 테니까요!"

그리고 아만다에게 고개를 돌렸다.

"그거 알아요? 중국에 이런 속담이 있죠. '못생긴 여자는 없다. 게으른 여자가 있을 뿐이다.' 당신을 보니 그 말이 실감이 되네요! 오늘 모습 정말…… 화장도 머리도 멋져요! 옷차림도요!"

존은 당황해서 아만다와 리를 번갈아서 쳐다봤다. 그리고 복잡해진 머리로 왜 단골 일식집 종업원이 중국 속담을 인용하는지, 그리고 어떻게 해야 다시 아만다와 단둘이 얘기를 나눌 수 있을지 고민했다.

아만다는 자기 젓가락만 쳐다봤다.

"머리를 잘랐어요."

"그리고 쫙 폈네요!"

리가 손을 내밀어 아만다의 머리를 빗어 내렸다.

"그리고 화장도 했잖아요! 앞으로도 계속 이렇게 하고 다니세요. 이제 존도 당신의 진가를 알겠네요……."

"리!"

매니저가 바 뒤에서 퉁명스럽게 불렀다. 그리고 방금 들어선 손님을 안내하라는 눈짓을 보냈다. 그러자 리는 매니저를 보며 큰소리로 말했다.

"아만다 좀 보세요! 얼마나 예뻐 보여요! 딴 사람 같죠?"

"리!"

매니저가 소리를 질렀다.

"가봐야겠어요. 나중에 봐요!"

리가 몸을 기울여 한쪽 어깨로만 포옹하고 멀어져 갔다.

아만다는 오랫동안 고개를 숙이고 있었다. 그러다가 드디어 입을 열었다.

"그래. 그런 거였구나."

그녀는 고개를 끄덕였다. 그리고 고개를 숙인 채 테이블에서 냅킨을 집어 무릎 위에 펼쳤다.

"알게 돼서 다행이야. 나는 못생긴 게 아니야. 그냥 게으른 거지."

13장

실리아는 배낭과 더플백을 메고 도착했다.

"어머, 세상에. 이게 어쩐 일이에요."

실리아는 이사벨 앞에서 멈춰 서서 말했다. 그리고는 돌아서서 가방들을 바닥에 던졌다. 실리아가 고개를 숙이고 가방을 뒤져 신발과 똘똘 뭉친 옷들, 세면도구를 담은 비닐 봉투를 꺼내놓자 그녀 주변의 카펫이 금세 어수선해졌다. 실리아의 카고바지 위쪽으로 등이 보였다. 동양 인물들을 새긴 문신이 척추를 타고 올라가다가 셔츠 밑으로 사라졌다.

"저는 박사님이 저랑 얘기 하기도 싫어하는 줄 알았어요. 병원에서 저를 들여보내지 않아서요."

"내가 그런 건 아냐. 네가 체포됐던 것 때문에 그랬나 봐."

이사벨은 의심이 고개를 쳐드는 것을 느끼며 실리아를 주위깊

게 지켜봤다. 내가 지구해방연맹 회원을 집안으로 불러들인 건 아닐까?

"체포가 아니라 구금이에요. 그리고 그게 말이 돼요? 저도 죽을 뻔했다고요. 진짜 죽었다는 게 아니라, 제 말 무슨 뜻인지 아시죠. 그 일이 터지기 몇 분 전에 저도 그 자리에 있었잖아요. 아니, 그것보다 제가 채식주의자인데다가 동물보호소에서 자원봉사를 한 게 죄목인 것 같아요. 세상에……. 경찰은 단지 휴메인 소사이어티 회원이라는 이유로 사람을 불러들여 조사해요. 참, 박사님도 채식주의잖아요. 그런데 왜 안 잡아갔대요?"

실리아는 수조 쪽으로 걸어가 안을 들여다봤다. 그리고 금세 콧등을 찡그리며 뒷걸음쳤다.

"으윽. 여긴 왜 이래요?"

"묻지도 마."

실리아는 부엌으로 가서 숟가락을 가져오더니 스튜어트의 사체를 떠냈다. 그리고 숟가락을 손으로 가리고 이사벨을 지나 화장실로 가면서 말했다.

"보지 마세요."

잠시 후 변기의 물이 내려갔다.

이사벨은 웃음이 나오려고 했다. 실리아는 속마음이 너무 빤히 보여서 살인 음모 같은 걸 숨길 재주는 없어 보였다.

실리아가 자기 물건들을 바닥에 펼쳐놓는 모습을 지켜보며, 이사벨은 거실이 실리아 차지가 될 거라고 생각했다. 실리아는 아파트나 기숙사에 사는 모양이었지만, 자세한 건 얘기하지 않았고 이사벨도 굳이 알려 들지 않았다. 며칠이 지난 뒤에 실리아와 함께 지내야겠다는 결심이 섰기 때문이다. 사실 이사벨은 함께 있어주는 실리아가 고마워서 젖은 수건을 바닥에 팽개쳐 두거나 치약을 중간에서부터 짜는 것처럼, 평소라면 짜증 냈을 일에도 전혀 개의치 않았다. 심지어 실리아가 자신의 데오드란트를 쓰는 것을 목격했을 때도 잔소리를 하려다 말았다. 세면대 옆 머그컵에 다른 칫솔이 담겨 있는 것을 본 이사벨은 칫솔만 건드리지 않는다면 데오드란트 정도는 함께 쓰며 지내야겠다고 생각했기 때문이었다.

실리아가 들어와 산 지 며칠 후, 이사벨은 캔자스대학 총장 토머스 브래드쇼에게 전화해서 보노보들이 어디로 팔려갔는지 알려달라고 사정했다.

그는 모른다고 버텼다. 알고 싶지도 않다고 했다. 그에게는 보호해야 할 가족이 있고, 다시 꾸려 갈 삶이 있다고 했다. 지구해방연맹이 그의 집 창문을 깨고 거실과 부엌에 호스로 물을 채운 주말, 그와 그의 가족은 집을 떠나 있었다. 아내와 세 아이를 데리고 집에 와 보니 물이 거의 15센티미터나 차 있었고, 바닥뿐 아니라 천장까지 벽체를 들어내야 했다고 했다. 피해액이 수십만 달러라면서 이사벨에게 그 심정을 아느냐고 물었다. 그는 보노보나 그들의 후원자에 대해서 전혀 아는 바가 없으며, 이사벨에게도 관심을 두지 않는 것이 신상에 좋을 거라고 충고했다.

그 뒤로 며칠 동안 이사벨은 여러 대형 동물원과 영장류 보호소에 연락을 해봤지만, 한 마리라도 보노보를 데려간 곳은 없었다. 이사벨은 고객인 척하면서 '동물 배우'를 데리고 다니는 업체들에도 전화를 해봤다. 그들은 마카크원숭이와 개코원숭이, 그리고 두 살짜리 침팬지를 권했지만, 이사벨은 광고캠페인을 하려면 다 자란 보노보들이 필요하다며 뜻을 굽히지 않았다. 그중 한 곳은 2년도 더 전에 서커스에 출연하던 마지막 오랑우탄 두 마리가 없어진 것을 한탄하며, 어린 침팬지라면 몇 마리 더 구할 수 있다고 했다(이사벨은 그 오랑우탄들이 디모인에 있는 그레이트 에이프 트러스트에 보내져 다른 오랑우탄들과 함께 최첨단 시설에서 살고 있다는 것을 알고 있었지만, 그 직원은 오랑우탄들이 끔찍한 일을 당한 것처럼 이야기했다).

이사벨은 여러 인터넷 사이트를 돌아다니며 새끼침팬지를 수십만 달러에 사려는 사람들이 올린 글들을 수없이 읽었다. 팔려고 내놓은 사람들의 글은 더 많았다. 전부 사춘기를 맞은 침팬지들인데, 그 나이가 되면 자기주장이 강해지므로 누군가 크게 다칠 것을 염려한 주인들이 싼값에 처분하려고 하는 것이었다. 광고 제목은 보통 "이 녀석 좀 데려가 주세요"인데, 사연을 읽어보면 주인의 건강문제로 '녀석'을 떠나보내려고 한다는 내용이었다. 사실 그보다는 침팬지가 냉장고를 넘어뜨리거나 붙박이 책장을 부수거나 사람을 물어뜯기 때문에 내놓았을 가능성이 더 컸다. 하지만 유인원 여러 마리를 사겠다는 사람의 글은 보이지 않았고, 다 자란 유인원을 찾는 글은 더더욱 없었다.

유인원을 대상으로 하는 생의학연구소에도 전화해봤지만, 하나같이 아무 정보도 알려주지 않았다. 다음에는 변호사에게 문의해봤다. 7시간 20분의 상담료를 챙기고 그가 해준 말은 보노보는 개인 재산이기 때문에 소유자가 타인에게 그 행방을 알려줄 법적인 의무가 없다는 것이었다. 이사벨은 가진 돈을 긁어모아 사설탐정에까지 사건을 의뢰했는데, 그 사람은 수표를 현금으로 바꾼 후 연락을 끊었다.

FBI에도 전화해봤다. 그녀와 통화하던 직원은 답답하다는 듯이 익명 프록시가 뭔지, 왜 인터넷에서 어떤 글은 추적할 수 없는지 점점 열을 내며 설명했다. 이사벨은 그 말을 믿을 수가 없었다. FBI가 잉크나 글자 자국만 보고도 어떤 타자기인지 잡아낼 수 있다면, 왜 인터넷에서는 그 자취를 찾을 수 없단 말인가?

FBI와의 마지막 통화를 들으며 서성거리던 실리아는 이사벨이 전화를 끊자 말했다.

"박사님한테 도움이 될 만한 친구들이 몇 있어요."

이사벨은 짜증스러운 눈초리로 실리아를 쳐다봤다.

"왜요?"

실리아가 이상하다는 듯이 물었다.

"FBI도 손들었는데, 네 친구들이 뭘 어떻게 한다는 거야?"

"그 애들은 틈만 나면 기업 네트워크를 뚫고 들어가요. 한번은 은행 사이트도 뚫었는데요."

"맙소사! 네 친구들 뭐하는 사람들이니?"

"그렇다고 바이러스를 퍼뜨리거나 하는 건 아니에요."

실리아가 좀 화가 나서 대꾸했다.

이사벨과 실리아는 서로 쏘아보았다. 결국 이사벨이 체념하듯 두 손을 허공에 번쩍 들고 돌아서며 말했다.

"그래, 알았어. 그 친구들에게…… 도와달라고 해봐."

조엘은 코가 길고 마네킹처럼 잡티 하나 없는 창백한 피부에 깡마른 아이였다. 작고 다부진 자와드는 진한 녹색 눈에 머리가 꼽슬꼽슬했다. 둘 다 컴퓨터공학과 학생들이었고 자기들을 '주말 해커'라고 불렀다.

그들은 각자의 노트북 컴퓨터를 가지고 이사벨의 소파에 앉아 키보드를 두드리기 시작했다. 서로 메신저로 이야기하는지 때때로 코웃음을 치거나 공연히 상대의 가슴을 치기도 했다. 지루해진 실리아는 창문 밖으로 머리를 내밀고 담배에 불을 붙였다.

"그러지 마세요."

뒤에서 노려보는 이사벨의 시선을 느낀 실리아가 톡 쏘듯이 말했다.

"엄마한테 충분히 잔소리 듣고 있으니까요."

이사벨은 한숨을 쉬며 돌아섰다. 어머니 하나로도 힘들다는 것을 이 세상에서 누구보다 더 잘 이해할 사람이 바로 자신이었으니 말이다. 이사벨은 여기저기 돌아다니며 안절부절못했다. 그리고 보노보를 찍은 사진을 한 장씩 집어들었다. 기억 속에 그들을 선명하게 남겨두기 위해 세세한 것들을 떠올리며 그들의 얼굴과 손, 귀의 생김새를 바라봤다. 그녀는 본지의 사진을 들고 그 눈을 들여다봤다.

내가 너희를 찾을게. 꼭 찾을게.

보노보를 데려다 둘 곳도 없었지만, 그것은 나중에 걱정하기로 했다.

이사벨은 본지의 사진을 내려놓고, 모든 사진들이 테이블의 가장자리와 정확히 평행이 되도록 가지런히 맞췄다. 그리고 거실을 왔다갔다하면서 앞뒤로 손을 부딪쳐 박수 소리를 내다가 조엘의 신경질적인 시선을 받았다. 그녀는 주방으로 사라져서 냉장고의 야채보관실을 문질러 닦았다. 허브차를 만들어 커피 테이블에 찻잔을 내려놓으며 조엘과 자와드가 뭘 하는지 보려고 노트북 컴퓨터를 슬쩍 엿봤다. 그들은 모니터를 아래쪽으로 기울이며 몸을 구부려 가렸다.

"이 자식들 나쁜 놈들이네."

대화가 끊긴 지 30분 만에 조엘이 입을 열었다.

"여기서 그거 모르는 사람이 어딨니."

실리아가 말했다. 실리아와 이사벨은 블루 콘칩 한 그릇을 사이에 두고 거실 바닥에 드러누워 있었다.

"연구실을 폭파한 놈들인데."

"아니, 그거 말고도 정말 나쁜 놈들이야. 어떤 집에서 기니피그를 여러 마리 키웠나 봐. 그런데 이 기니피그 중 몇 마리를 생의학 연구에 쓸 거라고 생각한 지구해방연맹이 이 가족을 공격목표로 선택한 거야."

"진짜 연구에 썼어?"

실리아가 물었다. 그리고는 콘칩을 입에 던져넣은 다음 와작 씹으며 손가락마다 묻은 소금을 빨아먹었다.

"몰라. 그랬을지도 모르지. 문제는 그게 아니라, 그자들이 몇 년 동안이나 그 가족에게 테러를 가했다는 거야. 할머니가 죽은 다음에는 그 시체를 파내서 석 달 동안이나 갖고 있다가, 가족들이 다시는 기니피그를 기르지 않겠다고 맹세하니까 그때서야 내줬다잖아."

"시체를 도둑질했단 말이야?"

이사벨이 콘칩을 입에 가득 넣고 우적거렸다.

"게다가 석 달 동안이나 갖고 있었다니까요."

조엘이 다시 한 번 강조했다.

"가족들이 기니피그를 포기한 후에 숲 속에 버려진 할머니 시신을 찾아왔대요. 그 시체가 어떻게 됐겠어요."

실리아와 이사벨은 마주 보며 동시에 과자를 우적거리던 입을 멈쳤다.

"이거 들어봐."

자와드가 말했다.

"5개월 전엔 거기 회원들이 동물보호소에 침입해서 동물들을 훔쳐내 모두 죽이고 그 사체를 슈퍼마켓 쓰레기통에 버렸대. 개 열일곱 마리하고 고양이 서른두 마리를."

"그래놓고 자기들이 동물보호론자라고 한다는 거야?"

이사벨이 말했다.

"뭘 새삼스럽게 놀라요? 보노보한테도 폭탄을 터뜨렸는데. 그리고 박사님한테도요."

실리아는 시체로부터 연상되던 모습에서 회복되었는지 손가락을 빨고 나서 빈 과자 그릇 바닥을 훑고 있었다.

"소위 대표라는 작자가 한다는 말이, 동물은 보호소에 있는 것보다는 죽는 게 더 낫다는 거야."

자와드가 말했다.

"그런데 왜 그냥 대표가 아니고 소위 대표야?"

"이 사람들은 점조직으로 움직이거든요. 그래서 어떤 집단이 뭘 하는지 다른 집단은 알 수가 없어요. 자신들을 보호하는 한 방법이지요. 그 때문에 자신들이 저지르지 않은 일도 자기들 소행으로 의심받곤 하죠. 하마스처럼요."

"인터넷 방송은 어때? 뭐 좀 찾아냈어?"

이사벨이 피곤한 목소리로 물었다.

"아뇨."

자와드가 대답했다.

"못 찾을 것 같아요. 미러 서버*의 아이피 주소†를 일일이 추적해 봤는데, 원본은 없어진 것 같아요. 그 미러 서버들도 우즈베키스탄, 세르비아, 아일랜드, 베네수엘라의 프록시 서버들인데 모두 나이지리아를 거친 것들이에요. 거기서 가입자 정보라도 얻으면 다행이죠."

이사벨은 좌절한 FBI 직원이 한 마지막 말을 떠올렸다. '그게 그렇게 쉽다면 우리가 이미 빈 라덴을 잡았겠죠.'

"난 들어가 볼게."

이사벨은 간신히 일어났다. 한편으로 실리아가 손가락을 카펫에 닦고 있는 게 보였다.

이사벨은 실리아와 친구들만 거실에 두고 침실로 갔다. 그녀는 침대에 풀썩 엎어졌다.

보노보 여섯 마리가 아무 흔적도 없이 사라질 리가 없다. 보노보들은 자물쇠 구멍에 빨대를 집어넣기도 하고, 가스배관을 망가뜨리기도 하고, 문틀에서 나사를 뽑기도 하고, 벽체를 뚫고 들어가기도 하고, 창문틀을 떼어내기도 한다. 그러니 그들이 어디로 갔든 그곳은 그런 행동을 감당할 만한 시설일 것이다. 지금까지 알아본 바로는 동물원이나 보호소에는 없으니, 남은 곳은 생의학 연구소밖에 없었다.

이사벨은 문득 자신이 피터를 쫓아낸 후 그가 한 번도 와보지 않

앉다는 데 생각이 미치자 갑자기 가슴에 깊은 통증을 느꼈다. 휴대 폰을 꺼놓고, 집 전화선도 뽑아놓은 건 사실이지만 나를 사랑한다면 그냥 달려와야 하는 거 아닌가?

이사벨이 거실로 다시 나왔을 때 학생들은 테킬라 병과 라임 조각, 소금통을 커피 테이블에 올려놓고 다리를 꼬고 앉아 있었다. 자와드가 눈을 들었다. 그의 손등, 엄지와 검지 사이에는 이미 소금이 있었고 라임 한 조각도 준비완료였다. 그는 이사벨에게 술이 가득 찬 작은 유리잔을 내밀었다.

"안돼."

이사벨은 술잔을 바라보며 말했다. 그녀의 손가락은 술잔을 받고 싶어서 움찔거렸다. 이사벨은 다짐하듯 다시 한 번 말했다.

"안돼."

자와드는 이유를 몰라 눈썹을 치켜떴다. 그러고는 어깨를 으쓱하고 손등의 소금을 핥은 뒤에 테킬라를 목구멍에 털어 넣고 라임 조각을 이 사이에 넣고 즙을 짜냈다.

이사벨은 다시 침실로 돌아가서 시트콤을 봤다.

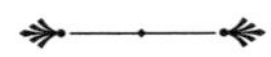

일주일 후, 실리아는 이사벨을 태우고 마지막 수술을 받으러 갔다. 수술 중에서도 가장 불쾌한 수술이었다. 빠진 이 다섯 개를 대신할 치아 임플란트를 심는 시술이었다.

이사벨은 이번에 간호사가 휠체어에 태워 인도까지 바래다 준 것이 고마웠다. 시술 중에 투여한 진정제 때문에 정신이 혼미했기 때문이다. 머리와 팔다리가 콘크리트 덩어리같이 느껴졌다.

"괜찮아요?"

실리아가 안전벨트를 채우기 위해 이사벨의 다리를 올리며 물었다.

이사벨은 눈을 감은 채 고개를 끄덕였는데, 입에는 의사가 시킨 대로 거즈 뭉치를 물고 있었다.

몇 시간 후 진정제와 마취제 기운이 사라지자 이사벨은 침대에 누워 끔찍한 고통에 빠져 있었다. 머리 양쪽에는 베개를 놓고, 턱 아래는 냉동야채 주머니로 받친 채 뒤척이며 잠을 이루지 못했다. 야채가 녹으면 실리아가 재빨리 다른 것으로 교체했다.

실리아는 엉뚱하지만 세심하게 간호인 노릇을 했다. 그녀는 이사벨 옆의 이불 위로 몸을 던져 베개 절반을 차지한 채, 이사벨이 통증을 잊을 수 있도록 리모컨으로 채널을 죽 훑으며 코미디 프로를 찾아줬다. 실리아의 요리지식은 젤로*(실리아가 가져온 젤로는 심지어 사온 것이었다)와 게토레이를 가져오는 수준이었지만 이사벨은 가슴이 저밀 정도로 감동했다. 이사벨은 어린 시절 중이염을 앓았을 때 어머니가 오전 내내 세심히 마음을 써준 일을 떠올렸다. 어머니는 이사벨이 침대에서 텔레비전 보는 것을 허락했고, 종이인형과 주스도 가져다주었다. 하지만 술을 마시면서 그런 자상함은 점점 사라졌다. 오후가 되자 이사벨은 실리아 없이 혼자서도 버틸 만큼 통증이 가라앉았다.

다음 날 침실에서 몸을 이끌고 나온 이사벨은 실리아가 죽은 화

---

* 젤로Jell-O: 과일 맛과 향이 나는 알록달록한 젤리, 상표명.

초를 치우고 슈퍼마켓에서 아프리카 제비꽃을 사다 놓은 것을 발견하고 왈칵 눈물을 쏟았다. 바코드가 찍힌 흰색 스티커가 아직도 적갈색 플라스틱 화분 옆에 아무렇게나 붙어 있었다.

"왜 그러세요?"

실리아는 손으로 입을 막고 울음을 참고 있는 이사벨을 보고 의아해했다.

"대단한 거 아니에요. 그냥 싸구려잖아요."

"나한텐 대단해. 고마워."

그녀는 얼른 가서 화분에 붙은 스티커를 떼어 돌돌 말았다.

실리아가 웃으며 말했다.

"정말 완전 결벽증이세요."

"그리고 넌 완전…… 그만하자."

이사벨도 웃고 말았다.

그날 오후, 실리아는 이사벨을 설득해서 전화선을 다시 꽂았다. 몇 분도 안 돼서 전화가 울렸다. 침대에 있던 실리아가 벌떡 일어나 전화를 받자, 이사벨은 통화내용을 들으려고 텔레비전 소리를 죽였다.

"아, 안녕하세요!"

실리아가 밝은 목소리로 인사를 하고 자신을 밝혔다.

"실리아예요."

잠시 듣고 있던 그녀가 말했다.

"실-리-아라구요."

그러더니 말투가 바뀌었다.

"무슨 소리세요? ……얼마 동안 던컨 박사님을 도와드리러 왔죠.

……도와드리러 왔다고요. 간호도 해 드리고요……. 뭐라고요? ……무슨 말씀이세요? ……아뇨, 아무 말 안 했어요. 왜 해야 하는데요?”

실리아의 목소리가 별안간 높아졌다.

“오, 세상에. 정말 치사하네요. 알겠어요. 확실히 알겠어요.”

이때부터 그녀는 악을 쓰기 시작했다.

“당신이 뭔데 나한테 이래라저래라 하는 거예요? 내 일은 내가 알아서 해요……. 지금 협박하는 거예요? 그래요? 그럼 뭘 어떻게 할 건데요? 나를 연구소에서 해고하려고요? …… 아뇨, 지금 박사님한테 먼저 얘기할 거예요.”

딸깍.

실리아는 침실로 돌아와 침대에 몸을 던졌다. 그리고 이사벨과 나란히 누워 소리도 안 나오는 텔레비전을 쳐다봤다.

“저기…….”

결국 실리아가 입을 열었다.

“새해 전날 박사님 남자친구하고 잔 것 같아요.”

“약혼자야.”

이사벨이 말했다. 목구멍 뒤쪽에서 아프게 올라온 덩어리를 누르고 겨우 내뱉은 한 마디였다.

텔레비전에서 갈팡질팡하던 배우가 두 손을 허둥지둥 내젓다가 소파 위로 넘어졌다.

“죄송해요. 두 분이 사귀는 줄은 몰랐어요.”

이사벨이 두 손으로 눈을 덮었다.

“제가 미우세요?”

이사벨은 아무 말도 못 하고 고개만 저었다.

"혼자 있고 싶으세요?"

이사벨이 여전히 눈을 가린 채 고개만 끄덕였다. 침실 문이 닫히는 소리가 들리자 그녀는 몸을 굴려 베개에 얼굴을 묻었다. 그리고 두 무릎을 끌어안고 오후의 햇살이 사라지고 한참이 지나도록 소리 죽여 흐느꼈다.

✦──·──✦

다음 날 이사벨이 거실에 나가보니 튤립을 담은 커다란 상자가 있었다. 그리고 곧이어 전화가 울렸다.

"예, 아직 여기 있죠."

실리아가 심드렁한 말투로 대답했다. 한 손으로는 전화기를 잡고 다른 한 손으로는 그 팔을 받치고 있었다.

"아뇨, 쓰레기통에 버렸……. 알아요. 비싸겠죠. 하지만 박사님은 당신이 보낸 썩어가는 식물 생식기 한 아름은 원치 않으실 것 같아서요……. 아뇨, 당분간 그런 일은 없을 거예요."

실리아가 전화를 뚝 끊었다.

"제 말이 맞죠?"

그녀가 이사벨을 돌아보며 물었다.

"그 사람 보고 싶지 않으신 거죠?"

이사벨은 눈물을 겨우 참으며 아랫입술을 물고 잠시 생각했다. 그리고 거실에 있는 몇 상자나 되는 튤립을 둘러봤다. 꽃들은 실리아의 말과는 달리 쓰레기통 근처에도 가지 않았다.

"아직 싫어. 만날 수 없을 것 같아."

결국, 이틀 후에 피터가 직접 찾아왔다. 이사벨이 부엌으로 들어가려 할 때 짜증스럽게 문을 두드리는 소리가 들렸다. 실리아가 구석으로 몸을 숨기는 이사벨을 힐끗 보고 체인은 걸어둔 채 문을 열었다.

"이사벨을 만나야겠어."

피터가 따지듯이 말했다.

"안 계세요."

"여기 있는 거 알아. 주차장에 차 있는 거 봤어. 그 사람을 만나야겠어."

"박사님은 당신 만나고 싶지 않을 거 같은데요."

그의 목소리가 험악해졌다.

"이사벨한테 뭐라고 했어, 이 더러운 년아."

실리아가 허, 하고 짧게 웃었다.

"더럽다고요? 단어 한번 독창적이네요. 언어학을 전공한 사람은 좀 다를 줄 알았는데. 어쨌든, 던컨 박사님한테 우리 둘이 잤다고 말했어요."

"내가 술에 취했을 때 네가 옆에 있었던 것뿐이야. 그건 아무 의미도 없었어."

"제대로 알고 있네요."

"이사벨!"

그가 짐승처럼 소리쳤다. 문 뒤의 벽에 쪼그리고 앉아 있던 이사벨은 움찔했다.

"이사벨! 나랑 얘기 좀 해! 이사벨!"

"문 닫을 거예요."

실리아가 차분하게 말했다. 그리고 한숨을 내쉬며 고개를 저었다.

"웃기네요. 그렇게 발을 문 안으로 밀어 넣으면 체인이 끊어질 것 같아요?"

이사벨은 갈색 신발 앞 부리를 내려다봤다. 그녀의 위치에서 유일하게 볼 수 있는 피터의 일부였다. 마음 한편에서는 그가 문틈으로 손을 밀어 넣어 실리아를 낚아채길 바랐다. 잠시 후에 신발이 사라지고 실리아가 문을 닫았다.

"정말 재수 없어요."

실리아가 문을 잠그며 말했다.

"뭐 좀 마실래요?"

"아니."

"저는 마시고 싶어요."

실리아는 부엌으로 사라졌다.

이사벨은 이용당하고 배신당하고 모욕당했다는 생각이 들었다. 그와 너무 빨리 가까워졌다. 이젠 알 수 있었다. 동물적인 끌림, 모든 판단력을 무력화시킨 엔도르핀과 페로몬의 자극적인 뒤섞임. 그런 것을 겪게 되면서 이사벨은 누군가가 자신을 지켜주고 다시는 혼자라는 느낌으로 외로워하지 않게 될 것 같은 예감이 들었다. 그래서 너무나도 성급하고 너무나도 철저하게 자신을 내줬는데, 그 대가로 피터는 이사벨의 세계를 산산조각냈다. 그녀가 자신의 모든 것을 드러내지는 않았지만, 피터는 자신이 이사벨을 배신하면 그 충격이 개인적인 수준으로 그치지 않는다는 사실을 잘 알고 있었다. 그는 이사벨의 세상에 대한 신뢰를 배신하였고, 사람에 대한 믿음을 약화시켰다. 그러고 나서도 이사벨을 잘만 달래면 그녀의 마음과 침대를 다시 얻을 수 있다고 생각했다. 이사벨도 그걸 깨달았다. 그는 무슨 일에든 대단한 자신감이 있었고, 그 자신감도 그의 매력 중 하나였다. 하지만 이번에는 그가 틀렸다.

※———·———※

이사벨이 플리퍼 — 새 이를 박아넣기 전에 몇 달 동안 티타늄 못이 자리를 잡을 수 있게 보정장치에 끼우는 의치 — 를 해 넣은 날, 집에 돌아와 보니 냉장고는 거의 비어 있었다. 집안도 마찬가지로 텅 비어 있었다. 실리아가 나갔기 때문이었다.

실리아가 머무는 동안 그녀의 변화무쌍한 동거 관계가 어느 정도 정리되었던 것이다. 실리아는 조엘과 자와드, 그리고 다른 학생 세 명과 함께 대학교 근처의 다 쓰러져가는 넓은 집을 빌려 살고 있었는데, 실리아가 그들 중 세 명(조엘과 자와드와 어떤 여학생)과 잤다는 것이 드러나면서 잠시 분쟁이 일어났다. 실리아는 그들이 그 상황을 감수하지 못하겠다면 그들 모두와 헤어지겠으며 당분간 밖에서 지내겠다고 선언했다. 마침 그때 이사벨이 곤경에 빠지는 바람에 두 사람은 완벽한 공생관계를 맺게 된 것이었다. 그 이후 동거인들이 화해하자 실리아는 그 집으로 돌아가게 되었다. 이사벨은 자세한 내막은 묻지 않았다. 실리아가 가끔 인간보다 보노보에 가까워 보인다는 사실이 또 하나의 수수께끼일 뿐이었다. 이사벨은 실리아가 보고 싶었다. 그래서 집에 먹을 거라곤 라임소스와 복숭아 통조림, 라면밖에 없다는 핑계로 저녁을 사겠다며 실리아와 조엘, 자와드를 불렀다.

그들이 간 곳은 '로사의 부엌'이라는 소박한 채식주의자 식당이었다. 치과에서는 이사벨이 보정장치에 적응하고 발음을 분명하게 하기까지는 며칠이 걸릴 거라고 했는데, 이사벨은 이번 기회에 시험해 보자고 했다. 실리아와 조엘, 자와드는 작당해서 이사벨에게 복수형 단어를 말하게 하고는 그녀가 혀짧은 소리를 내면 요란하게 웃어댔다.

이사벨이 가지가 들어간 그린 카레를 반쯤 먹었을 무렵, 어둑한 구석 자리에 앉은 누군가가 그녀의 시야에 들어왔다. 이사벨은 그 사람을 금방 알아봤다. 실리아가 늘 래리-해리-개리라고 부르던, 시위꾼 중에서 가장 나이 많은 사람이었다. 일행은 두 사람이었고, 그는 식탁에 팔을 올린 채 몸을 앞으로 기울이고 있었다. 짙은 남색 정장 재킷은 의자 등받이에 걸려 있었고 넥타이는 느슨했다. 그는 대화에 열중하고 있어서 이사벨이 있다는 것도 모르는 것 같았다.

이사벨의 얼굴에서 웃음이 싹 사라지고 눈에 힘이 들어갔다. 그녀는 "잠깐만" 하더니 고개를 숙여 의치를 손에 뱉어냈다.

실리아는 이사벨이 뭘 보고 그러는지 확인하려고 이쪽저쪽을 살폈다.

"어, 이런."

끼익 소리와 함께 의자를 뒤로 밀며 일어선 이사벨은 그 남자 쪽으로 걸어가 식탁 앞에 섰다.

래리-해리-개리는 웃음을 멈추고 올려다봤다.

"무슨 일이시죠?"

그의 입가에는 아직 미소가 남아 있었다.

"속이 시원하세요?"

이사벨이 실눈을 뜨며 물었다.

그는 무슨 말인지 전혀 모르겠다는 얼굴로 머리를 흔들었다.

"뭐라고 하셨습니까?"

그녀는 몸을 앞으로 기울이고 소리쳤다.

"속이 시원하냐고요!"

바스마티 쌀 파편이 그녀의 입에서 튀어나왔다.

남자는 놀라서 몸을 뒤로 젖혔다.

"무슨 얘길 하는 겁니까?"

이사벨을 뚫어지게 쳐다보던 남자는 짚이는 게 있는지 표정이 변했다. 1년이 다 되도록 이사벨이 차를 몰고 지나갈 때마다 피켓을 흔들었지만, 그녀의 얼굴을 알아보지 못했던 것이다.

"오, 맙소사."

그가 낮은 소리로 외쳤다.

"오, 맙소사. 맞아요."

이사벨이 남자에 맞춰 음조를 낮추어 말하고 고개를 빠르게 끄덕였다.

"괜찮습니까?"

"내가 괜찮아 보여요?"

이사벨이 자신의 얼굴과 머리를 가리키며 날카롭게 소리쳤다. 그러고는 깜짝 놀라서 쳐다보는 손님들을 향해 돌아섰다. 입을 벌린 채 포크를 들고 있는 사람도 있었다.

"여러분은 지금 테러리스트와 식사를 하고 계십니다! 관심이나 있을지 모르겠지만요!"

"어, 박사님?"

실리아가 이사벨 뒤로 다가와 그녀의 팔을 잡았다.

"제 생각엔 아니……."

이사벨이 실리아를 뿌리치고 다시 래리-해리-개리에게 돌아섰다.

"축하합니다! 댁들이 보노보들을 '해방'하셨네요! 그 애들에게 하해와 같은, 형언할 수 없는 은혜를 베푸셨습니다. 이제 생의학 연구소에서 훨씬 더 잘 지내고 있겠죠. 정말 훌륭하십니다!"

종업원 몇 명이 모여들었다. 매니저는 그들을 밀치고 다가왔다.

"부인, 죄송합니다만 목소리 좀 낮춰주십시오."

"저는 그 사건과 아무 상관 없습니다."

래리-해리-개리가 말했다.

"어머니의 무덤을 걸고 맹세합니다. 저는 그 일과 아무 관련이 없습니다. 우리 단체 회원들도 아무 관련 없습니다."

이사벨이 눈을 번득이며 내려다보다가 그의 식탁에 있던 카레 접시를 탁 쳤다. 접시가 바닥에 떨어지면서 내용물이 사방으로 튀었다.

"그만 하세요. 갑시다."

매니저가 이사벨의 팔을 잡고 출구 쪽으로 돌려세웠다.

그때 뒤에서 남자의 고함이 들려왔다.

"그분한테서 손 치워요!"

이사벨이 놀라서 돌아보니 목소리의 주인은 래리-해리-개리였다. 그는 자리에서 일어서더니 분노로 상기된 얼굴로 다가왔다.

"제발 좀, 그분 내버려둬요! 다친 거 안 보여요?"

모두 제자리에 얼어붙었다. 이사벨의 가슴은 흥분으로 들썩거렸다. 그녀의 눈이 매니저를 쳐다봤다가 래리-해리-개리의 눈으로 옮아갔다. 남자의 진갈색 눈이 이사벨의 시선과 만났다.

이사벨은 자신의 식탁으로 돌아가서 의치를 다시 입안에 넣고 지갑을 집어든 다음 출입문 쪽으로 향했다. 이사벨은 모든 사람들의 눈이 그녀가 나가는 모습을, 그리고 대머리에 가까운 머리의 뒤에 난 깊고 험한 상처를 쳐다보고 있음을 분명히 느낄 수 있었다. 그녀는 턱을 치켜들고 계속 걸었다.

✦———·———✦

다음날 오후, 누군가가 이사벨의 아파트 문을 망설이듯 두드렸다. 문구멍으로 내다보니 래리-해리-개리가 서 있었다.

이사벨은 후다닥 문에 달라붙어 체인을 더듬어 잡았다.

"경찰을 부르겠어요! 지금 다른 사람도 있어요!"

물론 이사벨은 혼자였다. 손이 너무 떨려서 몇 번을 실패한 끝에 체인을 겨우 걸었다.

"죄송합니다."

그는 소리 낮춰 말했다.

"겁주려고 온 게 아닙니다. 그냥 얘기를 좀 하고 싶습니다."

"내 손에 전화기 있어요! 경찰에 전화하겠어요. 지금이요! 번호 누르고 있어요!"

"알았어요! 좋아요. 갈게요."

이사벨은 손이 닿지 않는 커피 테이블 위, 의치 옆에 있는 무선전화기를 바라봤다. 그의 발소리가 복도를 따라 멀어지자 얼른 전화기를 집어들고 다시 문으로 돌아왔다. 이사벨은 귀를 문에 바짝 붙이고 엘리베이터 벨 소리가 들릴 때까지 귀를 기울였다. 그리고 전화기를 든 채 체인이 허용하는 만큼만 문을 열었다.

"잠깐만요! 이리 와봐요."

잠시 멈칫하던 발소리가 돌아왔고 래리-해리-개리가 반대쪽 벽에 붙어 서서 안심하라는 듯 두 손을 들었다.

"지금도 손에 전화기 들고 있어요."

이사벨이 열어진 문틈으로 말했다.

"알고 있습니다."

"여길 어떻게 알고 찾아왔죠?"

"인터넷에 떴더군요."

"아, 맞아. 그러시겠죠."

"제가 올린 건 아닙니다."

그가 말을 쏟아냈다.

"제 말 좀 들어보세요. 정말 죄송합니다. 당신이 그렇게 겁먹을 줄 알았다면 찾아오지 않았을 겁니다."

"원하는 게 뭐죠?"

"그냥 괜찮으신지 알고 싶었습니다."

이사벨은 빤히 쳐다보기만 했다.

"알겠습니다. 괜찮지 않다는 건 알겠습니다. 그동안 어떻게 지냈을지 상상도 안 가는군요. 정말 유감입니다."

"고맙군요."

"그리고 우리 모임이 이 폭발사고와 아무 관련이 없다는 것도 알아주셨으면 합니다. 동물들을 해치는 일은, 물론 사람도 포함해서입니다, 우리의 주장과 배치되는 행위입니다. 우리 모임 회원들도 모두 경찰에 불려 갔다가 무혐의로 풀려났습니다. 우리는 교육과 함께 평화시위를 하고 있습니다. 우리가 하는 일은 그뿐입니다."

이사벨은 열린 틈 한가운데에 섰다.

"좋아요. 댁들이 우리 연구소를 폭파하지 않았다고 치죠. 그럼 댁들은 도대체 뭐에 대해 시위를 하는 거죠? 우리가 하는 연구는 모두 협동과정으로 짜여 있어요. 보노보한테 나쁜 영향을 전혀 주지 않는다고요. 가두지도 않고, 강제로 뭘 시키지도 않아요. 그 애들은 제가 아는 대부분의 사람들보다 더 잘 먹었어요."

그는 몸의 중심을 한쪽 다리에서 다른 쪽 다리로 옮겼다.

"그 일에 관해서는 동료분에게 물어보셔야 할 겁니다."

"어떤 동료요? 무슨 뜻이에요?"

"무슨 말인지 아실 텐데요."

"아뇨, 전혀 모르겠어요."

"그럼 알아보셔야 해요."

불편한 침묵이 길게 이어지는 동안, 그는 발뒤꿈치를 중심축으로 몸을 앞뒤로 흔들었다. 마침내 그가 말했다.

"당신은 정말 보노보들이 생의학 연구시설로 갔다고 생각하십니까?"

"네. 아무도 저한테 얘기를 해주지 않으니까요. 만일 그 애들이 괜찮은 곳으로 갔다면 왜 비밀로 하겠어요? 제가 생각할 수 있는 곳에는 다 전화해 봤지만 그 애들의 행방을 아는 사람은 한 명도 없었어요."

"제가 좀 알아보죠."

이사벨이 어이없다는 듯이 웃었다.

"아무것도 못 알아내실걸요. 그 보노보들은 내 가족처럼 가까운 존재였는데 그 애들에 대해 알려주는 사람은 아무도 없었다고요."

그는 주머니에서 명함을 꺼내 내밀었다. 이사벨이 받으려 하지 않자, 그것을 문 앞의 바닥에 놓았다.

"제 이름은 개리 핸슨입니다. 필요한 게 있으면 전화해 주십시오."

이사벨이 몸을 굽혀 카펫 위에 놓인 명함을 휙 집어들어 흘낏 들여다봤다. 건축가? 이 사람이 건축가라고? 이사벨은 남자를 다시 쳐다봤다. 그는 항상 놀라울 정도로 평범해 보였지만, 건축가라고 생각할 수는 없었다.

개리 핸슨은 이사벨을 조금 더 지켜봤다.

"진심입니다. 필요한 게 있으면 연락하십시오."

그는 짙은 색 머리카락을 쓸어넘기고 코트 옷깃을 세우고는 복도를 따라 멀어져 갔다.

문을 쾅 닫은 이사벨은 전화기를 꼭 움켜쥐고 서 있었다. 엘리베이터 문이 열렸다 닫히는 소리가 들리자 복도에 정말로 아무도 없는지 내다봤다.

어떤 동료한테 알아보라는 거지? 실리아?

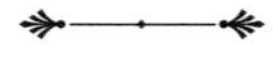

나흘 후, 이사벨은 어둠 속에서 소파 위에 누워 벨벳을 잘라 붙인듯한 머리를 앞뒤로 쓰다듬었다. 지아이조 인형*의 머리에 붙인 천 조

---

* 지아이조G.I. Joe 인형: 미국의 완구회사 하스브로Hasbro가 만드는 군인 캐릭터 인형. 관절 부분이 자유롭게 움직이는 액션피겨 형태로 제작된다.

각 같은 느낌이었다. 지금은 머리가 좀 자랐지만, 손거울을 들어 뒷머리를 보면 비뚤비뚤한 상처가 여전히 보기 흉했다. 머리가 흘러내릴 만큼 자라면 모를까 그때까지는 남의 눈길을 끌 것이다. 가발을 쓰거나 피터가 권한 대로 스카프를 몇 장 사야 할 것 같았다.

전화 울리는 소리에 그녀는 화들짝 놀랐다.

이사벨은 한 발을 바닥에 내려놓고 몸을 일으켜 앉았다.

"여보세요?"

"안녕하세요, 이사벨."

여자 목소리였다.

연결 방식, 말투, 모든 게 수상했다. 이사벨은 잔뜩 경계하며 몸을 앞으로 내밀고 앉았다.

"누구세요?"

"친구예요."

여자가 대답했다.

뱃속에서 오싹한 느낌이 솟아나왔다. 이사벨은 커튼을 흘깃 쳐다봤다. 실리아가 떠난 후로 커튼은 다시 클립과 핀으로 한데 맞붙어 있었다. 다음에는 체인이 걸려 있는 현관문을 쳐다봤다.

"발신자 번호가 떴어요. 이 전화는 녹음되고 있고요."

이사벨은 그렇게 말했지만 전화기에 발신자 번호는 표시되지 않았다. 이사벨은 마음속으로 아이피 주소와 인터넷의 익명성에 관해 배운 것들을 허겁지겁 뒤적였다. 전화도 같은 방식으로 작동하는 건가?

"겁낼 거 없어요."

여자가 말했다.

“또 뭘 원하는 거예요? 이미 모든 걸 빼앗아 갔잖아요.”

이사벨은 허세를 부리며 소리를 높였지만 목소리에 그녀의 공포가 드러났다.

“전 당신 친구의 친구예요. 그리고 그 보노보들이 어디 있는지 알 것 같아요.”

이사벨은 두 손으로 전화기를 움켜쥐었다. 가슴이 금방 터질 것 같았다. 심장이 너무 빨리 뛰어 어지러워 쓰러질 것 같았다. 이사벨은 잠시 눈을 감고 마음을 진정시켰다.

“말씀하세요.”

존은 시계를 봤다. 두 시가 거의 다 됐다. 미리 알아본 바로는 지금쯤 〈세서미 스트리트〉가 끝나 자막이 올라가고 있을 것이고 캔디의 아들은 곧 침대에 들어갈 것이다.

부모님 집과 가깝다는 것이 두려워서 1.5킬로미터나 떨어진 곳에 주차했지만 마음이 놓이지 않았다. 여전히 그를 알아보는 사람과 마주칠 위험이 컸던 것이다. 그 때문에 뜨개 모자를 푹 눌러쓰고 피코트pea coat의 옷깃을 세워 입었다. 존은 손가락으로 운전대를 두드리며 다시 시계를 봤다. 그리고 지금쯤 긴 파자마 차림에 손가락을 빨며, 동물인형들이 대롱거리고 자장가가 흘러나오는 모빌 아래 이불을 덮고 누워 있을 그 집 아이를 생각해봤다.

존은 자신이 이런 신세로 전락했다는 게 믿기지 않았다.

존이 이런 신세로 전락한 건 정확하게, 캣이 쓴 또 다른 기사가 인키의 첫 번째 섹션에 특집으로 실린 그날 아침이었다. 그 기사에서 캣은 폭발이 일어난 날 언어연구소를 방문한 사람이 자신이었고 보노보들에게 선물이 든 배낭을 가져간 것도 자신인 척했다. 그녀는 주도면밀하게 단어를 골라 썼기 때문에 ― 그 망할 '우리'와 수동태를 최대한 활용했으므로 기술적으로 완전히 거짓말이라고 할 수는 없는데다, 오즈굿이 찍은 사진도 캣의 기사와 나란히 실렸기 때문에 ― 영락없이 그녀가 취재한 것 같았다. 샘이 실로폰을 가지고 노는 모습, 음봉고가 고릴라 가면을 들고 토라져 있는 모습, 본지가 배낭을 여는 모습, 그리고 유리벽으로 달려들어 키스하려는 모습까지. 키스하는 사진에서 존은 교묘하게 편집되어 잘려나갔다. 솔직히 포토샵으로 사진에 캣을 합성해 넣지 않은 것이 이상할 정도였다. 반면에 지금 존은 차 안에 불량배 복장으로 앉아 시간제 매춘부가 '파티'를 시작하기 위해 아이를 재우기만을 기다리고 있었다.

아이가 잠드는 데 얼마나 걸릴지 몰라서 존은 약속한 시간보다 10분쯤 더 기다렸다. 그런 다음 캔디의 타운하우스 뒤쪽으로 가는 골목을 따라 살금살금 걸어갔다. 1층에는 창문이 하나밖에 없었는데, 아무래도 부엌 창문인 것 같았다. 그는 숨을 깊이 들이마시고 주위의 집들을 둘러봤다. 그리고 미끄러지듯 호랑가시나무 뒤에 몸을 숨긴 뒤, 고개를 빼고 식탁의자가 비어 있는지 확인하려 했다.

그가 창문턱에 매달리자 손톱 밑에 페인트 조각이 느껴졌다. 코가 창유리에 밀착되어 납작해졌을 때 뒤에서 자갈길을 밟으며 달려오는 잰 발소리가 들려왔다.

"거기서 내려와, 이…… 이…… 추잡한 인간아!"

목소리는 떨리면서도 날카로웠다.

“내겐 호신용 스프레이가 있어!”

손가락이 창턱에서 미끄러졌고 존은 호랑가시나무 속으로 떨어졌다. 존은 기를 쓰고 빠져나와 자갈길 위에 엎어졌다.

“저 집에서 무슨 짓을 하는지 우린 다 알고 있어.”

여자가 소리쳤다.

“그걸 두고 볼 것 같아? 여긴 점잖은 동네라고!”

존이 고개를 돌려보니 눈앞에는 기형교정용 신발과 두꺼운 스타킹, 그리고 무릎 아래로 충분히 긴 트위드 치마가 있었다. 그리고 스프레이 통도 보였다.

“움직이지 마!”

관절염 걸린 손가락이 격렬하게 떨며 작은 통을 쥐고 있었고, 그 중 한 손가락이 빨간색 버튼 위에서 발사 준비를 하고 있었다.

“제발, 누르지 마세요.”

존이 호흡을 가다듬으며 말했다.

“누르면 안 되는 이유를 말해봐!”

“방향이 반대니까요. 아주머니를 조준하고 있어요.”

스프레이 통이 눈앞에서 사라지자 존은 몸을 굴렸다. 그리고 일어나 앉아 뺨에 박힌 돌들을 털어냈다. 호랑가시나무에 찔린 두 손에서 피가 났다. 왼쪽 손목은 접질려서 삔 것 같았다.

“존 티그펜? 너니?”

존은 고개를 들어 올려다 보았다. 가슴이 덜컥 내려앉았다. 눈앞에 있는 사람이 어린 시절 주일학교 선생님이었던 모리어티 부인이라는 걸 깨달았다.

“오, 맙소사.”

존은 다친 두 손에 얼굴을 묻었다.

"세상에, 창피한 줄 알아. 존 티그펜, 창피한 줄 알아!"

그녀가 꾸짖었다.

"너희 부모님이 뭐라고 생각하시겠니?"

"대체 무슨 일이지?"

존이 사무실로 들어서자 엘리자베스가 깔보는 눈길을 주며 말했다. 노크소리에 문을 열어주러 일어섰던 그녀는 존을 보고는 대놓고 짜증스러운 표정을 지으며 책상 뒤로 돌아갔다.

"꼭 고양이한테 물려 들어온 것 같군."

"묻지 마세요."

존은 권하지도 않았는데 의자에 앉았다. 엘리자베스는 그를 의심스러운 눈초리로 살폈다.

"뭐, 말하기 싫다면야."

그녀는 안락의자에 풀썩 앉았다.

"그래, 무슨 일이지?"

존은 스키 모자를 벗어 정원에서 묻은 나뭇잎 같은 것을 털어내고 무릎에 놓았다.

"명예퇴직 신청하겠습니다."

엘리자베스는 얼굴을 찌푸렸다. 그리고 몸을 앞으로 기울이며 물었다.

"뭘 한다고?"

"명예퇴직. 명예퇴직할 거라고요."

그녀는 존을 파고들 기세로 쳐다보며 눈을 가늘게 떴다.

"은퇴한다고? 당신 제정신이야?"

"은퇴가 아니라 명예퇴직이라고 했습니다."

존이 분명하게 말했다. 용어선택은 그에게 중요했다. 서른여섯 살에 은퇴할 생각은 없었다.

엘리자베스는 고개를 갸웃했다.

"놀라운데. 언제 그런 결심을 했지?"

"방금이요."

"이유를 물어봐도 될까?"

"그게 중요한가요?"

"물론."

존은 안에서 쌓인 굴욕감이 먹구름처럼 용솟음치는 것을 느끼며 엘리자베스를 똑바로 쳐다봤다. 처음엔 차분하게 자신의 결심을 밝히고 떠날 생각이었다. 하지만 그는 자기도 모르는 사이 악을 쓰고 있었다.

"왜냐하면 난 지난 몇 주일 동안 스컹크 오일 스프레이를 맞아야 했고, 그 대단한 DNA 검사를 위해 공원에서 개똥을 직접 담아와야 했고, 도로 배수로에서 썩어가는 쓰레기더미 깊이를 재야 했고, 콘돔이 쓰레기의 몇 퍼센트나 되는지 계산해야 했으니까. 문 뒤에 숨어서 트렌스젠더 매춘부를 사는 사람들의 자동차 번호를 기록해야 했고, 급기야 오늘은 내 주일학교 선생님한테 호신용 스프레이를 맞을 뻔했다고!"

그는 마지막에 당한 수모를 강조하기 위해 주먹으로 책상을 쾅 내리쳤다.

엘리자베스의 눈이 휘둥그레졌다. 그럴 만했다. 존 자신도 놀랐으니까. 그는 진정해야 한다는 것을 알았지만, 어차피 지금 시점에서는 잃을 것도 없었다.

"보노보 기사는 내 거였어."

존은 가슴을 치며 말을 이었다.

"처음에 당신이 날 채용하고 싶어하지 않았다는 건 알지만, 내가 일은 끝내주게 잘했잖아. 그런데 돌아온 건…… 이거라고."

존은 십자 모양으로 찢어진 두 손을 휙 들었다.

"당신은 내 시리즈 기사가 퓰리처상 감으로 보이는 순간 빼앗아서 캣 더글러스에게 줘버렸어."

엘리자베스의 눈이 점점 실처럼 가늘어졌다. 그리고 연필로 책상을 두드리기 시작했다.

"캣 더글러스, 맙소사! 오늘 아침에 캣이 쓴 거 읽어보기나 했나? 그 여자는 보노보가 있는 방에는 들어가 보지도 못했어. 감기에 걸려서 들어갈 수가 없었다고. 그 건물에 잠깐 들어가 보긴 했지만, 보노보는 구경도 못했어. 그리고 그 여자가 올린 이사벨 던컨 사진? 뻔뻔하기도 하지. 확 고소나 당해버려라!"

엘리자베스는 아무 말도 하지 않았다. 연필만 탁, 탁, 탁, 두드릴 뿐.

존은 한숨을 내쉬고 의자에 푹 기대앉았다. 그리고 차분한 목소리로 다시 이야기를 시작했다.

"아내가 LA에 일자리를 구했으니, 거기로 갈 겁니다. 뭐, 이제 좋겠네요. 해고할 사람이 하나 줄었으니. 안 그래요? 경영진에게도 잘 보이고.”

갑자기 엘리자베스가 앞으로 몸을 굽히더니 전화기를 집어들었다. 그리고 네 자리 번호를 누르고 기다렸다.

“네, 엘리자베스 그리어예요. 인사부 직원 한 명 여기로 보내줘요. 그리고 포장 상자도 필요해요. 보안과 직원도 한 명 보내주고요.”

“제 짐은 제가 직접 가져갑니다.”

존이 말했다.

“네. 지금이요.”

엘리자베스가 전화기에 대고 말했다.

✦———·———✦

아만다에게 일을 그만뒀다고 했을 때, 한참 동안 말이 없어서 존은 전화가 끊긴 줄 알았다. 이윽고 아만다가 “오, 맙소사. 당신 뭘 했다고?”라고 했을 때 존은 상황이 심각하다는 것을 깨달았다. 두 사람의 유일한 수입원을 그가 차버린 것이다. 후회해봤자 소용없었다. 보안직원에게 끌려나왔으니, 슬그머니 되돌아가 복직을 부탁할 가능성은 확실히 막힌 거나 마찬가지였다.

아무 일 없을 거라고 아만다를 안심시키고 자기 자신을 안심시키기 위해 존은 다급하게 설명했다. 즉시 집을 내놓고 LA로 가겠다. 명예퇴직으로 한 달 치 월급밖에 받지 못하지만, 알뜰하게 살면 그가 일자리를 찾을 때까지 버틸 수 있을 것이다. 햄버거를 굽는 한이 있더라도 즉시 일자리를 찾겠다. 당분간은 저금해둔 돈을 써야 하겠지만, 많이 쓰지는 않을 것이다. 어쨌든 괜찮을 것이다. 가난한 학생이었을 때부터 항상 그래 왔듯이.

전화를 끊고 난 존은 무릎을 끌어안고 마음을 진정시켰다.

그 후 며칠이 지나자 그들은 충격에서 벗어났다. 적어도 존은 그렇다고 믿었다. 통화를 해보니 아만다는 한층 쾌활해진 것 같았다. 나중에는 그것이 연기라는 것을 존도 눈치챘지만 말이다. 아만다는 스튜디오에서 벌어지는 우스운 일들을 얘기해줬는데(하! 하! 하!) 나중에 생각해보면 전혀 우스운 얘기가 아니었다. 배우들은 요즘 비타민워터 병을 상표가 보이게 들고 다녀야 하는 모양이었다. 연구에 의하면 시청자들은 광고를 건너뛰려고 녹화를 해두었다가 나중에 보는 경우가 많아서 협찬을 그런 식으로 받는다는 것이다. 나중에 아만다가 존의 사직으로 느낀 공포가 어느 정도였는지 알았을 때 그는 땅 밑으로 꺼지고 싶었다. 떨어져 산 지 몇 주밖에 되지 않았는데 이제 아만다의 마음도 제대로 읽지 못하고 있었다.

짐을 싸면서 존은 손님방 벽장에서 《재앙을 부르는 비결》의 수정 원고를 발견했다. 프랜은 원고를 정리하고 그 위에 출판사로부터 온 거절편지들을 쌓아놓고 고무밴드 두 개로 엇갈리게 묶어놓았다. 아만다가 벽장을 열면 붉은색의 수많은 'No'가 적힌 편지가 가장 먼저 눈에 띄도록 일부러 맨 위에 올려놓은 것이다.

존은 바닥에 앉아 고무밴드를 벗기고 원고를 읽기 시작했다.

그는 한 시간이 지나도록 꼼짝도 안했고, 그가 마지막 페이지를 넘긴 것은 그로부터 두 시간도 지난 후였다. 원고는 좋았다. 정말 좋았다. 그가 좋다는 것은 소설이 사건으로 가득하다는 뜻이다. 적어도 재미는 있었다. 그녀는 소설 속에 자신의 실제 삶의 일부 — 요리에 대한 열정이나 불쌍한 늙은 고양이 마니피캇 — 를 집어넣었다.

그런데 아만다는 자신의 가족 중 누군가를 카메오로 출연시켜 복수하고 싶지는 않았던 것 같다. 얼마든지 보복을 할 수 있는 상황에서 자신이라면 그런 유혹을 뿌리칠 수 있을지 확신이 서지 않았지만 어쨌든 고마운 마음이 들었다. 어쩌면 아만다도 유혹당한 건지 모른다. 어머니는 이야기가 시작되기도 전에 이미 죽은 걸로 설정돼 있었고, 몇 페이지 넘어가기도 전에 아버지까지 죽어 버리니 말이다.

존은 거절편지 뭉치를 들어 휘리릭 넘겨보며 거절하는 방식이 참으로 다양하다는 것을 알게 됐다. 아니요, 저희는 읽어볼 시간이 전혀 없습니다. 아니요, 저희는 관심이 없습니다. 아니요, 저희는 추천 작가하고만 일을 합니다.

아니요, 아니요, 아니요, 아니요.

존은 거절편지들을 바닥에 내려놓았다. 몇 장인지 세어보지는 않았지만 아만다가 129번이나 거절당했다고 말한 게 과장은 아닌 것 같았다. 거절편지의 두께가 원고의 절반에 이를 정도였으니까. 아만다가 침대에 숨어 지낸 것도 당연했다.

이사벨은 뉴멕시코주 앨라모고도Alamogordo에 있는 주택가에서 자신을 로즈라고 소개한 여성과 패널 밴* 뒤에 서 있었다. 로즈는 유인원 실험시설인 코스턴 재단에서 기술자로 일하고 있는데, 은밀히 동물권익단체에서도 활동하고 있었다. 두 사람은 불빛이 희미한 주차장에서 멀리 떨어져 있었다.

코스턴 재단은 침팬지 여섯 마리를 새로 사들였다. 이 분야의 연구자를 비롯하여 많은 사람들은 보노보와 침팬지를 잘 구별하지 못한다. 이 두 가지 사실은 이사벨에게 희망과 동시에 두려움을 안겨줬다. 코스턴 재단은 농무부와 국립보건원의 유인원 보호규정을 무시하는 것으로 악명이 높았기 때문이다. 작년 한 해만 해도 우리의

---

* 패널 밴panel van : 운전석과 화물칸이 하나로 이어져 있는 화물 겸용 승용차.

크기와 기본적인 보호의무를 위반하여 경고를 여덟 차례나 받았다. 2년 전에는 한여름에 침팬지 세 마리를 환기도 안 되는 상자에 가둔 채 밖에 내버려두어 열사병으로 죽게 해 벌금형을 받았다. 이 침팬지들은 한때 공군 소유였기 때문에 이 사건은 얼마간 언론의 관심을 받으며 대중의 분노를 일으켰다.

버디, 이반, 도널드라는 이름의 이 침팬지들은 전성기 때 연예인 못지않게 언론의 사랑을 받았다. 그들이 탄 우주선 캡슐이 바다에 추락하고 나서 구출될 때 환하게 웃던 모습이 여러 잡지의 표지에 실려 전국을 뒤덮었다. 미국 사람들은 그 웃음이 사실은 공포로 찡그린 표정이었다는 것을 몰랐다. 또한 버디, 이반, 도널드가 '야생 포획'된 침팬지라는 것도 몰랐다. 그것은 살해된 어미에게서 강탈되었다는 뜻이다. 그리고 그들이 태어난 직후 5년 동안, 인체가 우주여행을 할 때 겪게 될 어려움을 실험하기 위해 설계된 원심분리기와 감압실에서 보냈다는 사실도 몰랐다. 사람들은 그 침팬지들이 충돌 실험에서 인간의 대역으로 쓰였고, 대기권으로 재진입하는 동안 우주비행사를 효과적으로 고정하는 안전벨트를 개발하기 위해 수없이 벽에 내던져졌다는 사실도 몰랐다. 그들이 뙤약볕 아래에 방치되기 전까지 사람들은 절대로 알 수 없었다.

우주비행사들이 영웅처럼 색종이 가루를 맞으며 만면에 웃음을 띠고 귀환 행진을 펼치는 동안, 공군은 더 이상 쓸모없다고 판단한 버디와 이안과 도널드를 코스턴 재단에 넘겼다. 코스턴 재단에서 그들의 이름은 17489, 17490, 17491로 바뀌었고, 간염에 걸렸으며, 우리에 따로따로 갇혀 정기적으로 간 생체실험을 당했다. 페르디난드 코스턴은 유명인사의 스캔들 덕분에 자신의 치부를 언론의 눈으로

부터 숨기게 됐을 때 안도의 한숨을 내쉬었을 것이다.

이사벨이 생각하기에 코스턴 재단은 보노보들이 가서는 절대 안 될 곳이었다. 하지만 한편으로는 보노보들의 행방을 알았으니 그들을 구출할 첫 단계가 시작되었다고 볼 수도 있었다.

이사벨은 밴의 뒷문 쪽에 있는 로즈 옆에 섰다. 음울한 콘크리트 건물은 자갈과 쇠사슬, 그리고 가시철조망으로 둘러싸여 있었다. 이사벨은 그 안에 수감되어 있다는 4백 마리가 넘는 침팬지들을 떠올렸다.

"어떻게 견디실지 상상이 안 가요."

"견뎌야 하니까요."

로즈가 고무장화를 이사벨의 발치에 던지며 대답했다. 그리고 위아래가 이어진 작업복, 고무장갑, 얼굴 전체를 가리는 마스크를 차 뒷문에 걸쳐놓았다.

"내부에 아무도 없으면 무슨 일이 벌어지는지 전혀 알 수가 없잖아요. 이 안의 직원들도 여기 일을 좋아서 하는 건 아니에요."

"알아요."

이사벨은 최근에 정보를 얻기 위해 했던 일들을 떠올리며 대답했다. 그리고 보호장구들을 곁눈질하며 물었다.

"이걸 꼭 입어야 하나요?"

"네. 침팬지들은 침을 뱉고 똥을 던지기도 하거든요. 인간에게 전염되는 질병에 걸린 녀석들이 많아요. 말라리아나 간염, 에이즈 같은 거요. 그러니까 입어요."

이사벨은 새삼 두려운 마음으로 납작한 건물을 바라봤다. 로즈가 말한 행동은 주로 극심한 심리적 외상을 입은 유인원한테서 나타나는 증상이었다.

로즈가 이사벨을 가늠해 보듯 찬찬히 바라봤다.

"지난주에는 새끼침팬지 세 마리한테 오염된 분유를 먹여서 백혈병에 감염시켰어요. 다른 침팬지들에겐 잡초제거제와 세척제, 화장품…… 뭐든지 다 먹이죠. 마약에 중독되기도 하고, 담배연기가 가득 찬 밀폐된 방에 갇혀 있기도 하고. 어떤 침팬지는 이빨을 강제로 뽑히고 임플란트 실험을 당했어요."

이사벨은 아직 통증이 남아 있는 턱에 손을 올렸다.

눈치를 챘는지 로즈는 아무 말도 하지 않았다. 그녀는 위험물질 보호복을 입느라 바빴다. 이사벨은 부끄러운 마음으로 조용히 따라 입었다.

이사벨과 로즈는 손전등을 들고 안으로 들어갔다. 그들 앞에 긴 콘크리트 복도가 뻗어 있었고, 창문이 없는 수많은 우리가 천장에 매달려 있었다. 작은 엘리베이터 크기의 우리에는 침팬지가 한 마리씩 들어 있었다. 그들은 쇠사슬로 된 바닥에 웅크리고 있거나 자고 있었다. 담요도 없었고, 장난감도 없었다. 있는 거라곤 자동으로 물이 채워지는 스테인리스 물그릇뿐이었다. 그 우리들은 콘크리트 바닥에서 60센티미터 정도의 높이에 매달려 벽에 붙어 있는 여물통 쪽으로 기울어져 있었다. 이런 시설은 청소하기 쉽도록 만든 것이라고 이사벨은 생각했다. 고압 호스가 그 역할을 하겠지만, 지금은 마지막 근무자가 퇴근한 지 몇 시간 지났을 때라 우리 아래에 대소변이 덩어리져 널려 있었다. 그 악취는 참아내기가 힘들었다.

침팬지들은 대부분 황량한 우리 한구석에 조용히 웅크리고 있었다. 간혹 앞으로 튀어나와 철망을 손과 발로 잡고 흔드는 놈도 있었고, 두 사람에게 물이나 오줌, 침, 그리고 그보다 더한 것들을 던지는 놈도 있었다. 그들의 분노에 찬 날카로운 비명이 복도를 따라 울려 퍼지자 다른 침팬지들의 침묵이 한층 더 도드라졌다. 조용한 놈들은 대부분 머리를 벽으로 향하고 있었지만, 머리를 앞으로 향한 놈들은 가라앉은 눈으로 이사벨과 로즈를 바라보았다. 육신은 있지만 영혼은 사라진 것이다. 어떤 침팬지 두 마리는 두개골 위쪽에 쇠나사가 박혀 있었다. 손가락과 발가락이 떨어져 나간 놈들도 여럿 있었다.

로즈가 이사벨의 시선을 따라가며 설명했다.

"스트레스 때문에 자기 손발을 물어뜯어서 그래요."

드디어 모퉁이를 돌자 이사벨은 숨을 고르며 벽에 기댔다.

그녀는 울지 않으려고 했다. 울지 않았다. 운다고 나아질 것은 아무것도 없었다.

로즈는 가만히 서서 기다릴 뿐 다독여주진 않았다. 로즈는 이사벨이 이걸 용납할 거라고 생각한 것일까? 분명히 아닐 것이다. 그랬다면 굳이 보노보 찾는 일을 도우려 나서지도 않았을 테니.

얼마 후 이사벨이 혼자서 마음을 가라앉히자 두 사람은 다시 걷기 시작했다. 이사벨은 세탁시설을 지나치며 뭔가 이상하다는 걸 느꼈다. 그러다 뚜껑이 앞에 달린 초대형 건조기 몇 대를 지난 후에야 크고 둥근 유리뚜껑 안쪽에 새끼침팬지들이 들어 있다는 것을 알게 되었다.

"오, 이럴 수가, 세상에."

이사벨이 울부짖었다. 그리고 장갑 낀 손으로 둥근 창 가장자리를 잡은 채 주저앉아 유리에 이마를 갖다 댔다. 4년은 더 어미 곁에 있어야 할 새끼침팬지는 안에서 아무 반응도 보이지 않았다. 그 눈은 이미 넋이 나가 멍해져 있었다. 이사벨은 이제 참지 않고 흐느껴 울었다. 그리고 로즈에게 고개를 돌렸다.

"왜 이래야 해요?"

그녀는 따지듯 물었다.

"왜 이래야 하느냐고요!"

로즈가 감정 없는 표정으로 대답했다.

"조금만 더 가면 돼요."

이사벨은 뒤를 따랐다. 마스크 때문에 눈물도 콧물도 닦을 수 없었다. 어차피 장갑도 대소변과 침으로 더러워져 있긴 했지만 말이다. 그녀는 감염된 새끼침팬지들이 한 마리씩 갇혀 있는 보육기들을 지나쳐 걸었다.

복도 끝에 다다르자 로즈는 문 옆에 있는 키패드의 비밀번호를 눌렀다. 그리고 먼저 들어가서 이사벨이 들어오도록 문을 잡아 주었다.

"새로 들어온 침팬지들은 여기에 격리시켜요. 그 여섯 마리도 최근에 들어왔죠."

이사벨은 심장이 뛰고 맥박이 빨라지는 것을 느끼며 안으로 들어섰다. 방 한가운데 멈춰 서서 조금씩 몸을 트니 우리 안에 갇혀 있는 것들이 보였다. 손전등을 비추자, 그들은 손을 들어 지친 얼굴을 가렸다. 그리고 철사로 된 바닥에 불편하게 앉아 있다가 엉덩이를 옮겼다. 암컷 하나가 목에 매달린 새끼를 꽉 안고 등을 돌렸다.

"아니에요."

이사벨은 절망감에 욕지기를 느끼며 말했다.

"아니에요. 이 아이들은 일반 침팬지예요. 보노보는 좀 더 날씬하고, 검고 납작한 얼굴이에요."

"그렇군요."

로즈는 돌아서서 나가려 했다.

"잠깐만요. 이 애들이 지금 막 들어온 거라면 어디에서 온 걸까요?"

로즈는 어깨를 으쓱했다.

"교배시설에서 왔을 수도 있지만, 저희도 몰라요. 전부 같은 장소에서 왔는지 아닌지도 모르는걸요. 어떤 건 애완용이었을 수도 있어요. 아니면 서커스단에 있었을 수도 있고요. 이놈들은 아직 이빨이 있고 수컷은 거세가 되지 않았으니 아마도 아닌 것 같지만."

이사벨은 침팬지를 한 마리씩 쳐다봤다. 사람처럼 키우다가 단지 재미가 없어졌다고, 아기 대용품으로서 가치가 없어졌다고 이 침팬지들을 버렸단 말인가? 사람들을 즐겁게 하려고 분홍색 발레복을 입히고 조그만 자전거를 타게 했단 말인가? 그러기 위해 번식용으로 키우고 새끼를 낳자마자 빼앗는 학대를 반복했단 말인가?

"이 애들을 위해 우리가 할 수 있는 일이 없는 거예요? 제 말은……. 이 애들은 아직 여기 있잖아요. 제 말은…… 여기에요."

이사벨은 마스크를 쓴 머리의 관자놀이 부분을 두드리며 말했다.

"이 애들의 눈 좀 보세요."

"안돼요. 오늘 밤엔. 언젠가는 뭔가 할 수 있을 거예요. 하지만 오늘 밤은 아니에요."

로즈가 대답했다.

주차장으로 돌아온 그들은 보호장구를 벗어 밴의 뒤에 있는 쓰레기통에 던져넣었다. 로즈는 이사벨에게 항균화장지통을 내밀었다. 내내 장갑을 끼고 있긴 했지만 이사벨은 화장지로 손을 여러 번 닦은 후에야 겨우 눈물을 닦았다.

로즈는 통 위에 뚜껑을 덮고 밴의 뒷문을 쾅 닫았다.

"차 세워놓은 데까지 태워다 드릴게요."

"로즈."

"네?"

"전 몰랐어요."

로즈가 따가운 눈빛으로 쏘아봤다.

"정말이요?"

"대충은 짐작하고 있었지만, 몰랐어요. 정말 이럴 줄은……"

"당신네 연구부장한테, 아니 남자친구라고 해야 하나요? 그가 록 웰에서 무슨 일을 했는지 물어 보세요."

로즈가 밴 옆을 돌아 사라지자 이사벨은 눈을 치떴다. 로즈는 운전석에 앉아 문을 닫았고, 그때서야 이사벨도 황급히 반대쪽으로 돌아갔다. 이사벨은 문에 기대 구부정하게 앉았고, 두 사람은 이사벨이 공항으로 돌아갈 렌터카에 도착할 때까지 한 마디도 나누지 않았다.

"고마워요."

이사벨이 바닥에서 몇 가지 소지품을 챙기며 말했다.

"네."

로즈는 시선을 정면으로 향한 채 돌아보지도 않고 대답했다.

이사벨이 집에 와보니 현관문 앞에 노픽소나무와 사랑초, 퍼플패션이 나란히 놓여 있었다. 화초마다 벨벳 리본이 묶여 있었다. 봉투 위의 글씨체를 알아본 그녀는 카드를 열어보지도 않았다.

이사벨은 화분을 양쪽 옆구리에 끼고 엘리베이터를 타고 몇 층을 올라가 아무 집 앞에나 두고 왔다.

아프리카 제비꽃은 애처로운 모습으로 죽어버렸다. 그 꽃은 위에서부터 물을 주면 안 되는데 이사벨이 그걸 몰랐던 바람에 잎과 줄기가 흐물흐물해졌다. 그런데도 물이 부족한 줄 알고 다시 물을 줬더니, 이제는 꽃이 아니라 끈적거리는 갈색 곤죽이 되어 버렸다. 이사벨은 흙에 꽂혀 있던 플라스틱 이름표를 뽑아 거기 적힌 유의사항을 읽고서야 자신의 실수를 깨달았다. 이사벨은 어렸을 때, 집이 깨진 달팽이를 보면 나뭇잎과 나뭇가지를 채운 신발 상자 병원에 넣어두었고, 어머니가 거미를 보고 죽이라고 소리치면 잡아서 놓아줬으며, 크리스마스가 지나 길가에 버려진 포인세티아를 가져와 키웠다. 그런 이사벨인지라 죽은 제비꽃을 엘리베이터 옆 쓰레기 투하구에 하나씩 던졌다. 하나를 떨어뜨려 바닥에 부딪히는 소리가 나면 다음 하나를 떨어뜨렸다. 그들 모두가 쓰레기통에 떨어지는 소리를 듣고 나서야 그녀는 한숨을 내쉬었다. 이사벨은 아파트로 돌아와 문을 잠그고, 다시 커튼을 맞붙여 집게로 고정했다.

이따금 전화가 울렸지만 이사벨은 받지 않았다. 실리아가 왔을 때도 집에 없는 척했다.

"박사님!"

실리아아가 문을 두드리며 불렀다.

"안에 계세요?"

이사벨은 소파의 쿠션을 가슴에 안고 꼼짝도 하지 않았다.

"안에 계시는 거 알아요."

그래도 아무 대답 하지 않았다.

"별일 없는 거죠?"

침묵.

"문 좀 열어 주시면 안 돼요? 걱정돼서 그래요."

이사벨은 쿠션으로 입을 가리고 몸을 앞뒤로 흔들었다.

"네, 알았어요. 나중에 다시 올게요. 여기엔 먹을 거라곤 아무것도 없잖아요."

실리아아가 간 후에 이사벨은 마음을 진정시키려고 집 안을 왔다갔다했다. 침대에 몸을 내던지고 베개를 주먹으로 쳤다. 서랍장 위에 있던 책들을 모두 쓸어 바닥에 떨어뜨리고, 머그컵을 벽에 집어던졌다. 손잡이가 떨어져 나갔지만 그것만으로는 부족했다. 턱없이 부족했다. 그래서 악을 쓰며 서랍장에서 텔레비전을 밀어버렸다. 쿵 소리와 함께 텔레비전의 옆면이 바닥에 충돌했지만 폭발하지도 않고 깨지지도 않았다. 이번에는 노트북 컴퓨터를 높이 들어 올렸다. 그녀는 몇 초간 그대로 서 있었다. 가슴이 오르락내리락했다. 그러다가 노트북을 가슴에 안았다.

이사벨은 노트북을 침대 한쪽에 놓고 펼친 다음 정상적으로 부팅되는 소리가 날 때까지 바닥에 책상다리로 앉았다. 자기도 모르게 입술이 실룩거렸다. 바탕화면은 본지가 숲 속에서 골프 카트를 운전하고 있는 모습이었다. 본지는 한 번도 운전을 배운 적이 없었는데 후진을 더 잘했다. 이사벨은 숨을 고르며 기도하듯 두 손을 얼굴 앞에 모았다. 그리고 비디오 폴더를 살펴보다가 파일 하나를 더블클릭했다.

이사벨은 예전의 자기 모습을 보고 있었다. 아침마다 거울에서 보고 싶은 얼굴이었다. 약간 매부리코에 콧구멍이 넓은 편이었다('딱 이사벨이 감당할 수 있을 만큼의 코'라는 것이 오래전 남자친구의 평이었다. 그는 이사벨이 그 말을 칭찬으로 듣지 않자 의아해하면서 약간 상처도 받은 것 같았다). 가운데 가르마를 탄 그녀의 긴 옅은 색 머리는 삶은 파스타 면처럼 곧게 뻗어 귀 뒤에 넘겨져 있었다. 일 년에 많아야 두 번 정도 미용실에 갈 수 있다는 현실을 받아들인 다음부터 그녀는 뱅 스타일을 포기하고 레이어 컷도 포기했다. 이사벨을 처음 만났을 때 실리아는 그녀를 '일렉트릭 메이헴'의 제니스[*] 같다고 했다. 이사벨은 꼭두각시 인형과 관련된 말만 들어도 '삼촌'들이 갈 때까지 지하실에서 하염없이 기다리던 시절이 떠올랐지만, 실리아가 그 사실을 알 리 없었기에 애써 희미한 미소를 지어 보였다.

비디오에서 이사벨과 본지는 부엌에 있었다. 실리아가 휴대폰으로 몰래 촬영한 것이었다.

좋은 음료수. 이사벨 나 줘.

"이거 마시고 싶어? 주스는 어때?"

이사벨이 물었다. 본지가 가슴 앞에서 주먹을 폈다가 다시 쥐고, 집게손가락과 가운뎃손가락으로 턱을 문질렀다.

---

* 일렉트릭 메이헴Electric Mayhem: 영국의 텔레비전 꼭두각시 인형극 〈더 머펫쇼The Muppet Show〉에 등장하는 인형 밴드이다. 제니스Janice는 그중 기타를 담당하는 금발에 입이 큰 여성 캐릭터.

우유, 설탕.

"본지, 안 돼. 우유랑 설탕은 못 줘. 너도 알잖아."

그 무렵 본지는 피터한테서 과체중이라는 진단을 받고 다이어트 중이었다.

내게 줘 우유, 설탕.

"안 돼. 미안해. 그럼 나 야단맞아."

원해 우유, 설탕.

"안 돼, 본지. 안 된다는 거 알잖아. 자, 우유만 조금 먹어."

이사벨 줘 우유, 설탕. 비밀.

이사벨을 고개를 젖히며 웃음을 터뜨렸고, 본지의 우유에 설탕을 조금 타줬다. 본지가 카메라를 보고 입술에 손가락을 세우는 바람에 실리아도 공범이 됐다. 불현듯 동영상이 끝났다.

이사벨은 다른 파일을 열었다.

이번 파일에서 이사벨은 〈프라임타임 라이브〉에서 나온 취재진을 관찰실로 안내하며 웃고 있었다. 그녀는 복도를 걷다 뒤따라오는 카메라를 향해 이따금 돌아서서 미소를 지으며 뒷걸음을 치기도 했다.

이사벨은 화면 속의 자신이 고개를 돌릴 때 옆모습을 보며 생각했다. '괜찮은 코였는데. 완벽하진 않았어도 좋았었는데.' 이도 마찬가지였다. 값비싼 교정기를 한 적은 없었지만, 완전한 치아 교합을 신봉하는 이 땅에서도 이사벨의 치아는 매력적이었다. 견갑골을 덮고 있는 머리카락은 몇 년 동안이나 기른 것이었다.

장면이 바뀌었다.

이번엔 이사벨이 시멘트 바닥에 책상다리를 한 채 샘과 마주 보고 있었다. 카메라맨은 플렉시 유리 뒤에 있었지만 화면에서는 알 수 없었다. 그 유리는 눈에 보이지 않았기 때문이다. 카메라가 다가와 처음엔 샘의 얼굴을, 그다음에 이사벨의 얼굴을 잡았다.

"샘, 지금 창문 좀 열어줘. 그래 줄래?"

이사벨이 수화로 다정하게 말했다.

샘의 손이 움직였다.

샘 원해 이사벨 줘 좋은 계란.

"하지만 이사벨은 샘이 창문을 열어줬으면 좋겠어. 응? 지금."

싫어. 샘 원해 이사벨 줘 좋은 계란.

"부탁이야. 창문 좀 열어줘."

싫어.

이사벨의 눈이 카메라를 향했다. 억지로 웃음을 참고 있는 것이 분명했다.

"아니, 샘. 제발 창문을 열어줘."

그녀가 단호하게 말했다.

이사벨—.

이사벨이 샘의 말을 자르며 다시 말했다.

"샘, 제발 창문 열어줘."

좋아.

이사벨이 안도의 한숨을 내쉬었다. 하지만 샘은 아무것도 하지 않았다. 뾰로통한 얼굴로 주위 사람들을 둘러보고 발가락을 만지작거리다 결국엔 고개를 돌려버렸다.

"샘, 부탁이야. 창문 좀 열어줘."

그녀가 다시 말했다.

샘 원해 두스.

"싫어. 이사벨은 샘이 창문을 열어주길 원해."

싫어. 샘 원해 이사벨 창문 열어.

이 말에 이사벨은 웃음을 터뜨렸고, 결국 샘은 주스와 계란을 얻었다. 촬영팀은 이 거래를 보고 몹시 흥분했다. 하지만 그들이 떠나자 피터는 이사벨에게 분통을 터뜨렸다.

"허구한 날 그놈의 창문을 열면서, 전국에 방영되는 TV 프로그램 촬영팀 앞에서는 왜 안 여는 거야? 그런데 그놈에게 상을 줘?"

이사벨은 피터의 그런 면을 본 적이 없어서 어리둥절했다.

"당연히 상을 줘야지. 샘은 내 부탁을 거절하고 자기주장을 했잖아. 무슨 말인가 하면 그냥 명령을 따르는 게 아니라 언어를 이해하고 사용하는, 훨씬 더 뛰어난 시범이었어. 단순히 훈련을 받고 재주를 부리는 원숭이가 아니라는 것도 확실하게 보여줬고."

피터는 눈에 힘을 주고 이를 악물며 말했다.

"나는 그 사람들에게 샘이 구체적인 과제를 수행할 수 있다고 말했단 말이야."

"샘은 하지 않겠다고 한 거야. 잘못한 게 없어. 샘은 정말 영리해. 그 모습을 촬영한 건 정말 대단한 행운이야."

피터는 엉덩이에 손을 얹고 볼이 부풀 정도로 세게 숨을 내쉬었다. 그러더니 손으로 머리를 쓸어넘겼다. 그의 표정이 부드러워졌다.

"당신 말이 맞아. 미안해. 당신이 옳아. 나 잠깐 걷다 와도 되겠지? 생각 좀 정리해야겠어. 금방 올게."

이사벨은 피터가 느닷없이 화를 낸 일을 곱씹어봤다. 그런 모습을 본 건 그때뿐이었지만, 개리와 로즈가 한 수상쩍은 말들과 연결해보니 피터가 록웰에 있을 때 정확히 무슨 일을 했는지 궁금해졌다. 영장류연구협회는 악명 높은 곳이었다. 그곳의 소유주는 희끗희끗한 수염이 인상적인 남자였는데, 침팬지를 전기막대로, 심지어는 엽총으로 진압한다고 알려져 있다. 하지만 선구적인 영장류 동물학자 중에는 대학원생 신분이면서도 그곳에서 연구활동을 한 사람들이 있다. 미국에서는 영장류를 접할 수 있는 프로그램이 극히 제한되어 있다는 것이 가장 큰 이유였다. 그곳을 거쳐 온 사람들은 대부분 해서는 안 될 일들이 무엇인지를 거기에서 배웠다고 말했다. 피터도 늘 그런 말을 했다.

이사벨은 노트북 컴퓨터를 켜고 인터넷을 검색했다. 즉시 피터의 논문이 나왔다. 전국적인 관심을 불러모은 논문 〈협동과 공동행동: 침팬지의 사냥과 연합행동의 배경은 무엇인가〉뿐 아니라 〈영장류가 모방하지 않는 이유: 운동패턴과 작업기억은 침팬지의 사회학습을 어떻게 제한하는가〉도 바로 검색되었다. 특이한 점은 없었다. 리처드 휴즈 교수가 그를 고용한 첫 번째 이유가 피터의 인지과학 연구였으니까. 로즈의 말과는 달리 피터를 의심할 만한 근거는 없는 것 같았다.

이사벨은 실리아에게 전화를 했다.

"살아 계시니 다행이네요. 뭐라도 좀 드셨어요?"

실리아가 말했다.

"부탁이 있어."

"대답 안 하셨어요."

"실리아, 부탁이야."

"좋아요. 뭔데요?"

"전에 조엘과 자와드가 개인 네트워크에 접근할 수 있다고 했지?"

"네. 그런데 제 기억이 정확하다면 박사님이 기겁하셨던 것 같은 데요."

"맞아. 그런데……."

이사벨은 헛기침했다.

"그 애들한테 피터를 좀 조사해달라고 부탁하면 안 될까? 그 사람이 처음에 영장류연구협회에 가서 뭘 했는지 말이야."

"박사님, 정말 달라지셨네요."

"부탁이야, 실리아."

"알았어요. 제가 전화할게요."

40분 후 실리아에게서 다시 전화가 왔다.

"이메일 확인해 보세요."

실리아가 인사도 없이 말했다.

"왜? 뭘 알아냈는데?"

"얼른이요. 이메일 읽어보세요."

실리아의 목소리가 떨리고 있었다.

이사벨의 수신함은 꽉 차 있었다. 조엘이 보낸 이메일에는 피터가 연구조교로 있으면서 쓴 수십 편의 기사와 논문, 업무지침서가 첨부되어 있었다. 그는 침팬지의 모성박탈, 움직이지 못함으로 인해 발생하는 스트레스의 영향에 관한 연구에 참여했다. 막 태어난 새끼들을 어미에게서 떼어내 철사로 된 '엄마'와 면으로 된 '엄마'가 있는 우리에 따로따로 가두고, 두 집단이 사망에 이를 때까지 얼마나 걸리는지를 비교한 연구도 있었다. 또한 나무의자에 침팬지의 머리와 손발, 가슴을 묶고 한 번에 몇 주 동안이나 그대로 두는 실험도 했는데, 이런 조건들이 스트레스를 증가시킨다는 대단한 결론에 도달했다.

이사벨은 앉은 채로 반듯하게 묶여 있는 침팬지들의 사진을 뚫어지게 쳐다보며 오싹한 기시감을 느꼈다. 그녀도 이미 본 적이 있는 사진이었다. 개리와 그 동료들이 피켓에 붙여 흔들던 바로 그 사진이었다. 생각해보니 시위대가 몰려온 시기도 재작년 피터가 언어연구소에 고용되던 무렵이었다.

피터는 자신의 연구가 칼을 대는 것과는 거리가 멀었다며 항상 록웰에서 일하던 시기를 얼버무리고 넘어갔다. 침팬지의 뇌에 나사를 박거나 몸속의 장기를 제거하는 일은 아니었으니 그의 말을 거짓이라고 할 수는 없을 것이다. 언어연구소의 다른 연구원들보다 보노보에게 더 엄격한 피터를 보며 이사벨은 그가 책임자라서 그런 거라고만 생각했었다. 이제서야 그녀는 자신의 죄를 깨달았다. 그런 성격을 매력적이라고 느꼈다니.

이사벨은 유괴범이자 고문관, 살인자인 사람과 사랑에 빠졌던 것이다. 그런 사람에게 자기의 비밀을 털어놨고, 사랑을 나눴고, 삶을 함께할 준비를 했고, 심지어 그의 아이까지 낳으려고 했었다. 그는 자신이 한 일을 자기 마음대로 포장해서 말했고, 그녀는 어리석게도 그 말을 믿었다.

침팬지들이 피터의 손가락을 물어뜯은 것은 이상한 일이 아니었다. 이사벨은 침팬지가 차라리 그의 고환을 물어뜯어 버렸으면 좋았겠다고 생각했다.

그날 밤 이사벨은 생생한 꿈을 꾸었다. 롤라가 이사벨의 머리 꼭대기에 오르는 동안 본지가 그녀의 손톱을 깎아주는 꿈이었다. 블라우스를 뒤집어 입은 마케나는 거울을 쳐다보며 립스틱을 발랐다가 뜯어먹다가 하고 있었다. 젤라니는 나뭇가지들을 주워 위협하듯 머리 위에서 휘두르다가 문득 무언가 생각에 빠졌다. 그리곤 네 발로 이사벨에게 다가와서 그녀의 발을 들어 올리더니 조용히 신발끈을 풀었다. 신발을 벗긴 다음에는 양말도 벗겼다. 마디가 굵고 손가락에 털이 숭숭 난 큰 손으로 그녀의 발을 들고는 있지도 않은 서캐를 찾아 그녀의 발가락 사이를 능숙하고 부드럽게 뒤졌다.

순식간에 이사벨은 다른 건물 안에 있었다. 안전복을 입은 남자들이 눈부신 형광등 아래 콘크리트 복도를 줄지어 걷고 있었고, 뒤에서는 침팬지들의 비명이 길게 들려왔다. 한 남자가 바퀴 달린 들것을 밀었고 다른 남자는 총을 들었다. 그들의 발걸음이 느려지자 비명은 더욱 커져 귀청을 찢는 듯했다. 그들이 한 우리 앞에 멈춰 서자 안에 있던 암컷 침팬지는 자신이 잡혀가리라는 것을 눈치챘다. 그 침팬지는 도망가기 위해 이쪽저쪽으로 날뛰고 벽을 기어올랐지만 어쩔 수 없었다. 총을 든 남자가 침팬지를 겨누고 허벅지를 쐈다. 총을 맞은 침팬지가 의식을 잃지 않으려 몸부림치는 동안 남자들은 잡담을 나누며 기다렸다. 그들은 침팬지를 들것에 싣고 손과 발을 두꺼운 고무줄로 고정하면서도 잡담을 계속했다. 침팬지의 손가락과 발가락 몇 개는 마디까지 물어뜯겨 있었다.

이사벨은 비명을 지르며 깼다. 침대 시트는 땀에 젖어 미끄럽고 차가웠고, 그녀의 심장은 쿵쾅거리며 뛰었다.

다음 날 아침, 일어난 이사벨은 엄숙하게 보노보 사진액자들을 모두 엎어 놓았다. 멀리서 보니 상어 지느러미를 일렬로 늘어놓은 것 같았다. 그날 밤부터는 할머니가 떠준 뜨개 담요를 덮고 소파에 서 잤다.

그녀는 남은 음식을 다 먹어치웠다. 캔에 담긴 복숭아를 먹고 유 리병에 든 라임 처트니*도 먹었다. 라면을 뜯어 양념스프를 빼놓고, 삶지 않은 긴 라면을 잘게 부숴 임시로 해 넣은 이로 와작와작 씹어 먹었다. 더 먹을 게 없자, 전자레인지로 데운 물에 라면 스프를 넣어 수프를 만들었다.

이사벨이 이제는 죽고 없는 스튜어트의 주식이었던, 색색의 알갱 이가 든 작은 통을 멍하니 바라보고 있을 때, 옆집 문을 쾅쾅 두드 리는 소리가 났다. 그녀가 화들짝 놀라는 바람에 빨간색, 노란색, 오 렌지색 알갱이들이 사방으로 날아가 눈처럼 허공을 떠다녔다.

"제리? 제리! 문 열어!"

옆집 남자의 애인이 소리쳤다.

"안에 있는 거 알아! 제리!"

이사벨은 천천히 고개를 뒤로 젖히고 입을 벌렸다. 그러고 나서 힘없이 벽에 기댄 채 서서히 바닥으로 주저앉았다. 카펫 위에는 스 튜어트의 먹이가 색종이가루처럼 흩어져 있었다.

내가 이걸 정말 수프에 넣어 먹으려고 했던 걸까?

---

* 처트니chutney: 익히거나 절인 채소, 망고나 파인애플 등의 과일, 식초, 향신료 등 을 섞어 버무려 달고 새콤한 맛이 나는 인도의 조미료. 잼이나 죽 같은 형태로 인 도의 커리 요리와 서양의 고기 요리에 쓰인다.

마침내 이사벨은 음식을 사러 가야 한다는 사실을 받아들였다. 그러려면 우선 샤워를 해야 했다. 앨라모고도에 다녀온 뒤로 한 번도 외출한 적이 없었던 것이다. 샤워기 아래로 들어서려다 언뜻 거울에 비친 자신의 모습을 본 그녀는 뒤로 물러나 자신의 몸을 자세히 살폈다.

그녀의 몸은 야위었고, 볼은 움푹 꺼지고 그늘졌으며, 골반뼈는 쟁기날처럼 튀어나왔다. 인중은 깊어졌고, 당연히 아직 머리는 거의 자라지 않았다. 그녀는 주춤주춤 손을 들어 새 코를, 그리고 가늘게 머리가 나기 시작하는 두피를 만져본 다음, 쏟아지는 물속으로 걸어 들어갔다.

슈퍼마켓에서 돌아올 때 이사벨은 아무런 이유도 없이 왼쪽이 아니라 오른쪽 길로 왔다. 그녀가 산 식품은 — 대부분 냉동식품이었고 한창 녹고 있었다 — 뒷좌석에 있었는데, 갑자기 간절하게 새로운 스튜어트가 필요해졌다. 살아 있는 것, 키울 수 있는 것, 눈빛을 주고받을 수 있는 것이 아파트에 필요했던 것이다.

쇼핑센터에 거의 다 왔을 무렵 시야 주변부에 뭔가가 휙 지나쳐갔다. 몇 초에 한 번씩 영상이 바뀌는 전광판이었다.

낯익은 검은 얼굴의 일부(마케나였나?)가 어떤 옆모습(오, 세상에나, 본지? 본지야! 맞아, 분명히 본지였어!)과 섞였고, 그다음에 털북숭이 손이 양쪽에서 나타나 마주 잡았다.

이사벨의 차가 끼어들자 옆에 있던 차가 소스라치게 놀라서 경적을 울렸다. 이사벨은 황급히 운전대를 다시 꺾다가 가드레일을 들이 받았다. 레일을 따라 그녀가 앉은 쪽 측면 패널이 리듬을 타며 긁히다 차 뒤쪽이 레일을 뚫고 나갔다. 차가 멈춘 후에도 여전히 차체는 통통 튕기고 엔진은 돌아가고 있었는데, 이사벨이 고개를 들어보니 길게 줄지어 선 차에서 운전자들이 놀란 얼굴로 내다보고 있었다. 그중 몇 명은 벌써 휴대폰에 손을 뻗고 있었다.

이사벨이 손짓을 해 보였다. 저는 괜찮아요. 아무 일 없어요.

그리고 자신이 직접 도움을 요청하겠다는 뜻으로 휴대폰을 들고 손으로 가리켜 보였다.

✦──·──✦

이사벨은 견인차가 오기를 기다리면서 전광판을 주의 깊게 바라보고 있었다. 전광판은 보노보들의 사진을 번갈아가며 보여주고 있었다. 하지만 그 외에는 날짜와 시간, 그리고 웹사이트 주소로 보이는 www.apehouse.tv만 나오고 있었다.

.com이나 .org 또는 .net은 들어봤지만 .tv라니?

이사벨은 집에 도착하자마자 컴퓨터를 켜고 그 주소로 들어가 봤다. 웹사이트는 전광판의 내용과 똑같았다. 다만 전광판에 적힌 날짜와 시간을 향해 남은 시간이 카운트다운 되고 있었다. 앞으로 1주일 후였다. 이사벨은 보노보들의 사진을 찬찬히 살펴봤다. 겉으로 봐서는 괜찮게 지내는 것 같지만, 배경이 삭막한 흰색뿐이라 어디에 있는지, 어떻게 사는지는 전혀 알 수가 없었다. 음봉고의 미소는 불안해 보였지만, 본지와 롤라가 함께 있는 건 다행이었다.

이사벨이 실리아에게 전화를 하고, 실리아는 조엘과 자와드에게 전화를 해서 URL을 추적해보니 그곳은 폭스 엔터프라이즈의 본사였다. 거기서부터는 이사벨도 앞으로 무슨 일이 벌어질지 알 수가 없었다. 사주인 폭스는 포르노물 제작자인 것 같았다. 보노보의 성적인 습관에 대해서 이사벨은 누구보다 잘 알고 있기 때문에, 폭스가 보노보의 습성을 회심의 역작에 어떤 식으로 이용할 것인지 궁금하면서도 점점 불안해지는 마음을 가눌 수가 없었다. 그 프로젝트에 관한 정보는 철저히 비밀에 부치는 것 같았지만, '출처 불명'의 광고는 바이러스처럼 전광판뿐 아니라 텔레비전 광고에도 침투하고 있었다. 자동 생성되는 인터넷 광고로도 만들어졌는데 이것을 클릭하면 그 수수께끼의 사이트로 연결되었다. 동물권익 관련 홈페이지의 게시판은 그 보노보들의 행방과 폭스의 계획에 대한 추측성 글로 도배가 되어 있었다. 증거를 가진 사람은 아무도 없었고 그런 사이트에 올라온 정보는 의혹만 부풀렸으며, 전광판과 광고, 웹사이트에 공개된 날짜는 일주일밖에 남아 있지 않았다. 이사벨은 기다려보기로 했다. 불필요한 불안으로 소중한 시간을 낭비해봐야 소용없는 일이니까.

전광판을 본 순간 이사벨의 정신은 결연한 의지로 굳어졌다. 그녀의 약점이 이제는 그녀의 강점이 된 것이다. 어떻게든, 어떤 식으로든 그녀와 보노보들은 다시 만나게 될 것이다.

제임스 해미쉬 왓슨은 그저 비명을 지르고 다 그만두고 싶었다.

30년이 넘게 지게차를 운전했지만, 이번만큼 끔찍했던 때는 없었다. 지금 그가 원하는 것은 차를 세우고 여길 빠져나가는 것뿐이었다.

그의 처남 레이는 금방 끝나는 단순한 일이기 때문에 거저먹기나 마찬가지라고 했다. 트럭에서 철제 우리를 들어 건물 안으로 들여놓고 일당을 받아가면 된다는 것이다. 그리고 그가 시험 운전했을 때는(그때는 유치하다고 생각했지만, 레이는 높은 사람에게 말대꾸하지 말라고 충고했다) 밀어 제칠 시위대도 없었고, 우리에 유인원도 없었다.

제임스를 힘들게 하는 것은 시위대가 아니라 유인원들이었다. 시위대는 몇 미터만 밀고 가면 길을 비켰지만, 유인원들은 비명을 지르며 우리 안에서 이쪽저쪽으로 몸을 던지거나 쇠창살을 잡고 흔들었다. 그 때문에 우리가 지게차 포크에서 빠질 것처럼 불안하게 흔들렸다. 그는 우리를 좌우로 흔들어서 제자리에 놓으려고 했지만 실수로 각도조절 레버를 잡았다. 32년 경력에서 처음 하는 실수였다.

제임스는 유인원이 바글거리는 시끄러운 우리를 포크에서 떨어뜨릴 뻔하다가 간신히 바닥에 내려놓았다. 벽에 우리를 거의 부닥칠 뻔했으므로 야단맞을 거라는 걸 알고 있었지만, 찜찜한 기분이 들어 그냥 집에 가고 싶었다. 아내가 이 일에 대해 걱정을 했을 때는 코웃음 쳤는데 지금 생각해보니 아내 말이 맞았던 것 같다. 유인원은 그저 동물에 불과할지도 모르지만 이건 악마의 임무였고, 이런 일에 휘말리게 된 것이 후회막심이었다.

제임스는 공포를 느끼며 우리 안에 있는 유인원들을 살펴보다가 숨을 한껏 들이쉬었다. 그의 코 밑 주변에서 가느다란 진홍색 혈관이 구불구불 뻗어 나가 칡처럼 얽히고설켜 붉은 얼굴 전체로 이어졌다. 찡그린 얼굴의 주름 사이에서 땀이 흘러나와 눈을 아프게 했다.

됐어. 이제 끝났어.

제임스는 문을 향해 지게차를 돌린 다음 기어를 넣고 빈 공간을 지나 탱크처럼 덜컹거리며 나아갔다. 그는 열린 문 앞에서 잠시 멈춰 섰다. 바깥은 다양한 색의 물결로 법석이었지만 이를 악물고 그 사이로 밀고 나아갔다. 그리고 분노의 함성과 허공을 찌르는 현수막, 까닥거리는 텔레비전 카메라와 눈부신 플래시의 소용돌이 속으로 빨려 들어갔다.

지게차가 빠져나가자 대기실에서 기다리던 누군가가 문을 밀어 닫았다.

쾅하고 문 닫히는 소리가 건물 안으로 울려 퍼지다가 서서히 줄어들어 침묵으로 변했다. 바깥문이 닫히는 두 번째 소리가 들렸다.

건물 안에서는 천장과 벽에 고정된 수십 대의 카메라가 빨간 불을 켜고 소리 없이 회전하며 움직이기 시작했다.

✦————·————✦

이사벨은 카운트다운의 끝을 향해 달려가는 마지막 몇 초 동안 웹사이트의 시계를 눈도 깜빡이지 않고 지켜보고 있었다. 숫자가 0이 되자 텔레비전을 켜고 어떤 채널에 맞추라는 안내문구가 나타났다.

이사벨은 의자를 박차고 텔레비전으로 달려갔다. 손이 떨려서 번호를 두 번이나 잘못 누른 뒤에야 그 채널에 맞출 수 있었다.

그녀 눈에 들어온 것은 어린아이가 그린 것 같은 화사한 색상의 집이었다. 원색의 크레용으로 사각형 벽과 뾰족한 지붕, 네 개의 창문, 문, 그리고 굴뚝을 그려놓았다. 미니밴이 털털 소리를 내며 굴러가다 그 집 앞에 서니 유인원 여섯 마리가 웃으며 뛰어나왔다. 사람의 목소리가 분명한 "후 후 하 하 하아아!" 하는 소리가 나오는 동안, 그들은 머리와 겨드랑이를 긁으며 제자리에서 펄쩍펄쩍 뛰었다. 만화로 그려진 그 유인원들이 안으로 들어가 문을 힘있게 닫자 집 전체가 흔들렸다. 잠시 후에 굴뚝에서 연기가 피어올랐고, 유인원들이 창문에서 손을 흔들더니 체크무늬 커튼을 휙 잡아당겨 쳤다.

"보노보의 집에 오신 걸 환영합니다."

과장된 바리톤 음성이 울려 퍼졌다.

"이곳의 주인은 보노보들이고, 지금부터 어떤 일이 일어날지는 아무도 알 수 없습니다! 쉰아홉 대의 카메라! 여섯 마리의 보노보!

컴퓨터 한 대와 무제한의 쇼핑! 그리고 제한 없는……. 음, 여러분도 보노보의 소문에 대해 알고 계시겠지요?"

목소리가 잠시 멈추고 구식 자전거의 경적 소리가 두 번 울렸다.

"정말 알고 계십니까? '키스 잘하는 우리의 사촌들'이 이제 무엇을 보여줄지 지켜봐 주십시오. 바로 여기 '보노보의 집'에서 말입니다!"

만화 같은 집이 만화 같은 연기 속에서 사라지고 돌연 그들, 진짜 보노보가 화면에 나타났다. 강철우리 구석에 한 덩어리로 모인 그들은, 팔도 길고 손가락도 길고 발가락은 더 긴 검은 털북숭이들이었다.

이사벨은 바닥에 무릎을 꿇고 텔레비전 가장자리를 붙잡은 채 숨을 죽이고 있었다. 간이 쪼그라드는 느낌이었다. 보노보 여섯 마리가 빠짐없이 있는지 확인하려고 했지만, 한 마리가 어디에서 끝나고 다른 아이가 어디에서 시작되는지 알 수가 없었다.

보노보들이 평화로운 단잠에서 깨어나려 한다는 것을 상징하는 듯 페르 귄트의 '아침의 기분Morning Mood' 테마가 시작되었다.

보노보들은 침묵 속에서 달라붙어 있었다. 경적소리가 한 번 울린 뒤에 짧고 높은 소리가 연달았고, 이 소리들은 비어 있는 벽에 반향을 일으켰다. 본지는 마디가 굵고 검은 손을 빼내 안심하라는 듯 나머지 보노보들을 토닥거렸다. 본지가 고개를 들자 샘의 근심 어린 눈과 마주쳤다. 샘의 시선은 그들의 모습을 모두 담고 있는 카메라 불빛들 사이를 오갔다.

귀에 거슬리는 버저 소리에 이어 마지막으로 덜컹하는 금속음이 났다. 보노보들은 비명을 지르며 다시 얼싸안았다. 그들을 가둔 우리의 문이 유압식 피스톤에 의해 올라가다 맨 위의 홈에 걸려 멈춘 것이다.

다시 한 번 침묵이 건물 내부를 가득 채웠다.

오랫동안, 오르락내리락하는 가슴과 이따금 흘러나오는 고통스러운 신음만이 보노보들이 살아 있다는 것을 알려주었다. 결국 샘과 본지가 몸을 빼냈다. 다른 보노보들이 소리 지르며 그들을 다시 잡아당기려고 했지만, 그 둘은 자신들의 털북숭이 팔에서 보노보들의 손가락과 발가락을 참을성 있게 떼어냈다. 본지는 롤라를 마케나에게 건네주고 우리의 문 옆에 달린 피스톤을 살펴봤다. 그리고 잠시 생각해보다가 천천히, 아주 천천히 손가락 관절로 바닥을 짚으며 앞으로 걸어나갔다. 샘이 피스톤 옆에서 보초를 서며 집중하여 주위를 경계했다.

본지는 방 한가운데로 가서 주위를 둘러보며 모든 것을 눈에 담았다. 롤라와 마케나는 본지에게 가고 싶어서 출구 근처를 서성였지만, 피스톤이 의심스러워 나오지는 못했다. 경계하며 날카로운 소리로 외칠 뿐이었다.

본지는 현관문으로 가서 냄새를 맡아보고, 만져보고, 손가락으로 아래의 막힌 부분을 죽 쓸어봤다. 본지는 문구멍(보노보의 키에 맞춰져 있는 듯한)으로 밖을 내다보더니 얼굴을 찡그렸다. 문 손잡이를 만지작거리기도 했다. 자물쇠를 양손으로 이리저리 돌려보더니 등을 대고 누워 두 발로 차보기도 했다. 그리고 우리 외에는 아무것도 없는 방의 가장자리를 죽 돌아봤다.

그러다 방 저쪽 끝에서 온통 베이지색인 다른 방으로 이어지는 출입구를 발견했다. 그 방으로 들어간 본지는 컴퓨터가 있는 것을 보고 눈을 빛냈다. 본지는 날카롭게 소리를 지르고는 네 발로 달려들었다. 스테인리스 의자에 올라앉은 본지의 눈이 반짝거리고 있었다. 마디가 굵은 손가락이 화면 보호 유리 밑으로 쓱 들어와 터치스크린을 눌러댔다. 찾고 선택하고, 찾고 선택하는 과정을 반복했다.

✷———·———✷

이사벨은 본지가 누르고 있는 그림이 뭔지 알아내려고 텔레비전 화면에 더 가까이 다가갔다. 그것은 언어연구소에서 쓰던 소프트웨어를 흉내 낸 것이었다. 대체 폭스는 저걸 어떻게 구했을까? 하지만 언어연구소에 있는 그림문자는 복잡한 발음도 지원했는데, 지금 본지가 쓰고 있는 것은 단순히 추상 명사로 된 목록을 표시하고 있고, 그중 하나를 선택하면 구체적인 항목들을 볼 수 있었다. 본지는 음식, 전자제품, 장난감, 도구, 의류를 나타내는 기호 중 하나를 선택해서 하위 단계로 척척 내려가고 있었다. 이사벨의 몸이 멈칫했다. 이런 상황에도 그녀의 과학자다운 기질은 이 모든 것이 기록으로 남겨지는 것에 한 시름 놓았다.

본지가 컴퓨터에 빠져 있는 동안 다른 보노보들은 우리에서 나와 주춤주춤 집안을 탐색하기 시작했다. 이사벨은 머릿수를 셌다. 모두 거기 있었고, 모두 건강한 것 같았다. 그녀는 보노보들이 뭐라고 말하고 있는 모습은 볼 수 있었지만 그 소리는 들을 수 없었다. 그 대신 방송된 것은 배경용으로 제작된 음악이나 음향 효과, 아메리카 퍼니스트 홈 비디오America's Funniest Home Videos 같은 쇼에서 사용되는 웃음소리였다. 텔레비전 화면은 집안 여러 곳에서 일어나는 활동들을 보여주기 위해 역동적으로 분할되었다. 본지를 잡은 화면은 점점 늘어나는 쇼핑목록 화면과 함께 한가운데에 나란히 배치되었다. 쇼핑목록은 붉은색 바탕에 흰색 크레용으로 그린 도톰한 손글씨체로 표시되고 있었다. 왼쪽 아래 화면에 나온 음봉고는 화장실 세 군데에 들어가 수도꼭지를 최대로 틀었다. 변기에 일을 보고 나서는 계속해서 물을 내렸다. 음봉고의 위쪽 화면에 나온 샘은 냉장실과 냉동실을 열어보았는데, 안에는 제빙기만 있고 텅 비어 있었다. 그는 볼이 불룩해질 때까지 얼음조각을 하나씩 입에 넣은 다음에 과녁을 바꿔가며 하나씩 뱉어냈다. 화면 오른쪽에 있는 젤라니는 벽을 기어오르다 천장에 도달하자 재주넘기를 했고, 마케나는 사랑스럽다는 표정으로 그 모습을 지켜봤다. 때때로 다른 보노보들이 본지가 있는 방으로 어슬렁거리며 들어와 관심 있게 들여다보거나(이사벨은 그들의 호흡과 입술 모양을 보고 알 수 있었다) 자신이 사고 싶은 것을 수화로 얘기했다. 그러면 본지는 성실하게 그것을 입력했다. 그동안 롤라는 본지의 머리에 앉아 화면을 바라보다가 사고 싶은 물건의 그림을 누르기 위해 작은 손을 뻗었다. '손글씨' 목록이 길어지면서 스크롤 바가 나타났다.

계란

배

주스

초콜릿

양파

우유

담요

스패너

인형

드라이버

잡지

양동이

본지는 화면을 주의 깊게 들여다보며 신중하게 선택을 해 나갔다.

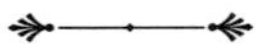

조종실에서 켄 폭스는 줄지어 있는 모니터 아래를 주먹으로 쾅쾅 두드리다가 공중으로 뛰어올랐다.

"됐어!"

그가 환호성을 올렸다.

방안은 환호성으로 뒤덮였다. 기쁨에 넘친 와! 하는 소리를 배경으로 샴페인 병의 코르크들이 튀어 올랐다.

검은색 헤드셋을 쓴 다부진 체구의 남자가 천장을 향해 병을 찌르듯 들어 올렸다.

"우리가 해냈습니다! 축하합시다, 여러분! 〈보노보의 집〉이 생중계되고 있습니다!"

“〈보노보의 집〉 만세!”

뒤에서 한 여자가 소리높여 외쳤다.

“〈보노보의 집〉 만세!”

여러 사람의 목소리가 합창처럼 울려 퍼졌다.

폭스는 상기된 얼굴이었다. 오늘은 평소와 다르게 다른 사람이 먼저 청하는 악수를 받으며 상대의 등을 두드려줬다. 술잔을 내밀어 샴페인을 받는 손은 떨리기까지 했다. 양쪽 뺨은 립스틱 자국으로 얼룩졌고, 손가락은 거품이 가득한 날씬한 잔을 감고 있었다. 그는 기쁨에 취한 직원들을 뒤로하고 모니터가 여러 대 부착된 벽을 향해 돌아섰다. 모니터들은 여러 각도에서 잡은 집의 내부를 보여주었다. 광택 나는 흰색 변기가 있는 욕실, 부엌과 단풍나무 그릇장, 무릎을 세우고 의자에 앉아 벽에 부착된 컴퓨터를 골똘히 들여다보고 있는 암컷 보노보와 그 위에 타고 앉은 새끼 보노보. 보노보의 집에서 실제로 나는 소리와 함께 전 세계에 방송되는 배경음악은 동시에 스튜디오에도 흘러들어오고 있었다.

폭스는 화면 가까이 몸을 기울였다. 반짝이는 초록색 불빛은 생방송으로 나가는 화면이라는 것을 나타냈다. 채널을 맞춘 사람은 누구나 본지의 얼굴을 실시간으로 볼 수 있었다(그리고 닐슨 시청률 조사에 의하면 시청자 수는 어마어마했다). 이 보노보의 총명한 눈은 앞에 있는 컴퓨터 화면 위의 커서를 따라 이리저리 움직였다. 그녀는 하던 일을 잠시 멈추고 어깨너머로 다른 보노보들에게 뭔가를 단호하게 알리기도 했다.

폭스는 손을 들어 화면에 비친 그녀의 턱을 손가락으로 그리듯 어루만졌다.

"이건 내 거야."

그가 속삭였다.

"이봐, 내 모니터에 손대지 마."

유일하게 자리에 남아 있던 기술자가 투덜거렸다. 그는 조종장치들 위로 몸을 굽히고 있었다. 아무 반응이 없자 돌아본 기술자는 폭스의 굳은 표정을 발견하고 말했다.

"제 말은, 그래 주시면 좋겠다고요. 회장님."

존은 차고 문이 열리기를 기다리면서 넥타이를 잡아당겨 느슨하게 풀었다. 문은 관절염이라도 걸린 듯 덜컹거리며 올라갔다. 그는 왼쪽 손을 창밖으로 내려뜨리고 차고용 검은색 플라스틱 리모컨으로 차의 옆면을 두드렸다. 이윽고 차고 문이 끝까지 올라가자 리모컨을 조준하고 다시 한 번 눌렀다. 그러고 나서 눌려 있는 단추를 빼내기 위해 리모컨을 푹신한 패드로 둘러 쌓인 운전대에 철썩 내리쳤다. 그냥 내버려 두면 문은 계속해서 올라갔다 내려가기를 반복하기 때문이었다.

출퇴근이 힘들어 미칠 지경이었다. 오염된 공기를 마시며 지독한 교통체증 속에서 한 시간 이십 분이나 운전하고 가서 그가 하는 일이란, 엘리베이터가 오르내릴 때마다 진동이 느껴지는 좁은 칸막이 안에서 온종일 프록터앤갬블의 샴푸 광고 문안을 쓰는 것이었다. 회사는 그가 처음 내놓은 광고문에 실망한 기색이 역력했는데도 계약을 3주 연장해주겠다고 했다. 그의 첫 작품은 "머리와 어깨, 이제 눈 내리는 곳이 아닙니다.*" 같은 거였다(농담으로 한 말이었는데, 동료가 회의에서 그걸 내놓는 바람에 망신만 당했다).

존도 회사에 고마워해야 한다는 것은 알고 있었다. 어쨌든 햄버거 뒤집는 일은 아니지 않은가. 쓰레기나 도로의 웅덩이를 측량하는 것도 아니었고, 고속도로 갓길에 버려진 차들의 수를 세는 것도 아니었다. 하지만 정작 그가 하고 싶은 일은 뉴멕시코 리자드에서 '보노보의 집'을 취재하는 것이었다.

LA에 도착한 다음 날, 존은 자동차 앞유리를 통해 뭔가를 무심히 보고 지나가다가 뒤늦게 깨달았다. 400미터 앞 10미터 높이의 전광판에서 보노보들의 사진이 돌아가며 나오고 있었던 것이다. 한 번은 털북숭이 손이, 다음에는 수염 난 턱이 보였다. 전광판 아래쪽에는 웹사이트 주소와 날짜가 붉은색 글씨로 계속 표시되어 있었다. 존은(그리고 캣과 주요 신문사에서 이 사건을 맡고 있는 기자들은) 그것이 과거에 《뉴욕 가제트》에서 존의 사장이었던 켄 폭스의 야심작이라는 것을 금세 알아냈다. 그 후에 존은 이것과 관련된 기사를 편집증적으로 빠짐없이 읽었다.

소문에 의하면 폭스는 그 보노보들을 사들여 삼류 카지노와 '신사 클럽†'으로 유명한 뉴멕시코의 외딴 지역에 마당이 있는 튼튼한

---

* Head&Shoulders, Won't Be Snowing Boulders.: Shoulders와 Boulders로 운율을 맞춘 광고 문안. 헤드앤숄더는 프록터앤갬블 사의 비듬 제거 샴푸 브랜드.

† 신사 클럽Gentlemen's club: 18세기 영국에서는 상류 사회의 회원제 모임이었지만, 현대에 와서 특히 미국에서는 스트립쇼를 하는 술집을 의미한다.

집을 마련해주었다고 한다. 그 집에는 각 방을 모든 각도에서 촬영할 수 있도록 카메라 여러 대가 설치되었고, 그 외에는 보노보가 사용할 수 있는 컴퓨터 한 대와 의자만 넣어두었다고 했다. 폭스는 보노보들을 집어넣고 카메라를 작동시킨 뒤, 그곳에서 일어나는 일을 생중계하기 시작했다.

소수의 동물권익단체 회원들이 방송이 시작될 때부터 그 집 앞으로 몰려갔지만, 시위가 며칠이 지나도 계속될 거라고 생각하는 사람은 없었다. 아무리 시청률에 목숨 건 켄 폭스라 할지라도 — 그는 〈빵빵 탱탱녀〉, 〈출렁출렁 피식피식〉, 〈미친 쿠거*들〉과 같은 포르노물을 만들어 돈을 벌었다 — 멸종 위기의 영장류를 빈집에 넣고 텔레비전으로 생방송 하면서 굶어 죽게 할 리는 없기 때문이다.

하지만 켄 폭스야말로 보노보의 가치를 알아본 유일한 사람이었음이 드러났다. 보노보들이 컴퓨터를 사용해서 음식을 직접 주문했던 것이다. 그러고 나서 보노보들은 담요와 어린이용 튜브 풀장도 주문했고 놀이기구와 콩자루 의자, 심지어는 텔레비전까지 주문했다. 설치기사를 부른 건 보노보가 아니었지만, 그들은 기사가 텔레비전을 설치하도록 한 뒤에 나가는 문까지 안내했다. 존도 설치 기사가 나가는 장면을 뉴스 화면으로 봤다. 겁을 잔뜩 먹고 창백해진 그 남자는 현관문에서 비틀거리더니 맨 앞에 있던 시위자의 팔 안에 쓰러졌다. 분명 감사의 키스 때문인 것 같았지만, 실제로 키스하는 장면은 '기술적인 문제' 때문에 화면에 나오지 않았다.

---

* 쿠거cougar : 본래 퓨마라는 뜻이지만, 미국에서는 잠자리 상대로 연하의 남자를 찾는 여성을 뜻한다. 밤늦게 나이 많은 여성이 거리를 어슬렁대며 남자를 구하는 게 사냥하는 퓨마와 비슷하다고 하여 붙여진 이름이다.

닷새 안에 이 프로그램은 현대 대중매체 역사상 가장 충격적인 사건이 되었다. 보노보들의 놀라운 언어 능력과 컴퓨터를 다루는 기술 때문만은 아니었다. 섹스 때문이었다. 처음 그 장면이 나왔을 때 존은 놀라지 않았지만, 전 세계의 사람들은 놀랐을 것이 틀림없다. 보노보들은 생활하면서 언제든 섹스를 했고, 시청자들은 넋 놓고 빠져들었다. 보노보들은 인사하기 위해 섹스를 했고 먹기 전에도 섹스했고, 긴장을 풀기 위해서도 섹스를 했다. 그들은 다양한 조합으로, 시도 때도 없이, 다양한 체위로 섹스를 했기 때문에 방송이 시작된 지 사흘 만에 연방통신위원회가 방송 금지 처분을 내렸다. 하지만 켄 폭스는 연방통신위원회를 너무 잘 알았다. 그는 별도의 시스템을 준비해 놓았기 때문에 방송을 단 1초도 중단하지 않았다. 보노보의 집은 통신위원회의 간섭이 미치지 않는 위성중계와 인터넷을 통해 유료가입자에게만 제공되었다. 이 모든 것이 준비된 각본이었다.

마지막 집계에 의하면 2천5백만 명이 신용카드로 결재를 했다. 존도 그중 한 명이었다.

존이 거실에 들어가 보니, 카펫 한가운데에 아만다가 한쪽 다리는 접어 세우고 다른 쪽 다리는 앞으로 뻗은 채 앉아 있었다. 그녀는 노트북 컴퓨터 앞에서 등을 굽힌 채 타자를 치고 있었다. 주변에는 구겨진 종이뭉치들이 널려 있었고, 텔레비전에서는 요란한 소리가 흘러나오고 있었다.

텔레비전 화면은 작은 사각형들을 붙인 것 같았는데, 사각형마다 보노보의 집 내부 풍경을 비추고 있었다. 어떤 보노보는 거울에 비친 자기 모습을 자랑스럽게 바라보며 이를 쑤시고 있었고, 어떤 보노보는 문설주에 매달려 몸을 흔들다가 바닥 위를 쭉 미끄러졌다. 또 어떤 보노보는 어린이용 튜브 풀장에 한가하게 누워서 호스로 입안에 물을 채워넣었다가 뿜어내기를 반복하고 있었다. 오른쪽 위 화면에서는 암컷 보노보 두 마리가 만면에 웃음을 띠고 꼭 껴안은 채 풍선껌처럼 부푼 상대방의 성기를 문지르기 시작했다. 경적소리가 세 번 울리더니 이 화면이 확대되면서 한가운데로 이동했다. 그리고 이 화면에만 외곽선과 음영이 생겼다. "호카-호카!!!" 붉은색의 자막이 화려하게 번쩍였다. 더불어 부산스러운 어릿광대 음악과 효과음 — 휘익, 쨍강, 뿅뿅 — 도 함께 들려왔다.

"무슨 일 있어?"

존이 물었다.

아만다가 고개를 들었다. 금발로 염색하고 스트레이트로 완전히 편 머리를 뒤로 젖히자 입술 위에 흰색 풀 같은 것이 두껍게 묻어 있는 게 보였다. 그것은 설탕이나 마법물질처럼 반짝였다.

"콧수염을 탈색하고 있어. 내일 레이저 시술받고 나서는 하기 어려울 것 같아서. 이것도 내 수많은 약점 중 하나잖아."

며칠 전에 아만다의 새로운 상사 — 예전에 그녀를 '신선하다'고 했던 사람 — 가 피부과 의사를 소개해 줬다고 했다. 아만다는 이것을 최근에 유행하고 있는 안면 주름교정 시술인 레스틸렌 주사에다가 보톡스, 그리고 주근깨를 없애는 레이저 시술까지 받으라는 지시로 해석했다. 존은 작가가 왜 영화배우처럼 보여야 하는지 이해할 수 없었지만, 어쩔 수 없는 현실인 것 같긴 했다. 최근에 열아홉 살 먹은 촉망받는 작가와 관련한 추문이 있었는데, 어딜 가나 환대받고 칭찬받던 그 작가가 사실은 서른다섯 살이라는 게 밝혀진 후부터는 일이 들어오지 않는다는 것이었다. 아만다가 최근에 시도하고 있는 변신은 '할리우드' 타입 운운하는 그 멍청한 놈이 원흉이었지만, 존은 마음속으로 앱 삼촌을 원망하고 있었다. 결혼식 때 술에 취한 그 늙은이가 입을 좀 다물고 있었더라면……

"내 말은 요즘 어떠냐고."

존이 물었다.

"아. 냉장고 좀 봐 줘."

아만다가 일어서며 말했다.

"왜?"

존이 텔레비전으로 시선을 던지며 물었다. 성기를 문지르고 있던 보노보들은 이미 떨어져서 왼쪽 아래 화면으로 되돌아갔는데, 그중 한 마리는 머리에 양동이를 뒤집어쓰고 있었다. 다른 화면에서는 한 보노보가 콩자루 의자에 다리를 꼬고 앉아 무심하게 잡지를 넘기는 고 있었다.

빵! 빵! 경적 소리와 함께 다른 화면이 확대되면서 중앙으로 이동했다. 수컷 보노보가 길고 뾰족하게 발기된 성기를 내놓고 다른 보노보에게 걸어가고 있었던 것이다.

"그냥 당신이 좀 봐야 할 것 같아서."

아만다가 욕실로 들어가며 말했다. 존은 손으로 얼굴을 쓸어내리며 주방으로 향했다. 고장 난 냉장고를 손보는 건 그가 제일 하기 싫어하는 일이었다.

냉장고 문을 열었더니 형광 분홍색 포스트잇이 바닥에 떨어졌다. 존은 몸을 굽혀 그것을 주웠다. 잠시 들여다보던 존은 욕실 쪽을 향해 소리쳤다.

"아만다!"

욕실 문이 열리며 아만다가 천천히 걸어나왔다. 그녀는 허리끈이 달린 바지를 벗고 보송보송한 흰색 목욕 가운을 두르고 있었고 문지른 입술 위는 분홍색이 되어 있었다. 아만다는 존과 냉장고 사이로 끼어들어 안에 있는 맥주병을 집어들었다.

"왜?"

아만다는 존에게 병을 내밀며 물었다.

존은 병뚜껑을 따서 아만다에게 돌려줬다.

"《타임스》에서 뭐래?"

"면접이겠지."

아만다가 씩 웃으며 말했다.

존은 잠시 아만다를 쳐다봤다. 그러다 기쁨에 함성을 질렀다.

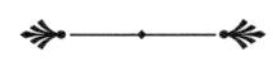

"펜들턴 그룹입니다. 어디로 연결해 드릴까요?"

존은 미간을 찌푸리며 집게손가락에 길게 붙어 있는 포스트잇을 내려다봤다. 《로스앤젤레스 타임스》는 트리뷴 그룹 소속이었다. 이건 누구나 다 아는 사실이었다.

"토퍼 맥패든 씨 부탁합니다."

포스트잇에 적힌 이름을 댔다. 존은 전혀 들어보지 못한 이름이었다. 편집 보조이거나 신입사원일 것이다.

"어떤 부서요?"

"타임스 편집국이요."

"잠깐만 기다리세요."

찰칵하는 소리가 들리더니 폭포소리와 새소리가 들려왔다. 몇 초 후에 갑자기 연결음이 끊겼다.

"여보세요?"

나른한 남자 목소리였다.

존은 전화기를 귀와 어깨에 끼우고 얽힌 전화선을 풀기 시작했다.

"여보세요. 저는 존 티그펜이라고 합니다. 오늘 오전에 연락하셨죠?"

"아, 네, 그랬습니다. 이력서 잘 받았습니다."

종이 넘기는 소리가 들려왔다.

"경력이 상당하더군요. 《뉴욕 가제트》에서 인턴으로 일하셨고, 《필라델피아 인콰이어러》에서 8년 근무하셨군요. 《뉴욕 타임스》에서도 자유기고가로 활동하셨고요."

"감사합니다."

"그런데 어떻게 로스앤젤레스에 오게 되셨습니까?"

"아내가 NBC에서 드라마 시리즈를 공동집필하고 있거든요."

"어떤 내용인데요?"

"정글 같은 도시의 인간관계에서 분투하는 독신 여성들 이야기입니다."

"〈섹스 앤 더 시티〉 같은 거군요."

"비슷한 거 같습니다."

"그러니까 아류작을 쓰는 거군요. 〈캐시미어 마피아〉나 〈립스틱 정글〉처럼요."

존이 침을 꿀꺽 삼켰다.

"전혀 그렇지 않습니다. 그러니까…… 반전이 좀 있거든요."

"그렇군요."

토퍼 맥패든이 말했다.

"내일 오실 수 있습니까? 10시쯤 어떠세요?"

"좋습니다."

"잘됐군요. 오실 때 더블샷 그란데 스키니 라떼 하나 사다 주세요. 설탕은 두 개 넣고요."

"거기에 마다가스카르 시나몬 가루도 뿌릴까요?"

존은 자신의 농담에 미소를 지으며 물었다.

그런데 토퍼는 이 말에 지독히도 냉랭한 침묵으로 대응했다. 존의 얼굴에서 미소가 사라졌다. 그 남자는 〈프레이저〉를 한 번도 못 봤거나 유머감각이 지독하게 없는 사람인 것 같았다. 존의 느낌으로는 후자였다.

"우리 회사 위치는 아십니까?"

이윽고 토퍼가 물었다.

"그럼요. 웨스트 1번가에 있잖아요."

"뭐라고요? 어디라고요?"

토퍼는 잠시 끊었다가 다시 말했다.

"잠깐……. 당신, 날 놀리는 거요? 《로스앤젤레스 타임스》에서 사람을 구할 것 같아요? 날 놀리는 거죠, 그렇죠?"

"아닙니다. 죄송하지만, 놀리는 거 아닙니다."

존은 천천히 계단을 내려왔다. 아만다는 냄비와 프라이팬을 꺼내 놓고 칼의 옆면으로 마늘을 짓이기고 있었다. 그녀의 뒤에 있는 가스레인지 위에는 구리 팬이 올려져 있고, 그 안에서 큼직한 버터 덩어리가 녹고 있었다.

아만다가 존을 올려다보며 물었다.

"《타임스》랑 통화했어?"

"응."

그녀는 돌아서서 버터가 골고루 입혀지도록 두 손으로 팬을 돌렸다.

"얘기는 잘 됐어?"

"면접을 보래."

그는 말을 멈추고, 아만다가 팬을 이쪽저쪽으로 기울이는 것을 바라봤다.

"와! 잘됐다!"

"문제는 거기가 《로스앤젤레스 타임스》가 아니라는 거야."

아만다가 조리대 위에 있는 통에서 나무숟가락을 뺐다.

"무슨 말이야?"

"《위클리 타임스》였어."

존이 잠시 멈췄다가 말을 이었다.

"난 《위클리 타임스》에 지원한 적도 없는데. 그건 타블로이드 신문이거든."

아만다는 버터를 휘젓던 손을 잠시 멈췄다가 다시 움직였다.

“아만다.”

“응?”

아만다는 조심스럽게 대답했다. 버터를 고루 녹이는 일에 갑자기 몰입한 것처럼 보였다.

“나한테 할 말 없어?”

아만다는 숟가락을 팬 가장자리에 탁탁 치고는 조리대 위에 놓았다.

“내 이력서가 왜 거기에 있는 거야?”

아만다는 잠시 눈을 감고는 조리대에 몸을 기대며 말했다.

“내가 보낸 것 같아.”

“당신이 보낸 것 같다고?”

“그래, 보냈어.”

아만다는 돌아서서 존을 마주 보았다.

“제작자 중 한 사람이 《타임스》에 자기가 아는 편집자가 있다면서 청을 넣어보겠다고 하더라고. 그래서 내가 당신 이력서를 이메일로 보낸 거야.”

존은 입을 떡 벌리고는 아만다를 쳐다봤다.

“왜 그래? 당신이 왜 화를 내는지 이해가 안 가.”

“그건 삼류 연예신문이니까! 재활시설에 있는 연예인이나 멍청하고 빼빼 마른 금발머리 여자애들, 그리고 누가 그 애들이랑 섹스하나, 그런 기사를 나보고 쓰란 말이야?”

“나도 몰랐어. 나도 그게 《로스앤젤레스 타임스》인 줄 알았단 말이야.”

아만다의 목소리에 날이 섰다.

존이 입을 벌렸다가 탁 닫았다. 그리고 조리대에 있던 차 열쇠를 휙 집어들었다.

"존! 잠깐만!"

아만다가 급하게 뒤에서 그의 손목을 잡았다.

"왜 그래? 거기가 싫으면 면접 안 가면 되잖아. 아무도 강요 안 해. 난 그냥 돕고 싶었을 뿐이야."

"내 힘으론 직장을 못 구할 것 같아서? 그런 거야?"

"당신 왜 그래?"

결국, 아만다는 존의 손목을 놓았다. 존은 차고로 가서 폭스바겐 제타Jetta의 시동을 걸고 끼익 하는 소리와 함께 차도로 나갔다. 차고 문도 닫지 않고 3단 기어를 통으로 건너뛴 채였다.

✦———·———✦

존은 어디로 가야 할지 몰랐다. 분노가 가라앉을 때까지 달릴 생각으로 산타모니카 프리웨이를 향해 차를 몰았지만, 진입로에 들어서는 순간부터 길이 막혔다. 이미 차량 행렬에 섞여버린 후였으므로 스모그에 둘러싸인 채 다음 출구까지 앞차를 따라 기어가는 수밖에 없었다.

《위클리 타임스》는 슈퍼에서 산 식료품이 계산대 벨트 위를 기어 갈 때 남몰래 대충 넘겨보는 쓰레기 같은 신문이었다. 존은 그 신문을 대놓고 읽는 사람을 본 적이 있는지 생각해봤다. 아는 사람이 없는 공항이나 호텔에서 읽는 사람을 가끔 보긴 했다. 치과에서 그런 사람을 본 적도 있었지만, 그것도 다른 읽을거리가 《포브스》나 《골프 일러스트레이트》밖에 없을 때였다.

만일 그가 《위클리 타임스》에서 일한다면 기자로서의 신뢰성은 끝난다고 봐야 한다. 아니면 이력서를 위조해야 하는데, 그것은 《위클리 타임스》에서 일했다는 사실을 인정하는 것만큼이나 자존심 상하는 일이었다.

존은 눈을 빠르게 깜빡이며 정신을 차렸다. 차가 다시 움직이기 시작하자 한쪽 발을 클러치에 대고 기어를 1단에서 2단, 다시 2단에서 1단으로 반복해서 옮겨야 했다. 그는 창유리를 올리고 에어컨을 켰다.

그때 휴대폰이 울리며 허벅지에 진동이 느껴졌다. 주머니에서 휴대폰을 꺼내 플립을 열었다. 아만다가 보낸 문자메시지였다.

'통화할 수 있어?'

존은 앞을 볼 수 있도록 전화기를 운전대 위에 올렸다. 그리고 답장을 간단히 보냈다.

'아니.'

휴대폰을 닫아 조수석으로 던지고, 다시 꽉 막힌 고속도로로 시선을 돌렸다. 존은 바로 앞에 있는 컨버터블의 배기관에서 나오는 연푸른색 배기가스만 뚫어져라 쳐다봤다.

휴대폰이 다시 울렸다.

'화났어? 전화해줘.'

존은 할 말이 없어서 답장하지 않았다.

뒤에서 경적소리가 울려서 앞을 보니 차 세 대가 들어갈 만한 공간이 생겨 있었다. 백미러에서 뒤차 운전자가 앞으로 가라며 신경질적으로 손짓했다. 존은 미안하다는 표시로 손을 들어 올리고는 앞차와의 거리를 좁혔다.

존은 아만다가 다시 문자를 보내기를 바라며 휴대폰을 힐끗 쳐다봤다. 물론 그녀는 문자를 보내지 않았다. 그러다가 자신이 정말 못나게 굴었다는 것을 깨달았다. 아만다에게 화난 게 아니라는 것도 분명해졌다. 다만 두려웠던 것이다. 존은 꼼꼼하고 끈질기게 직장을 알아봤다. 밤마다 두 시간씩 할애해서 링 세 개짜리 바인더에 구인정보를 스프레드시트와 메모로 정리해서 보관했다. 하지만 정말로 일하고 싶은 곳에서는 한 번도 연락을 받지 못했다. 물론 그가 가장 먼저 지원했던 곳은 《로스앤젤레스 타임스》였다.

《위클리 타임스》에서 기사를 쓰는 것이 정말 샴푸 광고문을 쓰는 것보다 더 한심할까? 그쪽에서 보자고 한 걸 보면, 분명히 계약직보다는 안전한 자리를 줄 것이다. 아만다가 진심으로 아이를 갖고 싶어한다면 — 진심인 것 같다 — 안정적인 수입이 필요하다.

다시 경적 소리가 들렸다. 존이 클러치에서 발을 떼자 차가 앞으로 나아갔는데 고개를 들어보니 앞차는 전혀 움직이지 않고 있었다. 존은 브레이크를 부서져라 밟았고, 그 바람에 시동이 꺼지고 휴대폰도 바닥에 떨어졌다. 요란한 경적소리를 들으며 그는 운전대에 머리를 대고, 필라델피아 거리에서 묻혀온 염분이 아직도 얼룩져 남아 있는 바닥에서 휴대폰을 주워들었다.

존이 소리 없이 차고로 미끄러져 들어가 엔진을 끈 건 자정이 지나서였다. 불은 모두 꺼져 있었다.

아만다는 두 팔을 머리 위로 뻗은 채 침대 가운데서 자고 있었다. 텔레비전에서는 전자기타 소리가 배경으로 들리는 가운데, 대머리 안전요원 두 명이 엄청나게 뚱뚱한 여자 두 명을 하나씩 붙잡고 있었다. 그들 주위로 드라이아이스가 부드럽게 퍼져 있었다. 두 여성은 주먹을 날리고 다리를 계란 거품기처럼 휘둘렀다. 둘 다 브래지어 차림에 검은색 유선 마이크를 들고 있었다. 그중 한 명은 트위들디* 쫄바지의 허리 부근에 누더기가 다 된 셔츠를 걸치고 있었지만. 그녀는 상대 여성의 머리에서 가발을 벗겨 휘두르며 추잡한 욕을 내질렀는데 그 말은 삐 소리에 묻혀서 들리지 않았다. 싸움의 원인제공자는 뒤에 있는 의자에 구부정하니 앉은 삐쩍 마른 남자인 것 같았다. 무릎을 벌리고 앉은 그는 짜증과 따분함이 섞인 표정으로 눈을 치켜뜨고 있었다. 그의 표정은 '내가 이런 꼴을 보고 산다우' 하고 말하는 것 같았다. 제리 스프링거는 너무 딱해서 말문이 막힌다는 표정으로 머리를 절레절레 흔들었고, 카메라는 그를 스쳐 지나갔다.

존은 텔레비전을 끄고 어둠 속에서 옷을 벗었다. 그리고 침대에 앉아 아만다를 내려다봤다. 그녀의 얼굴은 거리의 흐릿한 불빛을 받아 우윳빛 파란색으로 보였다. 아만다는 뒤척이다가 눈을 떴다.

"왔어?"

아만다는 몸을 굴려 그에게 자리를 내줬다.

"응."

존은 침대 시트 사이로 들어가 누우며 아만다 뒤의 공간에 무릎을 밀어 넣었다. 그가 아만다의 가슴 위로 팔을 두르자 아만다는 두

* 트위들디Tweedle Dee: 《이상한 나라의 앨리스》의 속편 《거울 나라의 앨리스》에 등장하는 트위들덤Tweedle Dum과 트위들디 쌍둥이 형제 중 하나.

손으로 존의 손을 잡아 턱 아래에서 꼭 쥐었다.

"미안해. 당신 이력서 보내지 말걸. 난 그냥 도와주고 싶었어."

그녀가 혼잣말처럼 말했다.

"알아. 내가 미안해. 못나게 굴어서. 내일 면접 보러 갈게."

잠시 후에 존은 아만다의 머리에 코를 묻었다. 예전과는 달리 매 끄럽고 부드러운 머릿결이었지만 냄새는 예전 그대로였다. 그는 깊이 숨을 들이마신 뒤 숨을 멈추고 향기를 음미했다. 존은 아만다의 뒷머리에 키스하고 눈을 감았다.

18장

닷새 전, 〈보노보의 집〉 첫 방송 날 이사벨은 밤늦게까지 텔레비전 앞에 붙어 있었다. 이사벨은 게임의 규칙을 금방 파악했다. 사실 본 지와 거의 동시에 알아냈다.

본지는 다양한 물건을 나타내는 그림문자를 눌러보고 자신의 행동이 아무런 효력이 없다고 판단되자 컴퓨터 앞을 떠났다. 그런데 그 직후에 초인종이 울렸다. 이사벨이 텔레비전을 통해 듣는 것은 사운드트랙과 같은 음향효과였지만, 보노보들이 큰 방에 모여서 수상하다는 듯 고개를 돌리는 걸 보아 실제로 무슨 일이 일어난 것 같았다.

딩동!

샘과 음봉고는 몇 차례 현관문으로 달려가 손발로 문을 두드리다가 뒤로 펄쩍 물러났다. 그러더니 잔뜩 경계하며 3미터 정도 물러섰다. 그들의 털이 곤두서서 몸집이 더 커 보였다.

딩동!

샘은 문으로 다가가 문에 난 작은 구멍에 눈을 대고 밖을 내다봤다. 철저히 바깥을 살피고 나서 샘은 문을 활짝 열고는 뒤로 펄쩍 물러났다. 문밖에는 본지가 주문한 상품을 가득 담은 상자들이 놓여 있었다.

틀어놓은 웃음소리를 배경으로 보노보들의 축하 잔치가 벌어졌다. 잔치와 서로 해주는 털 손질이 끝나자 섹스가 이어졌다.

이사벨은 바닥에 앉아 보노보들이 새로 생긴 담요로 보금자리를 만드는 것을 지켜봤다. 주위에는 버린 과일 상자와 우유병, 주스병, 사탕 껍질, 그 밖의 쓰레기가 널려 있었다. 본지는 정확히 여섯 장의 담요를 모아 예전처럼 가장자리를 접어 넣어 보금자리를 만들었고, 그것을 본 이사벨은 가슴이 찢어지는 것 같았다. 보금자리를 다 만든 본지는 스패너로 부엌 그릇장의 경첩을 두들기고 있던 롤라를 불렀다. 롤라가 쳐다보자 본지는 수화로 **아가 와!**라고 했고, 롤라는 통통 뛰어서 보금자리로 들어갔다. 본지는 롤라가 잠들 때까지 털을 다듬어 주었다. 이사벨은 이 방송을 보는 시청자들이 방금 본 장면에 어떤 의미가 있는지 조금이라도 이해할 수 있을까 생각했다. 그녀가 언어연구소에 와서 얻은 가장 놀라운 발견 중 하나는 보노보가 한번 인간의 언어를 습득하면 그것을 수화와 발성을 사용하는 의사소통으로 새끼들에게 전수한다는 사실이었다.

이사벨은 보노보들이 잠들 때까지 꼼짝도 하지 않았다. 정신없이 요란한 배경음악은 인간의 코 고는 소리와 쌕쌕거리는 숨소리를 중간 중간 삽입한, 신시사이저 버전의 브람스 자장가로 바뀌었다. 보노보들의 오르락내리락하는 가슴, 숨을 내쉴 때마다 드러나는 수염이 무성한 턱의 주름을 카메라가 확대하여 보여주었다. 그때서야 이사벨은 텔레비전을 켜놓은 채로 잠자리에 들었다. 그날 밤 몇 번이나 깨어 벌떡 일어난 그녀는, 화면을 보며 아직 문제가 완전히 해결되지 않았다는 사실을 곱씹었다. 어쨌든 보노보들은 저곳 보금자리 안에서 선잠을 자고 있었다.

다음날 CNN 방송을 통해 〈보노보의 집〉이 뉴멕시코 리자드에서 촬영되고 있다는 사실을 알게 된 이사벨은 엘 파소로 가는 비행기에 올랐다. 엘 파소에서 렌터카를 타고 리자드에 도착해, 거기서 가장 큰 카지노 옆에 있는 모히건문이라는 호텔에 짐을 풀었다. 〈보노보의 집〉이 평면 TV로 방영되는 동안, 이사벨은 일랑일랑* 에센셜 오일 — 호텔은 피로회복을 도와주는 다양한 종류의 에센셜 오일을 제공하고 있었다 — 을 침대 시트에 몇 번 뿌리고 옷을 입은 채로 침대에 풀썩 쓰러졌다.

깃털 이불의 폭신함을 느끼며 그녀는 두 팔을 베개 아래로 밀어 넣었다. 잠을 잘 생각은 아니었건만, 어느 순간 아침이 밝았고 보노보들을 본 지 여섯 시간이나 지났다는 것을 깨달았다.

텔레비전의 분할된 화면 중 한가운데에서 마케나와 본지는 바나나를 나눠 먹기 전에 서로 성기를 빠르게 애무하는 의식을 치르고 있었다. 마케나는 양모 셔츠를 뒤집어 입은 채 한쪽 팔에 인형을 안고 있었다. 마케나는 곧 새끼를 낳을 예정이었다. 마케나가 임신 중이라는 사실을 그들이 알고 있을 가능성은 거의 없었기에 이사벨은

---

* 일랑일랑Ylang Ylang: 열대 교목의 이름. 혹은 이 꽃에서 채취한 향유를 일컫는다.

가슴이 찢어질 것처럼 아팠다. 보노보의 임신 8개월은 인간의 임신 8개월처럼 눈에 띄지 않기에 훈련된 눈이 아니면 보노보의 임신을 알아차리기 어렵다.

이사벨은 바로 일어나 옷도 갈아입지 않은 채 하늘색 앙고라 베레모로 머리만 가렸다. 그런 다음 호텔 안내원에게 〈보노보의 집〉이 촬영되는 곳이 어디냐고 물었다.

그곳은 시위하는 사람들로 빼곡했지만, 그들이 주장하는 내용은 대부분 보노보와 별 관련이 없었다. 물론 동물권익을 옹호하는 시민활동가들도 와 있었지만 기독교 우파, 반전운동가, 지적창조론자, 게이 인권단체, 전쟁찬성론자, 낙태를 찬성하거나 반대하는 시위자들도 있었다. 그중에서도 가장 혐오스러운 단체는 대규모로 몰려와 인간이든 아니든 모든 동성애자는 죽어야 한다고 주장하는 자칭 이스트보로 침례교회 사람들이었다. 카메라맨들은 시위자들 주변을 탐색하며 딤섬을 고르듯 시험 삼아 몇몇 단체를 촬영했다. 이사벨은 성실히 연습한 듯한 연설을 토막토막 주워들었다.

"전쟁이 아니라 사랑을 합시다! 우리 내면의 보노보를 찾읍시다! 즐거움으로 평화를, 그리고 평화로……."

"……동물계에서 동성애는 자연스럽게 일어나는 현상임을 다시 보여주고 있으며, 이것은 정치적이고 종교적인 반대가 전혀 근거가 없음을……."

"당신들은 원숭이와 친척일지 모르지만, 나는 절대 아닙니다. 성서에는 분명히 인간은 주님의 형상으로 지어졌고 우리는 유인원을 포함해서 주님이 지으신 것을 모두 다스릴 권리가 있다고 나와 있습니다. 주님은 유인원들을 우리의 목적과 즐거움을 위해 이용하도록 지상에 만들어내셨습니다. 그 형태가 아무리……."

"이건 황금시간대의 포르노일 뿐입니다. '오락'의 탈을 쓴 전형적인 포르노로서 우리 젊은이들의 정신과 윤리의식을 오염시킵니다. 기도합시다. 오, 주여, 우리 어린이와 청년들을 음란한 행동과 무분별한 간음에 고의로 노출하는 죄인과 포르노 제작자들을 대신해……."

"지적이고, 호기심 많고, 친화력 높은 동물이기 때문에 우리는 이들을 인간과 똑같이 존중해야 한다고……."

이사벨은 군중을 뚫고 나아갔다. 누군가 움직이면 그 사이로 재빨리 끼어들어 조금씩 앞으로 나아가다가 드디어 건물이 보이는 지점에 이르렀다. 이사벨은 걸음을 멈추고, 100미터도 안 되는 거리에 보노보들이 있다는 걸 생각하며 숨을 들이마셨다. 심장이 쥐어 짜이는 느낌이었다.

직접 본 보노보의 집은 화면으로 보던, 만화로 그린 집과는 전혀 달랐다. 지붕도 평평하고 창문도 없는 1층짜리 건물로서, 흡사 코스턴 재단을 축소해놓은 것 같았다. 벽은 콘크리트로 되어 있고, 소형차 한 대가 드나들 만한 현관문 외에는 아무런 출입구가 없었다. 이사벨은 차가 들어가는 장면을 연달아 세 번이나 목격했다. 보노보들이 주문한 것은 모두 상자에 담긴 채 지게차로 배달되었다. 그때마다 군중은 일제히 방향을 돌리고 발끝으로 서서 보노보들을 보려고 했지만, 성공한 적은 한 번도 없었다. 지게차가 물건들을 대기실에 내려놓으면, 안쪽에 있는 방에서 보노보들이 나오기 전에 현관문이 닫혔다. 사람들은 상자에 들어 있는 물건을 추측할 때는 잠시 조용해지기도 했지만, 어린이용 튜브 수영장이 도착했을 때는 모두 웃음을 터뜨렸다. 그러다가도 현관문이 닫히고 지게차가 떠나면 다시 관심과 방송분량을 확보하려는 경쟁을 시작했다.

✦———·———✦

이사벨이 호텔로 돌아가려고 하자 윙윙거리는 소리가 들렸다. 처음에 그녀는 그 소리가 자신의 머릿속에서 나는 줄 알았다. 인파에 밀려 어지러웠고, 일사병에 걸렸을 때처럼 속이 메스꺼웠기 때문이다. 하지만 사람들이 머리를 돌리기 시작하고 제각각 요란하게 외치던 소리가 갈 길을 잃었을 때, 이사벨은 그 소리가 밖에서 나는 것임을 깨달았다. 윙윙거리던 소리는 금세 두두두두 하며 온몸을 관통하는 진동으로 바뀌었다. 소음차단 헤드셋을 쓰고 검은 정장을 입은 보안요원들이 군중을 뒤로 몰고 통나무 장벽을 세워 공간을 만들었다. 그때 헬리콥터가 나타났는데, 거기서 내려뜨린 케이블 끝에는 커다란 물건이 매달려 어지럽게 돌고 있었다. 이사벨은 실눈을 뜨고, 눈부시게 청명한 뉴멕시코 하늘을 배경으로 떠있는 그것을 올려다봤다. 거기에는 나무, 안전 밧줄, 노란색 플라스틱 관들이 매달려 모두 원을 그리며 흔들리고 있었다. 헬리콥터는 보노보의 집 바로 위에서 돌다가 놀이기구를 천천히 통나무 장벽 안쪽에 내려놓았다. 케이블은 놀이기구에서 분리되어 다시 올라갔고 헬리콥터도 멀리 날아가 버렸다.

군중은 귀를 막고 웅크린 채로 잠시 조용히 있었다. 그러다 손으로 햇빛을 가린 채 한 사람씩 일어났다. 헬리콥터가 시야에서 사라지자 기자들은 다시 카메라를 향해 열심히 보도하기 시작했고, 시위자들도 잠에서 깨어난 듯 피켓과 깃발을 허공으로 들어 올렸다. 몇 사람은 그들이 방금 목격한 장면이 무엇인지 인터넷으로 알아보기 위해 노트북과 블랙베리 주위로 모여들었다.

이사벨은 그들이 옳다고 생각했다. 보노보의 집 밖에 서 있는 것보다는 방송을 보는 편이 훨씬 더 많은 정보를 얻을 것 같았다.

�————•————✦

호텔 레스토랑은 한적했지만, 호텔 바는 북적였다. 바에는 〈보노보의 집〉을 보여주는 텔레비전이 있고 레스토랑에서는 텔레비전이 없기 때문이라고 이사벨은 생각했다.

그녀는 건장한 남자 둘 사이에 마지막으로 남아 있는 빈 의자를 발견하고 미끄러지듯 끼어들어 그 위에 앉았다. 두 남자는 맥주병을 잡은 채 시선을 텔레비전에 붙박아두고 있었다. 보노보들은 마당에 새로 생긴 놀이기구에서 신나게 놀고 있었다. 발기된 음봉고가 오렌지 두 개를 들고 걸어가는데 본지가 다가가 자신의 엉덩이를 음봉고에게 비볐다. 그 덕에 본지는 오렌지 두 개를 모두 얻었다.

"내가 저것들을 저기에 실어갔어요."

이사벨 오른쪽에 있는 남자가 말했다.

그는 앞을 바라본 채 말했기 때문에, 이사벨은 그 말이 누구를 향한 건지 알 수 없었다. 그의 뺨은 붉었고 코 주변은 자두색 혈관이 감싸고 있었다.

아무도 대꾸를 하지 않자 이사벨이 물었다.

"뭐를요? 보노보를요?"

“예.”

그가 소시지같이 두꺼운 자신의 손가락을 내려다봤다.

“내 지게차로 바로 그 안에까지 태우고 갔어요. 정말 보통 난리가 아니었죠. 그놈들이요. 물건을 배달하는 일도 할 수 있었는데 집사람이 싫어했어요. 집사람은 저 프로그램도 안 본다고 해서 여기 나와서 봐야 해요.”

“정말요? 부인이 허락하질 않아요?”

“처남이 하는 일이 모두 그렇거든요.”

그가 이사벨을 흘깃 보며 말했다. 감자 같은 그의 얼굴은 뜻밖에 순진하고 숫기없어 보였다. 그가 목소리를 낮춰 속삭였다.

“포르노요. 처남은 켄 폭스랑 영화 관련 일을 하고 있어요. 그거 있잖아요, 직접 그런 걸 하는 건 아니지만 세트 만드는 걸 도와줘요. 특수효과 같은 거요. 드라이아이스나 불꽃놀이 같은, 그런 거.”

이사벨은 그날 아침 예쁜 모자를 쓰고 온 것을 천만다행이라 여기며 남자에게 몸을 가까이 기울였다. 그녀는 입을 꼭 다문 채 얌전하게 미소 지었다. 어제 잠에 곯아떨어지면서 미처 빼놓지 않은 의치가 입안에 있었기 때문이었다.

19장

면접 보는 날, 존은 면도와 샤워를 한 다음 아만다가 나올 때까지 넥타이를 어깨 뒤로 넘기고 주방 조리대에서 커피를 마시고 있었다.

아만다는 수건을 터번처럼 머리에 두르고 목욕 가운을 입고 있었다. 그녀는 착 가라앉은 분위기로 조용히 걸어와 커피 한 잔을 따랐다.

존이 커피를 내려놓고 아만다에게 다가가 허리를 쓰다듬으며 말했다.

"괜찮아?"

아만다가 고개를 끄덕였다.

"응."

그러더니 조리대에 커피를 내려놓고 몸을 떨었다.

"사실은 안 괜찮아. 무서워. 얼굴에 주사가 꽂힌다는 생각을 하면 끔찍해. 나도 모르게 움찔해서 의사 손이 빗나가면 어떡해?"

"그러니까 맞지 마. 그럴 필요 없잖아. 그 작자는 천하의 머저리야."

"그렇다고 해도, 어쨌든 제작 책임자잖아."

아만다는 숨을 깊이 들이마셨다.

"아냐. 괜찮을 거야. 다들 별로 힘들지 않다고 했어."

아만다는 화제를 바꾸려고 얼른 존에게 키스하고 커피잔을 들었다.

"오늘 면접 잘되길 빌게."

"고마워."

그는 거실로 나가는 아만다를 힘없이 바라보았다.

�֍———·———֎

존은 더블샷 그란데 스키니 라떼를 담은 종이 트레이를 손에 들고 정문을 엉덩이로 밀었다. 로비로 들어선 그는 걸음을 멈추고 분위기를 살폈다. 그의 예상이 틀린 것 같았다. 어느 대기업이 《위클리 타임스》를 인수한 것인지 그럴듯해 보이는 사람들이 분주하게 오갔다.

천장이 높은 로비는 쾌적했고, 붉은 가죽을 댄 구조물이 반원형으로 우아하게 꾸며져 있었다. 유리가 깔린 벚나무 목재 테이블에는 최근 발행된 《위클리 타임스》가 부채꼴로 전시되어 있었다. 안내 데스크 양 끝에는 사각 촛불이 불투명한 유리 상자 안에 담겨 있었고, 큰 점판암 폭포수가 돌출벽의 반대 방향으로 평화롭게 흘러가고 있었다. 그리고 그 위에는 잡지의 대형 로고가 있었다.

존은 기분을 바꿔보려고 향기로운 공기를 깊이 들이마셨다. 몇 분 전에는 주문을 제대로 못 해서 바리스타에게 창피를 당했다. 얼굴에 바늘을 잔뜩 꽂고 있는 아만다의 모습을 상상하면서 주문을 했는데, 좀 어설펐는지는 몰라도 생각한 대로 커피가 나온 걸 보면 어쨌든 주문은 제대로 한 것 같았다. 잔돈을 내주던 바리스타는 뻐기는 듯한 미소를 지으며, 주문한 커피의 정확한 명칭은 더블샷 그란데 스키니 라떼라고 알려줬다. 존은 그 바리스타를 노려보고는 그 복잡하고 잘난 이름의 커피를 들고 휙 나와버렸다.

존이 안내 데스크로 다가가자 젊고 세련된 여성이 고개를 들었다.

"어떻게 오셨습니까?"

그녀는 살짝 미소를 지으며 물었다. 얼굴은 잡티 하나 없이 대리석처럼 매끄러웠다. 존은 그 얼굴도 레스탈린 주사 덕을 봤을지 궁금했다. 사과처럼 토실토실한 양쪽 뺨, 윗입술의 뭐라 말할 수 없는 보드라움.

"아, 네. 토퍼 맥패든 씨와 10시에 만나기로 약속했습니다."

존이 카운터에 라떼를 놓자, 그녀의 시선이 따라갔다. 커피가 흘러내려 컵 아래쪽에 모였다. 그가 얼른 컵을 치우자 그 자리에는 동그란 자국이 남았다.

"성함이?"

"존 티그펜입니다."

"티그펜 씨요?"

"네, 티그펜."

"전해 드리겠습니다. 자리에 앉아 계세요."

여자가 도서관 사서처럼 공손히 속삭였다.

"감사합니다."

존도 목소리를 낮추며 대답했다.

존은 서류가방을 바닥에 놓고 붉은색으로 맞춘 테이블 세트의 의자에 앉았다. 그리고 주머니에서 화장지 한 장을 꺼내 접은 후 테이블 유리를 더럽히지 않도록 컵 아래 깔았다.

고개를 들어보니 안내 데스크의 여직원이 존을 쳐다보며 공들여 매니큐어를 바른 손가락으로 자신의 어깨를 털었다. 존은 무슨 뜻인지 몰라 이맛살을 찌푸렸다. 그녀는 다시 똑같은 행동을 했다. 존이 고개를 숙여보니 아직도 넥타이가 어깨 뒤로 넘어가 있었다. 그는 얼굴을 붉히며 넥타이를 셔츠 앞으로 내려 매무새를 가다듬었다.

여직원이 전화를 받자, 존은 시선을 출입문 밖 거리로 돌렸다. 널따란 로비 바닥 너머로 거리를 지나가는 다리들이 보였다. 날 선 주름, 투명한 스타킹, 바삐 움직이는 하이힐. 군화, 검붉은 구두, 운동화. 어기적거리며 걷는 다리, 점잖게 걷는 다리, 힘차게 걷는 다리 — 옆의 두 다리 위로 늘어진 가죽끈이 당겨지기 전에 돌 모서리에 오줌을 누기 위해 든 털북숭이 다리.

존의 심장이 두방망이질했다.

옆에 있는 테이블 위에는 번지르르한 잡지들이 펼쳐져 있었다. 헝클어뜨린 붙임 머리와 버블 드레스, 바닥이 빨간 아찔하게 높은 하이힐. 오리너구리 같은 입술 사이로 보이는 세라믹 치아. 수술로 팽팽해진 얼굴과 그것을 받치고 있는 깡마른 목.

헤드라인이 소리치듯 요란했다.

"다이어트인가 수술인가?"

"심각한 불화!"

"포착!"

"할리우드의 유모들이 털어놓는 진실!"

"가슴 수술이 실패했어요!"

존이 고개를 들어 보니 안내 데스크 여직원이 페덱스 배달원과 시시덕거리고 있었다. 존은 잡지 한 권을 집어들었다.

부푼 금발머리에 위험할 정도로 비만인 마담 버터플라이라는 여장남자가 그 주에 레드카펫을 밟은 여배우 중 최악의 의상을 입은 사람을 골라 빈정거리는 내용이 실려 있었다. 젊고 귀여운 여배우들은 커다란 선글라스로 얼굴을 가리고, 허리가 개미 같은 여자들은 몰려 있는 카메라맨들을 향해 음울한 시선을 던지고 있었다.

다리를 꼬고 앉아 잡지에 푹 빠져서 있는 사이, 누군가가 존의 이름을 불렀다.

✦——·——✦

편집국은 굉장히 넓었다. 허리 높이의 칸막이는 사생활을 전혀 보장하지 못했지만 햇빛은 골고루 받게 해주었다. 공중에 매달린 여러 모니터에서는 각기 다른 방송국 뉴스가 나오고 있었고, 젊고 날씬하고 깔끔하게 차려입은 사람들이 서류와 교정쇄와 사진을 한 아름씩 들고 통로를 분주하게 오가고 있었다.

벽 전체가 유리로 된 중역 사무실에 들어서자 토퍼 맥패든이 일어서서 존을 맞았다. 그는 화려한 색상에 비싸 보이는 차림을 하고 있었다. 연두색 셔츠에 붉은 기가 도는 청색 실크 넥타이를 맸는데, 잘 어울리지 않을 것 같은 조합인데도 그에게는 잘 어울렸다. 그의 안경테와 구두는 두툼했고 사각에 가까웠다. 몸은 건강해 보였고 피부는 햇볕에 탔으며, 머리는 숱 많은 금발이었다. 나이는 종잡을 수 없어서 스물다섯에서 마흔다섯 살 사이로만 짐작됐다. 존은 자신의 처지 때문에 그가 마흔다섯에 가깝기를 바랐다. 두 사람이 악수를 나눴다.

"앉으시죠."

토퍼 맥패든이 소파를 가리키며 말했다. 그리고 자신은 다시 책상 뒤로 가서 앉았다.

존은 소파에 앉았다가 미끄러운 가죽 때문에 아래로 미끄러졌다. 그는 정면을 향하려고 애를 썼다. 뜨거운 음료를 들고 불편한 가죽 소파에서 방귀 비슷한 소리가 나지 않도록 슬쩍 움직여야 했기 때문에 쉬운 일은 아니었다. 그는 소파의 가장자리에서 조심스럽게 균형을 잡았다. 두 사람의 의자 높이가 달라서 존의 눈높이가 토퍼 맥패든 보다 5센티미터 정도 낮았다.

"음, 이거요."

존은 몸을 앞으로 뻗쳐 책상 위에 그 스키니 울트라 더블 빌어먹을 뭐시기를 올려놓았다.

토퍼 맥패든은 그 커피를 잡고 뚜껑의 구멍을 찾아 쭉 들이마셨다.

"자. 본론으로 들어갈까요."

그가 존의 이력서에 손을 뻗으며 말했다.

"켄 폭스 씨 밑에서 인턴 생활을 하셨군요. 두 분이 친했나요?"

"켄 폭스는 켄 폭스죠."

그는 폭스의 이름을 언급하는 것만으로 의기양양해졌다.

"허."

맥패든은 다리를 책상에 올리고 양손의 손가락을 맞댔다.

"그 사람의 새 프로젝트 봤습니까? 뉴멕시코에 집을 짓고 그 원숭이들 보여주는 거 말입니다. 그거 정말 유례가 없을 정도로 대단하던데요. 시청률도 계속 높아지고 있어요. 저는 의욕 있는 사람을 거기 파견하려고 합니다."

존의 심장이 쿵쿵 뛰기 시작했다. 숨이 막혔다. 그는 차분하게 얘기하려 했지만, 자기도 모르게 흥분하기 시작했다.

"그게 제가 《필라델피아 인콰이어러》에서 맡았던 기사입니다. 제가 폭스 씨 아래서 인턴을 한 건 사실이지만, 중요한 건 그게 아닙니다. 저는 그 보노보들을 직접 만났습니다. 말 그대로 폭발하기 몇 시간 전에 그 언어연구소에 있었단 말입니다."

"그래요?"

맥패든이 자세를 고치고 고개를 한쪽으로 기울인 채 존을 자세히 살폈다.

"그렇습니다. 저는 그 보노보들의 과거를 알고 있습니다. 이름도 알고 있습니다. 그 보노보들이 어떤 일을 할 수 있는지도 알고, 사실 직접 얘기도 나눴습니다. 일방적인 대화가 아니라 서로 주고받는 방식으로요. 이번 사고로 다친 연구원하고도 인터뷰했습니다. 그리고 폭스 씨와 일도 해봤습니다. 저는 좋습니다. 하고 싶어요. 제 기사를 찾아오고 싶습니다. 제가 그 일의 적임자입니다. 그 취재를 위해서라면 무슨 일이라도 하겠습니다. 후회하지 않으실 겁니다."

토퍼 맥패든이 한참 동안 존을 뚫어지게 쳐다봤다. 그의 손가락들이 다시 해파리처럼 물결 쳤다.

“그런데 왜《필라델피아 인콰이어러》를 그만뒀다고 하셨죠?”

존이 분노를 드러내지 않으려 애쓰며 맥패든을 바라봤다.

“그냥 거기 있던 동료 한 명이 저를 벼랑에서 밀었다고만 말씀드리죠. 그리고 저에게는 꼭 여기서 일해야 하는 이유가 있습니다.”

“부인 때문에요?”

“네, 제 아내 때문에요.”

맥패든이 씩 웃더니 책상에서 포물선을 그리며 다리를 내렸다.

“그렇다면야.《인콰이어러》가 버린 인재를 저희가 얻은 것 같군요. 얼마나 빨리 리자드로 떠날 수 있습니까?”

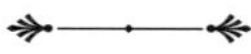

주차장에서 차를 빼고 있을 때 존의 휴대폰이 울렸다. 아만다였다.

“합격했어?”

“당신은 구세주야! 천재야!”

그가 전화기를 귀와 어깨 사이에 끼우고 주차료를 냈다.

“내가?”

“그럼! 나 다시 보노보 기사를 쓰게 됐어!”

순간, 그녀가 꺄악 하고 비명을 지르는 바람에 존은 전화기를 떨어뜨릴 뻔했다.

“오, 세상에! 여보! 정말 잘 됐다!”

“얼굴 시술은 받았어?”

“응. 걱정할 건 없어. 그 취재에 대해 말해봐.”

“곧 뉴멕시코로 가야 해, 하지만 난……”

“아, 짜증 나.”

아만다가 말을 끊었다.

“숀이 통화대기하고 있어. 미안한데, 받아야 해. 오늘 우리가 같이 갈 파티가 있거든. 올 때 샴페인 사와!”

✦———•———✦

존이 샴페인을 손에 들고 집에 가보니, 아만다가 냉장고에 붙여둔 메모가 보였다. 파티 때문에 들를 데가 많아서 얼마나 걸릴지 모르겠다는 것이었다. 아만다는 그에게 8시까지 준비하고 있으라고 당부하고, 키스와 포옹 표시를 남겼다.

8시 5분 전에 아만다가 문에 들어서서 존을 보더니 물었다.

“그 옷 입고 갈 거 아니지?”

아만다는 굴곡진 금발머리를 느슨하게 하나로 묶어 올렸다. 그 머리 모양을 만들기 위해 전기 롤러와 머리핀과 공들인 작업이 필요했을 것이다. 앞이 트인 하이힐에서 그녀의 아름다운 발톱이 빼꼼히 보였다. 그런데 그 하이힐의 진홍색 바닥을 보고 존은 차가운 기운이 등골을 타고 오르는 느낌을 받았다(오전에 《위클리 타임스》에서 바닥이 빨간 구두를 신고 불안하게 서 있는 유명 연예인들의 사진을 봤던 것이다). 그녀는 몸에 딱 붙는 검은색 니트 드레스 차림이었는데 한쪽 어깨가 드러나 있었다.

아만다가 대답을 기다리며 눈을 깜빡거리자 존은 그녀의 질문을 떠올렸다.

“아니, 이러고 가려고 했는데?”

존은 자신을 내려다보며 의아하다는 표정을 지었다. 넥타이만 풀었을 뿐 면접 때 입은 차림 그대로였다.

"난 크리스찬 르부탱 신었는데."

그녀의 설명이었다. 하지만 여전히 존은 그게 무슨 뜻인지 몰랐다.

"넥타이를 다시 매라는 말이야?"

아만다가 고개를 저으며 웃었다. 존은 그 의미를 알아차릴 수 없었다.

"어디, 얼굴 좀 보자."

존은 아만다에게 다가가서 그녀의 얼굴을 불빛 쪽으로 기울였다. 아만다는 존이 하는 대로 얼굴을 돌렸다.

그녀의 얼굴 윤곽은 아침과 똑같은 것 같았다.

"뭐야. 뭐가 달라진 거야?"

"여기가 좀 도톰해졌어."

아만다는 코와 입 사이를 가리키며 말했다.

"그리고 여기도."

그녀는 입술을 가리켰다.

"눈 아래도 좀 맞았고, 주근깨도 없앴어. 며칠 동안은 찡그릴 수가 없대."

"그럼 당신이 나한테 화났을 때 어떻게 알아보지?"

아만다는 웃었다.

"에이, 그래도 알 수 있지."

"얼마나 들었어?"

잠깐 주저하던 아만다가 대답했다.

"천백 달러."

존은 낯빛이 변했다.

"천백 달러?"

"하지만 좋은 점은, 이걸 유지하면 주름이 절대 안 생긴다는 거야. 근육이 수축될 거래. 그러면 제값 하는 거지…… 아마도."

그녀가 재빠르게 설명했다.

그때 초인종이 울렸다.

아만다는 고개를 돌렸다가, 존의 옷차림을 훑어봤다.

"있잖아, 나 빼고 당신만 가면 어때?"

존이 말했다.

"나는 그런 데서 떠드는 거 익숙지 않아서 말이야."

"정말?"

아만다는 거실 테이블에서 금속장식이 달린 작은 핸드백을 휙 집어들었다.

"응."

존은 아내가 막 발을 들여놓은 연예계가 어떤 곳인지 꽤 궁금했지만 참고 말했다.

"그럼 나 돌아오면 샴페인 같이 마시자."

"좋아."

아만다는 작별 키스를 하고 현관문을 열었다. 밖에 서 있는 숀은 꽤 신경을 쓴 것 같으면서도 면도도 안 한 게 번지르르한 마약중독자처럼 보였다. 아만다가 13센티미터나 되는 하이힐을 신고 기우뚱할 때, 숀은 존에게 손을 들어 보이며 웅얼웅얼 뭐라고 인사말을 했다. 그리고 문이 쾅 닫혔다.

존은 그 문을 물끄러미 바라봤다.

천백 달러라고?

잠시 후 존은 노트북 컴퓨터를 침대로 가져와 보노보들에 관한 정보를 샅샅이 파헤쳤다. 지금까지 켄 폭스나 캔자스대학 교육위원회, 또는 그 프로젝트와 연관된 연구원들과 인터뷰한 사람은 없었다. 피터 벤튼은 자신이 명사라도 된 양 "특별히 드릴 말씀이 없습니다"라는 뻔한 대답으로 언론을 교묘하게 빠져나갔다. 그는 늘 진한 선글라스 뒤에 숨어 있거나 손으로 카메라 렌즈를 가리며 말했다. 반면에 이사벨 던컨은 세상에서 완전히 자취를 감춘 사람 같았다. 그녀는 인터뷰도 하지 않았고 대학으로 돌아오지도 않았다. 존은 그녀가 자기 가족에 관해 수수께끼처럼 한 말을 떠올리며 어디 있든 무사하기를 바랐다.

✦——·——✦

세 시간 후 집에 돌아온 아만다는 검은 그림자처럼 침실로 미끄러져 들어왔다.

"파티 벌써 끝났어?"

존이 물었다. 보노보가 잠들 때까지 〈보노보의 집〉을 시청하던 그는 심야 프로그램에 눈을 고정한 채 반쯤 잠들어 있었다.

"안 끝났어!"

그녀가 핸드백을 벽에 집어던졌다. 안에 있던 립스틱, 콤팩트, 신용카드, 운전면허증이 빠져나와 흩어졌다.

존은 침대에서 벌떡 일어났다.

"우와. 왜 그래? 무슨 일 있어?"

"그래. 무슨 일 있어."

그녀는 이렇게 대꾸하며 하이힐을 한 짝씩 벗어 구석으로 집어던
졌다.

팍.

팍.

하이힐의 날카롭고 검은 굽에 벽이 움푹 파였다.

"여보?"

존이 흥분한 말에게 접근하듯 조심스럽게 아만다에게 다가가 주
저하며 그녀의 팔을 잡았다. 그녀가 뿌리치지 않자 그 팔을 쓰다듬
기 시작했다.

"아만다? 얘기해봐. 무슨 일이야."

"우린 도착해서 다른 사람들이 입장하는 걸 구경하면서 차단줄
뒤에서 한 시간이나 서 있었어. 나보다 더 중요한 사람들이었겠지.
그런데 비가 내리기 시작하는 거야. 그래서 머리는 메두사처럼 곱슬
곱슬해지고, 발은 아파 미치겠더라고. 당신 13센티미터나 되는 하이
힐 신고 걸어봤어? 760달러나 주고 샀는데, 빗물 때문에 다 버렸어.
내 발도 정상이 아니고."

"당신, 760달러라고 했어?"

"그러다 결국 들어가긴 했는데, 그곳에 킴 카다시안이나 패리스
힐튼 같은 빌어먹을 연예인들이 바글거리는 거야! 아, 세상에 패리
스는 13센티미터 하이힐에서 태어난 것처럼 우아하게 제 맘대로 돌
아다니더라! 그런데 대체 걔들이 하는 일이 뭐야? 생각해봐! 걔들이
우리 문화나 삶에, 아니면 연예계에 눈곱만큼이라도 이바지한 게 있
어? 음주 운전하고 면피용으로 잠깐 감옥 간 거 말고 말이야. 그래

도 킴이랑 패리스는 자기들 이름으로 섹스 비디오는 찍었네.”

아만다는 패리스 힐튼 흉내를 내는 건지 골반을 앞으로 내밀고 어깨는 뒤로 빼고는 두 손은 허리에 댄 채, 머리카락이 한쪽 눈을 가릴 정도로 머리를 기울였다.

“안녕, 거울아! 나 섹시하지!”

존은 침대 가장자리에 조용히 앉았다.

“패리스 힐튼 섹스 비디오를 봤다고? 그건 언제 본 거야?”

“그러다 우리 쪽 사람들을 따라갔는데, 다들 내 얼굴을 뜯어보더라고. 내가 아침에 시술받은 걸 다 알고 있었나 봐. 그런데 퉁방울눈에 키높이 구두를 신은 어떤 대머리가 나한테 이러는 거야. ‘있잖아요, 당신 코 수술해줄 사람 소개해 줄게요.’”

그 말에 존이 벌떡 일어섰다.

“뭐야?”

“그랬다니깐. 그때부터 대화에 불이 붙더라. 내 콧구멍이 ‘돌출된’ 모양인가 봐. 누가 정말 그렇게 말했어. 그 말이 웃긴지 다들 깔깔깔 웃더라.”

“참, 저질들이군.”

머리를 격렬하게 저으며 아만다는 침대에 풀썩 누웠다. 그녀의 눈이 이글거렸다.

“존, 난 안 할 거야. 안 해. 할리우드 로봇으로 변신하기 싫어.”

아만다는 숨을 깊이 들이마시고 눈을 감았다. 존은 그녀에게 아직 할 말이 더 남았다는 걸 알 수 있었다.

“그런데 말이야, 그 사람들이 뭐라고 한 줄 알아? 우리 프로그램에 출연할 배우들의 나이를 바꿔야 할지도 모르겠다는 거야. 사십

대 중반이 아니라 십 대 후반의 나이로. 그건 근본적으로 〈섹스 앤 더 시티〉가 아니라 〈가십걸〉을 베껴야 한단 뜻이고, 그럼 나는 대본을 처음부터 다시 써야 해. 장면마다 비타민워터를 내보내야 하는데, 이젠 거기다 메이시스Macy's 백화점도 언급해 줘야 해. 그나마 그건 한 회당 한 번뿐이니 다행이지. 쇼핑백도 확실하게 보여줘야 하는데, 그건 감독이 알아서 하겠지.”

아만다는 천장을 골똘히 쳐다봤고, 존은 옆에서 팔꿈치로 몸을 받치고 아만다를 바라봤다.

“난 이 바닥이 싫어.”

아만다가 말했다.

“이 일도 싫고 나 자신도 싫어. 나 때문에 우리 둘이 이 지경이 되다니. 내가 우리 인생을 완전히 망쳐버렸어.”

아만다는 자리에서 일어나 욕실로 들어가 등 뒤로 문을 닫았다.

존은 침대에 누워 걱정스러운 일이 일어나는 건 아닌지 귀를 기울였다. 프랜 때문에 성인용품을 다 갖다 버린 이후 아만다가 이렇게 화를 낸 건 처음이었다.

존은 일어나 욕실 문에 귀를 댔다. 물 흐르는 소리가 들렸다.

“당신 괜찮아?”

“응. 이놈의 발 좀 담가야겠어. 내 구두 망가졌는지 좀 봐줄래?”

존은 구석에서 신발을 집어들었다. 한 짝의 진홍색 바닥 중간쯤, 가죽에 작은 주름이 져 있었다. 존은 엄지로 그곳을 눌러 평평하게 매만졌다.

“원래 모양대로 감쪽같이 되돌리기는 어렵겠지만 망가지지는 않았어.”

“잘됐다. 그거 이베이에 팔아버릴래. 드레스랑 함께.”

“포도주나 뭐 다른 거 한 잔 갖다 줄까?”

“아니.”

“발 마사지 좀 해줄까?”

“괜찮아. 좀 담그고 있으면 좋아질 거야.”

깜빡 잠들었던 존은 아만다가 침대로 들어왔을 때부터는 잘 수가 없었다. 잠들려고 할 때마다 아만다가 돌아눕거나 베개를 고쳐 벴기 때문이다.

“당신 드르렁대면서 큼큼대고 있어.”

아만다가 말했다.

“미안해.”

존은 순순히 옆으로 돌아누웠다. 몇 초 후에 아만다가 다시 말했다.

“아니다, 쉬익거리고 휘파람 부는 것 같아.”

“으음.”

아만다는 봐준다는 듯이 입을 다물었고, 존은 다시 잠속으로 빠져들려고 했다.

“이제 투덜대고 우르렁거리는 것 같아. 숨 쉴 때는 중얼거리는 것 같고.”

존이 눈을 번쩍 떴다.

“아만다.”

“응?”

“코 고는 소리를 그렇게 여러 가지로 표현하는 사람은 작가밖에 없을 거야.”

"미안해. 그만 할게."

존은 침대에서 일어났다.

"나가지 마."

아만다는 몸을 돌려 존의 베개에 얼굴을 묻었다. 존은 꼼짝 않고 있는 아만다를 바라봤다.

"아만다."

"으응?"

"아까 전화로 얘기했는지 모르겠는데, 나 뉴멕시코로 가야 해."

아만다는 팔꿈치를 짚으며 몸을 일으켜 괴로운 듯한 눈으로 바라봤다. 그녀는 존을 몇 초 동안 바라만 봤다.

"세상에. 어쩜 나 같은 인간이 있을까."

그리고 잠시 멈춘 뒤에 말했다.

"심지어 물어보지도 않았다니 믿을 수가 없어. 이 세상에서 이렇게 이기적인 인간은 나밖에 없을 거야. 벌써 그런 인간이 되다니."

"다른 일이 있었잖아. 그럴 만했어."

"지금 얘기해줄래? 샴페인 딸까?"

"좀 늦은 것 같은데."

그는 시계를 힐끗 보며 말했다.

"내일 되도록 일찍 떠나야 하는데, 혼자 있어도 괜찮겠어?"

아만다는 다시 베개에 얼굴을 묻었다.

"난 괜찮을 거야."

가느다란 목소리가 새어나왔다.

"지금 당신이 좀 걱정돼서……."

"씩씩해져야지. 정말 그럴 거야. 정말……. 여기 일은 내 예상과 너무 달라. 다들 성형수술과 보톡스, 코 수술에 관한 얘기만 하고, 일하곤 아무 상관 없는데 항상 사람을 외모로 판단한단 말이야. 얼른 침대로 와. 이제 자는 거 방해 안 할게."

존은 잠시 아만다를 내려다봤다.

"아냐. 당신 먼저 자."

그리고 몸을 숙여 그녀의 이마에 입을 맞췄다.

존은 아래층으로 내려가 뚜껑을 따놓은 와인을 한 잔 따르고, 아만다의 컴퓨터를 켰다. 그리고 《재앙을 부르는 비결》을 USB 드라이브에 복사했다. 그는 같은 폴더에서 에이전트 목록을 정리해놓은 스프레드시트 파일을 발견했다. 별 개수로 선호도를 표시해 그 순서대로 정리한 것 같았다. 그 파일에는 아만다가 문의한 시기와 출판사의 답변도 기록되어 있었다. 3분의 1 정도는 아예 답변도 없었다. 그 파일도 USB 드라이브에 함께 복사했다.

두 시가 막 지나서야 존은 다시 위층으로 올라갔다. 아만다는 아직도 그의 자리에 누워 약하게 코를 골고 있었다. 그 모습을 보니 안쓰러움이 밀려와 목구멍이 콱 막혔다.

이사벨은 목록을 만들고 순서대로 정리하는 것을 통해 세상을 이해해 왔기 때문에, 일단 그녀는 해결해야 할 문제를 크게 세 가지로 나눴다. 첫 번째 문제는 폭스가 보노보들을 포기하게 하는 것인데, 이를 위해 이사벨은 프란체스카 드 로시, 엘리노어 맨스필드와 같은 세계적인 영장류학자 그리고 PAEGA*의 회원들에게 도움을 청했다. PAEGA는 지난해 스페인에서 영장류의 기본 권리를 보장받는 데 큰 역할을 했고, 연예업계와 생의학 시설에 볼모로 잡혀 있는 유인원들의 권리를 위한 로비 활동을 이어가고 있었다. 그들이 지금 리자드로 오고 있었다.

두 번째 문제는 폭스가 보노보를 포기했을 때 보노보를 임시로

---

* People Against the Exploitation of Great Apes: 영장류 학대에 반대하는 사람들.

맡아줄 시설을 찾는 것인데, 이사벨이 해결책을 마련하는 중이었지만(샌디에이고 동물원과 협상 중이었다) 가장 걱정스러운 세 번째 문제로 이어졌다. 세 번째 문제는 보노보들이 영구적으로 거처할 시설을 마련하는 것이었다. 적절한 시설을 짓는 데는 수백만 달러가 들 터였다. 언어연구 프로젝트에 자금을 댈 대학을 찾는다 하더라도 그녀는 보노보들이 팔려가는 일이 두 번 다시는 일어나지 않도록 할 생각이었다. 도덕적으로 옳은 일은 아니겠지만 보노보들을 개인적으로 소유해서라도 말이다.

실리아도 리자드로 오고 있었다. 이사벨은 실리아가 시험을 치르지 않으면 이번 학기 낙제를 면할 수 없다며 말렸지만 실리아는 개의치 않는 것 같았다. 실리아가 로렌스를 떠나면서 더 걱정했던 것은 지금까지 계속해온 피터 괴롭히기에 차질이 생긴다는 것이었다. 피터 괴롭히기는 피터가 영장류연구협회에서 했던 연구에 대해 그들이 자세히 알게 되면서 시작됐다. 이사벨은 실리아가 피터 괴롭히기에 몰두하는 걸 보고 한 시름 놓을 수 있었다. 실리아가 피터를 당장 죽이지는 않을까 걱정됐던 것이다.

이사벨이 자세한 것을 묻지 않아도 실리아는 자신이 한 일을 자랑스러워하며 일일이 보고했다. 그래서 이사벨은 이를테면 요즘 피터의 차가 유난히 개똥 범벅이 된 채로 다닌다는 것을 알고 있었다("이건 공공 서비스예요." 실리아의 주장이었다. "놀이터에서 개똥을 주워다 적절한 장소에 재배치하는 거죠. 부를 재분배하는 것처럼요"). 주문하지도 않은 피자와 차우면, 부리토가 피터의 집에 너무 자주 배달되는 바람에 로렌스 시에 있는 대부분의 배달음식점들은 전화기 옆 벽에 붙은 '배달 금지' 명단에 피터의 이름을 추가했다는 소식도 들었다.

이사벨은 실리아를 말리면서도 속으로는 실리아의 의지에 감탄했다. 피터가 영장류연구협회에서 한 실험에 대해 알게 되었을 때 이사벨도 피터를 몰아세우고 그를 어떤 인간으로 생각하는지를 속 시원히 퍼부어주는 상상을 해봤다. 하지만 결국 이사벨은 멀리서 그를 비난하는 전화조차도 할 수 없었다. 거의 병적으로 대립을 피하는 성향 때문이었다. 그래서 '로사의 부엌'에서 개리 핸슨에게 한 일이 더욱 불가사의하게 느껴졌다.

하지만 실리아는 정반대의 성격이었다. 절대 느슨해질 기미를 보이지 않았다. 피터가 경찰을 부르지 않고 계속 버티자 실리아는 더 의기양양해졌다. 지금까지 실리아의 가장 큰 업적은 피터의 차가 차고에 있을 때 차고 진입로에 피트모스*를 8입방미터나 배달시킨 일이었다. 실리아는 조엘과 자와드에게 자신이 리자드에 간 사이에도 계속해달라고 부탁할 정도로 이 일에 목매고 있었다. 이사벨은 그들의 응징이 조금 약해지기를 바랐다. 그만하면 피터가 대가를 치렀다고 생각해서가 아니라, 보노보들이 유괴된 이후 이사벨의 가족처럼 가까운 사람들이 된 그 학생들이 잡혀가는 것을 원치 않았기 때문이었다.

✤———•———✤

프란체스카 드 로시는 이사벨에게 전화를 걸어, 자신과 엘리노어 그리고 PAEGA를 위해 보노보 구출에 힘을 보태기로 한 변호사 마티

---

* 피트모스peat moss: 이끼 같은 수생식물이 부식된 것. 원예에 사용된다.

쉐이퍼가 공항에서 오는 중이라고 했다. 아직 〈보노보의 집〉 방송을 본 적 없는 마티가 보노보들을 직접 보고 싶어했기 때문에 그들은 호텔 바에서 만나기로 했다(레스토랑은 손님들의 불평에도 가족 위주의 건전한 공간이라며 그 방송을 보여주지 않았다).

10분쯤 후, 이사벨은 아래층에 있는 바로 향했다. 뜻밖에도 제임스 해미쉬 왓슨이 한쪽 구석에 앉아 있었다. 바에 있는 사람들은 대부분 호텔 손님들이었다. 촬영 팀, 기자, 구경꾼들이었고 〈보노보의 집〉과 관련된 일꾼들도 있었다. 제임스는 닷새 전에 이사벨과 잠시 이야기를 나누다 주위에서 엿듣고 있던 기자들에게 둘러싸이는 바람에 얼굴이 벌게져서 달아났었다. 이사벨도 급히 자리를 떴지만, 정체를 숨기고 있었기 때문에 뒤쫓아오는 기자는 없었다.

처음 리자드에 도착했을 때 이사벨은 자신을 알아보는 사람이 있을까 봐 걱정했다. 여러 다큐멘터리에 출연했고, 폭발사고가 나기 전까지 보노보와 관련된 뉴스에도 몇 번 나왔기 때문이었다. 하지만 모히건문 호텔에서 그녀를 알아보는 사람은 한 명도 없었다. 그때야 그녀는 새로운 턱선, 수술받은 코, 그리고 머리카락이 거의 없는 머리 때문에 자신이 생각하던 이전의 모습과 많이 달라 보인다는 걸 깨달았다.

제임스가 다시 바에 나타난 건 의외였지만 이사벨은 그 이유를 알 수 있었다. 그는 집에서 〈보노보의 집〉을 볼 수 없다고 말했다. 그의 아내는 포르노 업계에서 일하는 처남 때문이라고 말했다지만, 이사벨은 보노보 때문일 거라고 확신했다.

사람들은 보노보의 섹스에 대해 매력과 불편함을 모두 느꼈다. 보노보들은 시도 때도 없이 간단한 섹스를 했는데, 입을 크게 벌리고 웃는 것으로 보아 섹스를 즐기고 있다는 것은 분명했다. 바에 있는 거의 모든 사람들은 암컷과 암컷이 서로 성기를 문지르는 것을 무척 재밌어 했다. 부풀어 오른 성기는 징그럽다는 데 의견이 일치했지만 말이다. 분명히 거추장스러울 텐데 어떻게 저런 꼴로 돌아다닐 수가 있을까? 이렇게 암컷들이 마주 보고 하는 행위를 콩고 말로는 '호카호카'라고 하는데, 부풀어 오른 성기는 행위를 하는 동안 좌우로 흔들렸다. 암컷들의 성기는 둥그렇고 색깔도 눈에 띄어서 방송 초기에는 많은 시청자들이 그것을 고환으로 착각했다. 폭스 엔터프라이즈는 그런 행동에 이름을 붙여 깜빡거리는 자막으로 보여주고 경적소리를 삽입함으로써 이 난처한 상황을 간신히 피했다. 주요 목표 시청자층 — 이성애자인 성인 남성 노동자층 — 은 호카호카가 무슨 의미인지를 알고 재밌어 했지만, 수컷끼리 하는 접촉은 그다지 좋아하지 않았다. 호카호카가 나올 때 바에 있는 사람들은 보통 환호성을 질렀다. 반면에 가끔 수컷끼리 엉덩이와 음낭을 비비는 모습이 나오면 혐오스러움에 굵직한 탄식이 터졌고, 거북한 듯 빨개진 얼굴로 맥주를 단숨에 들이켜는 사람도 있었다.

하지만 사람들이 가장 민망해하는 건 보노보들이 마주 보고 교미하거나, 집단 성교, 구강성교, 자위행위를 할 때였다. 인간의 성행위와 무척 닮았기 때문이었다. 공공장소에서 시끄럽게 굴던 사람들도 어색하게 웃거나, 입을 다물고 시선을 돌렸다. 보노보들의 습성을 이론으로만 접한 과학자들은 종종 얼굴을 붉히기도 했다. 그들의 얼굴은 '우리는 고개를 돌리지 않을 거다. 우리는 놀라지 않았어'라고 다짐하는 듯했다.

이사벨에게 가장 흥미로운 건 이런 부류들이었다. 마침내 언론계의 누군가가 보노보들이 인간과 함께 지내는 환경이 아닌데도 계속 수화를 곁들여가며 대화한다는 것을 지적했다. 이것과 본지의 놀라운 컴퓨터 활용 능력(본지는 퍼즐게임을 하느라 쇼핑하는 시간이 점점 줄어들었다) 덕분에 보노보들의 성생활보다 인지능력에 감탄하는 사람들이 늘어났다. 눈앞의 기회는 절대 놓치지 않는 폭스 엔터프라이즈는 당장 수화 통역을 고용했다. 그리고 보노보들의 머리 위에 말풍선을 만들어 그들이 하는 수화를 자막으로 내보냈다.

이사벨은 맥주를 감싸 쥔 채 텔레비전에 빠진 제임스 쪽으로 다가갔다. 마케나가 본지를 얼싸안고 구석으로 데려가 잠시 호카호카를 하자 경적이 울리며 자막이 떴다. 그런데 그때 제임스가 호주머니를 뒤져 카운터에 돈을 탁 놓고는 출입문 쪽으로 향했다. 이사벨과의 거리는 6미터도 넘었다.

주차장까지 뒤따라갈까 했지만, 이사벨은 왠지 내키지 않아서 그만뒀다. 그 대신 바에 앉아 아이스티를 주문하고 프란체스카와 엘리노어, 마티를 기다렸다.

얼마 되지 않아 그들이 도착했고, 서로 인사를 나눌 때쯤 이사벨의 귀에 방송 시작을 알리는 "첨벙, 첨벙"이라는 노랫소리가 들려왔다.

"저거예요. 보세요."

이사벨이 마티에게 말했다.

바에 있는 사람들은 모두 대화를 멈추고 모니터로 고개를 돌렸다.

보노보의 집안 여기저기 굽도리판자 근처에 달린 수도꼭지에서 물이 쏟아져나오고 있었다. 보노보들 몇몇은 더 높은 곳으로 올라갔다(본지와 롤라는 마당에 있는 놀이기구에서 놀고 있었고 샘은 문설주에 한 팔로 매달려 있었다). 음봉고와 젤라니는 수도꼭지 옆으로 쭈그리고 앉아 몸을 숙여 입에 물을 받았다가 상대의 이마에 뿜어대고는 재밌어 죽겠다는 듯이 뒤로 벌렁 넘어졌다. 마케나는 수도꼭지의 물줄기가 부푼 성기에 떨어지도록 물줄기 앞에 자리를 잡고, 손가락으로 물줄기의 방향을 바꿔 각도를 조정하면서 몸을 앞뒤로 움직였다.

물은 경사진 바닥을 따라 중앙 배수구 쪽으로 폭포처럼 흐르다가 이내 넘쳐흘렀다. 음식 찌꺼기와 치즈버거 포장지, 과일 상자, 플라스틱 포장용기 같은 쓰레기들이 배수구를 막고 있기 때문이었다. 마침내 수도꼭지가 다 잠겼을 때 물은 몇 센티미터나 차올라 있었다. 마케나는 몇 번이고 손을 들었다 놨다 하며 물장구를 쳤다. 그러더니 지루해지자 마당에 있는 본지와 롤라에게 갔다.

배경음악이 귀에 익은 멜로디로 바뀌었다. 〈와이프 아웃〉이라는 곡의 도입부가 정신없게 흘러나왔다.

보노보들이 맨 먼저 한 일은 부엌 그릇장의 문짝을 모두 떼어낸 것이었다. 이제 매일 아침 자동으로 물이 나와 넘쳐나면 샘과 음봉고, 젤라니는 즉시 그릇장 문짝을 가지고 놀았다. 그들은 문짝을 겨드랑이에 끼고 집 끄트머리에서부터 복도를 가로질러 뛰어왔다. 물이 고인 곳에 이르면 프로 서퍼들처럼 노련하게 문짝을 던지고 그 위에 올라타 방안을 누볐다. 문짝이 벽에 부딪혀 미끄러지길 멈추면 씩 웃으며 끽끽 소리를 지르다가 우쭐거리듯 일어나 다시 같은 짓을 반복했다. 보노보들은 고인 물이 다 빠질 때까지 그렇게 놀다가 그릇장 문짝을 그 자리에 팽개치고 가버렸다. 젤라니는 제일 먼저 서핑을 포기하고 암컷 보노보들과 놀기 위해 마당으로 나갔지만 음봉고와 샘은 진짜 재미가 없다고 느낄 때까지 몇 번 더 탔다. 재미없다는 게 확실해지자 샘은 별 미련 없이 그 자리를 떴지만 음봉고는 시무룩한 얼굴로 구석에 처박혔다.

"대체…… 어디서부터 시작해야 할지 모르겠군요."

마티가 한숨을 쉬었다. 프란체스카가 말했다.

"비위생적인 건 확실하네요. 하루에 물청소를 한 번밖에 안 하는 건 분명히 미국동물원협회의 규정에 어긋나는 거예요."

"저긴 그 협회 소속이 아니에요."

마티가 지적했다.

"그렇죠. 하지만 감염 위험이 있다는 건 확실히 증명할 수 있어요. 쓰레기에 수돗물을 틀어놓으면 세균의 번식속도가 훨씬 빨라지니까요."

"게다가 음봉고는 거의 치즈버거만 주문해놓고 다 먹지도 않고 있어요."

이사벨이 말했다. 음봉고는 치즈버거를 너무 많이 먹어서 하루가 다르게 살이 찌고 있었지만, 이제 아래쪽 빵과 피클은 떼어내서 벽에 던져버렸다.

"대소변은 가릴 줄 알죠?"

마티가 물었다.

"변기를 사용하긴 하지만, 청소하진 않아요."

이사벨이 대답했다.

엘리노어가 나섰다.

"욕실은 신경 쓰지 마세요. 음식물 쓰레기 하나만으로도 세균 수치가 어마어마할 거예요. 우리는 임신 중인 보노보가 위급한 상황이라고 주장하면 돼요. 그럼 생물학자나 수의사가 법정에서 증언할 거예요."

"임신한 보노보는 어딨죠?"

마티가 물었다.

이사벨이 가리켰다.

"왼쪽 아래에 있는 화면에요."

"예정일은 언젠가요?"

"지금 당장일 수도 있어요."

마케나는 마당에 드러누워 햇볕을 쬐면서 발로 잡지를 넘기고 있었다. 그리고 혼자서 잡지에서 본 것을 수화로 말하고 있었다. 그 내용은 즉시 자막으로 떴다.

신발, 셔츠, 립스틱, 새끼 고양이, 신발.

책장을 넘기면서 내용이 계속 바뀌었다.

셔츠, 꽃, 신발, 신발.

이윽고 몸을 일으킨 마케나가 끼익 하고 날카로운 소리를 질렀다.

마당 맞은편에서 롤라와 비행기 놀이를 하고 있던 본지는 롤라를 머리 위에 든 채 마케나에게 핍핍 하고 대답했다.

마케나가 다가가서 두 주먹으로 가슴을 쳤다. 그러더니 마구 소리를 지르며 계속 가슴을 두드렸다. 본지는 롤라를 마케나에게 건네주고, 컴퓨터로 다가가 여자 신발을 주문했다.

감탄하며 웅성대는 소리가 바 안에 퍼졌다. 마티는 눈이 휘둥그레지더니 프란체스카에서부터 엘리노어를 거쳐 마지막으로 이사벨에게로 시선을 옮겼다.

이사벨이 별거 아니라는 듯 어깨를 으쓱했다.

"마케나는 치장하길 좋아하거든요."

마티는 손으로 눈을 가리고 고개를 좌우로 저었다. 잠시 후 손을 내리고 말했다.

"좋아요. 확실한 접근법은 동물 학대인 것 같군요. 위생문제를 기본으로 해서요. 그렇다고 해서 폭스가 보노보들을 내주지는 않을 겁니다. 혹시 내준다 하더라도 이사벨에게 내준다는 보장은 없지요. 보노보에게 인간성이 있다고 주장하려면, 재판부를 설득해서 보노보들을 법정에 세워야 해요. 거기까지가 엄청난 난관이지만요. 어쨌든 그게 성공하면 이사벨을 후견인으로 내세울 수 있어요. 하지만 한동안 생각할 시간이 좀 필요해요."

"그래야겠죠."

프란체스카가 대답했다.

"보노보가 먹는 음식에 대한 문제 제기도 해야겠죠?"

이사벨이 고개를 끄덕였다. 음봉고는 음식을 남겨서 썩게 하는 주범이었다. 유일하게 샘만이 파, 배, 블루베리, 그리고 감귤류 같은 건강에 좋은 식단을 유지했다. 본지는 삶은 계란과 배를 주로 먹다가 이제는 거의 M&M 초콜릿만 먹었다. 젤라니가 좋아하는 건 페퍼로니 피자와 감자튀김이었다. 마케나와 롤라는 음식이 도착하면 그게 무엇이든 다른 보노보들한테서 빼앗아 먹었다.

마티는 서류가방을 들고 일어나 이사벨과 악수를 나눴다. 마티와 엘리노어가 출입문 쪽으로 가는 동안 프란체스카 드 로시는 소지품을 챙겼다. 그리고 잠시 이사벨의 팔을 잡고 말했다.

"잘 될 거예요."

이사벨은 미소 비슷한 걸 지어 보이며 고개를 끄덕였다. 눈물이 나자 창피한 듯 얼른 닦았다.

“금방 전화할게요.”

프란체스카가 말했다.

❖——·——❖

그들이 떠난 직후, 이사벨 옆에 있는 의자 등받이에 어떤 여자의 손이 올라왔다.

“여기 빈자리인가요?”

“네, 앉으세요.”

이사벨이 시무룩하게 대답했다.

“고마워요.”

그 여자는 의자에 앉으며 말했다.

“캄파리 소다 주세요.”

그녀가 등을 돌리고 있는 바텐더에게 말했다.

“어니언 링도 함께요. 있어요?”

바텐더는 대답 대신 메뉴판을 던져줬다.

메뉴를 살펴보고 난 여자가 말했다.

“감자튀김으로 주세요.”

그리고 메뉴판을 탁 덮었다.

잠시 후에 이사벨은 자신이 관찰당하고 있다는 느낌을 강렬하게 받았다. 그 느낌은 정확했다. 힐끗 고개를 돌려 보니 캣 더글러스가 자신을 찬찬히 살피고 있었던 것이다.

“어머, 이럴 수가. 당신이군요.”

캣이 외쳤다. 이사벨은 숨이 턱 막혔다. 이사벨은 바텐더에게 계산서를 달라는 뜻으로 무작정 손을 흔들었다.

캣은 그런 그녀를 계속 쳐다봤다.

"맞아요. 당신이죠!"

이사벨은 얼굴이 화끈 달아올라 몸을 돌렸다.

"누구라고 생각하시는지 모르겠지만, 당신이 잘못 본 거예요."

캣이 손을 내밀었다.

"캣 더글러스예요. 기억하세요? 《필라델피아 인콰이어러》요."

이사벨은 여전히 벽으로 향한 고개를 돌리지 않았다.

그러자 캣의 손이 사라지고 잠시 후, 병원 침대에 만신창이가 되어 누워 있는 이사벨의 사진을 띄운 블랙베리가 나타났다.

"이게 당신이 아니라고는 못하시겠죠. 근데 코는 더 예뻐졌네요. 수술이 아주 잘 됐어요."

"아, 제발. 날 좀 내버려 둬요."

캣 더글러스는 카운터에 휴대폰을 내려놓고 한숨을 쉬었다. 그녀가 입술을 당겨 미소를 짓자 눈가에 주름이 잡혔다. 캣은 좀 더 친근하게 보이려고 편안한 자세로 고개를 약간 기울였다.

"네, 죄송해요. 처음부터 다시 하죠. 당신과 보노보들은 정말 끔찍한 일을 당했어요. 그리고 당신은 분명히 이 방송을 다른 사람들과는 다른 시각으로 볼 것 같아요. 여기서 벌어지는 일을 어떻게 생각하시는지 정말 듣고 싶어요. 몇 가지만 여쭤……."

"인터뷰 안 해."

이사벨은 의자를 빙 돌려서 캣을 마주 봤다. 그리고 큰 소리로 덧붙였다.

"특히 이런 짓을 하는 사람하고는!"

　이사벨은 손가락으로 캣의 블랙베리를 탁 튕겨내고는 지갑을 들
고 떠났다. 이렇게 격분한 모습을 보였으니 앞으로 이 바에서 사람
들 눈에 띄지 않기는 다 틀렸고 생각하면서.

21장

켄 폭스는 임원회의실의 매끄러운 탁자에 손가락으로 원을 그리며 에어론 의자* 깊숙이 파묻혀 있었다.

동트기까지는 한 시간쯤 남아 있었다. 남자 여섯과 여자 둘로 이루어진 임원들은 졸리고 지친 얼굴이었다. 그들은 깨끗하고 빳빳한 셔츠를 입고 있었지만, 옷깃 위의 눈은 풀려 있고 얼굴은 부어 있었다.

폭스는 탁자에서 손가락을 떼고 거기에 남아 있는 자국을 바라봤다. 그러다가 상체를 숙여 입김을 불더니 실크 넥타이 뒷면으로

---

* 에어론 의자Aeron chair: 도널드 채드윅과 윌리엄 스텀프가 디자인한 허만 밀러 사의 사무용 의자. 등받이에 그물 같은 구멍이 촘촘히 뚫려 있어 통풍이 잘 되는 것이 특징이다. 미국의 닷컴 회사들이 많이 구입했기 때문에 닷컴 붐의 상징으로도 여겨졌다.

광이 나게 닦았다. 그는 손가락 끝을 살펴보다 재무부장이 파워포인트 자료를 클릭하자 신경질적으로 입술선을 쓰다듬었다. 도표의 붉은 선은 지그재그로 올라가다가 가파르게 하락하고 있었다.

"요점은……."

여태 시달림을 당한 재무부장이 말했다.

"장기 가입자에게 할인 혜택을 제공했는데도 시청자들이 반응을 보이지 않는다는 겁니다."

"단기 가입자는?"

"괜찮습니다. 좋습니다. 놀랍게도 아주 좋습니다. 하지만 하루 가입자만 증가했을 뿐이고 사업 전체는 멈추기 직전의 상태입니다."

"그럼, 최소한 일주일 회원으로 가입하게 해. 그리고 특별히 탈퇴 의사를 밝히지 않는 한 자동으로 가입연장이 되게 하고 말이야."

"그게 어렵습니다. 현재 저희 판매단위는 거의 24시간입니다. 회의에 참석하러 온 비즈니스맨 같은 부류가 많은데, 그 사람들은 매일 호텔을 바꾸거든요."

"컴퓨터로 보거나 집에서 보는 사람들은?"

"그런 사람들은 가입을 안 합니다."

"왜?"

폭스는 따지듯 물었다. 모두의 눈이 한 프로듀서에게 향하자, 메모하고 있던 그는 한숨을 쉬고 나서 설명했다.

"보노보들은 섹스도 번질나게 하고 소란도 많이 피웁니다. 하지만 사실상 그것 외에는 특별한 게 없습니다. 지금까지 싸움 한 번 하지 않았습니다. 드라마가 없는 거죠. 그러니 뭔가 재미있는 게 필요합니다."

"어떤 거?"

폭스의 회색 눈이 도표를 훑어봤다.

"드라마, 재미, 돌발상황. 싸움, 긴장, 배신 같은 거요. 시청자들이 리얼리티 프로그램에서 기대하는 그런 것들 말입니다. 갈등이 필요하다는 겁니다."

프로듀서는 갑자기 일어나서 걷기 시작했다. 두 손을 엉덩이에 대자 겨드랑이 부근에 밴 땀이 드러났다.

"젠장. 사람들은 늘 싸우지 않습니까. 그러니 우리도 애니멀 플래닛이 몇 년 동안이나 우려먹은 〈미어캣 매너*〉처럼 합시다. 우리 보노보들이라고 못할 것도 없죠."

"시청자를 참여시키는 건 어때요?"

누군가가 제안했다.

"그걸 어떻게 해야 하는데?"

폭스가 말했다.

"한물간 연예인을 일주일 정도 보노보 우리에 집어넣어 봐?"

즉시 흥분한 목소리들이 터져 나왔다.

"론 제레미!"

"카르멘 일렉트라!"

"베른 트로이어!"

---

* 미어캣 매너Meerkat manor : 옥스퍼드 사이언티픽 필름과 애니멀 플래닛 사의 합작으로 만들어진 영국의 텔레비전 프로그램. 사막에 사는 몽구스과 동물인 미어캣이 주인공이다. 2005년 9월, 첫 방송을 시작한 이후 폭발적인 인기를 얻어 2008년 8월까지, 총 4개의 시리즈가 제작되었고, 160여 개 국가에서 방송되었다. 당시로서는 획기적으로 다큐멘터리에 내레이션을 섞어 동물 다큐멘터리의 새 지평을 열었다는 평가를 받았다.

"그 세 명 전부!"

생각대로만 된다면야 결과는 눈부실 것 같았다. 모두 공상에 잠겼다. 폭스마저 몽상에 빠진 것 같은 얼굴이었다.

"안 돼."

결국 폭스가 말했다.

"우리는 절대 책임보험 안 들 거란 말이야. 그래도 뭔가 대책을 세워야 해. 보노보들을 싸우게 해. 뭔가 일을 저지르도록 몰아붙이란 말이야."

"이 프로그램의 기본 전제는 보노보들이 알아서 하게 한다는 거였잖아요."

올림머리가 흐트러진 여성임원이 항의하듯 말했다.

"사정이 달라졌잖아."

폭스가 쏘아붙였다.

마케팅부장이 펜으로 탁자를 두드리기 시작했다. 회의실에 있던 사람들의 눈이 모두 그에게 향하자, 그는 손을 멈추고 몸을 앞으로 기울였다.

"이러면 어떨까요……."

그는 말을 하려다 말고 머뭇거렸다. 그리고 손으로 턱을 어루만지며 천장만 뚫어지게 쳐다봤다. 그의 두 눈은 꿈꾸듯 번들거렸다.

폭스가 몸을 내밀며 물었다.

"뭐? 뭘 어떻게 하자는 거야?"

"이건 어떨까요."

그가 다시 뜸을 들였다가 양손을 크게 펼쳤다.

"〈보노보의 집〉 황금 시간."

잠시 뜸을 들이며 다른 사람들이 각자 상상력을 발동할 시간을 줬다.

"하루 중 스물세 시간은 보노보들에게 맡기고, 우리는 하루에 한 번 그들의 환경에 뭔가 영향을 주는 겁니다. 그 뭔가는 시청자들의 투표로 결정하고요. 유료 시청자, 월 단위로 가입한 유료 시청자들 말이죠. 스물세 시간은 보노보들이 맘대로 하고, 딱 한 시간은 월 가입자들이 선택한 일을 하는 거죠."

"스물세 시간 대 한 시간이라."

"표면적으로는 그렇죠."

"표면적으로?"

"아마 그 영향은 다음…… 개입 때까지 계속될 테니까요. 예를 들어, 스패너를 던져준 직후 한 시간은 무료로 보여줍니다. 시청자들을 낚는 거죠. 그리고 그다음 시간부터는 가입해야만 볼 수 있게 하는 겁니다. 24시간 패키지를 사면 다음 황금 시간대를 볼 수 있겠죠. 하지만 다음 황금 시간대에 어떤 일을 벌일지 투표하고 싶으면 월 패키지를 사야 하는 겁니다."

"그리고 발동을 걸 만한 게 필요하죠."

재무부장이 손가락을 튕기며 말했다.

"포르노, 장난감 총, 그런 거 말입니다."

"전쟁영화와 장난감 총, 포르노와 성인용품이라."

폭스의 한쪽 입꼬리가 보일 듯 말 듯 올라가더니 실룩거렸다.

"계속해 봐."

22장

존은 버커니어 모텔의 주차장에 세워진 도마뱀 상을 보고 가슴이
철렁 내려앉았다. 5미터 높이의 그 도마뱀은 멜빵 바지에 밀짚모자
를 썼고, 초록색 발가락은 동글동글했다. 그리고 다음과 같은 내용
이 적힌 현수막을 들고 있었다.

퀸사이즈 침대 있음

컬러 TV와 라디오

에어컨

HBO 보노보의 집

저렴한 가격

그 아래 전광판에는 '빈방 없음'이란 글귀 중에서 '없음' 부분이 깜빡

거리고 있었다.

건물은 2층짜리 콘크리트 블록 건물이었고, 건물 가장자리는 분홍색으로 꾸며져 있었다. 합판과 포일로 고정된 창문 밖 에어컨 실외기에서는 윙윙거리는 소리와 함께 콘크리트벽을 타고 물이 뚝뚝 떨어졌고, 자갈 깔린 주차장에는 맥주 캔과 패스트푸드 포장지가 널려 있었다. 벽에 붙어 서 있는 자판기 옆에 대형 쓰레기통이 보였다. 길 건너편에는 두 개의 가게가 딸린 작은 건물이 서 있었다. 가게 중 한 군데는 '척추교정 지압'이라고 쓰인 네온사인이 창문에 세로로 매달려 있었는데 불이 꺼진 것으로 보아 폐업한 게 확실했다. 다른 하나는 '지미스Jimmy's'라는 식당이었는데 도시락과 피자를 판매한다는 광고판이 보였다. 전깃줄에는 신발 몇 켤레가 걸려 있었다. 존은 이게 도시 마약조직들의 근거지 표시란 걸 알고 있었다. 하지만 여기, 리자드 같은 데서도 그렇단 말인가? 전깃줄을 따라 시선을 움직여 보니 하이힐 한 켤레가 보였다. 던지기 전에 두 쪽을 단단히 묶은 것이 분명했다.

모텔엔 수영장도 있었는데, 물이 수상할 정도로 파란색이었다. 비키니 차림의 매력적인 여성 네 명이 흰색 플라스틱 장의자에 누워 있었다. 모두 머리가 길었고 피부는 꿀색이었다. 주름 하나 없이 탱탱했다. 반면에 2층에는 밝은 꽃무늬 드레스를 입은 여자가 주름진 팔을 휘두르며 문을 향해 뒤뚱뒤뚱 걷고 있었다. 일광욕을 즐기는 여자들을 의식하는 게 분명했다. 그녀는 걸어가면서도 수영장의 여자들을 도도한 눈으로 바라보았다. 여자는 늙은 남편이 관심을 돌리지 못하게 하고는, 남편이 방 문을 열자마자 손바닥으로 밀어 넣었다.

존은 차를 주차하고 사무실로 들어갔다. 유리문 위에 달린 종이 울리며 그의 도착을 알렸다.

사무실 벽은 지하실처럼 검은색 목재로 되어 있었다. 한쪽 구석에 서 있는 플라스틱 크리스마스트리에는 축 늘어진 화환과 소나무 모양 방향제가 매달려 있었다. 합판 책상 앞에는 휴대용 흑백텔레비전이 놓여 있었는데, 화면을 보니 〈보노보의 집〉이 방송 중이었다. 화면의 왼쪽 아래에는 가스레인지 위에서 마시멜로를 굽고 있는 보노보가 보였고, 그 위에는 행복한 얼굴로 키보드를 두드리는 보노보와 옆에서 감탄한 듯 쳐다보는 보노보들이 있었다. 그 오른쪽 화면에서는 한 보노보가 다른 보노보의 머리카락을 잘라주고 있었는데, 머리를 맡긴 보노보는 자기 발톱을 깎고 있었다.

"어떻게 오셨습니까?"

회전의자에 앉아 있던 뚱뚱한 남자가 물었다. 불룩한 배 위에 손을 깍지 낀 채 일어서려고도 하지 않았다. 반짝이 줄이 묶인 선풍기가 진동하며 땀이 밴 대머리를 향해 바람을 보내고 있었다. 원래는 흰색이었을, 땀에 절은 티셔츠 목둘레로 굵고 곱슬대는 회색 털이 비어져 나와 있었다.

"체크인하려고요."

"성함이?"

"존 티그펜입니다."

존은 잠자코 기다렸다. 상대방은 티그펜이라는 이름을 가지고 돼지우리라고 놀려댈 부류로 보였기 때문이다. 하지만 그런 농담은 나오지 않았다. 남자는 의자에서 육중한 몸을 일으키더니 뒤에 있는 열쇠걸이에서 하나밖에 없는 열쇠꾸러미를 내려 책상에 던졌다.

"늦으셨네요."

"비행기가 연착돼서요."

"연락은 해주셔야죠."

"죄송합니다."

존이 손목시계를 보고 얼굴을 찌푸렸다. 공항에서 가까운 스테이플스*에 들러 프린트를 하고 뉴욕으로 소포를 몇 가지 보내긴 했지만, 아직 오후 서너 시밖에 되지 않았다.

"카드 주시죠."

뚱뚱한 남자가 말했다.

"저희 회사에서 번호를 불러주지 않았습니까?"

"아뇨."

"확인 좀 해주시겠습니까?"

"전화 온 데는 없었어요. 방이 남아 있는 걸 다행으로 아십시오."

남자의 두 눈이 무성한 눈썹 아래서 존을 노려봤다.

존은 신용카드를 꺼내 책상 맞은편으로 미끄러트렸다. 여유롭게 던져 남자 바로 앞에 멈추게 할 생각이었지만, 카드는 프리스비처럼 날아갔다. 남자는 책상 가장자리에 낀 카드를 뽑아서 카드 인식기에 그었다. 철커덕! 그리고 카본지를 존에게 내밀고는 펜을 높이 들었다가 떨어뜨리며 말했다.

"여기에 사인하세요. 하룻밤에 39달러고, 집기가 없어지거나 손상되면 비용이 추가됩니다. 아시겠죠?"

"어, 저는……."

* 스테이플스Staples: 세계 최대의 사무용품 판매점. 본사는 미국에 있다. 대형 매장에서 사무용품을 판매하며 프린트나 복사와 같은 서비스도 제공한다.

"손님 신용카드로 내는 예치금은 400달러입니다. 예외는 없습니다. 밤에 몰래 떠나시거나 하면 저희가 갖는 금액입니다. 이거 받으세요."

남자는 번호가 적힌 플라스틱판을 던졌는데 그것은 존의 가슴에 맞고 바닥에 떨어졌다.

"그걸 대시보드 위에, 밖에서 보이는 곳에 두세요. 그렇지 않으면 차가 견인됩니다. 수건과 침대 시트 개수 확인하시고요, 방 번호는 142호입니다. 밖으로 나가 벽을 따라가면 됩니다."

존은 신용카드를 다시 받아 지갑에 넣고, 허리를 굽혀 얼룩진 카펫에서 주차 카드를 집어들었다. 그리고 호주머니에 열쇠를 넣고 방을 찾으러 나갔다.

그가 열쇠로 문을 열 때, 수영장에 있던 여성 중 하나 — 허리는 개미 같고 배꼽엔 반짝이는 뭔가를 매달고 있던 붉은 머리 — 가 그에게 미소를 보내더니 굵은 머리카락을 부채를 펼치듯 뒤로 휙 넘겼다. 붉은색과 오렌지색의 머리카락이 햇빛에 반짝였다. 존은 그것이 자신에게 보내는 추파일지도 모른다는 생각이 들자 화들짝 놀라며 몸을 돌렸다. 하지만 그보다 먼저 든 생각은 여자의 머리가 염색하기 전 아만다의 머리 색과 똑같다는 것이었다.

✦———·———✦

존은 침대보를 벗겨서, 덜거덕거리며 물까지 뿜어대는 에어컨 아래 구석에 모아놓았다. 카펫은 세탁한 지 얼마 안 됐는지 약간 눅눅했고, 방에서는 세제향과 묘하게 시큼한 냄새가 섞여서 났다. 존은 건

조를 빨리 시키려고 에어컨을 한 단계 올렸다.

존은 침대를 살펴보고는 토퍼에게 전화를 걸었다.

"숙소 옮겨도 됩니까?"

"상관은 없지만 다른 호텔들도 꽉 찼어요."

토퍼가 말했다.

"진짜요? 여긴 리자드라고요. 리자드에 뭐가 있는데요?"

존이 문과 침대 사이를 왔다갔다하며 말했다.

"카지노요. 보노보의 집도 있고. 비서가 그 방이나마 예약하느라 고생했어요."

그렇군. 캣 같은 진짜 신문사 기자들이 일주일 전에 메뚜기처럼 몰려와서 좋은 호텔방들을 차지하셨군. 존은 침대 가장자리에 앉아 창문 블라인드의 휘어진 살들을 물끄러미 쳐다봤다. 그러다 갑자기 표정이 밝아졌다. 월마트를 찾는 거다. 월마트에서 베개와 페브리즈 한 병을 사는 거다.

"현장에 갔다 왔습니까?"

토퍼가 물었다.

"지금 가보려고요."

"그래요. 첫 기사는 내일 밤 12시까지 보내면 돼요. 새벽 3시에 인쇄 들어가니까."

"알겠습니다."

존은 휴대폰을 닫고 침대 옆 탁자에 놓았다. 몸을 숙여 침대 냄새를 맡아보니 뜻밖에 깨끗한 세탁비누 냄새가 났다. 샤워하고 싶은 마음이 간절해서 옷을 벗고 욕실로 들어갔다. 욕실은 흰색으로 꾸며진 탓에 회반죽의 오렌지색과 회록색 얼룩이 두드러져 보였고 욕조 위 창턱에는 파리 대여섯 마리가 뒤집어진 채 죽어 있었다. 존은 아만다가 바삭하게 튀긴 케이퍼 같은 것을 떠올리며, 방금 본 장면을 얼른 머릿속에서 떨쳐버리려 했다. 샤워 꼭지 역시 고장 나 있었다. 찌꺼기가 들러붙어 있는 샤워기의 물줄기는 각도에 따라 얼음물처럼 차갑거나 살을 델 정도로 뜨거웠고, 샤워 커튼 밖으로 튈 정도로 거셌다.

존은 몸을 숙여 수도꼭지에서 물을 받아 겨드랑이에 뿌리며, 라임어웨이* 한 통과 돌기가 있는 고무 욕실 매트를 하나 사야겠다고 생각했다. 그리고 비누도. 비누에 음모가 박혀 있는 걸 보니 전에 누가 쓰던 것이었다.

✦ —————— ✦

비행기에서 작은 땅콩 한 봉지를 먹은 후로 먹은 것이 아무것도 없었기에 존은 로비에 내려가 근처에 레스토랑이 있는지 물어봤다. 그 뚱뚱한 남자는 리자드에서 가장 큰 카지노 옆의 모히건문 호텔에 레스토랑이 있다고 알려줬다. 그리고 신사 클럽 중에서도 훌륭한 닭날개 요리를 내놓는 곳이 있다고 했다. 존이 길 맞은편에 있는 피자와 도시락 광고를 가리키며 어떠냐고 물으니, 그 뚱뚱한 남자는 느릿하면서도 단호하게 고개를 저었다.

카지노는 못 찾을 수가 없었다. 타지마할을 본뜬 형태에 꼭대기부터 바닥까지 반짝이는 조명으로 장식되어 있었기 때문이다. 모히

---

* 라임어웨이Lime-a-way: 센물에 의한 때를 제거하는 세제.

건문의 로비는 시원하고 널찍했다. 대리석 바닥엔 동양적인 분위기를 풍기는 벨벳 카펫이 깔려 있었고, 붉은색 제복을 입은 호텔 종업원들이 놋쇠로 된 운반차를 밀며 오갔다. 체크인 데스크 앞에는 다리가 맹수 모양인 거대한 마호가니 테이블이 자리 잡고 있었고, 그 위에는 존의 키만큼이나 큰 꽃꽂이가 놓여 있었다. 극락조와 야자수 잎은 멋들어지게 구부러진 나뭇가지와 향기롭지만 이름은 알 수 없는 꽃송이들과 함께 엮여 있었다. 연한 금발머리 노부인이 커다란 분홍 가방에 대고 뭐라 이야기하며 존을 지나쳐갔다. 찬찬히 바라보자니, 작고 털이 복슬복슬한 흰 강아지가 가방에서 머리를 내밀었다. 가방과 같은 무늬의 목줄에는 모조 다이아몬드가 여러 개 박혀 있었다. 눈이 까맣게 반짝이고 귀가 삼각형인 강아지는 분홍색 혀 끝을 깜찍하게 내밀었다.

다른 호텔에 빈방이 없다는 말은 이미 토퍼에게 들었지만, 이 화려함과 청결함에 반한 존은 매니저에게 비굴할 정도로 간곡하게 혹시 비상용으로 비워둔 방이 없느냐고 물었다. 지금이야말로 비상사태이기 때문이다. 매니저는 유감스럽게도 이미 방이 완전히 다 차 있다고 했다.

존은 데스크에서 돌아섰을 때, 마침 바에서 나와 투명한 엘리베이터를 향하는 캣 더글러스를 볼 수 있었다.

바에는 빈자리가 없어 서 있을 공간밖에 없었다. 웨이터들은 손님들 사이를 빠져나가느라 쟁반을 높이 들고 옆걸음으로 바삐 오가고 있었고, 밀려드는 주문에 바텐더가 급히 민 파인트 글라스에서는 거품이 넘쳐 꼬리를 남겼다. 존은 웨이터들이 빈 잔과 접시를 걷어와 쌓아두는 카운터 끝으로 가서 맥주를 주문하고 자리가 나기를 기다렸다.

한 손님이 보노보 프로그램에서 포르노 영화가 나온다고 하자 바텐더는 얼른 채널을 돌렸다. 하지만 손님들의 거센 항의에 원래의 채널로 되돌렸다.

보노보 하나가 TV 채널을 바꾸려고 하는데 리모컨이 말을 듣지 않는 것 같았다. 다른 보노보들은 잡지를 넘겨보며 마당을 드나들었다. 한쪽 구석에는 풍선 같은 섹스인형이 담요에 덮여 있었는데, 보노보는 인형이 살아 있는지 확인하려는 듯 가끔 와서 들춰보고는 포기하고 다시 비디오 게임을 하러 갔다. 그 장면을 본 순간 존은 그 보노보가 자기에게 키스하려 했던 본지라는 것을 알아차렸다.

바텐더가 텔레비전 소리를 죽여놨기 때문에, 존은 주위에서 들려오는 대화를 들을 수 있었다. 버번을 마시던 기자 두 명이 서로 취재한 내용을 비교하고 있었다. 귀가 번쩍 뜨이는 내용은 없었지만, 존은 만일을 대비해서 내용을 정리해두었다. 동물보호단체에서 온 참관인들은 자기들이 개입할 여지가 없어서 크게 실망하는 눈치였다. 근처에 있는 테이블에서는 여자 세 명이 웨이트리스에게 자신들이 생태여성주의자라는 걸 강조하고 있었다. 그중 머리가 길고 몸이 마른 두 명은 세탁할 때가 지난 듯한 치마를 입고 있었고, 허여멀건 나머지 한 명은 진한 녹색 바지를 입고 있었다. 그들 옆엔 깡마르고 점투성이의 초록 머리 소년이 술에 취해 앉아 있었는데, 존은 소년이 자리를 박차고 나가는 게 낫겠다고 생각했다. 그 여자들은 투지가 넘치는 완벽한 채식주의자였고, 바 안의 모든 사람이 알만큼 떠들어댔다. 이거 동물성 식품과 같은 도마에서 요리한 건가요? 이거 식물성 식용유로 요리한 거 보증할 수 있어요? 네, 그건 중요한 문제예요. 여성과 동물에 대한 억압은 역사적으로 서로 연관되어 있죠. 그들은 다른 손님의 호출로 마음이 급한 여종업원에게 그런 이야기를 하고 있었다. 그들은 식당 종업원 일 — 최저임금에 팁을 받아야 생활할 수 있는 모든 직업 — 도 여성 억압의 한 형태란 사실을 모르는 걸까?

그들의 옆 테이블에 앉은 남녀가 일어서자 존은 그 자리를 향해 돌진하다가, 하이힐 때문에 마티니를 흘릴까봐 조심조심 걸어가던 여자를 살짝 치고 말았다. 존은 미안한 마음에 그녀에게 함께 앉아도 좋다고 말했지만, 여자는 어이없다는 듯 눈알을 굴리더니 다른 쪽으로 가버렸다. 이것이 생태여성주의자들의 이목을 끌었다. 그들은 존을 잠시 바라보더니 고개를 돌리며 '역겨워' '돼지' 같은 말을 중얼거렸다. 존은 그들이 자신의 성을 알면 어떻게 나올지 궁금했다. 남자 종업원이(억압받지 않는 듯한) 존에게 와서 주문을 받았다. 존은 루벤 샌드위치를 시키고 맥주도 한 잔 더 시켰다. 옆 테이블에서는 살육과 공장식 축산에 관한 불평이 이어졌다.

30분이 지나도 샌드위치가 오지 않자, 존은 맥주를 한 잔 더 시켰고, 20분 후에 또 한 잔, 그리고 기진맥진한 종업원한테서 주방에 주문이 끝없이 밀려 있다는 말을 듣고는 맥주를 한 잔 더 시켰다. 30분 후에 또 한 잔을 시키고 나서 존은 샌드위치를 취소하고 계산서를 달라고 했다.

어느새 어두워지고 있어서 보노보의 집에 가보는 건 포기했다. 보도가 느닷없이 이리저리 움직이는 것 같았고 다리도 꼬이는 바람에 버커니어 모텔로 돌아가는 길은 꽤 험한 여정이었다. 존은 자신의 방으로 가서 아만다에게 전화를 했다.

잠에서 깨어났을 때 존은 땀방울로 뒤덮여 있었다. 그는 얼른 돌아누워 시계를 봤다. 4시 13분. 문밖에 차가 멈추면서 타이어 아래서 자갈 밟히는 소리가 들려왔다. 클럽 음악의 쿵쿵거리는 극히 낮은 베이스 음이 그의 가슴을 통해 울리고 있었다. 차 문이 열리자 소음은 네 배로 커졌다. 음악 소리를 배경으로 소리를 지르고 웃어대는 소리가 들렸다. 러시아어로 얘기하는 건가? 우크라이나어? 라트비아어인지도 모르겠다. 존이 전혀 알아들을 수 없는 말이었다. 하지만 그들이 취했다는 건 분명했다. 차 문이 쾅 닫히더니 경적소리가 짧게 나고 이어서 주먹인지 신발인지 핸드백인지로 차 옆구리를 치는 소리가 들렸다. 차가 멀어지자 여자들의 목소리는 비명 같은 웃음소리로 변했다. 그들이 걷기 시작하자 존은 딸가닥딸가닥하며 그의 방에서 멀어져가는 하이힐 소리를 들으며 마음을 놓았다. 콘크리트 계단을 오르는 동안 구두 소리는 점점 멀어지다가 실망스럽게도 되돌아와서 존의 바로 위층 방으로 들어갔다.

그들은 음악을 틀었는데 외국의 테크노팝을 신시사이저로 연주한 곡이었다. 그리고 뭔가를 던지고, 쿵쾅거리고, 샤워하고, 쉼 없이 떠드는 소리가 들렸다. 바닥과 침대가 삐걱거렸다. 대화가 생기를 띠며 목소리가 커지다가, 이따금 폭소가 터지기도 했다.

아무래도 야간 매니저에게 전화해서 사정이 이렇다고 얘기해야 할 것 같았다. 만약 매니저가 없다면 전화를 해서…….

존은 눈을 번쩍 뜨고 천장을 쳐다봤다. 방금 막 아만다와 통화한 내용이 생각난 것이다.

그녀는 배란일 측정기를 샀다고 말했다. 존은 얼근하게 취해서 대신 강아지를 사면 기저귀를 갈 필요도 없고 대학 등록금을 안 벌어도 되지 않느냐고 농담 삼아 말했다.

그러자 아만다는 전화를 끊고 휴대폰도 꺼놨다.

존은 자신의 두려움을 파고들며 그 근원이 무엇인지 알아내려 했다. 그는 항상 아이가 생긴다는 것을 기정사실로 생각했고, 아만다가 창가에서 황금빛 햇살을 받으며 강보에 싸인 아기를 안고 있는 모습을 그려보기도 했었다. 하지만 그 후의 모습을 상상하다 보면, 전혀 다른 영상이 그 자리를 차지했다. 아만다의 건강, 기형아, 엉킨 탯줄, 잠 못 자는 밤과 기저귀가 떠올랐다. 그리고 그런 일이 열여덟 살에 끝나는 것이 아니라는 데까지 생각이 미쳤다. 그 후에도 대학과 결혼, 집 계약금 대출(항상 부모가 내주는)이 기다리는 것이다. 그것도 운이 좋을 때 이야기지, 자식들이 끝내 독립을 하지 않을 수도 있다. 혹시 독립하더라도 다시 돌아오는 일도 있다. 만일 자식들이 독립된 가정을 꾸린다면 그들도 자식을 낳고, 다시 똑같은 수준의 책임감을 요구하는 삶의 수레바퀴가 시작된다. 게다가 아만다가 아기를 낳으면 장모가 그들의 삶에 얼마나 끼어들까. 벌써 눈앞에 선했다. 그 많은 잔소리, 그 고집스러운 빨래 삶기, 그 유난스러운 살균. 장모가 보기에 존은 산모가 먹으면 안 될 음식을 냉장고에 넣어둘 것이다. 또 아기 옷에 쓰면 안 되는 세제를 양도 맞지 않게 넣을 것이다. 존은 틀리고, 틀리고, 또 틀릴 것이다. 아이가 걸음마를 시작할 무렵이 되면 유모차를 잘못 샀다며 구박받을 것이고, 세월이 빨리 지나가기만 몰래 기다릴 것이다. 그리고 특별한 날 아니면 잠자리도 같이 하지 못할 것이다. 존이 이런 미끄러운 비탈면에 발가락 하

나라도 올려놓으면 거대하게 소용돌이치는 유전자 웅덩이에 빠져 기
저귀, 아이와의 축구 연습, 치아교정의 노예가 될 것이다. 그다음에
는 마약에 대해 걱정하고, 콘돔을 쓰라고 충고하고, 밤마다 아이가
어디에서 누구와 있고 얼마나 늦을지 걱정하는 밤들이 끊임없이 계
속될 것이다.

존의 위에서는 야단법석이 계속되었고, 존은 손바닥으로 이마를
누르며 천장을 노려봤다.

임원들이 줄지어 들어왔다. 눈에 띄게 위축되고 지친 모습이었다. 폭스는 24시간 주기의 생활 리듬을 잊은 것 같았다. 이번엔 저녁 시간 직후에 불려 온 것이지만, 임원들은 그날 꼭두새벽에도 이미 한 번 소집됐던 것이다.

폭스는 그들에게 얼른 자리에 앉으라며 신경질적으로 손짓했다. 자신은 그대로 서서 리모컨을 들고 벽에 걸린 모니터를 향해 거칠게 버튼을 눌렀다. 〈보노보의 집〉이 나오자 커다란 나무상자가 배달되는 장면이 나올 때까지 영상을 빨리 감았다.

딩동! 하는 소리가 들렸다. 텔레비전 앞에서 빈둥거리고 있던 보노보들은 분명히 놀란 표정이었다. 주문한 게 아무것도 없기 때문이었다. 문을 향해 고개를 돌리는 동안 텔레비전 화면이 갑자기 바뀌더니, 폭스의 히트작인 〈빵빵 탱탱녀〉 시리즈 초반부가 방영되기 시작했다.

"회장님."

마케팅부장이 불렀다. 그의 눈 주위는 불그죽죽했다. 마케팅부장은 다음에 나올 장면이 무엇인지 알고 있었던 것이다. 나머지 임원들도 마찬가지였다. 모두 한 시간 전에 실시간으로 시청했기 때문이다.

폭스는 조용히 하라는 뜻으로 손을 들었다. 그리고 본지와 젤라니가 나무상자를 가져와 살펴볼 때 소리를 키웠다. 다른 보노보들이 나무상자를 열어보는 동안 샘은 텔레비전 앞에 남아서 아까 보던 〈영장류의 행성〉을 찾아 채널을 이리저리 돌렸다. 롤라는 나무상자에서 바이브레이터를 꺼내 스위치를 켰고, 바이브레이터는 바닥 위에서 돌기 시작했다. 본지는 풍선 같은 섹스인형을 꺼내 조금 놀란 표정으로 살펴보더니 손으로 찔러보고, 다른 곳으로 뛰어갔다가 돌아와서 다시 찔러보았다. 그러더니 인형을 한쪽 구석으로 가져가서 그 위에 담요를 덮었다.

폭스는 영상을 빨리 감더니 아무리 기다려도 별 내용이 나오지 않자 정지 버튼을 눌렀다.

"대체 어떻게 된 거야?"

폭스가 물었다.

임원들은 모두 테이블이나 벽을 쳐다봤다. 고개를 흔드는 사람도 있었다.

"어떻게 된 거냐고 묻잖아!"

"별로 관심이 안 가는 모양입니다."

용감한 사람이 한 명 나섰다. 하지만 고개를 든 그는 폭스의 매서운 눈길에 주눅이 들었다.

"이걸로 장기 가입자가 얼마나 늘었는지 말해볼 사람?"

아무도 없었다. 폭스가 회의실을 거닐기 시작했다.

"다음 황금 시간에 투표할 사람은 얼마나 되지?"

다시, 침묵.

마케팅부장이 말했다.

"조사를 좀 해봤는데……."

"그런데?

"침팬지는 굉장한 술꾼인 것 같습니다. 우간다에서는 침팬지들이 불법 양조장을 계속 침입했고, 음, 사람을 공격하기도 했습니다. 사실 아이들을 죽였죠. 그래서 이번에 전쟁 동영상을 보여줄 때 장난감 총과 함께 맥주도 함께 들여보내면 어떨까 하는 생각을 해봤습니다."

금발머리를 꽉 뭉쳐 올린 여성임원이 목청을 가다듬고는, 몸을 내밀며 탐탁지 않은 얼굴로 말했다.

"그렇게 하면 소송하려는 사람들에게 더 유리해지는 거 아니에요?"

폭스는 테이블을 따라 걸어가 상석에 앉았다. 등받이에 기댄 채 손을 펴서 손가락끼리 맞댔다.

"아, 그렇지."

폭스가 차분하게 말했다.

"소송. 그거 대응할 방법 없나?"

"PAEGA라는 단체에서 제기한 건데, 그 작자들은……."

폭스는 책상을 쾅 치며 몸을 앞으로 내밀었다.

"나도 그건 알아! 내가 알고 싶은 건 우리가 거기에 어떻게 대처

하느냐야! 말해봐. 누구라도 말해보라고!”

재무부장이 몸을 곧추세우며 앉았다.

“회장님. 제가 한 말씀 드리자면, 가입자를 급증시킬 방법이 없을 것 같으면 출구 전략을 만들기 시작해야 한다고 생각합니다. 보노보들을 그냥 그 사람들에게 넘기고⋯⋯.”

“소송에서 지고? 안 돼. 다른 사람?”

아무도 나서지 않았다. 금발의 여성은 자신을 응원해주길 바라며 동료들을 쳐다본 뒤 미리 겁먹은 목소리로 말했다.

“회장님, 법률적인 문제 이야기가 나와서 말인데, 의논해야 할 일이 하나 있습니다. 앞으로 문제가 될 만한 건데⋯⋯.”

“캔자스시티에서 온다는 그 재수 없는 놈?”

“네.”

폭스가 오랫동안 생각에 빠져 있자 임원들은 불안한 시선을 주고받았다.

폭스가 똑바로 앉았다.

“좋아. 1단계. 보도자료를 내보내. 숫자를 부풀려. 다음 황금 시간에 투표할 가입자가 수십만 명쯤 되는 것처럼 선전하란 말이야. 우리가 투자액을 늘릴 예정이라고만 하고 자세한 내용은 쓰지 마. 며칠 기다려보고 예상에 맞춰 계획을 짜면 되니까. 그런 다음 맥주랑 장난감 권총을 들여보내. 안전장치 풀어놓는 거 잊지 말고. 그동안에 탄원서를 무산시켜.”

“어떻게요?”

금발이 물었다.

폭스는 팔을 탁자 위에 올린 채 상체를 앞으로 내밀며 이글거리는 눈으로 한 사람씩 노려봤다.

"그 재수 없는 놈한테 전화해. 그놈한테 전화해서, 돈이 더 필요하다면 주겠다고 해. 그놈을 여기로 데려와서 보도자료에는 우리가 진짜 영장류 전문가를 데리고 있다고 해. 우리가 가장 중요하게 여기는 게 보노보들의 건강과 행복이라고 어쩌고저쩌고하면서."

그는 다시 등받이에 몸을 기댔다. 그리고 머리 옆에서 손가락을 빙빙 돌렸다.

"자세한 방법은 다 알지?"

존의 방 위층에서 나던 시끄러운 소리는 아침 6시 48분이 되자 간신히 그쳤다. 단조롭게 되풀이되던 음악 소리가 조용해지고 누군가 푹 쓰러지면서 침대에서 삐거덕거리는 소리가 나자, 존은 텔레비전을 최대한 크게 틀어놓고 싶은 충동을 느꼈다.

아만다가 일찍 일어나는 편은 아니었지만, 존은 7시가 되자마자 아내에게 전화를 걸었다.

"여보세요."

아만다가 성마른 말투로 전화를 받았다. 그리고 존은 그녀가 있는 곳은 이제 겨우 6시라는 걸 깨달았다.

"아만다?"

몇 초 동안의 침묵 뒤에 그녀가 대답했다.

"왜?"

달그락거리는 소리가 나는 걸 보니 욕실 캐비닛을 정리하려는 모양이었다.

"아만다, 어젯밤 일은 미안해. 빈속에 맥주를 좀 마셨는데 자기가 날 놀라게 한 거야. 우리가 전부터 아기 갖는 문제에 대해 이야기하긴 했지만, 배란측정기가 필요한 시점인 줄은 몰랐어. 그러니까……난 우리가 임신을 피하지는 않는 거라고만 생각했기에 깜짝 놀랐지. 그래서 농담을 하려고 했는데 말이 그렇게 심해진 거야. 미안해."

"아이를 원치 않으면 지금 얘기해. 아기가 생기기 전에."

가시 돋친 말투였다.

아이에 대한 두려움은 아침이 밝으니 약간 누그러져 있었다.

"나는 어느 쪽이든 괜찮아."

존은 차분한 목소리로 말하려 애썼다. 얼음 같은 침묵이 이어지는 것으로 보아 그녀는 이 말을 나쁜 쪽으로 받아들이고 있는 것 같았다.

"아만다, 그래서 당신이 행복하다면 나도 행복할 거야. 우리 애 많이 많이 낳아서 부모 노릇 좀 신나게 해보자. 응?"

"알았어."

그녀가 대답했지만, 목소리에는 아직도 뭔가가 남아 있었다.

존이 얼굴을 찡그렸다.

"당신 괜찮아? 무슨 다른 일 있어?"

"뭐, 별일 아냐."

아만다는 지친 듯이 말했다.

"뭐가 별일 아니라는 거야?"

그녀는 아무 대답도 없었다.

"아만다, 무슨 일이야?"

"숀이 나한테 좀 치근거렸어. 그것뿐이야."

"그 자식이 어쨌다고? 게이라고 했잖아!"

"나도 그렇게 알고 있었어. 그 사람 남자친구까지 만났으니까. 내가 보기엔 남녀 안 가리는 호색가인 것 같아."

"그놈이 당신한테 무슨 짓을 했는데?"

존의 목소리에서 억양이 사라지고 찬바람이 돌았다.

"정말이야. 아무것도 아냐. 여기까지 와서 그 사람 죽이겠다는 바보 같은 말은 하지 마."

그런 약속을 할 생각도 없었지만 존은 이를 갈며 말했다.

"그놈이 무슨 짓을 했냐고 묻잖아."

"둘이 파티에 함께 갔는데, 그 사람이 내 허리에 손을 두르더라고. 뭐, 그 사람이 게이라면 별거 아닌데, 그다음엔 내 귀를 무는 거야. 내가 떨어지라며 화를 냈고, 그 사람도 내 표정을 보고는 떨어졌어. 말한 대로 별일 아냐. 그 사람이 좀 취했었거든. 다만, 이제 그 사람하고 일하는 게 좀 어색해져서 그래. 그 사람도 불편하면 나 대신 다른 사람을 쓰겠지."

❖———◆———❖

전화를 끊자 존은 몸에 통증을 느꼈다. 그는 남자란 동물이 어떻게 돌변할 수 있는지 경험으로 잘 알고 있었다. 자신이 바로 그런 사람이었기 때문이다.

때는 신입생 환영주간이었고 그는 신입생이었다. 그게 유일한 변멍거리였다. 존은 불과 8일 전에 부모님과 떨어져 기숙사에 왔는데, '위험한 해머'라는 시끄러운 술집에서 새로 만든 가짜 신분증을 시험해보고 있었다. 바닥이 끈적거리는 그 술집에서 사람들은 물 탄 2달러짜리 술에 소금을 뿌려 마셨다. 존은 술도 못 마시면서 술고래인 척 허세를 부렸다.

지넷 피니거는 그 술집의 종업원이었다. 마흔이 다 된 나이로 당시의 존에겐 나이 든 축에 속했지만, 다리가 예뻤고 술집의 흐릿한 조명 때문에 더 매력적으로 보였다. 그녀의 이름만으로 존은 바로 친근감을 느꼈다. 어떻게 티그펜이 피니거에게 동질감을 느끼지 않을 수 있겠는가("활발하시네요.*" 그녀는 한숨을 쉬었다. "평생 듣고 살았어. 그 대사를 읊으며 다가오는 멍청이들은 자기가 맨 처음 생각해낸 줄 알지만"). 얼마 후 존의 얼굴이 창백해지자, 지넷은 카운터에 있는 큼지막한 단지에서 분홍색 초란醋卵을 갖다 줬다. 그걸 먹으면 속이 좀 가라앉을 거라고 생각한 모양이었다. 존은 거듭 고맙다고 말하면서 초란을 손안에 숨겼다. 그 냄새만 맡아도 횡격막 안쪽이 리히터 지진계로 족히 진도 7은 될 듯이 뒤틀렸기 때문이다.

존의 몸이 부르르 떨렸다. 지금 생각해도 그때 존은 섹스할 만한 상태가 아니었다. 그의 머릿속에는 토막 난 영상들만 남아 있었다. 물구나무선 그의 입에 친구들이 깔때기를 넣는 장면, 멈추지 않고 들어오는 맥주 때문에 그가 괴로워하자 친구들이 응원하는 장면, "와우! 와우! 와우!" 하는 부추김에 위스키를 잔째 빠뜨린 맥주잔을 꿀꺽꿀꺽 마시는 장면, 그리고 그다음에 갑자기 지넷 피니거가

---

* 활발하다는 뜻의 'Piss and Vinegar'에서 Vinegar(식초)를 발음이 비슷한 Pinegar(피니거)로 바꿔 'Piss and Pinegar'라는 인사말을 만든 것.

있었고, 맙소사, 존도 함께 있었다. 존은 버스 안에서 토하고, 자신의 무릎에도 토하고, 그다음에는 변기의 가장자리를 붙잡고 있었다. 그 이후 몇 시간은 아무런 기억이 없었다. 그가 정신을 차렸을 때는 그의 친구들이 피니거와 관련된 온갖 이야기를 즐겁게 떠들고 있었는데, 그동안 존은 아무 말 없이 천장이 그만 돌기를 간절히 빌고 또 빌었다.

침실 바닥에서 옷을 주섬주섬 주우며 뒷걸음치던 존은 지넷에게 전화하겠다고 말했다. 애초에 그럴 생각이 없으면 그렇게 말하지 말았어야 했다. 하지만 여자와 함께 자고 아무 말 없이 침실을 떠나서는 안 될 것 같았다. 폭탄주 말고도 도대체 뭐에 홀렸었는지 모르겠다고 변명하거나, 앞으로 절대 마주치고 싶지 않다고 말해서도 안 될 것 같았다.

캠퍼스로 돌아왔을 때, 남학생들은 존이 무슨 대단한 일이라도 한 것처럼 웃어댔다. 그리고 며칠 뒤에 아만다를 알게 된 존이 아만다에게는 절대 말하지 말라고 사정하자 더 크게 웃었다. 존이 강의실에서 나와 고개를 들었을 때, 거기에 아만다가 있었다. 복도 끝에 구릿빛 머리카락이 만든 후광 안에서 그녀의 실루엣이 빛나고 있었다. 그녀는 카우보이 부츠에 청바지와 색 바랜 자두색 면 티셔츠를 입고 있었다. 그녀는 런웨이에 선 모델처럼 엉덩이부터 다리를 뻗어나가며 차분하게 걸었다. 걸음을 옮길 때마다 머리카락이 물결쳤다. 존은 그녀의 이름을 알기 전부터 이미 그녀의 포로가 되었다.

2주 후, 존은 아만다와 둘이서 저녁을 먹으러 가다가 길 맞은편에 서 있는 지넷을 봤다. 거의 동시에 지넷도 존을 발견하고 도로 위의 차들을 뚫고 돌진해왔다. 존의 앞에 오자 지넷은 지저분한 캔버스화

발끝으로 서서 지독한 욕을 퍼부으며 삿대질을 해댔다. 그녀의 눈은 이글거렸고 침이 튀었다. 지넷은 존에게 온갖 말을 다 쏟아붓고 나서도 아만다에게 돌아서서 존은 쓸모없는 인간에 거짓말쟁이 쓰레기이니 지금 당장 그를 차버리는 게 신상에 좋을 거라고 충고했다.

지넷이 휙 돌아서 어깨로 인파를 헤치며 가버리자, 어안이 벙벙해진 아만다는 존을 쳐다봤다. 존은 그 사건을 실토할 수밖에 없었다. 세 번째 데이트에서 하기에는 죽기보다 싫은 이야기였지만, 지넷은 선택의 여지를 주지 않았다. 그런데 아만다가 왜 자신을 떠나지 않았는지 존은 짐작도 할 수 없었다.

당장 할 일이 있기 때문에 숀을 손봐주는 건 다음으로 미뤄야 할 것 같았다. 우선 커피를 찾아 마셔야 한다. 큰 컵으로. 그다음에는 보노보의 집에 가서 거기 모인 시위자들이 어떤 부류인지, 그리고 모인 이유는 정확히 무엇인지 알아봐야 한다. 그가 보기엔 보노보와 별 연관이 없는 단체가 많았던 것이다. 그의 1차 목표는 지구해방연맹이 거기에 와 있는지(보노보들을 '해방'했으니 그들은 분명히 그 후의 일이 어떻게 진행되고 있는지 유심히 지켜보고 있을 것이다) 샅샅이 뒤지는 것이다. 그리고 켄 폭스와 인터뷰해야 한다. 현장에서 관련 인물들과 이야기를 나눌 수 있으면 좋겠지만, 그렇게 못 하더라도 상관없다. 존은 모히건문 호텔로 돌아가서 바를 탐색해볼 예정이었다. 거기에 폭스의 직원이 없다면, 그냥 폭스 엔터프라이즈에 전화해서 인터뷰를 요청할 생각이었다. 지금까지는 폭스와 인터뷰한 기자가 없었다. 폭스는 간혹 카메라 앞에 등장하여 앵커를 밀어젖히고 뻔뻔하게 자기 프로그램만 선전하다, 질문에는 아무 대답도 없이 사라져버리곤 했다. 폭스는 언론을 조롱하고 있는 것 같았지만, 존도 엄밀히 말해 폭스처럼 이른바 합법적인 언론을 버린 셈이니 기회를 잡을 수 있을지 모른다. 자신을 특별한 기자라고 호소하거나 폭스의 프로그램을 미화하는 기사를 써주겠다고 약속한다면…….

존은 커피와 아침을 먹기 위해 차를 몰아 주유소로 갔다. 무엇을 먹을까 잠시 고민하다 그릴에서 적외선 불빛을 받으며 말라비틀어진 핫도그를 사서 케첩을 뿌리고 보노보의 집으로 향했다.

뉴스를 통해 시위자들이 보노보의 집을 둘러싼 광경을 봤지만, 직접 가보니 의외였다. 보노보의 집까지는 8백 미터도 더 남았는데, 도로를 따라 터덜터덜 걸어가는 사람들이 늘어나기 시작했다. 오래지 않아 그들은 길을 채웠고 차가 와도 비킬 생각을 하지 않았다. 결국 존은 보행자들과 섞여 보행 속도로 차를 몰았는데 굽 없는 가죽 샌들에 말총머리를 대충 묶은 빼빼한 남자를 칠 뻔하고 나서야 주차를 결심했다. 하지만 그 남자가 돌아서서 존의 차를 주먹으로 내려쳤기 때문에 주차를 포기했다.

"이봐! 뭐하는 거야!"

남자는 턱수염이 난 얼굴을 차의 앞유리에 들이밀며 화를 냈다. 존은 미안하다는 뜻으로 대충 손을 들어 보였다.

임시 행상인들이 길가에서 얼음통에 물과 소다수를 넣어 팔고 있었다. 트럭들은 뒷문에서 버거, 훈제 독일 소시지, 폴란드 소시지, 치킨 케밥, 이름 모를 음식들과 채식주의자를 위한 양송이버섯구이를 팔고 있었다. 맥주는 트럭 앞쪽의 비밀장소에 두고, 갖고 다니기 쉽도록 플라스틱 컵에 담아 팔았다. 계속 경적을 울려서 겨우 도로에서 벗어난 존은 노점상 사이에 차를 밀어 넣었다. 노점상들은 그가 장사하려는 게 아니라는 것을 알 때까지 의심스러운 눈초리로 지켜보았다. 존은 호의를 얻기 위해 콜라 한 캔을 사고 걸어 나왔다.

존이 보기에 인파는 4천 명 정도 되는 것 같았다. 간단히 계산해 봐도 그들 중 상당수는 매일 출퇴근하는 것이 분명했다. 버커니어 모텔과 카지노 주변의 몇 안 되는 호텔에서 그 많은 사람을 수용하는 건 불가능했기 때문이다. 또한 버스들도 사방에 주차를 하고 있었는데, 세련된 디자인에 에어컨이 장착된 고급 버스부터 아마추어 밴드나 교회단체가 사용하는 재활용 학교 버스까지 다양했다.

다양한 이유로 모인 사람들이라 자칫하면 통제를 벗어나 위험해질 수도 있을 것 같았다. 존의 예상대로 카메라를 향해 떠드는 단체 대부분은 보노보와 별 연관이 없어 보였다. 생태여성주의자들과 녹색 머리의 소년은 NBC 기자들을 끌고 와서 보노보들이 전 세계의 억압받는 여성들을 대표한다고 자세히 설명했다. 갈색 머리카락에 얼굴이 각진 이스트보로 침례교회의 한 여성 신자는 폭스뉴스 기자에게, 군인이 전쟁터에서 죽어서 돌아온 것은 '동성애'를 허용한 미국에게 신이 내리는 벌이라고 하면서, 그 벌을 멈추려면 영혼을 더럽히고 국가를 타락시키는 추잡한 동성애자들을 사형시키는 법을 제정해야 한다고 열변을 토했다. 그런데 왜 보노보의 집 앞에서 시위하느냐고 기자가 묻자, 그 신자는 양성애와 동성애를 하는 보노보들은 동성애자나 마찬가지라고 대꾸했다. 그녀는 입을 활짝 벌려 미소지었다. 그녀의 말투는 마치 레모네이드를 권하고 있는 사람처럼 밝기만 했다. 그녀 뒤에서는 나뭇가지처럼 가는 팔의 어린이들이 피켓을 들고 있었다. 피켓에는 '너희는 지옥에 떨어질 것이다'와 '하느님은 너희를 미워하신다'라고 쓰여 있었다.

그렇게 격앙된 분위기 속에서 존의 관심을 끄는 조용한 사람들이 있었다. 그들 셋은 건물을 살펴보며 메모를 하고 있었다. 처음에는 지구해방연맹과 관련이 있는 사람들일지도 모른다고 생각했지만, 그들이 고개를 돌려 얼굴을 볼 수 있게 되자 존은 그중 두 사람을 즉시 알아봤다. 프란체스카 드 로시와 엘리노어 맨스필드는 제인 구달에 버금가는 유명한 영장류 학자였다. 존은 인키에서 영장류를 조사하는 동안 다큐멘터리에서 자주 그들을 봤다.

존은 그들에게 다가갔다.

"드 로시 박사님? 맨스필드 박사님? 저는 존 티그펜 기자입니다. 잠시 인터뷰 좀 할 수 있을까요?"

"그럼요."

프란체스카 드 로시가 말했다.

"죄송하지만, 어디에서 나오셨죠?"

"로스앤젤레스에서 왔습니다. 《타임스》에서요."

거짓말! 거짓말! 머릿속에서 그런 소리가 들려왔다.

"오, 《타임스》요. 좋아요."

드 로시 박사는 존이 모르는 나머지 한 명을 소개해줬다. 그는 폭스에게서 보노보들을 빼내오기 위해 탄원서를 준비하고 있는 변호사라고 했다.

"감사합니다. 그 탄원서에 대해 조금 설명해주시겠습니까? 그런데, 제가 대화를 녹음해도 될까요?"

"네, 얼마든지요."

드 로시 박사가 대답했다.

존은 녹음기를 잡고 소음측정을 해봤다. 프란체스카 드 로시는 자기주장을 하기 위해 목소리를 높이는 사람은 아닌 것 같았다. 실제로 그녀는 사람들이 내는 소음을 덮으려고 얼굴을 녹음기 가까이 기울였다. 그녀의 콧잔등에는 프락셀 레이저 시술을 하기 전의 아만다처럼 주근깨가 흩뿌려져 있었다. 존은 아만다의 주근깨를 좋아했다. 아만다의 주근깨는 '얼굴에 설거지 헹군 물을 뿌린 것 같다'는 그녀의 주장과 달리 균일하게 분포되어 있어 귀여웠다.

"……이런 점에서 그들의 행동은 사실상 인간과 똑같습니다. 그들은 광고를 보고 몸에 안 좋은 음식들을 주문하는 겁니다. 그것도 대량으로……."

존은 문득 프란체스카가 음식에 대해 얘기할 때까지 그녀의 말을 모두 흘려들었다는 것을 깨달았다. 온종일 먹은 거라곤 가죽같이 딱딱한 핫도그 하나뿐이었기 때문이다. 그는 녹음기에 감사했다.

"〈슈퍼 사이즈 미[*]〉를 생각해보세요. 하지만 지금 보노보들은 인간보다 정크푸드를 더 많이 먹는 환경에 처해 있습니다."

프란체스카의 설명이 계속됐다.

보노보의 집 위생도 음식 못지않게 위험한 상태였다. 시간에 맞춰 강력한 물줄기로 콘크리트 바닥을 청소하고 있지만, 그걸로는 쌓인 쓰레기와 음식찌꺼기를 말끔히 청소할 수 없었다. 그리고 보노보들이 주문한 가구는 천을 씌운 것이라 자동 호스로 물청소하면 곰팡이가 슬어서 온갖 호흡기 질환과 면역체계 이상을 불러올 수 있었다. 이런 문제들이 보노보들을 빼내오기 위해 PAEGA 측에서 준비하는 탄원서의 핵심내용이었다. 법원에서는 긴급상황으로 판단하여

---

[*] 슈퍼 사이즈 미Super Size Me: 모건 스퍼록이 2004년에 발표한 다큐멘터리 영화. 감독이 30일 동안 하루 세끼를 맥도널드 햄버거만 먹으면서 변해가는 자신의 몸을 관찰하는 내용을 담고 있다.

7일 후에 심리를 열 예정이었다.

"분명 우리는 이 특별한 영장류와 그들이 처한 현재 상황을 심각하게 걱정하고 있습니다. 하지만 좀 더 넓은 의미에서 우리는 모든 영장류에 대해 자행되는 착취를 일반 시민들에게 알려야 합니다."

드 로시 박사가 덧붙였다.

존은 고개를 끄덕이고 미소를 지었다. 그는 정중하게 그들의 명함을 받고 자신의 이름과 연락처는 주유소 영수증 뒷면에 적어줬다. 착한 박사들은 존이 《로스앤젤레스 타임스》 소속의 기자라고 믿고 인터뷰를 해줬으니, 존으로서는 명함을 가져오지 않았다고 하는 게 최선이었다. 그는 자신의 진짜 소속을 그들에게 밝힐 기회가 올까 생각해봤다. 그리고는 아마 없을 거라는 결론을 내렸다.

음봉고는 엎어진 소파와 본지가 담요로 덮어놓은 이상한 풍선인형 사이에 앉아 있었다. 음봉고는 좋아하는 콩자루 의자를 시무룩하게 바라봤지만, 샘은 아직도 그곳을 차지하고 오렌지를 빨아먹으며 텔레비전을 보고 있었다. 음봉고는 배 위에 팔짱을 낀 채 자신이 쌓아 놓은 치즈버거를 물끄러미 쳐다봤다.

그러더니 결국 하나를 들어 뒤집었다. 그리고 노란색 포장지를 고정한 스티커를 떼어냈다. 끈적끈적함을 느끼면서 이 손가락 저 손가락으로 옮기다가 결국은 배에 붙였다. 이리저리 위치를 재보고는 몇 번 눌러 단단하게 붙이더니, 버거에 눈을 돌렸다. 사각형 포장지를 펼친 다음 그 위에 버거를 뒤집어 놓았다. 위로 올라온 밀가루 묻은 납작한 빵을 집어들더니 어깨 뒤로 던졌다. 그리고는 위에 얹힌 고기 패티를 들어내고 피클을 꺼내 벽에 던져버렸다. 피클은 며칠 동안 붙여놓은 피클 위에 달라붙었다. 뭘 생각하는지 이마에 주름을 잡더니, 집게손가락으로 버거의 가운데를 꾹 눌렀다. 그것을 보고 좋아서 세 번을 더 찔러 단추 같은 흔적을 남겼다. 자랑스러운 얼굴로 주위를 둘러보았지만, 암컷 보노보들은 모두 마당에 나가 있었고, 샘은 텔레비전에 빠져 있었다. 젤라니는 어딨는지 보이지 않았다. 음봉고는 손가락에 묻은 양념을 빨아먹었다. 저민 양파를 혀와 입천장 사이에서 오물거리면서, 포장지에 남아 있던 스티커 조각을 떼어 모양에 신경을 쓰며 배에 붙였다. 그리고 다시 샘의 오렌지를 쳐다보고는 풍선인형의 팔을 잡고 샘에게 끌고 갔다. 음봉고는 버거를 반으로 접어 인형의 동그랗고 붉은 입안에 손가락으로 밀어 넣었다. 버거가 다 들어가자 하나를 더 먹였다. 세 번째 버거를 접어서 또 집어넣으려고 했는데 이번에는 들어가지 않았다. 음봉고는 체중까지 실어 손가락으로 계속 찔러넣었지만, 한쪽에서 들어가면 다른 쪽에서 그만큼이 튀어나왔다. 그러자 음봉고는 드라이버를 가지러 갔다.

본지가 마당에서 어슬렁어슬렁 들어왔다. 롤라는 제 어미의 어깨 위에 서서 귀를 잡고 있었다. 본지가 샘에게 가서 무심하게 손을 내밀자 샘은 텔레비전에서 눈을 떼지도 않고 오렌지를 내줬다. 본지는 오렌지를 롤라에게 주고 다시 마당으로 나갔다.

이제 바람이 빠진 풍선인형 옆에 앉아서 주먹을 입으로 가져간 음봉고는 누구에게랄 것도 없이 오렌지를 짜 넣는 시늉을 하고 수화로 **오렌지, 오렌지** 하고 말했다. 한동안 마당을 내다보던 음봉고는 남은 버거를 모두 헤쳐서는 머스터드 소스를 손가락에 묻혀 그림을 그렸다.

마케나는 햇빛 아래 얼굴을 옆으로 돌리고 누워 있었다. 그전까지는 양동이에 인형을 씻고 있었는데, 이제 지쳤는지 인형과 양동이는 옆에 내버려 뒀다.

그때 작은 갈색 새가 마케나가 깜짝 놀랄 정도로 낮게 날아왔다. 마케나는 그 새가 가는 곳을 뒤쫓아 고개를 돌렸다. 그런데 새는 플렉시 유리문에 부딪혀 희미한 솜털 흔적을 남기고 땅으로 떨어졌다. 마케나가 벌떡 일어나서 가봤다. 새는 걷지도 못하고 구겨진 종이처럼 웅크리고 앉아 있었다.

천천히 다가간 마케나는 허벅지에 두 손을 올리고 새 앞에 쭈그리고 앉았다. 몇 분 동안 새가 움직이지 않자 마케나는 손을 뻗어 찔러봤다. 그러자 새가 깃털을 곤두세우더니 짹소리를 내며 옆으로 쓰러졌다.

마케나가 두 손으로 새를 감싸서 들어 올리더니 곧장 놀이기구로 걸어갔다. 그리고 한 손으로 새를 가슴에 안고 가장 높은 곳까지 올라갔다. 그런 다음 조심스럽게 새의 두 날개를 활짝 펴준 다음 하늘을 향해 날려 보냈다. 새는 담을 넘어 사라졌다.

26장

이사벨은 침대에 다리를 꼬고 앉아 룸서비스로 나온 샐러드를 포크로 찔러보고 있었다. 캣과 부딪친 뒤로는 아래층에 내려갈 엄두가 나지 않았다. 바에 계산서를 두고 온 걸 후회했지만, 바에 자주 내려갔으니 바텐더도 그녀의 방 번호를 알고 있을 것이다.

전화가 울렸다. 이사벨은 모르는 번호였지만, 로렌스에서 온 것이라서 애인을 바꾸듯이 전화번호를 자주 바꾸는 실리아일 거라고 생각하고 받았다.

"여보세요?"

"끊지 마……."

피터였다.

"맙소사."

이사벨은 다시 발신자 번호를 쳐다봤다.

"어디에서 전화하는 거야?"

"공중전화야."

이사벨은 현기증이 났다. 쟁반을 한쪽으로 치우고 무릎을 가슴에 안았다.

"왜 전화했어? 원하는 게 뭐야!"

"그 애들 좀 말려줘."

"무슨 소리야?"

"피트모스! 피자! 개똥! 이제는 내 이메일까지 해킹해서 비밀번호를 바꿔놨어."

이사벨은 눈을 감고 엄지와 검지로 관자놀이를 눌렀다.

"피터, 미안하지만 내가 시킨 거 아니야."

"이렇게까지 골탕 먹이는 건 불법이야. 아마 중죄에 해당할 거야. 내가 그놈들을 구속시키고 말 거야."

이사벨은 두려움으로 등골이 오싹해졌다.

"피터, 그 애들은 아직 어려."

"상관없어. 내 이메일을 내가 읽을 수 없다니 말이 돼?"

이사벨은 무릎을 더 세게 껴안으며 몸을 흔들었다.

"내가 얘기해볼게. 끊어."

"잠깐만."

피터가 다급하게 불렀다. 이사벨은 대답하지 않았지만 끊지도 않았다. 그리고 베개 위로 풀썩 누웠다.

"어떻게 지내?"

그가 물었다. 그녀는 아무 말도 하지 않았다.

"어젯밤에 뉴스에서 프란체스카 드 로시 봤어. 끝 부분만 조금.

법원에 낼 탄원서 준비한다면서. 당신도 함께. 어떻게 돼가?"

"당신 알 바 아냐."

"그런 일 할 필요 없어. 보노보들은 다 괜찮을 거야."

그 말에 이사벨은 벌떡 일어나 주먹으로 침대보를 쳤다.

"안 괜찮아! 쓰레기더미 속에서 살고 있고, 동맥경화에 걸릴 거야. 그 외에 무슨 병에 걸렸을지 아무도 모르는 상태야. 게다가 마케나는 이제 곧 새끼를 낳을 거고. 당신은 신경도 쓰지 않겠지만!"

이사벨이 말을 멈추고 숨을 깊이 들이쉬었다. 그리고 다시 눈을 감았다.

"피터, 당신하고 얘기 못 하겠어. 도저히 할 수가 없어."

"이사벨. 제발. 내가 실리아와 한 짓은 용서받을 수 없다는 거 알아. 하지만 나도 사람이야. 바보 같고 어처구니없는 짓이었지만 그건 실수였어. 그리고 다시는 그런 일 없을 거야. 맹세해."

피터의 목소리가 속삭임처럼 작아졌다.

"이지,* 부탁이야. 얘기 좀 할 수 없을까? 며칠 후에 나 거기로 갈 거야."

"뭐? 왜?"

"그 사람들이 보노보에 대한 적절한 조치를 하고 있는지 확인하러 가는 거야."

이사벨은 무슨 말인지 몰라서 고개를 저었다.

"이미 내가 여기 와 있는데, 그 사람들은 나한테……."

그녀가 한 손으로 입을 막았다.

---

* 이사벨의 애칭.

"세상에. 당신 그 사람들하고 일하는 거야?"

"보노보들이 잘 있는지 보기 위해서야."

그가 재빨리 대답했다.

"이봐, 폭스쪽 사람들이 내게 접근한거야. 어쩌라고? 나도 그 프로그램 계속 보고 있는데 그냥 내버려 둘 수는 없어. 게다가 뭔가 해볼 수 기회가 생겼잖아. 우리 중 하나라도 거기 있으면 이 방송을 중단시키고 보노보를 데려와서 우리가 하던 프로젝트를 계속할 수 있을 거야."

바람을 피운 일은 차치하고라도 이사벨은 피터가 영장류연구협회에서 참여한 연구와 관련한 사진이 떠올라서 목구멍으로 분노가 치밀었다. 하지만 무슨 말을 할 수 있을까? 지금 시점에서 보노보와 연결할 수 있는 통로는 피터뿐이었다. 만일 폭스가 그녀에게 보노보들을 만날 수 있는 그 자리를 제안했다면, 그녀도 받아들였을 것이다.

"그 사람들이 언제 연락했는데?"

"어젯밤 늦게."

이사벨은 마음이 너무 복잡해서 아무 말도 하지 않았다.

"그러니까 만나서 얘기하자, 응?"

그의 목소리는 부드럽고 상냥했다.

이사벨은 등을 똑바로 펴고 앉아 심호흡했다.

"그 애들에게는 내가 얘기할게. 혼내지는 말아줘. 그리고 부탁하고 부탁하는데 보노보들 잘 돌봐줘."

"그리고……?"

"그리고 나머지 일은 생각 좀 해볼게."

"그래, 이해해. 하지만 이것만은 알아줘. 난 지금도 당신을 사랑
해."

이사벨은 몇 분 동안 마음이 진정되길 기다렸다가 실리아에게 전화
를 했다. 실리아는 인사도 없이 곧장 말했다.

"네, 알아요. 왜 아직 안 오냐는 거죠?"

"방금 피터가 전화했어. 네가 그 사람 이메일 해킹했다고 그러더
라. 정말 그런 거 아니지?"

"정확히 말하면 자와드가 그랬어요. 다른 사람이 자기 이메일 보
는 게 정말 싫으면 비밀번호나 보안 질문을 그렇게 멍청하게 정하지
말았어야죠. 구글에서 그 사람이 처음 살았던 동네나 초등학교 알
아내는 건 식은 죽 먹기잖아요. 그건 그렇고, 자와드가 피터 폴더를
뒤져 보다가……."

"실리아! 지금 심각해. 피터가 너흴 구속시킨다고 했단 말이야."

실리아는 코웃음을 쳤다.

"그 사람이 경찰에 신고하지 않는다는 데 제가 남은 평생 벌 돈
전부 걸게요."

"왜?"

"자와드가 찾은 것 때문이죠."

"그만해. 알고 싶지 않아."

"박사님, 현실도피 하지 마세요. 이건 아셔야 해요."

"아니, 알고 싶지 않아."

"좋아요. 마음대로 하세요."

전화선 양쪽에서 침묵이 흘렀다. 하지만 이사벨은 긴장이 점점 커지고 있음을 느낄 수 있었다. 3, 2, 1…….

"하지만 이건 박사님이 꼭 아셔야 한다고요."

이사벨은 자신이 과거에 얼마나 미련했었는지 잠시 돌이켜봤다. 이사벨은 침팬지가 왜 피터의 손가락을 물어뜯었는지 생각해 본 적도 없었다. 그리고 그 손이 자신을 만지는 것을 허락했다. 그런데도 그를 다시 볼 것인가 말 것인가 망설이고 있었기에 그에 대해 더 알면 견딜 수 없을 것 같았다.

"알았어요."

결국 실리아가 물러섰다.

"알고 싶지 않다면 그렇게 하세요. 가서 뵐게요."

"그래. 그런데 실리아?"

"왜요?"

"그동안 더 사고 치지 마."

"알았어요. 그런데 박사님."

그다음에 나온 말은 기관총같이 빨랐다.

"그망할쇼에서쓰는그림문자프로그램을폭스에게판사람이피터래요.안녕."

그리고는 전화를 끊어버렸다.

이사벨은 물이 흥건해진 시금치 샐러드를 망연히 내려다봤다. 그리고 한참을 있다가 정신을 차리고 전화를 끊었다. 그리고 침대보 위에 가만히 놓았다. 나이프와 포크를 접시에 가지런히 놓고, 냅킨을 접고, 소금통과 후추통을 쟁반 가장자리에 맞춰 나란히 놓았다.

그럼 그렇지. 폭스가 그 그림문자 프로그램을 어디서 구했겠어? 피터는 어제 막 폭스에서 연락이 왔다고 했지만—.

이사벨은 반구형 쟁반 덮개를 텔레비전 근처의 벽에 집어던졌다.

더 이상 가만히 있을 수는 없었다. 피터가 한 짓을 폭로할 것이다. 물론 익명으로. 아직 이사벨과 함께할 기회가 있다고 생각하도록 내버려둘 것이다. 그러면서 그의 논문은 영장류연구협회의 누군가가 자료를 뒤져 우연히 발견한 것처럼 하고, 그림문자 프로그램을 판 사실은 폭스 쪽 진영의 어떤 사람이 폭로한 것처럼 보이게 할 것이다. 바로 지금 이 순간에도 아래층에서는 8백만 명의 기자들[*]이 어슬렁거리고 있었고, 그들은 이사벨을 인터뷰할 수 있다면 무슨 짓이라도 할 것이다. 문제는 이사벨이 기자라면 무조건 싫어한다는 것이었다.

이사벨은 자신의 얼굴이 망가져 사람 같아 보이지도 않았을 때 멋대로 사진을 찍어 《필라델피아 인콰이어러》 웹사이트에 올린 캣을 떠올렸다. 그리고 거의 스토커에 가까운 요청으로 음성 메시지함과 이메일 계정을 가득 채웠던 기자들도 떠올렸다. 기자들은 하나같이 무자비했다. 이건 그들 중 가장 덜 나쁜 놈을 택하는 일이 될 터였다. 그런데 피터 사건을 겪으면서 이사벨은 자신의 판단력까지 믿지 못하게 되었다.

이사벨은 깔끔하게 접은 냅킨을 집어 비틀기 시작했다. 크루아상처럼 비틀려 더는 비틀 수 없을 때까지 비틀었다. 손가락 끝이 빨개

---

[*] 미국 추리문학의 대가 로렌스 블록이 쓴 소설 《800만 가지 죽는 방법》의 제목은 뉴욕 시의 인구가 800만 명이고, 따라서 죽는 방법도 800만 가지나 된다는 뜻으로 지어진 것이다. 이에 빗댄 표현으로 보인다.

질 때까지 비틀었다. 그러다 갑자기 손을 멈췄다. 번개처럼 떠오르는
기억이 있었다.

새해 첫날, 토라진 채 구석에 앉아 용서해달라는 간절한 부탁을
계속 외면하던 음봉고. 부엌에 엉덩이를 깔고 앉아 빙빙 돌면서 **본지
사랑해 손님, 키스 키스** 라고 말하던 본지.

본지의 허락이면 충분했다. 이사벨은 존 티그펜에게 연락하기로
했다. 존이 《필라델피아 인콰이어러》에서 일한다 하더라도.

첫 번째 기사를 전송해야 할 시간이 네 시간밖에 남지 않았지만, 존이 오늘 먹은 것이라고는 주유소에서 산 가죽 같은 핫도그뿐이었다. 자판기에서 치토스를 사 먹기도 싫었고 모히건문까지 갈 시간도 없었다.

존은 창문으로 다가가 블라인드의 살을 들어 올렸다. 피자/도시락 집의 블라인드는 내려가 있었지만 주차장에 차가 몇 대 세워져 있었다. 그래서 존은 한번 가보기로 했다.

건물 앞 보도는 블록이 군데군데 깨져 있었고 여기저기 담배꽁초도 버려져 있었다. 간판불이 꺼져 있는 걸로 보아 지미스 식당은 문을 연 것 같지 않았지만, 그렇다고 아예 폐업한 것 같지도 않아서 존은 문을 두드렸다. 문이 잠겨 있지 않은 걸 발견한 존은 안으로 들어갔다.

작은 테이블에 앉아 있던 사내 몇이 벌떡 일어나면서 의자가 끌리고 삐걱거리는 소리가 났다. 의자 하나가 바닥에 넘어지고, 여러 사람의 팔들이 카운터에서 뭔가를 치웠으며 총의 안전장치를 푸는 소리가 들렸다. 레드 벨벳 케이크 색의 투견이 존을 노려보며 그를 향해 덤벼들었다. 입에서는 침이 질질 흘렀고 이빨은 섬뜩하도록 날카로웠다. 땅딸막한 근육질의 사내가 가죽끈을 휙 잡아당겨 개를 바닥에 주저앉혔다. 개가 계속 으르렁거리며 존을 노려보는 통에 그는 문에 바짝 붙어섰다.

존은 눈알만 굴려서 실내를 살펴봤다. 사내 다섯이 모두 그를 빤히 쳐다보고 있었다. 그중 셋은 손을 숨기고 있어서 존은 자신을 노리고 있는 총이 정확히 몇 개나 되는지도 알 수 없었다. 낡은 침대 시트를 이어붙인 천이 카운터 위 천장에 못으로 고정되어 있어 뒤쪽을 가리고 있었다. 하나는 색바랜 분홍색 줄무늬, 다른 것은 섬세한 파란 꽃무늬의 천이었다. 아만다가 쓰는 매니큐어 제거제와 비슷한 냄새가 공중에 떠돌았다. 메뉴판도 없었고, 계산대도, 전화도, 피자를 만드는 기색조차도 없었다.

"여기…… 영업 중인가요?"

존이 겨우 물었다.

숨 막힐 것 같은 침묵이 한참 계속되다가 카운터 뒤의 검은 머리 사내가 입을 열었다. 청바지에 속셔츠를 입은 그는 트럭운전사들이 자주 쓰는 검은색 모자로 눈을 살짝 가리고 있었다. 모자 아래 드러난 얼굴에는 깊은 흉터가 길게 그어져 있었다.

"무슨 영업?"

"저녁 식사요."

사내들이 시선을 주고받느라 다시 대화가 끊겼다. 개가 으르렁거리며 앞으로 뛰쳐나오려 했지만 다시 끈에 잡혀 주저앉았다.

"저녁?"

"네."

존이 허둥대지 않으려 조심하면서 천천히 창문과 간판을 가리켰다.

"저는…… 아니, 됐습니다."

사내들에게 등을 보이고 싶지 않아서 존은 두 손을 뒤로 돌려 문을 열면서 뒤로 물러났다. 틈이 열리자 바람이 휙 들어왔다.

"잠깐."

카운터 뒤에 있던 사내가 말했다.

존은 얼어붙었다.

"문 닫으시오."

존이 몇 걸음 앞으로 걷자 문이 닫혔다.

"저녁 먹으러 왔소?"

"네. 하지만 다른 데로 갈게요. 전 괜찮습니다."

"그럴 거 없소."

사내가 고개를 빼며 말했다.

"여기 왔으니, 원하는 걸 말하시오."

"저는, 어…… 그럼 피자로 주십시오. 도시락도 좋고. 콤보 세트도 괜찮습니다."

존은 그들이 왜 이런 대화를 하는지도 모르는 채 대답했다. 혹시 저자들은 머리도 없고 손발도 없는 시체를 버릴 곳을 찾고 있던 건 아닐까? 나도 결국 버커니어 모텔에 있는 자판기 옆 대형 쓰레기통에 버려지는 걸까?

"피자라. 페퍼로니 어떻소?"

존은 소리 나게 침을 꿀꺽 삼켰다.

존이 보기에 지미일 것 같은(적어도 주인 지미 정도의 권한을 가지고 있는) 사내가 테이블을 향해 손가락을 튕겼다.

"프랭키, 페퍼로니 피자. 손님 주문 들었지?"

놀라서 눈썹이 올라간 프랭키가 자기 가슴을 손가락으로 가리켰다.

"그래, 너 말이야."

지미가 말했다.

프랭키는 다른 사람들을 둘러보다가 아무도 거들어주지 않자, 슬그머니 카운터 뒤에 가서 침대 시트 뒤로 사라졌다. 뒤에서 딸그락거리는 소리가 나는가 싶더니 이어서 문을 여닫는 소리가 들렸다.

"앉으시오."

지미가 말했다. 그는 테이블과 그 주위에 아직도 서 있는 남자들을 향해 머리를 끄덕였다.

"아뇨, 전 괜찮습니다."

"앉으라고 했잖소."

"그러죠."

존이 개를 힐끗 쳐다봤다. 개는 이제 으르렁거리지는 않았지만 여전히 덤벼들 듯이 노려보고 있었다.

"부거는 신경 쓰지 마시오. 파리 새끼 하나 못 죽이니까."

존은 마지못해 탁자 쪽으로 움직였다. 한 사람이 넘어진 의자를 일으켜 세워 앉으라고 내밀었다. 존은 머릿속으로 개와 자신의 거리와 가죽끈의 길이를 계산하며 의자 끝에 앉았다. 다른 사내들은 표정을 나타내지 않으려 애쓰며 말없이 서 있었다.

"그런데."

카운터 뒤에 남은 지미가 말하면서 몸을 굽혀 어떤 무거운 것을 선반에 철컥 올려놓았다. 그리고는 카운터 위에 털북숭이 팔을 올려놓으며 기댔다. 그는 팔과 손, 심지어는 손가락 등까지 검은 털로 덮여 있었다.

"외지에서 왔소?"

"예."

"그렇소? 어디에서 왔소?"

"아이오와Iowa요."

왜 거기라고 말했는지 존 자신도 알 수 없었다.

"정말이오?"

"예."

"거긴 감자가 많이 난다고 하던데."

"그곳은 아이다호Idaho일 겁니다."

"확실한 거요?"

"확실합니다."

"난 아이오와인 줄 알았는데."

그렇게 존의 일생에서 가장 긴 30분이 흘러갔다. 침대 시트 뒤에서 휴대폰이 두 번 울리고 누군가가 소리를 죽여 전화를 받았다. 두 차례, 낯선 사내들이 들어와 존의 모습을 보고 놀라서 걸음을 멈췄다. 그들이 지미에게 시선을 던지자, 지미는 머리로 뒤쪽을 가리켰다. 별일 아니니 커튼 뒤로 들어가라는 신호였다. 이윽고 뒷문이 열렸다가 닫히는 소리가 들렸다. 누군가가 열쇠를 탁자 같은 것 위에 던지는 소리가 났고, 프랭키가 작은 상자를 들고 나타났다. 그는 카운터를 돌아 존 앞의 탁자에 그것을 놓았다. 도미노 피자였다.

존은 피자를 빤히 쳐다봤다.

지미는 별일 아니라는 듯 어깨를 으쓱했다.

"우린 상자를 재활용하지. 환경보호를 위해 그리고 기타 등등."

부거가 혹시나 하고 코를 들고 킁킁거렸다.

존에게는 달콤한 자유의 냄새였다. 이제 그를 놓아줄 것이다. 죽이지 않고! 쓰레기통에 던져 넣지 않고! 존은 벌떡 일어나 주머니를 더듬었다.

"그럼, 얼마 드려야 합니까?"

"프랭키?"

지미가 물었다.

"50달러요."

프랭키가 대답했다.

"50달러요. 알겠습니다."

존은 긴장이 풀리면서 현기증이 났다. 그는 떨리는 손으로 지갑을 열고 지폐 석 장을 테이블 위에 놓았다.

"제가 20달러짜리밖에 없어서요. 뭐, 괜찮습니다. 거스름돈은 됐습니다."

"고맙소. 그렇게 하겠소."

지미가 말했다.

"저녁…… 맛있게 드쇼."

존은 피자 상자를 홱 집어들고 문을 향해 뒷걸음쳤다.

"네. 감사합니다. 그럼……."

손가락에 차가운 문고리가 느껴지자 존은 돌아서서 문을 열고 뛰어나왔다. 앞도 보지도 않고 도로로 뛰어드는 바람에, 한 운전자는 급히 운전대를 돌리며 온몸으로 경적을 울렸다. 버커니어 모텔의 간판을 움켜잡고 있는 도마뱀의 긴 그림자 속에 들어와서야 존은 허벅지를 짚고 숨을 몰아쉬었다. 겨우 30미터도 안 되는 거리를 달렸건만 현기증이 나고 심장이 쿵쾅거렸다.

존은 방으로 돌아가려고 몸을 돌리다가, 풀장에서 여자들이 사라지는 마지막 햇빛을 받으며 짐을 챙기고 있는 모습을 보았다. 여자들은 겁먹은 얼굴로 존을 쳐다보고 있었다. 존은 아무 일 아니라는 듯이 애써 미소를 지으며 설명 대신 피자 상자를 들어 보였다.

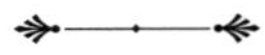

방에는 책상이 없었다. 그래서 존은 사각팬티만 입은 채 침대 위에 책상다리로 앉았다. 컴퓨터를 켜고 파일을 열고 나서는 텅 빈 하얀 화면과 메뉴 바, 그리고 그 위에 있는 도구단추들을 빤히 쳐다봤다.

이 순간 그의 머릿속에 있는 이야기는 완벽했다. 하지만 타자를 치는 순간 엉망이 될 것임을 경험상 알고 있었다. 글쓰기란 본래 그런 것이니까.

언어연구소에서 처음 본 이사벨 던컨의 모습, 어깨너머로 물결 치던 긴 금발, 인터뷰를 진행하면서 자신도 모르게 빠져들었다가 나중에야 경계하게 된 그녀의 깨끗하고 꾸밈없는 웃음소리. 음봉고와 간지럼을 태우며 바닥을 뒹굴 때 "지난 몇 년 동안 이 아이들은 인간을 더 닮게 됐고, 저는 보노보를 더 닮게 됐어요"라고 한 말, 그는 그 말을 이해했다. 진심으로 이해했다. 그 언어 연구를 알기 쉽게 정리하려면 이해하기 어려운 언어학 용어가 아니라 다른 종과 눈을 맞댄 경험 그 자체, 소름 끼치게 인간과 가까운 종이 존재한다는 놀랍고 혼란스러운 깨달음, 그들은 인간이 하는 말을 모두 이해할 뿐 아니라 질문을 하면 인간의 말로 대답도 할 수 있다는 발견을 설명해야 한다. 그 놀라움을 포착하려고 노력해야 한다. 보노보들은 인간의 언어를 습득했지만, 인간은 보노보의 언어를 습득하지 못했다는 생각이 존의 머릿속에서 떠나지 않았다. 이사벨 던컨도 이 사실을 알고 있을 것이다.

그리고 그 엄청난 운명의 변화도 그려야 했다. 폭발의 참혹함, 테러리스트들의 전술, 해결책의 부재. 납치와 행방불명, 언론의 호들갑과 기생충 같은 매스컴 중독자들. 그의 상상 속에서는 귀 뒤에 손톱만 한 칩을 꽂아 뇌에서 곧장 컴퓨터로 내려받아서 모든 이야기를 표현할 수 있었지만 현실에선 불가능했다. 그가 가진 거라곤 단어라는 불완전한 매체뿐이었다.

존은 한 문장을 쓰고, 이어서 또 한 문장을 썼다. 몇 문장이 더 나오자 그의 손가락이 속사포처럼 타다닥 움직였다. 그는 자신이 쓴 것을 읽어보고 지웠다.

존은 피자에 면도날이 있는지 확인해 보고, 냄새도 맡아보고, 화장지 뭉치로 오렌지기름을 닦아낸 다음 피자를 먹었다. 차갑고 딱딱했지만 그래도 아침으로 먹은 핫도그보다는 나았다.

이번엔 넥시스*에 들어가 부시가 재임 마지막 해에 노골적으로 고문을 허용했음을 보여주는 문서가 새로 발견되었다는 기사보다 바이든의 탁구실력이 형편없다는 기사가 더 많은 것을 발견했다.

존은 보노보에 관해 다른 기자들이 쓴 기사들을 읽어보고, 좀 더 신선한 시각으로 쓴 글이 없나 찾아보고, 자신이 진짜 신문사에서 일할 기회를 없애버린 무료 온라인 기사도 찾아봤다. 지구해방연맹 인터넷 방송도 다시 보고, 폭스가 〈보노보의 집〉을 방송한 후에 내보낸 보도자료도 읽어봤다. 폭발사고 소식을 듣기 전, 캔자스시티에서 돌아오는 비행기 안에서 작성한 메모도 열어봤다. 〈보노보의 집〉을 광고하는 전광판 설치비용도 조사했다. 그리고 글을 조금 쓰고 읽어본 다음, 다시 지웠다.

한 시간이 지나도록 아무 것도 쓰지 못했다. 제로. 무無였다.

왜 이렇게 어려운 걸까? 새해 첫날부터 머릿속에서 들끓고 있는 이야기인데 말이다. 왜 그냥 수도꼭지를 틀고 물을 받아내듯 쓰지 못하는 걸까?

잠을 제대로 못 잔데다가 무서운 일을 겪고 그 후유증이 남아 있는 것은 사실이었다. 부거의 크게 벌린 입이 순간순간 머릿속에 슬로모션으로 떠올랐다. 출렁거리는 턱살을 넘어 침이 실처럼 길게 흘러내리던 모습. 그 몸이 존을 덮쳤다면 그 침 만큼의 아드레날린이 분비되었을 것이다. 한 시간 전만 해도 그는 개의 먹이가 될까 봐 두려움에 떨고 있었다.

거기다 지금 이 순간에도 아만다가 바깥에서 그 재수 없는 손의

추파에 시달리고 있을지도 모른다는 생각이 지워지지 않았다. 존은 아만다에게 전화를 해봤지만, 바로 음성녹음으로 넘어갔다.

저녁 8시 30분이 됐지만 그는 한 줄도 쓰지 못했다.

존은 녹음기를 꺼내 재생버튼을 눌렀다. 듣다 보니 이 녹음을 할 때 생각 없이 웃으면서 고개만 끄덕인 건 아닌지 걱정됐다. 프란체스카 드 로시는 '야생에서 포획된 유인원'이란 사실상 '어미를 죽이고 데려온 새끼'라는 뜻이고, 오락용으로 활용되는 유인원들은 인간으로 치면 청소년에 해당하기 때문에 어미를 죽이지 않았다 할지라도 납치한 것이라고 했다. 유인원 어미는 인간과 같아서 절대로 자식을 내주지 않기 때문이다.

존은 타자를 치기 시작했지만, 머리가 복잡해서 딱 맞는 단어가 떠오르지 않았다. 자정까지 800단어를 써야 하는데, 9시 7분까지 그가 쓴 단어는 205단어였다. 10시 31분에는 187단어로 줄어들었다. 그는 자신이 쓴 내용을 죽 읽어보고 요점을 정리하고 살을 붙이기 시작했다. 정리는 나중에 할 생각이었다.

그룹 보스톤의 〈아만다〉를 내려받아서 반복재생으로 틀어놓았다. 한 문장을 여기에 썼다가 저기로 옮겼다가, 그것을 여러 문장으로 나눴다가, 다시 원래대로 되돌렸다. 쉼표를 지웠다가 다시 넣기를 세 번째 반복하자, 오전 내내 쉼표를 지웠다가 오후에는 그것을 다시 다 집어넣었다는 오스카 와일드의 말이 떠올랐다.

전화가 울려 얼른 달려들어 받았다. 토퍼였다. 12시 7분이었다.

"기사 어쨌어요?"

토퍼가 따지듯 물었다.

"마무리하고 있습니다. 곧 보낼게요."

"그러는게 좋을 거요."

전화가 끊어졌다.

존은 422단어 앞에서 숨을 헐떡거렸다. 그는 지금까지 마감을 어겨본 적이 한 번도 없었다. 게다가 이 기사는 《위클리 타임스》에 입사해서 처음 작성하는 기사였다.

존은 똑같은 문장을 맞붙은 단락에서 두 번 썼다는 것을 발견했다. 양쪽 모두 그 문장이 딱 맞는다는 생각이 들었지만, 그대로 두면 안 될 것 같아서 하나는 지웠다. 콧구멍에 갈고리바늘을 넣어 뇌를 꺼내고 싶은 심정이었다. 글을 더 짜내는 것보다는 분명히 그게 더 쉬울 것 같았다. 존은 프란체스카 드 로시가 한 말에서 몇 구절을 인용하고 광고통계를 조금 집어넣었다. 보노보의 성적인 습관을 설명하고, 보노보들은 인간의 포르노에는 관심이 없는 데 비해 인간은 보노보의 성행위에 집착에 가까운 관심을 보이는 행태를 지적하기도 했다. 거기에 침팬지와 보노보의 차이점을 간단히 설명하고, 보노보들의 장식 취향을 소개한 다음, 보노보 중 한 마리가 임신했다는 것과 탄원서와 관련한 심리가 곧 열릴 거라는 토막소식을 덧붙였다. 그러고 나니 정말 갑자기 글이 끝났다.

존은 깜짝 놀라서 바라보다가 단어 수를 세어봤다. 797단어였다. 눈을 비비고 참았던 소변을 본 다음 기사를 다시 읽어보니 괜찮았다. 그냥 괜찮은 게 아니라 어디에 내놓아도 부끄럽지 않을 내용이었다. 철자 검사를 돌리고 혹시 착각한 건 없는지 다시 한 번 읽어보고, 아만다가 옆에 있었으면 그녀에게도 보여줄 텐데 라고 생각하며 기사를 이메일로 보냈다. 12시 37분이었다. 수신확인 메일이 즉시 날아왔다.

존은 침대로 기어들어가 베개를 껴안았다. 무릎이 배기지 않게 담요를 공처럼 모아 다리 사이에 넣었다. 숨을 깊이 들이마신 그는 아만다가 나오는 꿈속으로 스르르 빠져들었다.

한창 달콤한 분위기에 빠질 때 존의 방 문밖에서 차가 요란한 소리를 내며 멈췄다. 어젯밤처럼 시끄러운 여자들이 차에서 몰려나왔다. 그리고 또다시 딸가닥딸가닥 구두 소리를 내며 콘크리트 계단을 비틀대며 올라가 자기들 방으로 향했다. 그러다 쿵 하는 무거운 소리가 나더니 자지러지게 웃는 소리가 이어지고, 넘어진 사람을 일으켜 억지로 끌고 가는 소리가 들렸다. 그러더니 그들은 어젯밤과 똑같이 문을 쾅 닫고, 음악과 텔레비전을 켜고, 샤워를 했다. 그리고 파티를 계속했다.

존은 머리를 베개 아래 파묻었다. 티셔츠로 머리를 감싸기도 했다. 하지만 20분 후에 그는 청바지를 입고 위층으로 가는 계단을 올랐다.

빨간 머리 여자가 문을 열었다. 진한 화장에 몸에 딱 붙는 마라시노 체리색 드레스를 입고 있었다. 그녀의 빨간색 입술 끝에는 담배가 걸려 있었다. 가까이서 보니 겹겹이 바른 화장품이 눈가와 입술 위의 미세한 주름을 부각하는 바람에 더 나이 들어 보였다.

여자는 수상한 눈초리로 존을 위아래로 훑어봤다.

"원하는 게 뭐예요?"

여자는 어설픈 영어로 따지듯 물었다. 그녀 뒤에서 흑갈색 머리 여자 하나가 커다란 보드카를 감싸고 태아처럼 웅크리고 누워 있었다. 그녀의 길고 굽은 손톱 하나하나에는 암청색을 바탕으로 은색 혜성이 그려져 있었다.

"소리 좀 낮춰 주세요. 잠을 못 자겠습니다."

존이 말했다.

욕실 문이 열리더니 다른 여자가 나왔다. 머리는 수건으로 감쌌지만, 그 외는 완전히 알몸이었다. 그녀는 열린 문밖에 존이 서 있는 것을 봤을 텐데도 전혀 개의치 않고 침대로 걸어가 흑갈색 머리한테서 보드카 병을 빼내서 길게 마셨다.

"우리 방금 일 끝나고 왔어요."

문간에서 빨간 머리가 말했다. 그리고 담배를 깊이 빨았다가 존의 얼굴에 대고 연기를 내뿜었다.

"지금 3시가 넘었고 전 몇 시간 후에 일어나야 합니다."

"그건 내 문제가 아니에요."

여자가 어깨를 으쓱하며 말했다.

"매니저한테 항의하면 당신 문제가 될걸요."

"하! 안 그럴걸요."

그녀는 코웃음을 쳤다. 그러더니 문을 닫았다. 하지만 꼭 닫지는 않고 몸을 돌렸다. 존이 마지막으로 본 것은 그녀가 침대로 가서 보드카 병을 드는 모습이었다.

존은 침대에 누워 위층에서 벌어지는 야단법석 소리를 무시하려고 몸부림쳤다. 그는 결국 포기하고 텔레비전을 켰다. 여기저기 채널을 돌리다가 잠깐 〈보노보의 집〉에서 멈췄다. 보노보들은 담요로 만든 보금자리에서 평화롭게 자고 있었다. 엔지니어들은 보노보들의 얼굴과 약간 떠는 듯한 입술을 확대해서 보여주고, 코 고는 소리와 귀뚜라미 우는 소리를 사운드트랙으로 덧입히는 등 장면을 재밌게 보이려고 온갖 기술을 동원하고 있었다.

잠을 못 이루던 존은 보노보들이 자는 모습을 보고 더 열불이 나서 계속 채널을 돌렸다. 주름이 자글자글한 아흔네 살의 할아버지가 민소매 셔츠를 입고 증기기관차 모양의 주방용 기계를 돌리고 있었다. 기계는 야채즙을 뽑아내고 남은 섬유소들은 뱉어냈다. 할아버지의 여든일곱 살 아내는 씩씩하게 생양파와 사탕무에서 나온 즙을 마시고 정말 맛이 좋다는 듯 활짝 웃었다. 다음 채널에서는 란제리 차림의 여자가 침대에서 뒹굴며 전화기에 대고 요염하게 흥흥거리고 있었다. 파티에 참석하고 싶은 그 지역의 싱글들은 전화만 한 통 하면 된다고, 진행자가 말했다. 티파니가 기다리고 있어요……. 그리고 화면 아래로 전화번호가 나왔다.

위층의 야단법석은 새벽 5시 41분에 멈췄다. 침대에 쓰러진 몸이 자세를 잡는 동안 매트리스 스프링에서 끼익 끼익 하는 소리가 잠시 났고, 그다음에는 고맙고도 고마운 침묵이 이어졌다.

7시 30분에 알람시계 소리를 듣고 깨어난 존은 울고 싶었다. 이번에는 정말 절정의 순간이었는데 아만다가 순식간에 연기처럼 사라졌던 것이다. 존은 알람의 대기버튼을 누르고 비참한 심정으로 힘들게 자위했다. 그리고 대기버튼을 다시 누른 다음 이불을 제치고 욕실로 들어가 샤워를 했다. 잠을 못 자 제정신이 아닌 탓에 면도하면서 얼굴을 네 번이나 벴다. 욕실에서 나올 때는 얼굴에 작은 화장지 조각이 붙어 있었다.

옷을 갖춰 입고 방을 나서기 위해 문고리를 잡았다가 뒤를 돌아봤다. 침대 발치에 선 그는 침대를 봤다가 천장을 올려다봤다. 노트

북 컴퓨터를 침대 한가운데에 놓은 그는 아이튠스에 접속했다. 그리
고 제퍼슨 스타십의 〈위 빌트 디스 시티〉를 무한 반복으로 설정해놓
고 소리를 최대로 키운 다음 소지품을 챙겨 문을 쾅 닫고 나왔다.

침대 옆에서 전화가 울리며 이사벨을 깨웠다. 두꺼운 커튼을 쳐놓아서 잠깐 혼란스러웠던 이사벨은 휴대폰으로 손을 뻗었다. "여보세요?"라고 한 후에야 휴대폰이 아니라 호텔 전화가 울리고 있다는 걸 깨달았다. 이사벨은 팔꿈치로 몸을 받치고 더듬더듬 스탠드 스위치를 찾았다.

"여보세요?"

이번에는 제대로 된 수화기에 대고 말했다.

"안녕하십니까, 던컨 씨. 안내 데스크의 마리오입니다. 젊은 '여자분'이…… 던컨 씨를 찾아오셔서요."

"분홍색 머리요?"

"네."

"올려보내 주세요."

“네, 알겠습니다.”

이사벨은 욕실로 들어가 얼굴에 찬물을 끼얹었다. 그리고 객실담
당 직원이 그 전날 갖다놓은 미니어처 양주병들을 하나씩 꺼내보며
그들의 균형잡힌 배치에 감탄했다. 그녀는 양주병을 원래 있던 자리
에 정확하게 돌려놓고, 플란넬 잠옷으로 갈아입을 시간이 있을까 생
각하고 있는데, 누군가 그녀의 방문 앞에서 ‘쉐이브앤헤어컷*’을 연주
하기 시작했다.

이사벨은 마지막 두 음이 울리기도 전에 달려가 문을 활짝 열었
다.

“실리아!”

실리아가 펄쩍 뛰어들어와 이사벨을 안았다.

“어디 좀 봐요. 그 파자마 예쁜데요. 돌아봐요.”

이사벨은 한숨을 쉬고 돌아서서 실리아에게 뒷머리를 보여줬다.
실리아가 새살이 돋아난 흉터 자리를 손가락으로 만졌다.

“좋아졌네요. 제가 여기다 하고 싶은 게 뭔지 아세요? 저라면 지
퍼 문신을 하든가 프랑켄슈타인처럼 바느질 모양으로 문신하겠어
요.”

“그렇겠지. 나는 싫어.”

“멋질 거예요. 그럼 그 흉터를 간직하는 것처럼 보이잖아요.”

---

* 쉐이브앤헤어컷Shave and a Haircut: 7음, 한 음절로 이루어진 가벼운 음악. 음악을
연주하고 나서 마지막에 코믹한 효과를 얻기 위해 사용되었다. 이것이 유행하여
초인종이나 자동차 경적 소리에도 사용되었다. 쉐이브앤헤이컷은 만화영화에도
널리 사용되었는데, 〈누가 로저 래빗을 모함했나〉에서 만화영화 캐릭터는 이 음악
이 시작되면 마지막 두 음을 완성하지 않을 수 없다는 설정이 나온다.
www.youtube.com/watch?v=jIBK7UxRTqE (5분 50초부터 시작)

"그렇지 않아도 간직하고 있는데 뭐. 그리고 난 머리를 길러서 흉터를 덮을 거야. 비행기 타고 오는 건 어땠어? 야간 항공편이었나 보네."

이사벨이 침대 옆에 있는 시계를 곁눈질하며 말했다.

"차 얻어타고 왔어요."

"실리아! 그러다 죽으려고 그러니."

"그럴 리가요. 교회 버스를 잡아탄 거예요. 여기까지 오는 동안 내내 찬송가만 부르고 왔어요."

"거짓말 마. 로렌스에서 여기까지 태워다줄 차가 어딨니."

"맞아요. 하지만 트럭은 있죠."

"실리아!"

"괜찮은 사람들이었어요."

실리아는 이사벨과 침대 사이를 통과해서 욕실로 사라졌다.

"그럼 여긴 언제 도착했는데?"

이사벨이 물 틀어놓은 소리보다 크게 물었다.

"어젯밤에요."

"그럼 어디에서 잤는데? 짐은 어딨고?"

실리아가 욕실에서 나와 카펫에 발가락을 문질렀다. 그리고 쑥스러운 듯이 바닥을 바라봤다.

"아, 그게 말이에요. 어떤 애를 만났는데……."

"오, 실리아. 설마 생전 처음 본 사람하고 잔 건 아니겠지."

"진정하세요. 경찰 아주머니. 저 신중한 거 아시잖아요. 그리고 처음 만난 사람도 아니에요. 다시 만났다고 하는 게 맞아요. 박사님도 보면 아실 거예요."

“그럼 그 사람은 어딨고, 넌 어디에 묵고 있는 거야?”

실리아가 다가와 이사벨의 손을 잡았다. 그리고 침대로 이사벨을 이끌고 가서 먼저 앉고는 옆자리를 두드렸다.

“앉으세요.”

이사벨은 마지못해 시키는 대로 했다.

“우린 야영지에 묵고 있어요. 하지만 그 애는 지금 지하 레스토랑에 있어요. 박사님이랑 내려가서 서로 인사했으면 좋겠어요.”

“내가 아는 사람이라면서?”

“아니요.”

실리아가 조심스럽게 말했다.

“그 애를 알아볼 거라고 했죠.”

✦———·———✦

존은 뚱한 얼굴로 접시를 내려다봤다. 모히건문의 아침 뷔페는 훌륭했지만, 그는 푸짐한 메뉴판을 훑어본 다음 에그 베네딕트를 주문했다. 그것은 아만다가 처음으로 완벽하게 만든 아침 식사였고, 존이 무척 좋아하는 요리이기도 했다. 존은 벌써 모텔방에 음악을 크게 틀어놓고 나온 것을 후회하고 있었다. 자신이 옹졸하고 유치한 사람처럼 느껴졌고, 창피하기까지 했다. 그래서 아침을 먹고 돌아가면 음악을 끌 생각이었다.

지난번의 초록 머리 남자애가 구석의 식탁에 앉아 있었다. 존은 아침을 먹다가 문득 그 아이를 발견했다. 저 애도 모히건문에 묵고 있단 말이야? 혹시 상당한 신탁자금을 받는 부자이면서 펑크족 흉내만 내는 부류 아닐까. 머리를 물들이고 피어싱을 하는 건 그저 인생 초반기의 반항을 빨리 치르는 건지도 모르지. 저 애 엄마는 어디선가 어지간히 속 좀 끓이고 있겠군.

얼굴 앞에 흰 장갑을 낀 손이 지나가자 존은 얼른 정신을 차렸다. 종업원이 은색 뚜껑을 덮은 접시를 식탁에 놓았다. 뚜껑을 들었더니 노란색 벨벳 천에 동그란 달걀 두 개가 얹혀 있었고, 그 옆에는 바삭한 사과나무 훈제베이컨과 그물 모양으로 소스를 얹은 감자튀김이 놓여 있었다. 존은 숨을 깊이 들이마시고 작고 앙증맞은 타바스코 병에 손을 뻗었다. 아만다는 그것을 '가방용 타바스코'라고 하며 그 빈병으로 귀걸이를 만들겠다고 농담했다. 존은 감자튀김에 타바스코를 뿌리려다 아만다에게 주려고 얼른 호주머니에 넣었다.

✦———·———✦

이사벨은 두 손에 이마를 푹 묻었다.

"정말 널 믿을 수가 없구나. 도대체 어떻게 그럴 수 있지? 넌 항상 그 애를 보고 재수 없다고 했잖니."

"정확히는 바보라고 했죠. 어제 오후에 도착해서 보노보의 집 앞에 갔더니 그 애가 그래놀라 좋아하는 애들하고 함께 있더라고요. 그래서 몇 마디 말을 붙여봤죠. 그런데 얘기를 나누다 보니 피터가 한 프로젝트에 관해 저랑 생각이 똑같은 거예요. 그다음엔 어찌어찌하다 보니, 두둥."

"두둥?"

이사벨이 손에서 얼굴을 떼며 물었다.

"두둥이라니?"

"아이, 말하자면 그런 거죠."

이사벨은 뒤로 푹 쓰러져 베개로 얼굴을 덮었다. 실리아가 바로 옆으로 가서 베개 한쪽을 쳐들고 말했다.

"걔 좀 만나보세요, 네?"

"못 가. 아마 캣 더글라스가 거기 있을 거야. 나를 알아볼 거라고."

"만약 캣우먼이 가까이 오면 제가 쫓아버릴게요."

"실리아, 그 여자는 너도 감당하기 어려울 거야."

"그럼 우리가 숨으면 되죠."

실리아의 목소리가 나긋나긋해졌다.

"박사님, 부탁이에요? 네?"

✦————·————✦

존은 빳빳한 흰색 냅킨을 무릎에 펼치고 나이프와 포크를 들었다. 그는 포크 끝으로 홀란데이즈 소스를 찍어 맛을 봤다. 딱 이거다 싶진 않았다. 들어가면 안 될 뭔가가 들어가 있었다. 아마 보관하는 동안 세균 번식을 막으면서 소스를 걸쭉하게 만드는 재료를 넣은 것 같았다.

아만다가 만든 홀란데이즈 소스에는 순수하게 달걀노른자와 버터, 레몬만 들어갔다. 그녀는 '달걀과 담력을 겨룰 동안'에는 말을 하지 않았다. 불 위에서 달걀노른자에 진한 광택이 골고루 퍼질 때까지 휘저으려면 굉장한 집중력이 필요했기 때문이다. 그녀는 달걀이스크램블이 되기 직전, 정확한 때를 맞춰 거품기로 버터 덩어리를 찔러넣어 달걀노른자와 프라이팬 바닥을 동시에 식혔다. 그녀는 언제나 다행히 잘됐다며 승리감에 도취했다. 그리고 나머지 버터를 다 넣은 다음에야 팬에 있는 소스에 손가락을 넣어 존의 혀에 한 점 찍어줬다. "맛 최고지?" 아만다는 눈을 반짝이며 물었고, 그는 항상 그렇다고 대답했다. 그것은 언제나 사실이었으니까.

존의 아침 식사에는 잘못된 점이 또 있었다. 수란水卵이 너무 둥글었다. 이것은 수란을 정석대로 만들지 않았다는 뜻이었다. 줄리아 차일드의 광신도가 된 아만다가, 숟가락과 식초를 이용하더라도 달걀을 물속에 넣어야 진정한 수란이라고 가르쳐주지 않았다면 존도 그 차이를 몰랐을 것이다.

존은 잘 익은 노른자 가운데를 잘랐다. 그런 다음 노른자가 잉글리시 머핀 속에 잘 스며들게 하려고 위에 얹은 토핑을 걷어냈다. 그러자 아만다라면 절대 쓰지 않았을 햄이 나왔다. 아만다라면 피밀 껍질이 있는 캐나다산 베이컨이나 이탈리아산 프로슈토를 썼을 것이다. 그리고 아만다라면 살짝 데친 아스파라거스 세 줄기로 위를 장식하거나 수란과 베이컨 사이에 마늘에 볶은 여린 시금치 한 줌과 소태Sautéed 약간을 얹었을 것이다. 아만다는 왜 베네딕트와 플로렌타인* 스타일을 엄격하게 구별해야 하는지 이해하지 못했는데, 존은 더욱 그랬다.

"손님, 음식이 마음에 드십니까?"

---

* 잉글리시 머핀에 홀란데이즈 소스와 수란을 얹은 것은 미국의 보편적인 브런치 메뉴이다. 만드는 법은 두 가지인데 햄이나 베이컨을 넣은 것은 베네딕트benedict, 육류 대신 시금치를 넣은 것은 플로렌타인florentine이라고 한다.

“네?”

존이 퍼뜩 현실로 돌아왔다.

“아, 네. 고마워요.”

“네, 손님.”

종업원이 지나가자, 존은 손가락으로 베이컨 한 조각을 집어 먹었다. 손가락으로 집어 먹는 음식은 아니라는 생각이 들었지만 그를 지저분하게 보는 사람은 없었다.

구석에 있던 초록 머리의 아이만 빼고 말이다. 그는 아직도 실눈을 뜨고 혐오스러운 표정으로 존을 쳐다보고 있었다.

✦──·──✦

“정말 기자랑 인터뷰하실 거예요?”

실리아는 엘리베이터에 타면서 물었다.

“응. 하지만 다른 사람들한테는 아무 말도 하지 마. 어떤 내용도.”

“왜 제가 다른 사람들한테 얘기할 거라고 생각하세요?”

“모르겠어. 하지만…… 어쨌든. 이건 중요한 문제야. 약속해줘. 절대 아무한테도 얘기하지 않는다고. 특히 지금 만나는 남자애한테는. 이름이 뭐라고 했지?”

“네이선이요. 마음에 드실 거예요.”

“어련하시겠어.”

“좋게 봐주세요. 네?”

이사벨은 엘리베이터의 푹신한 벽을 초조하게 바라봤다.

띵 소리가 나며 엘리베이터가 1층에 도착했다. 그들은 레스토랑으로 가기 위해 큰 꽃꽂이가 놓인 테이블을 빙 돌아 걸었다.

실리아가 말했다.

"구석에 있는 저 남자애예요."

이사벨이 말했다.

"알 만하다. 어딜 가나 눈에 띄겠구나."

네이선은 일어나더니 걷기 시작했다. 그냥 걷는 게 아니라 두 손을 청바지 주머니에 깊이 찔러넣고 어깨를 구부정하게 수그리고 살금살금 걸었다.

"뭐 하는 거니? 우리를 본 거야?"

"모르겠는데요."

네이선은 한 테이블로 가서 걸음을 멈췄다. 테이블에 앉아 있던 남자는 고개를 들고 그를 올려다봤다. 남자는 엄지와 다른 손가락들 사이에 베이컨 조각을 시가처럼 들고 있었다.

"육식은 살육이야, 이 바보 자식아."

네이선이 말했다. 그러면서 남자의 접시 아래에 손을 밀어 넣고는 손목을 확 꺾어 접시를 날려버렸다. 바닥에 거꾸로 떨어진 접시는 네 조각이 났고, 홀란데이즈 소스가 남자의 신발과 바지에 튀었다.

실리아는 이사벨의 팔을 끌어당겨 입구 옆에 서 있는 코린트식 기둥 뒤로 숨었다. 네이선은 그들을 지나 뒤도 돌아보지 않고 정문을 빠져나갔다.

"어머. 저러면 안 되는데."

실리아가 놀란 얼굴로 말했다. 그때 이사벨이 이 사이로 숨을 들이쉬며 말했다.

"실리아."

“왜요?”

“저 남자야. 저 사람이 존 티그펜이야. 본지가 키스하려고 했던 기자. 내가 인터뷰하려는 기자.”

실리아가 돌아봤다. 존 티그펜은 손바닥을 위로 향한 채 놀란 눈으로 네이선이 나간 출구 쪽만 바라보고 있었다.

“오오오오, 저 사람이 그 돼지우리예요?”

“맞아. 저 사람이 돼지우리야.”

이사벨이 웃음을 참으며 말했다.

평소에 미신을 믿지 않았지만, 존은 아침에 음악을 크게 틀어놓고 온 벌로 호텔에서 그런 봉변을 당했는지도 모른다는 생각이 들어 음악을 끄기 위해 곧장 버커니어 모텔로 돌아갔다.

가는 길에 존은 자기도 모르게 지미스 식당을 돌아봤다. 그날 본 사내 중 하나가 담배를 피우고 있었고 옆에는 부거가 보도에 똥을 싸고 있었다. 사내가 존을 쳐다봤다. 존이 애매하게 손을 흔들었지만, 사내는 무시했다.

모텔에 와보니 웬일인지 자신의 방문이 살짝 열려 있었다. 그는 혹시 도둑이 들었을까 봐 살금살금 다가가 열린 문틈으로 가만히 귀를 대봤다. 위층 여자들이 낄낄거리며 웃고 있어서 다른 소리는 아무것도 들리지 않았다. 열린 문을 발로 슬쩍 밀었다.

방은 비어 있는 것 같았지만 존은 침대 밑과 욕실 샤워 커튼까지 열어봤다. 베니션블라인드의 미색 살들이 활짝 열려 있고, 지저분한 면직물 커튼이 바람에 따라 안팎으로 날리고 있었다. 죽은 파리는 욕조 바닥에서 떠돌고 있었다.

아무도 없었다.

심장이 뛰는 소리를 들으며 존은 침실로 되돌아왔다. 그때서야 그는 제퍼슨 스타십의 노랫소리가 들리지 않는다는 것을 깨달았다. 침대 위에는 노트북 컴퓨터 대신 파스텔 계열의 파란색 포스트잇이 붙어 있었다.

242호. ☹

존은 한숨을 내쉬고 천장을 힐끗 쳐다봤다. 242호는 그의 방 바로 위층이었다.

존은 건물 끝까지 걸어가 계단을 올랐다. 손잡이는 페인트가 벗겨지고 다시 칠해진 역사를 울퉁불퉁한 표면에 그대로 드러내고 있었다.

242호의 방문은 활짝 열려 있었다. 존은 침대 위에서 자신의 노트북이 전자기타와 와와 페달로 연주되는 음악을 쏟아내고 있는 뒷모습을 발견했다.

빨간 머리는 의자를 침대 곁으로 끌고 가 통굽 구두를 신은 발을 침대 위에 올려놓고 있었다. 금발 머리는 그녀 옆에서 머리핀을 입에 문 채 미용기구로 머리에 웨이브를 넣고 있었다. 갈색 머리는 반대편에서 모니터를 흥미롭게 바라보면서 가끔 고개를 천장으로 돌리고 담배연기를 뿜어냈다. 존이 문 앞에 서 있다는 것을 눈치채는 여자는 아무도 없었다.

"대체 뭐하는 겁니까?"

존이 따지듯 물었다.

빨간 머리는 담배를 건들거리며 모니터로 몸을 더 숙였다. 그녀의 눈이 촉촉해졌다.

"옛날이 좋았지."

그녀가 서글프게 말했다.

"저거 봐. 내가 처음 생각해낸 거야. 티백 방식."

다른 두 여자도 가까이 들여다보더니 한숨을 쉬었다.

"정말 놀라워, 이반카. 진짜 탁월해."

그중 하나가 말했다.

"그럼. 그땐 내가 스타였어. 늘 리무진을 타고 다녔지. 온종일 샴페인을 마시고, 콜라도 마시고! 어딜 가나 찬사를 받았어. 그런데 지금은……."

그녀가 시무룩한 얼굴로 한숨을 쉬었다.

"티백 방식? 티백 방식이라고 했소? 당신들 지금 내 컴퓨터로 포르노 보고 있는 거요?"

존이 소리쳤다.

"저건 포르노가 아니야."

이반카가 분하다는 듯이 말했다.

"저게 바로 나라고."

"내 컴퓨터를 훔쳤잖소!"

"난 '빌렸다'고 말하고 싶은데."

그녀가 고개를 옆으로 돌리며 담배 한 모금을 빨았다. 그리고 가늘고 세게 연기를 내뿜었다.

"대체 내 방엔 어떻게 들어간 거요?"

"아, 당신도 알텐데. 매니저 빅터는 좋은 사람. 당신은······."

그녀는 존을 향해 혀를 찼다.

"별로 안 좋은 사람. 오늘 아침에 한 일은 아주 나빴어."

그녀는 갑자기 몸을 숙이고 매니큐어 칠한 손톱으로 모니터를 찔러댔다.

"봐, 이거 봐!"

"멈춰! 그거 액정이야!"

존이 소리쳤다.

"보이지?"

그녀는 존을 완전히 무시하고 손톱으로 모니터를 가로질렀다. 어쩔 수 없다고 생각한 존은 침대 가까이 다가갔다. 이반카의 빨간색 손톱으로 그은 자국이 모니터에 그대로 남았다.

"봤어? 콩가처럼 팽팽하고 농구공처럼 둥근 거."

"그리고 크기도 딱 적당했어."

다른 한 명이 말했다.

"맞아, 그랬어."

이반카가 다시 담배를 한 모금 빨았다.

"하지만 세월을 누가 당하겠어."

회한에 빠진 다른 러시아 여자가 한숨을 쉬었다.

"이봐요? 이제 된 거요?"

이반카는 고개를 휙 돌려 갑자기 존을 쳐다봤다.

"아니. 찡그린 얼굴 그려놓은 거 못 봤어?"

"찡그린 얼굴?"

"포스트잇 못 봤어? 우리 못자게 방해했잖아. 뚱보 밥은 우리가 피곤해 보이면 싫어해.”

“뚱보 밥?”

“신사 클럽 매니저. 우리가 일하는 데.”

이반카는 앞으로 숙이며 노트북을 탁 껐다.

“하지만 용서해 줄게. 나쁜 아저씨…….”

그녀가 담배를 위아래로 흔들며 윙크를 했다.

“유명작가신 줄 몰랐으니까.”

이 말을 하면서 그녀는 양손의 두 손가락을 따옴표 모양으로 구부렸다.[*]

“뭐요?”

“빅터가 열쇠 말고도 이야기해준 게 있어.”

여자는 머리로 침대 옆 테이블을 가리켰다. 거기에는 팬티도 입지 않은 여자들이 초미니스커트 차림으로 차에서 내리는 사진이 양면 펼침으로 실린 번쩍거리는 잡지가 놓여 있었다. 중요한 부위에는 노란색 별이 그려져 있었다. 헤드라인도 요란했다. ‘다리 벌린 사진들 집합!’ ‘톱스타들의 최신 음모 스타일!’

존은 침대 끝에 앉았다.

갈색 머리가 《위클리 타임스》 최신호를 덮어 페덱스 봉투에 넣더니 존의 노트북 위에 던졌다. 그는 노트북과 봉투를 들고 일어났다.

“이것도 필요할걸.”

이반카는 존의 이름이 새겨진 아메리칸 익스프레스 법인카드를 내밀었다.

---

[*] 다른 사람의 말을 인용할 때 사용하는 제스처. ‘finger quotes’ 혹은 ‘air quotes’라고 한다.

"봉투에 함께 들어 있었어. 거물 작가는 좋겠네. 난 구두에 약하
거든."

존은 신용카드를 찬찬히 보다가 뒷주머니에 넣고 방문을 나섰다.
방에서 나와 문을 닫으려 할 때 이반카가 말했다.

"오늘 밤에는 잘 수 있을 거야."

그리고 키스를 날려보냈다.

✦——•——✦

방으로 돌아온 그는 봉투에서 《위클리 타임스》를 꺼냈다. 그의 이
름 위에 적힌 제목은 "포르노의 제왕이 섹스에 미친 원숭이를 방송
하다!"였다(존이 써보낸 제목은 "빅 브라더인가, 큰 사랑인가? 애정 넘치는
유인원이 리얼리티 쇼에 등장하다"였다).

내용은 더 심하게 왜곡됐다. 존이 쓴 내용은 다음과 같았다.

과거에 피그미 침팬지로 알려졌던 보노보는 1929년 별개의 종(pan paniscus)으
로 분류되었다. 평화로우며 노는 걸 좋아하고 싸움을 싫어하는 보노보는 흔히
'숲 속의 히피'라고 불린다. 모계중심사회를 이루고 평등주의적인데, 성적인 습
성이 특이하다. 보노보들은 섹스를 통해 친근감을 형성하고 유지하는데, 암컷
들은 수컷들 못지않게 먼저 성적인 접촉을 시도한다. 콩고민주공화국에 서식하
는 야생 보노보들은 대략 네 시간이나 다섯 시간에 한 번씩 성적으로 접촉한다.
반면, 폭스의 보노보들은 대략 한 시간 반에 한 번씩 성적으로 접촉한다.

그런데 이 내용은 "원숭이들은 매일 한 시간에 한 번씩 섹스를 한

다!” 또는 “새끼 보노보들은 원하는 것을 얻기 위해 섹스를 이용한다!” 그리고 “암컷에 휘둘리는 수컷들은 늘 섹스를 하기 위해 대기한다!” 같이 이해하기 어렵고 선정적인 문장들로 돌변해 있었다.

존은 침팬지와 보노보의 신체적 차이에 대해서도 설명했었다.

보노보는 침팬지보다 작고 연약하며 가는 몸매에 얼굴이 넓적하다. 팔다리는 길고 섬세한데, 보노보 암컷들은 인간이 아닌 유인원 중에서는 유방이 가장 발달했다.

이 내용은 단 한 줄로 축약되어 있었다.

“유인원 세계의 파멜라 앤더슨!”

인간의 언어를 습득한 보노보들에 관해 존은 아래와 같이 설명했었다.

보노보는 침팬지만큼이나 인간과 가까워서 보노보와 인간의 DNA는 98.7%나 일치한다. 당연한 일인지 모르지만, 보노보는 인간의 언어를 습득하는 능력과 추상적인 사고능력이 뛰어나다. 이 특별한 보노보들이 영어 구어를 이해하고 수화를 이용하여 대화할 수 있게 된 것은, 그들이 어린이와 똑같은 방식으로 언어에 노출되었고 대화하고 싶은 욕구를 가지고 있기 때문이다. 그리고 보노보들은 그 나이 또래의 인간과 비교해도 부끄럽지 않을 만큼 컴퓨터를 잘 다룬다.

하지만 이 내용은 아예 빠지고 없었다.

존은 화를 억누르며 나머지를 끝까지 읽었다. 그가 쓴 것은 하나도 없었다. 탄원서, 임신, 다 없었다. 모든 내용이 선정적으로 오염되어 있었다.

잠시 후 존은 토퍼에게 전화를 했다.

"이건 제가 쓴 게 아니잖아요! 전부 다요!"

"나 참."

"'나 참'이라뇨. 제가 쓴 글이 아니라고요."

"이게 무슨 《내셔널 지오그래픽》이라도 되는 줄 아는 거요? 우리 회사는 린제이 로한을 온종일 따라다니는 기자를 두고 있어요. 이런 데서 무슨 퓰리처상이라도 노리고 있는 거요?"

"사실과 달라서 이러는 겁니다. 원숭이가 아니라 유인원입니다. 침팬지가 아니라 보노보고요. 그리고 파멜라 앤더슨이 뭡니까. 보노보들은 A컵이에요. 커봤자 B컵이고요. 맙소사, 제가 이런 말까지 해야 합니까?"

"이렇게 말해야겠군요. 인쇄소에 넘기기 두 시간 반 전에 원고를 보낸 사람한테는 불평할 자격이 없죠. 반면에 나는 불평을 할 자격이 있습니다. 특히 당신이 쓴 원고에는 재밌는 내용이 하나도 없었으니까요. 솔직히 말해 좀 걱정스럽습니다. 컬럼비아대학에서 배운 건 다 잊어버려요. 《필라델피아 인콰이어러》에서 배운 것도 잊어버리고. 그 대신 더 때깔 나면서 외계어는 없는 《내셔널 인콰이어러》를 보라고요. 이번 호 특집에 나온 단어를 하나도 빼놓지 말고 모두 기억하길 바랍니다. 《TMZ》와 《액세스 할리우드》부터 시작하세요. 페레즈 힐튼, 미스터 파파라치 같은 블로그도 가봐요. 내가 원하는 게 그런 거요. 학술용어는 앞으로 쓰지 말고. 알겠어요? 또 한 가지. 폭스와의 인터뷰를 따 내요. 이사벨 던컨하고도요. 하찮은 거라도 우리가 이용할 수 있는 걸 찾아봐요. 사실이건 아니건 상관없어요. 그걸 바탕으로 추측만 할 수 있으면 아무리 사소한 거라도 좋아요. 내 말 알아듣겠어요? 그리고 언제나 '관계자에 의하면'이라는 말을 써 먹도록 해요."

"켄 폭스에 대해 지어내서 쓰라는 건가요."

"이사벨 던컨도요. 거기 있는 동안, 당신이 이 자리에 왜 들어왔는지부터 생각해봐요."

기분 나쁜 침묵이 흘렀다.

"이제 서로 이해한 건가요?"

존의 입가에서 단 하나의 근육이 실룩거렸다.

"예."

"좋아요. 다음 기사 기대하죠. 이번에는 시간 맞춰 보내고, 재미있는 이야기로 가득 채워요."

"예."

"좋아요."

흡족해하는 토퍼의 대꾸와 함께 전화가 끊어졌다.

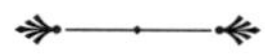

존이 침대에 자리를 잡고 《위클리 타임스》를 읽으며 그가 지금까지 살면서 받아온 교육을 지우려 노력하고 있을 때, 갑자기 건물이 쾅하고 흔들리더니 쨍그랑하는 소리와 함께 유리조각들이 비처럼 날아들었다. 존은 얼른 몸을 웅크려 두 팔로 머리를 감쌌다. 모텔 밖에서 폭발이 일어났다는 게 확실해지자 존은 벌떡 일어나 문을 열었다.

모텔 맞은편 거리는 온통 불길에 휩싸여 있었다. 흰색과 파란색이 어우러진 투명한 외장재는 탐욕스러운 불길 끝에서 노랗고 붉은 색으로 타들어가고 있었다. 발치를 내려다보니 주위가 온통 유리파 편으로 덮여 있었다. 엄청난 위력에 유리창이 깨지면서 그 조각들이 길 건너까지 날아온 것이다. 버커니어 모텔의 1, 2층 사람들은 모두 문을 열고 밖으로 나왔다. 스트리퍼들, 꽃무늬 드레스의 여자와 속 옷 차림의 남편, 도착한 날 밤에 신나서 풀장에 갔다가 실망하고 곧 바로 방으로 돌아갔던 동양인 가족 등. 몇몇 사람들은 벌써 전화를 하고 있었는데, 주위의 시끄러운 소리 때문에 수화기를 손으로 감싼 채 이야기하고 있었다. 존은 불타고 있는 건물을 다시 쳐다봤다.

불덩이가 된 사람이 정면의 창문이었던 곳에서 튀어나와 쏜살같 이 거리로 내달렸다. 존의 방 위층 발코니에서 한 여자가 비명을 지 르기 시작했다. 이반카였다. 혼란 속에서도 익숙한 목소리를 듣자 존은 정신을 차리고 행동에 돌입했다.

사람 모양의 불덩어리는 팔을 마구 흔들며 내달렸고, 손으로는 온몸을 덮은 불꽃을 털어냈다. 불꽃은 혜성 꼬리처럼 그를 따라다 녔다. 존은 소화기를 찾아 모텔의 외벽을 살폈지만 한 개도 없었다. 그는 자신의 방으로 뛰어들어가 침대보를 걷어 거리로 뛰쳐나왔다.

그 사람은 실이 끊어진 꼭두각시처럼 아스팔트 바닥에 쓰러져 있 었다. 존은 달려가 침대보를 덮고 산소가 들어가지 않도록 몸 아래 쪽까지 감쌌다. 새어나오는 불꽃은 두드려서 끄고, 침대보에 불이 붙으려고 하자 그 사람을 앞뒤로 굴렸다. 마침내 불이 꺼지자 그 사 람의 머리부터 침대보를 걷어냈다. 존은 무릎을 꿇고 앉아 살폈으나 ─ 확실한 것은 아니었지만 존은 그 사람을 남자라고 생각했다 ─ 아직 목숨이 붙어 있는지 알 수 없었다. 존은 불에 타서 시커메진 입에 귀를 갖다 댔다. 그리고 숨을 쉬는지 확인하려고 가슴을 살폈다. 그때 사이렌 소리가 들렸다. 다행히도 사이렌 소리는 점점 크게 들려왔다.

"이봐요, 힘내요. 조금만 버텨요. 구급차가 오고 있어요."

존은 자신의 무력함을 뼈저리게 느꼈다. 남자의 손을 잡아주거나 어디든 쓰다듬으며 위로하고 싶었지만, 불에 타지 않은 부위가 없었다. 그래서 존은 그저 옆에 무릎을 꿇고 앉아 힘내라는 말만 되뇌었다. 그 격려가 효과가 있을지 알 수 없었다. 존이 옆에 있다는 것을 알고 있는지도 알 수 없었다.

소방차 두 대가 모퉁이를 돌아 달려오고 있었다.

존은 벌떡 일어서 손을 흔들며 소리쳤다.

"여기요! 도와주세요!"

하지만 소방차는 그들을 지나쳐 불타고 있는 건물 앞에서 멈췄다.

존이 속수무책으로 그들을 바라보고 있을 때 경찰차가 와서 멈췄다. 존은 절망적이라는 뜻으로 두 손을 들어 보였다. 경찰은 차창 너머로 존을 훑어보더니 차에서 내렸다. 전혀 서두르는 기색이 없었다.

"무슨 일입니까?"

경찰이 불에 탄 남자를 내려다보면서 존에게 물었다.

"제가 저 모텔 방에 있는데……."

존이 떨리는 손을 들어 버커니어 모텔을 가리켰다.

"폭발 소리 같은 게 들려서 대체 무슨 일인가 하고 나와봤는데, 이 남자가 불붙은 채로 튀어나왔습니다. 저는 이 사람이 넘어질 때까지 뒤쫓아가서 침대보로 덮어 불을 껐고요. 그런데 여태 아무도 구급차를 부르지 않았다는 말입니까? 왜 소방차는 여기서 서지 않은 겁니까?”

불에 탄 사람의 입에서 낮고 가느다란 신음이 나더니 울부짖는 소리로 변했다. 일단 시작하자 그 소리는 멈추지 않았다. 괴로움을 호소하다가 욕설을 하면서 울다가, 기도하다가, 나중에는 어머니를 부르며 흐느꼈다. 하지만 그의 망가진 얼굴은 거의 움직이지 않았다.

잠시 후에 구급차가 와서 멈췄다. 존은 구급 요원들이 불에 그슬린 침대보를 치우고 남자를 들것에 싣는 걸 지켜봤다. 비명은 곧 애처로운 신음으로 잦아들었다.

구급 요원이 검게 변한 얼굴을 내려다보며 말했다.

“당신이 어떤 사고를 당했는지 알아야 합니다. 제 말 들리세요? 눈멀기 싫으면 말씀해 주셔야 해요. 필로폰을 만들고 있었나요? 제 말 들려요?”

“맞아요.”

존이 대답했다.

“적어도 제 생각에는 그래요.”

존은 두 팔로 몸을 감싼 채 심하게 몸을 떨었다. 살이 타는 냄새 때문이었고, 방금 삶이 끝나버렸거나 적어도 되돌릴 수 없을 정도로 바뀌어버린 한 인간의 모습 때문이었다.

“왜 그렇게 생각하시죠?”

경찰관이 물었다.

“전 그곳이 식당인 줄 알았어요. 피자와 도시락이라고 쓰인 간판이 있었거든요. 며칠 전에 들어갔어요. 배가 고팠거든요. 하지만 피자는 없었고 그곳에 있는 사람들은 총을 갖고 있었습니다. 투견도 있었고요. 그리고 아세톤 같은 냄새가 났어요.”

경찰관은 존을 찬찬히 뜯어보더니 구급차로 가서 요원들에게 뭔가를 이야기했다. 구급 요원들도 존을 쳐다보고 나서 무슨 말인가를 하면서 고개를 끄덕였다. 경찰관이 되돌아왔다.

"감사합니다. 필로폰 제조에는 2~3일 동안 지속적으로 각막을 손상시키는 물질이 사용됩니다. 그래서 저 피해자가 당장 실토하지 않으면, 뭐, 할 수 없죠. 저 사람이 어떻게 될지는 잘 모르겠습니다. 어쨌든 목숨은 건질 수 있을지……."

경관은 주머니에서 수첩을 꺼냈다.

"성함이 어떻게 되십니까?"

"존 티그펜입니다."

존이 이를 닥닥 부딪치며 말했다.

"버커니어 모텔에 묵고 있다고 하셨죠?"

"네, 142호입니다."

"기소할 사람이 한 명이라도 생존해 있으면, 저희 쪽에서 다시 연락할 겁니다. 이 남자 몸이나 옷에 손을 댔습니까?"

"아뇨."

"전혀요?"

"아마도요. 침대보만 만진 것 같습니다."

"네, 그럼 다행입니다. 그래도 들어가셔서 샤워를 철저히 하십시오. 30분 이상이요. 피부에 부식성 물질이 묻었을지도 모르거든요."

존의 눈이 휘둥그레졌다.

"요샌 착한 사마리아인도 이렇게 될 수 있습니다."

경찰관이 몸을 돌리며 고개를 저었다.

"저희 어머니가 늘 말씀하셨죠. 좋은 일 하다가 벌 받을 수도 있다고요."

✦———·———✦

존은 아직도 부들부들 떨리는 몸을 두 팔로 감싸 안은 채 버커니어 모텔로 터덜터덜 걸어갔다.

흰색 엘비스 점프슈트에 빤짝이가 박힌 통굽 구두를 신은 이반카가 주차장에 있다가 존에게 조르르 달려왔다.

"내 몸에 손대지 마. 부식성 물질이 묻어 있을지도 모르니까. 지금 샤워해야 해."

그러자 이반카는 자신의 방 발코니를 향해 소리쳤다.

"카트리나! 샤워기 틀어!"

그리고는 존을 닭 몰듯이 위층으로 몰고 갔다.

"올라가. 당신 방 샤워기는 고장 났어. 컴퓨터 도둑맞지 않게 방문 잠글게."

계단을 올라가면서 존은 이반카가 그의 욕실 샤워기가 고장 난 걸 어떻게 알았을까 궁금해졌다. 그리고 나중엔 어떻게 방으로 돌아가야 하나 고민하다, 이반카가 매니저 빅터와 친하니 마스터키를 얻을 수 있겠다는 데 생각이 미쳤다.

막 샤워하려 할 때 이반카가 욕실로 들어와 세면대 가장자리에 폭신한 분홍색 수건을 올려놓았다. 그러더니 아만다가 쓰던 것과 같은 향기로운 수제 비누를 건넸다. 비누를 받은 존은 눈물이 글썽해졌다.

"고마워."

30분 동안 샤워하고 허리에 수건을 두르고 나오니 여자들은 출근 준비를 하고 있었다. 손거울을 들고 화장을 하고, 솜씨 좋게 부풀린 머리에 헤어스프레이를 뿌리고 있었다.

"음료수 마실래?"

이반카가 병을 내밀었다.

존은 고개를 저었다.

"당신 좋은 사람. 용감한 남자."

그러고는 살피듯 물었다.

"결혼했어?"

존은 고개를 끄덕였다.

"그렇군."

이반카는 존의 볼에 키스하고 엄지로 볼에 남은 립스틱 자국을 닦아냈다. 그리고 열쇠를 내밀었다.

존은 자신의 방으로 내려갔다. 아직 5시도 되지 않았지만 기진맥진해진 그는 그냥 침대로 기어 올라가 불을 껐다. 그러다 다시 불을 켜고 아만다에게 전화했다.

"여보세요?"

그녀가 전화를 받았다. 눈물이 왈칵 솟았다. 존이 그날 겪은 일을 이야기하자 아만다는 진심으로 그를 위로해 줬다. 하지만 존에게 무엇보다 절실한 건 신체적 접촉이었다. 고통스러울 정도로 그녀의 품이 그리웠다.

존의 꿈에 어둡고 구불구불한 동굴과 불 도깨비, 송곳니에 눈이 이글거리는 거대한 털북숭이 짐승들이 나타났다. 베오울프*에 나올 법한 중세의 전사, 그의 앞을 지나치며 쟁강 쟁강 부딪히는 무기들, 약탈당한 마을, 사지가 찢어져 나간 괴물, 그렌델. 거기다 그렌델의 어미까지 정신없이 튀어나왔다. 그렌델 어미의 숨결은 무시무시했고 거칠었으며, 통조림 참치 냄새를 풍겼다.

존은 화들짝 잠에서 깨어나 숨을 헐떡거렸다. 너무 진짜 같아서 꿈이었다는 것을 한동안 깨닫지 못했다. 그러다 실제로 일어난 일을 기억해내고는 잠시 최악의 절망감을 느꼈다. 그러다 자신의 옆에서 수상한 거친 숨소리가 헐떡거리며 킁킁거리고 있고, 뭔가 묵직한 물체 때문에 매트리스 한쪽이 푹 꺼져 있다는 것을 알아차렸다.

존은 스위치를 찾아 손을 휘저으며 스탠드 쪽으로 몸을 던졌다. 드디어 스위치를 켜고 고개를 휙 돌리니 붉은 엉덩이가 침대 저쪽에서 내려가는 것이 보였다. 존은 불빛에 적응하기 위해 눈을 갸름하게 떴다. 아직도 꿈을 꾸고 있는 건가?

그때 방 한구석에서 가느다랗게 낑낑거리는 소리가 들렸다.

"부거?"

낑낑거리던 소리가 멈췄다. 존은 침대에서 내려와 커다란 사냥감

* 베오울프Beowulf: 8세기 전반 영국에서 만들어진 작자 미상의 영웅 서사시. 총 2부로 나누어져 있다. 1부는 게아타스라는 나라의 젊은 무사 베오울프가 이웃 나라 데네국(덴마크) 늪에 사는 괴물 그렌델과 그 어미를 무찌른다는 내용이다. 2부는 게아타스의 왕이 되어 50년간 나라를 통치한 베오울프가 국민을 구하기 위해 화룡을 무찌르다 화룡의 독에 사망하는 비극적인 결말을 담고 있다.

을 몰듯 천천히 돌며 다가갔다. 구석에서 애처롭게 떨고 있던 정체 불명의 덩어리는 붉은 투견이었다. 그 개는 귀를 머리에 납작 붙이고 처량하게 눈을 깜박이며 존을 올려다봤다. 턱살은 입 양쪽으로 늘어져서 숨을 쉴 때마다 이리저리 흔들렸다. 벌름거리는 콧구멍은 젖어서 번들거렸다.

개는 불에 덴 것 같지는 않았다. 밖에 있다가 돌아온 건가? 이 개한테도 부식성 물질이 묻어 있는 건 아닐까? 그런 폭발사고에서 상처 하나 없이 살아난 게 믿어지지 않았다.

"괜찮아."

존은 서툴게 달랬다. 그리고 다친 데가 없는지 눈으로 훑어봤다. 망설인 끝에 앞으로 다가가 손을 몇 번 내밀어도 보았다. 개는 무사한 것 같았다. 검댕이나 화상, 다른 외상도 눈에 띄지 않았다. 만일에 대비해서 목욕을 시켜야 하지 않을까 생각했지만, 어떻게 해야 할지 몰라서 그냥 침대 반대쪽으로 돌아왔다. 그는 불을 끄고 이불 아래 누워 몸을 웅크렸다.

잠시 후, 부거도 존의 맞은편으로 슬그머니 올라와 다시 코를 골고 방귀를 뀌었다. 존은 어둠 속에서 눈을 크게 뜨고 누워 있었다.

30장

다음 날 아침, 존은 침 흘리며 자는 커다란 개를 깨우지 않으려고 이불 아래로 조심히 기어 내려왔다. 부거는 침대를 4분의 3이나 차지하고 있었다. 존은 면도를 하고 욕조의 샤워꼭지 아래에서 대충 씻은 다음, 개가 물을 마실 수 있도록 화장실 문을 열어놓았다. 밖으로 나온 다음에는 방문을 바라보며 청소부가 부거를 발견하면 어떻게 할지 생각해봤다. 그냥 문을 닫고 못 본 척할까, 아니면 동물 관리국에 전화할까? 부거가 입양될 가능성은 크지 않다고 생각했다……. 존은 문을 살짝 열고 손을 슬그머니 넣어 '들어오지 마시오'라고 쓰인 팻말을 더듬어 찾았다. 그리고 그걸 밖에 있는 문고리에 걸었다.

문을 닫자마자 휴대폰이 울렸다. 모르는 전화번호였다. 존은 걷기 시작하며 전화를 받았다.

“여보세요?”

탁탁하는 잡음만 나고 대답이 없었다. 그는 전화가 끊어졌나 생각하면서 다시 한 번 말했다.

“여보세요?”

“존이에요?”

여자 목소리였다.

“네, 제가 존입니다.”

존의 이마에 주름살이 잡혔다. 어디선가 들어 본 목소리인데 정확히 기억해낼 수 없었던 것이다.

“저 이사벨 던컨이에요.”

존은 그 자리에 멈춰 섰다.

“이사벨! 어떻게 지내요? 내 말은…….”

존은 횡설수설할까 봐 말을 멈췄다. 그리고 목소리를 낮췄다.

“몸은 좀 어때요?”

“좋아졌어요. 한편으로는 더 나빠지기도 했지만요.”

존은 전날 길거리를 달리며 뒤쫓아가던 인간 불덩이가 떠올랐다. 존은 숨을 크게 들이마셨다.

“그래, 지금은 좀 나아진 거예요?”

그가 정말 하고 싶었던 말은 ‘얼마나 심하게 다친 거예요? 화상도 입었어요?’였다. 남자의 불에 탄 얼굴이 뇌리를 스쳤다. 그 남자가 살아남았더라도 얼굴은 누군지 알아보기 힘들 정도로 흉하게 일그러졌을 것이다.

“머리가 다 자라면 원래 모습대로 될 거예요. 사실은 예전보다 더 나아질 거예요. 코 수술이 아주 잘 됐거든요.”

“하지만 저는 옛날 코가 마음에 들었는데.”

존은 무심코 내뱉었다가 괜한 말을 했다 싶어 눈을 질끈 감았다.

“고마워요. 저도 그래요.”

안심이었다. 하지만 전화 반대편에서 할 말을 못 하고 머뭇거리는 것 같아 더욱 불안해졌다.

“저와 인터뷰하실 생각이 있는지 궁금해서요.”

이사벨은 드디어 용건을 말했다.

“지금까지는 기자들을 좀 피했거든요. 실은 기를 쓰고 피했죠. 하지만 이제 누군가에게 털어놓고 싶어요. 그러던 참에 지난번에 당신이 보노보들에게 잘해준 게 떠오르더군요. 당신을 만나야겠다고 결심했는데, 어제 레스토랑에서 당신이 아침 식사하는 걸 우연히 봤어요. 프란체스카도 보노보의 집 앞에서 당신을 만났다고 하더군요. 운명처럼 느껴졌어요. 실은 전화번호도 프란체스카가 알려준 거예요. 지금은 《필라델피아 인콰이어러》를 그만두셨나 봐요?”

내가 아침 먹는 걸 봤다고? 같은 레스토랑에 있었는데 내가 그녀를 알아보지도 못한 거야? 그러다가 존은 이사벨이 마지막에 한 말의 의미를 깨닫고 손바닥으로 이마를 쳤다. 드디어 이사벨을 만나게 됐는데, 그의 거짓말 — 그의 오만과 수치이자 어리석음이었다 — 때문에 모든 게 물거품이 될 위기에 처한 것이다.

“네, 지금은 거기서 일 안 해요.”

존은 되도록 침착하게 말했다.

“잘됐네요. 그 사진은 정말 용서가 안 됐거든요. 혹시 모히건문호텔의 제 방에서 만날 수 있을까요? 며칠 전에 캣 더글러스가 저를 알아봐서 지금은 거의 방에만 처박혀 있어요.”

"그럼요. 갈게요."

"오늘은 프란체스카랑 엘리노어와 온종일 같이 있을 것 같으니까, 내일 오전에 와주실래요? 아홉 시나 열 시쯤?"

"좋습니다."

✦━━━•━━━✦

존은 그날 온종일 만나기 힘든 켄 폭스를 찾아다녔지만 허사였다. 폭스는 보노보의 집 앞에서 자신의 프로그램을 홍보할 때 외에는 지구에서 사라져버리는 것 같았다. 폭스가 리자드에 머물고 있는 것은 분명했지만, 정확히 어디 있는지 아는 사람은 없는 듯했다. 존은 일꾼, 보노보에게 물건을 배달하는 지게차 운전자, 보안팀 직원 등 보노보의 집 주위에서 일하는 사람이면 가리지 않고 물어봤다. 하지만 그들은 아무것도 모르거나 말하는 것을 두려워했다. 존 역시 폭스 밑에서 일을 해봤기 때문에 그들을 이해할 수 있었다. 폭스는 예전에 《뉴욕 가제트》의 직원들을 대량 해고한 적이 있다. 정확히 말하면 직원의 10퍼센트를 해고했다. 그 이유는 그들이 신청한 병가 중 40퍼센트가 월요일이나 금요일이라는 보고 때문이었다. 그의 의도가 겁먹은 직원들이 허구한 날 야근을 하거나 독감에 걸려도 일하기를 바란 거라면, 그는 성공했다.

폭스를 찾는 데는 실패했지만, 이사벨 던컨과의 단독 인터뷰를 앞둔 존은 흥분을 감추지 못했다. 이사벨은 폭스 만큼이나 중요한 인물이었기 때문이다. 토퍼도 인정할 것이다. 그러면서도 존은 자신의 곤혹스러운 처지를 떠올리지 않을 수 없었다. 자신이 타블로이드 신문사에 다닌다는 사실을 이사벨이 어떻게 받아들일지 신경 쓰였기 때문이다.

버커니어 모텔에 가까워지면서 길 맞은 편의 까맣게 타버린 건물이 눈에 들어오자 갑자기 남겨놓은 숙제가 떠올랐다. 도대체 부거를 어떻게 해야 할까?

존이 그의 방문을 열기도 전에 텔레비전 소리가 들리고 담배연기 냄새가 났다. 이반카가 존의 침대에 누워 보드카 병을 든 채 향수와 자욱한 담배연기에 둘러싸여 연기를 내뿜고 있었던 것이다. 부거는 옆에 널브러진 채 아둔해 보이는 머리를 이반카의 허벅지에 올려놓고 있었다. 부거의 축축한 코는 이반카의 검붉은 새틴 가운에 시커먼 자국을 남겨 놓았다.

"안녕."

존이 주머니에서 소지품들을 모두 꺼내 침대 옆 테이블에 던지며 말했다. 재떨이는 거의 다 차 있었다.

"무슨 일이지?"

"당신 개, 오페라 가수 같아."

그녀가 피우고 있던 담배를 재떨이 가장자리에 놓고 부거의 귀를 쓰다듬었다.

"얘 때문에 잠에서 깼어. 아우우우! 아우우우! 그래서 산책시키고 점심 줬지. 개 먹이 어딨어?"

"없어."

"저기서 온 거야?"

이반카는 지미스 식당 쪽으로 머리를 기울이며 물었다.

존이 고개를 끄덕였다.

"불쌍해."

이반카는 몸을 기울여 부거의 넓은 이마에 키스를 해줬다. 부거가 답례를 하려고 머리를 들었지만, 그녀는 이미 개의 혀가 닿지 않는 곳으로 떨어져 있었다.

"다치지 않아서 다행이야."

"혹시 키우고 싶어?"

존이 혹시나 해서 물었다.

"하!"

이반카는 코웃음을 쳤다.

"내가 어떻게 개를 키워? 아냐. 하느님이 당신한테 보냈어. 당신이 키워. 하지만 먹이는 사야겠네. 필리 치즈스테이크*를 줬으니 이제, 윽 가스! 피휴!"

그녀는 얼굴을 찡그리며 코앞에서 손으로 부채질하는 시늉을 했다.

존이 한숨을 쉬며 침대에 앉자 그의 체중으로 매트리스가 푹 꺼졌다. 이반카는 보드카를 병째 벌컥벌컥 마시고 한 바퀴 뒹굴어 재떨이에 담배를 비벼 껐다.

"잔 필요해?"

존이 물었다. 이반카는 고개를 저었다.

존이 몸을 가까이 숙여 그녀를 살폈다. 눈이 약간 충혈되어 있었고 코도 불그스름했다.

"울고 있었어?"

---

* 필라델피아 치즈스테이크: 긴 롤빵에 얇게 자른 스테이크와 녹인 치즈를 넣은 샌드위치. 필라델피아 시에서 시작된 패스트푸드.

"그냥, 조금."

이반카는 코를 훌쩍였다.

"무슨 일인데?"

이반카는 이상한 표정을 짓고 저리 가라는 듯 손을 내저었다.

"별일 아니야."

그녀의 눈은 텔레비전에 붙박여 있었다. 옅은 금발에 단발머리를 한 여자가 양쪽에 남자와 여자를 하나씩 두고 무대에 앉아 있었다. 여자는 남자가 자신을 성적으로 학대한 예를 죽 읊으며 울먹였다. 관중석의 분노한 여자들이 소리를 지르고 주먹을 들어 올렸다. 머리에 헬멧을 쓴 여자진행자가 진부한 이야기에 혀를 차며 여자의 무릎에 손을 얹고 남자에게는 경멸의 시선을 보냈다. 카메라가 방향을 바꿔 남자를 잡았다. 경호원들이 남자의 팔을 잡아 무대 밖 여자의 바닷속으로 팽개치자, 여자들은 자리에서 일어나 통로로 몰려들어 그 남자를 핸드백으로 때렸다. 남자는 저항할 엄두도 못 내고 대충 머리만 감싸고 사람들을 노려볼 뿐이었다. 그가 출구로 사라지자 광고가 시작되었다.

"그래도 알고 싶어요."

존이 말했다. 이반카가 존을 쳐다보고 입술을 오므리더니 눈알을 굴렸다.

"일 때문에. 그리고 폭스 때문에."

"켄 폭스?"

"응."

이반카는 대답하자마자 고개를 돌리고 침을 두 번 뱉는 시늉을 했다.

"퉤! 퉤!"

부거가 그때마다 움찔움찔했지만 일어나지는 않았다.

"켄 폭스를 어떻게 알아?"

이반카는 한숨을 쉬었다. 존은 그녀의 코끝에 눈물방울이 매달린 것을 보고 욕실에서 화장지를 갖다 줬다.

이반카는 화장지를 받아 눈과 코를 두드렸다.

"고마워. 어쨌든, 그 사람 우리 뚱보 밥 클럽에 와. 그 사람은 랩댄스, 그러니까 개인 랩댄스를 원해. 전에는 그런 거 안 했지만, 요샌 장사가 잘 안되거든. 그런 높은 사람들 예전엔 팬티 끈에 다섯 장이나 열 장 정도는 찔러줬는데, 요즘엔 한 장만 넣어. 우리가 모를 줄 아나? 우리는 숫자도 못 세?"

그녀의 눈이 몇 초간 분노로 이글거렸다가 빛을 잃었다. 그녀의 오른손은 계속 부거의 머리를 쓰다듬었는데, 부거는 잠 혹은 그 비슷한 것에 빠져들었다.

"그런데 폭스가 나를 보더니 랩댄스를 하라는 거야. 난 그 사람이 나를 알아보는 줄 알았어. 내가 〈출렁출렁 피식피식〉의 초창기 출연자였거든. 난 이 일이 지겨워. 다시 영화 찍고 돈 벌어서 은퇴하고 싶어. 결혼도 하고 애도 낳고. 그럴 수 있잖아? 그 사람 지금 〈미친 쿠거들〉 찍고 있어. 알아?"

존이 고개를 끄덕였다.

"그래서 부탁했어. 그런데 그 사람은 안 돼! 그랬어."

이반카는 등을 펴고 똑바로 앉았다.

"안 돼! 그 사람은 나를 기억하지 못했고, 난 쿠거 하기에는 나이가 너무 많다는 거야! 그러면서 나한테 랩댄스를 시켰어!"

그녀는 아까 쓴 화장지를 집어들고 다시 눈물을 닦았다. 그리고 이제 다 틀렸다는 듯 어깨를 으쓱하더니 젖은 화장지 뭉치를 침대 옆 테이블에 놓았다. 이반카의 눈은 체념 섞인 눈물로 그렁그렁했다.

"그래서 했어. 그냥 했어. 알겠어?"

이반카는 한동안 멍하니 허공을 바라보더니 갑자기 존을 똑바로 바라봤다.

"내가 쿠거 하기에 너무 늙은 것 같아?"

존이 고개를 젓자 그녀가 다시 눈물을 쏟았다. 존은 가까이 다가가 두 팔로 이반카를 안아줬다. 그녀는 술병을 존의 등에 대고 그의 어깨에 얼굴을 묻고 흐느꼈다.

"이반카."

그녀의 울음이 조금 누그러졌을 때 존이 물었다.

"부탁 하나 들어줄래?"

이반카는 존에게서 떨어지며 고개를 끄덕였다. 그리고 다시 화장지를 뽑으려다 말고 소매로 눈물을 닦았다.

"폭스가 그 클럽에 다시 오면 나한테 전화 좀 해줄 수 있어?"

그녀는 등을 똑바로 펴고 평정을 찾으며 말했다.

"알았어."

그리고 애써 태연하게 말했다.

"뭐 어려운 일도 아니야."

존이 얼른 펜을 집어들고 전화번호를 적어줄 종이를 찾아 두리번거렸다. 그러자 이반카가 인조 다이아몬드로 장식한 빨간 휴대폰을 내밀었다.

"여기. 번호 등록해."

이반카가 나간 지 얼마 안 돼서 노크 소리가 들렸다. 존이 문을 살짝 열어보니 아만다가 있었다.

잠깐 존은 환각을 보는 게 아닐까 생각했다. 그게 아니라는 것을 깨닫자 문을 활짝 열어젖히고 두 팔을 벌려 아만다를 맞았다. 아만다도 가방을 바닥에 떨어뜨리고 그를 안았다. 존은 자기도 모르게 아만다의 목에 얼굴을 묻고 울었다.

"그래, 괜찮아."

아만다는 존의 머리를 쓰다듬었다. 잠시 두 사람은 그렇게 부둥켜안고 서 있었다.

"그런데 당신이 어쩐 일이야?"

존은 아만다를 방으로 들이며 물었다.

"어젯밤 당신한테 그런 전화를 받고 어떻게 가만히 있어? 길 건너 건물 봤는데, 정말 상상이 안 가. 정말 무서웠겠어."

"그런 참혹한 광경은 내 평생 처음이었어. 그 냄새며, 울부짖는 소리며, 그 사람 얼굴이며……. 그런 건 보지도 듣지도 않았어야 했는데."

"그래도 당신이 그 사람을 구했잖아."

"아냐, 그 사람 죽었을지도 몰라."

존은 코를 훌쩍이며 재빨리 고개를 저었다.

"그 사람 어떻게 됐을까. 전화해봐야 하는데. 그렇지?"

아만다는 존의 얼굴을 어루만졌다.

"내일 해보자. 지금 꼭 해야 해?"

"아니야. 어차피 결과는 똑같을 텐데, 뭐. 그리고 오늘 밤에는 알고 싶지 않아. 당신이 여기 이렇게 왔으니까."

아만다는 다시 존을 안았다. 그런데 그녀의 몸이 굳어졌다. 아만다가 물러섰고, 존은 아만다의 시선이 어질러진 침대에서 립스틱이 묻은 담배꽁초가 가득 찬 재떨이로 옮겨가는 걸 보았다.

"이게 뭐야?"

"위층에 있는 여자가, 음……."

그가 답답한 표정으로 천장을 가리켰다.

"얘기하자면 복잡해."

아만다는 부거를 발견하곤 수사를 계속하기 위해 입을 열었다.

"저건……?"

아만다는 담배꽁초는 잊어버린 채, 휘둥그레진 눈으로 존에게 몸을 돌렸다.

"며칠 전에 당신이 얘기한 게 이 개야? 당신 벌써 개를 키우는 거야?"

"아냐. 이 개는 마약상들이 키우던 거야. 불이 났을 때 내 방문이 열려 있어서 몰래 들어온 모양이야."

아만다는 돌아서서 부거를 내려다봤다.

"어젯밤에는 그런 얘기 전혀 없었잖아."

"얘가 여기 있는 줄도 몰랐어. 욕실에 숨어 있었나 봐. 한밤중에 침대로 기어 올라왔더라고."

"아유, 불쌍해라."

아만다는 다가가서 개 옆에 쪼그리고 앉았다.

"조심해! 마약 제조업자들이 키우던 개라고!"

존이 소리쳤다. 아만다는 손을 내밀어 부거의 턱을 긁어주며 다정하게 인사를 했다.

"안녕, 친구."

부거는 주둥이와 검붉은 코를 그녀의 손에 올리고 머리를 뉘었다. 가는 꼬리가 바닥을 치기 시작했다.

"가여운 것. 이름 알아?"

존이 침을 꿀꺽 삼켰다.

"부거."

자기 이름이 불리자 부거는 고개를 돌려 자신의 등과 엉덩이를 쓸어주는 아만다의 다른 쪽 손을 핥았다.

"다친 데는 없어?"

"없는 것 같아."

"놀랍네."

아만다는 일어서서 손을 허벅지에 닦고 존에게 다가갔다.

"개 먹이 있어?"

"아니."

"근처에 식료품점 있을까?"

"길을 따라 좀 올라가면 주유소가 하나 있어."

아만다는 개를 돌아보며 말했다.

"부거, 너 배고프니? 저녁 좀 사줄까?"

부거의 우스꽝스러운 긴 눈썹이 올라가서 실룩거렸고, 분홍색 혀가 턱살 주변을 크게 훑었다. 입을 벌렸다 닫을 때마다 턱살은 좌우로 흔들렸다. 아만다는 두 손을 무릎에 짚고 몸을 숙여 부거의 눈을 들여다봤다. 그녀는 부거의 코앞에 손가락 하나를 세웠다.

"엄마 금방 갔다 올게."

엄마? 존은 심장이 철렁 내려앉았다.

아만다는 그녀의 차 열쇠를 집어들고 방을 나갔다.

✦———·———✦

아만다는 개 통조림 두 개와 플라스틱 그릇 세트를 사왔다. 그 동안 존은 이반카가 남기고 간 담배꽁초를 변기에 내리고 욕실 창문을 열어놨다.

"저녁하고 아침."

아만다는 캔 두 개를 보이며 설명했다.

"난 내일 아침에 LA로 가야 해."

그리고 그녀는 욕실로 들어갔다. 존은 속으로 계산해 보고, 그렇지 않다는 걸 알면서도 자신이 오해하고 있는 것이기를 바라며 그녀 뒤를 따라갔다.

아만다는 플라스틱 그릇의 포장을 뜯더니 그중 하나에 물을 따라 바닥에 놓았다.

"집에 가면 제대로 된 거 사줄게."

아만다가 부거의 귀를 비비며 말하자 존의 두려움은 사실로 확인되었다.

"그거 진담 아니지?"

그가 물었다.

"당연히 진담이지. 당신이 개 기르자고 그랬잖아. 그런데 여기 개가 생겼고."

아만다는 일어서서 통조림 하나를 따려다 포기하고 존에게 건넸다. 존은 그것을 따서 건네줬다.

"쓰레기장에서 자란 개야. 아니, 그보다 더 안 좋아. 마약 공장 개잖아!"

"집 없는 개야. 순하기도 하고. 좀 봐!"

정말로 부거는 그들의 발치에서 얌전히 앉아 기대와 동경의 표정으로 그들을 올려다보고 있었다. 그러면서도 눈으로는 통조림의 움직임을 쫓고 있었다.

아만다는 개 먹이를 그릇에 담아서 바닥에 내려놓았다. 부거는 꼬리를 맹렬히 흔들며 달려들었지만 한 입 먹으려 할 때마다 그릇이 미끄러졌다. 아만다가 쪼그려 앉아 그릇을 잡아줬다. 먹이는 순식간에 없어졌다. 부거는 네모난 머리를 들고 기다란 혀로 아만다의 턱과 입술과 코를 핥았다.

"에구구!"

아만다는 얼굴을 닦으며 일어섰다.

"그럼 어떡할 거야? 길에서 죽게 내버려 두자고?"

아만다는 빈 통조림을 들고 상표를 살폈다.

존은 전술을 바꿨다.

"비행기에는 저런 개를 태울 수 없을 거야."

"당연히 그냥은 안되지. 개 우리를 사면 돼. 혹시 여기서 펫스마트*를 못 찾는다 해도 문제없어. 페덱스를 이용하면 말을 하와이에 보낼 수도 있다더라."

---

* 펫스마트Petsmart: 미국과 캐나다에 있는 애완동물용품 전문 체인점.

"뭐라고? 당신 요새 어떤 사람들하고 어울려 다니는 거야?"

"며칠 전에 들은 얘기야. 여배우 하나가 영화를 찍는 동안 자기 말과 함께 지내고 싶어서, 같이 데리고 가지 않으면 영화를 안 찍겠다고 버텼대. 그래서 결국 말을 비행기에 태우고 갔다는 거야."

"난 정말 당신이 다시 생각해봤으면 좋겠어."

"싫어."

"마약 만드는 데 있었던 개라니까! 당신한테 달려들면 어떡할 거야?"

아만다가 몸을 숙여 부거의 귀를 가렸다.

"그런 말 하지 마. 얘 기분 상하잖아."

그 말에 존은 천장을 보고 한숨을 내쉬었다.

"괜찮을 거야."

아만다는 일어서서 세면대 가장자리를 만지작거렸다. 그러다 뭔가를 발견했는지 손가락 끝을 들여다보고 손을 씻었다. 그리고 조용히 손을 말리고 미동도 하지 않은 채 세면대 바닥을 내려다봤다. 예견된 정적이 두 사람을 감쌌고, 존은 다음에 무슨 말이 나올지 알 것 같았다. 아만다는 문득 존에게 고개를 돌렸다.

"그래, 위층에 있다는 여자 말이야. 얼마나 복잡한 거야?"

"아만다, 설마 당신 내가 그 여자랑……."

"난 아무 추측도 하기 싫지만, 예고 없이 왔더니 당신 방에선 싸구려 향수 냄새가 진동하고, 재떨이에는 립스틱 묻은 담배꽁초가 쌓여 있고, 침대는 정리도 안 돼 있어. 말해봐. 내가 무슨 생각이 들겠어. 당신이라면 무슨 생각을 할 것 같아?"

"그래, 보기 좋은 풍경은 아니겠지. 하지만……."

"그래. 보기 좋은 풍경은 아냐."

아만다가 냉정하게 쏘아붙였다. 존은 숨을 깊이 들이마셨다.

"그 여자 이름은 이반카야. 스트리퍼고."

"스트리퍼?"

아만다의 눈이 더 휘둥그레졌다.

"그러지 마. 당신 오해하는 거야. 그런 거 아니야. 이반카가 폭스와 연결이 돼 있어. 어쩌면 이반카를 통해서 폭스를 만날 수도 있어."

"당신하고는 어떤데? 당신하고도 연결돼 있어? 이 기사 때문에 어디까지 갈 참이야?"

"아만다, 제발."

아만다는 침대를 가리키며 따졌다.

"침대는 어떻게 된 거야. 설명해 봐."

"부거를 방에 숨겨놓고 들어오지 말라는 팻말을 밖에 걸어놨어. 그래서 오늘은 청소부가 안 온 거야."

그들은 영원히 서 있을 것처럼 서로 빤히 바라봤다. 결국 존이 아만다에게 조심스럽게 다가갔다. 아만다는 움직이지 않았다. 존이 아만다의 볼에 손을 대자 그녀는 존의 손바닥에 볼을 기댔지만 여전히 냉담하게 서 있었다. 그러더니 별안간 존의 머리를 두 손으로 잡고 과격하게 키스를 퍼부었다. 아만다는 존의 셔츠를 바지에서 빼내고, 버클을 풀고, 지퍼를 내린 다음 바지 앞쪽을 쓰다듬었다. 잠시 얼떨떨하던 존은 그녀를 안아 올려 침대로 갔다.

절정에 이르는 순간 존이 눈을 뜨자 아만다는 턱을 쳐들고 기쁨에 입을 벌린 채 그를 똑바로 바라보고 있었다. 존이 떨어져 눕자 아만다는 그의 가슴을 안았다. 얼마 후 두 사람의 거친 숨소리가 가라앉자 아만다가 속삭였다.

"나 지금 배란기야."

순간 공포심이 번개처럼 존을 강타했다. 그는 숨을 쉬려고 애썼다.

잠시 후 매트리스가 삐걱거리더니 부거가 침대로 올라와 아만다의 뒤에 엎드렸다.

✦———·——✦

아만다는 존에게 쉴 여유도 주지 않고 두 번이나 더 요구했다. 아만다가 다시 존에게 손을 뻗자 존은 더 이상 참을 수가 없었다.

"아만다, 이젠 못 해."

"당신이 섹스를 거절해?"

그녀가 놀라서 말했다.

"거절하는 게 아니야. 힘이 없는 거야. 내가 열여덟 살은 아니잖아."

아만다는 몸을 바싹 맞대고 말했다.

"알았어. 하지만 아침에 내가 가기 전에 한 번 더 하자. 그리고 거절이라는 말이 나와서 말인데……."

"거절하는 게 아니라니까! 우린 네 시간 동안 세 번이나 했다고!"

"……나는 한 번 거절당하는 것으로 부족한가 봐. 재차 거절을 당해야 싸다는 건가?"

"뭐…… 뭐라고?"

존은 자신이 저지른 일 때문이라는 생각이 퍼뜩 들었다.

"지난번에 내 소설을 거절한 에이전트가 다시 거절편지를 보냈더라고. 이해가 안 되는 건, 그 사람들이 어떻게 내 새 주소를 알았을까 하는 거야."

존은 꼼짝도 않고 누워 있었다.

아만다가 고개를 들었다.

"존, 그 사람들이 어떻게 내 새 주소를 알았는지 당신 알아?"

잠시 고민하던 존이 말했다.

"엘 파소에 있는 스테이플즈 문구점 옆에 펫스마트가 하나 있어. 공항에서 멀지 않아. 아침에 약도 그려줄게."

존은 아만다가 어둠 속에서 자신을 뚫어지게 바라보고 있다는 것을 느꼈다. 잠시 후에 아만다는 한숨을 쉬며 머리를 눕혔다. 존은 사죄의 뜻으로 부거를 받아들이기로 마음먹었다.

✦———·———✦

존이 화들짝 놀라 잠에서 깬 건 새벽 3시였다. 아만다가 느닷없이 찾아오고 섹스를 일처럼 힘겹게 치르는 바람에 〈보노보의 집〉 황금시간 2회를 놓쳤던 것이다.

"미안."

존은 불을 켜며 속삭이고 리모컨에 손을 뻗었다. 아만다가 침대 위를 굴러 부거에게 팔을 두르자, 부거는 기분 좋은 듯 가르릉 소리만 낼 뿐 꿈쩍도 하지 않았다.

존은 재빠르게 채널을 돌렸다. 운이 좋으면 〈엔터테인먼트 투나잇〉 같은 데서 요약해준 내용을 볼 수 있을 것이다. 여의치 않으면 컴퓨터를 켜고 토퍼가 본받으라고 한 가십 블로그를 확인해볼 수도 있다.

오래지 않아 금방 관련된 방송을 찾을 수 있었다. 폭스는 보노보의 집에 맥주와 장난감 총을 배달시키고, 보노보들이 선택한 〈오랑우탄 아일랜드*〉 대신 잔인한 전쟁영화가 나오도록 조작했다. 보노보들은 채널을 바꿀 수 없다는 걸 알고서는 화가 나서 피자와 치즈버거를 화면에 던졌고, 나중에는 텔레비전을 벽에서 떼어내려고까지 했다. 롤라는 장난감 총을 갖고 놀다가 실수로 음봉고를 쏘고 말았다. 음봉고가 마구 화를 내자, 샘은 총을 다 모아서 마당으로 가져가더니 담 너머로 던져버렸다. 담 밖에 모여 있던 사람들은 대부분 생방송을 보지 않고 있었기 때문에 그것들을 진짜 총으로 오해했고, 몇 사람이 그 총을 주워들고 휘두르자 소란은 더 커졌다. 소란이 난동에 가까워지자, 결국 전기충격기를 든 경찰들이 문제를 일으킨 사람들을 끌어내 밴에 태워갔다. 뉴스화면은 경찰서장의 성명으로 끝났다. 경찰서장은 이런 비도덕적인 놀음 — 보노보들이 비도덕적이라는 말은 아니었다 — 에 선량한 리자드 주민의 세금이 쓰이는 것을 허용하지 않겠다고 했다. 그리고 그동안 보노보의 집과 관련해서 경찰에서 쓴 모든 비용을 폭스 엔터프라이즈 측에 청구할 계획이라고 밝혔다.

존의 생각에 폭스는 보노보들이 침팬지처럼 술에 취해 서로 싸

---

* 오랑우탄 아일랜드Orangutan Island: 〈미어캣 매너〉의 성공에 영향을 받아, 고아가 된 오랑우탄을 소재로 하여 만들어진 텔레비전 다큐멘터리. 〈미어캣 매너〉의 제작진이 참여하여 NHNZ에 의해 제작되었다. 총 2시즌으로 되어 있고 2007년에서 2009년까지 방송되었다.

우기를 기대한 것 같았다. 하지만 보노보들은 장난감 총을 버리고 리모컨이 다시 제대로 작동하자 잠시 행복한 섹스를 즐기고는, 〈왈가닥 루시*〉를 보며 얌전히 맥주를 홀짝거렸다. 음봉고만 무리에서 떨어져 나와 콩자루 의자에 가서 털썩 앉았다. 그러더니 책상다리를 하고 배를 내민 채 맥주를 병째 마셨다. 마치 추수감사절 때 축구경기를 보면서 칠면조요리를 기다리는, 어느 집에나 있는 삼촌 같았다. 보노보들은 담 너머에서 벌어진 인간들의 소동을 전혀 알아채지 못했다.

이건 존과 아만다가 아리엘의 결혼식에 가면서 본 간판 같았다. 총과 와플. 폭스는 보노보가 인간과 비슷하다고 생각했지만, 인간이 가진 공격적인 성향과 평화적인 성향 중 어떤 것이 드러날지는 몰랐던 것이었다.

---

* 왈가닥 루시I Love Lucy: 1951년부터 1957년까지 6년에 걸쳐 방송된 미국 CBS의 인기 시트콤 드라마.

존 티그펜은 초췌해 보였다. 게다가 그는 한 시간이나 늦게 나타났는데, 이사벨은 전화로는 무척 반가워하던 존이 늦은 것을 이상하게 생각했다.

"안녕하세요."

이사벨이 문을 열며 말했다.

"안 오시는 줄 알았어요."

존은 시계를 보더니 깜짝 놀란 얼굴로 말했다.

"죄송합니다. 어제저녁에는 너무 바빴거든요. 오늘 아침에도요."

존이 문 앞에 어색하게 서 있었고, 이사벨은 아직 그에게 들어오라는 말을 하지 않았다는 것을 깨달았다. 남자를 자신의 침실로 들이려니 이상했다. 존은 결혼한 몸이었으니 아마 더 어색했을 것이다.

"들어오세요. 어려워 말고 편히 앉으세요."

이사벨은 존이 소파로 걸어가면서 그의 이름과 번호가 적힌 주유소 영수증을 유심히 쳐다보는 걸 보았다. 문을 잠그고 온 이사벨은 소파 앞에 선 채 손가락을 만지작거렸다.

"커피 좀 드실래요? 작은 커피메이커가 있는데요."

"아뇨, 괜찮습니다."

이사벨은 책상 앞 의자를 돌려서 소파를 마주 보게 하고 앉았다. 존이 자신을 빤히 쳐다보자 그녀는 자신의 변한 모습에 놀라서 그런 거라고 생각했다.

이사벨은 고개를 돌려 그에게 옆얼굴을 보여줬다.

"보세요."

이사벨은 손가락으로 콧날을 만지며 말했다.

"이것도 나쁘진 않아요. 그냥 제 것이 아니라는 거죠. 뭐, 엄밀히 따지면 지금은 제 것이라고 해야겠지만."

존은 몇 번 눈을 깜빡이더니 손가락으로 머리를 빗어넘겼다.

"아, 죄송합니다. 그렇게 쳐다보는 게 아니었는데. 오늘 제가 정신이 멍해서 그럽니다."

"괜찮아요."

"아무래도 커피를 한 잔 마셔야 할 것 같습니다. 그래도 될까요?"

"예. 그럼요."

이사벨은 그 자리를 잠시 벗어날 구실이 생겨 다행스러워하는 것 같았다. 커피가 우러나는 동안 그녀는 욕실 거울 앞에 서 있었다. 전에 만났을 때는 서로 통하는 것 같았는데, 오늘은 왠지 어색했다. 괜히 만나자고 한 걸까?

커피메이커가 식식거리는 소리를 내며 멈췄다.

“크림이나 설탕 넣을까요?”

이사벨이 소리쳤다.

“블랙이면 됩니다.”

이사벨은 커피를 내왔다. 존은 머그잔을 바라보다 두 손으로 잡고 숨을 깊이 들이마셨다.

“얘기를 시작하기 전에 솔직히 말씀드릴 게 있습니다.”

존은 잠시 그녀를 올려다봤다.

이사벨의 맥박이 빨라졌다. 그녀의 경험상 그런 말 다음에 좋은 내용이 나온 적이 없었던 것이다.

“전에 프란체스카 드 로시에게 제가 《로스앤젤레스 타임스》에서 일하고 있는 것처럼 얘기했습니다. 아니에요. 실은 《위클리 타임스》에서 일합니다. 거짓말을 한 건 아니지만 잘못 알고 계신 걸 내버려 둔 겁니다. 너무 창피해서요. 《위클리 타임스》는 가장 수준 낮은 가십 신문이라, 제가 온 힘을 다해 기사다운 기사를 작성한다 하더라도 그 결과가 어떻게 나올지는 장담할 수 없습니다. 이렇게 설명하는 게 낫겠네요. 저희 편집장은 머리가 셋 달린 외계인 아기가 태어났다는 기사 빼고는 뭐든지 쓸 수 있어야 한다고 말합니다. 제가 쓸 수 없는 기사는 오직 그것뿐이죠.”

존이 그녀의 눈을 바라봤다. 존은 창백한 얼굴로 입을 꾹 다물고 있어서 이사벨의 눈엔 마치 숨을 멈추고 있는 것처럼 보였다.

그게 다야? 자기가 일하는 신문이 창피하다는 거? 이사벨은 그의 심정을 이해하긴 했지만 갑자기 안도감이 들면서 웃음이 터질 것 같았다. 그녀도 《위클리 타임스》가 어떤 신문인지는 알고 있었다. 어머니가 정기구독자였던 것이다. 아마 지금도 보고 계실 것이다.

"《필라델피아 인콰이어러》에서 무슨 일이 있었나요?"

"캣 더글러스 때문이었죠."

"하! 그럴 줄 알았어요."

이사벨은 책상을 탁 쳤다. 존은 그녀를 보며 씩 웃었다.

"그 뒤로 LA로 왔는데, 거기선 괜찮은 자리가 나지 않더군요."

"왜 LA로?"

"제 아내 일 때문에요."

"무슨 일을 하시는데요?"

"작가입니다."

"제가 알 만한 작품이 있나요?"

"1년쯤 전에 소설을 하나 출간했습니다. 《강의 전쟁》이라고. 지금은 방송작가로 있지만요."

이사벨은 앞으로 몸을 내밀었다.

"저 그거 읽었어요!"

"정말이요?"

존은 놀라서 눈을 크게 떴다.

"네, 병원에서요. 좋았어요. 다른 작품도 쓰고 계시나요?"

"그것도 얘기하자면 복잡한데, 지금은 텔레비전 시리즈물을 쓰고 있어요."

"그래서 타블로이드 신문사에서 일하시는군요."

"네, 제 예전 기사는 캣 더글러스가 맡아서 인콰이어러 1면에 정기적으로 싣고 있죠."

이사벨은 뒤로 등을 제치고 다리를 꼬았다. 이사벨은 자신의 얼굴에 미소가 퍼져 나가는 것을 느꼈다.

"그럼, 지금부터 그 여자가 정말 애타게 원할 내용을 알려 드리죠."

존 티그펜은 안도감에 눈을 감았다.

"감사합니다."

그가 갈라진 목소리로 말했다.

한 시간 후, 존은 이사벨에게 어떤 일이 있어도 정보원을 보호하겠다는 것을 엄숙히 맹세하고, 조엘이 영장류연구협회의 데이터베이스에서 입수한 논문초록과 업무지침서를 받아들었다. 그리고 피터 벤튼이 언어프로그램을 폭스에게 팔았다는 사실을 입증해줄 이메일을 실리아한테서 받는 대로 보내주겠다는 이사벨의 약속도 받았다.

✦————·————✦

"누구세요?"

이사벨은 문쪽으로 다가가며 큰소리로 물었다. 존 티그펜은 15분 전에 떠났다.

"저예요."

실리아였다. 이사벨은 문구멍에 눈을 대고 문밖을 살폈다. 실리아가 호주머니에 손을 넣고 주변을 둘러보며 서 있었다. 애써 태연한 척하고 있음이 분명했다.

"그 애도 함께 있지?"

이사벨이 물었다.

"누구요?"

"초록 머리 네 친구."

머뭇거림이 길었다.

"아뇨."

실리아는 손으로 뒷목을 잡은 채 목을 부러뜨리기라도 할 것처럼 뒤로 젖혔다.

"있잖아! 틀림없어."

이사벨은 단호하게 말했다.

"그 애는 여기 못 들어와."

실리아는 한숨을 쉬더니 눈알을 굴렸다.

"알았어요. 아래층으로 내려보낼게요."

"거기서도 환영 못 받을 거야. 솔직히, 그 애가 무사히 엘리베이터를 탄 것도 놀랍구나."

실리아가 구석으로 사라졌다. 두 사람 사이에 속삭임이 오간 뒤에 실리아가 다시 나타났다.

"갔니?"

"네."

실리아가 힘없이 대답했다.

"이제 들어가도 돼요?"

이사벨은 문을 열고 머리만 내밀어 복도 이쪽저쪽을 살핀 다음 실리아에게 물었다.

"어디로 간 거야?"

"바에서 기다리기로 했어요. 레스토랑보다는 거기가 더 어둡잖아요. 모자도 쓰고 있고요."

이사벨이 문을 활짝 열자 실리아가 들어왔다. 곧장 소파로 걸어간 그녀는 소파에 길게 드러누웠다.

"도움이 될지 모르지만 그 애는 사과하러 온 거였어요."

"사과받을 사람은 내가 아니잖아."

"알아요. 하지만 저는 돼지우리가 여기 있을 줄 알았죠. 어쨌든, 박사님은 네이선한테 그렇게 야박하게 대하시면 안 돼요."

"왜 안 돼?"

이사벨은 소파로 다가가 앉을 자리를 만들려고 실리아의 다리를 한쪽으로 치웠다. 실리아는 일어나 앉으며 군화 신은 발을 커피 테이블에 하나씩 척척 올려놨다. 이사벨은 먼지와 세균 얘기를 하려고 입을 열었다가 어차피 더러워진 테이블이니 나중에 손 소독제로 닦아내자고 생각했다.

"박사님도 똑같은 잘못을 저질렀으니까요."

실리아가 말했다.

"무슨 얘길 하는 거야?"

"박사님도 래리-해리-개리한테 음식을 던졌잖아요. 로사의 부엌에서요. 기억 안 나세요?"

이사벨은 얼빠진 사람처럼 입을 멍하니 벌리고 서 있었다. 한참 후에야 앞에 있는 책상에 시선을 고정한 채 소파에 무너지듯 앉았다.

"오, 맙소사. 맞아."

"그 애는 사과하고 싶어해요. 며칠 전에 네이선이 그랬던 건, 그 애 친구들이 돼지우리가 여자를 함부로 대하는 사람이라고 오해해서 그런 거예요. 그러니까 그 사람 전화번호 좀 주세요, 네?"

"내 마음대로 그럴 순 없어! 물어보지도 않고."

"물어봐 주실 거죠?"

이사벨은 한숨을 쉬었다. 그녀가 개리 핸슨에게 저지른 일을 실리아가 일깨워주지 않았다면 어림없는 일이었다.

"생각해볼게."

"됐다!"

실리아는 벌떡 일어나 책상으로 갔다. 그리고 잠시 신문을 넘겨 봤다. 매일 아침 호텔 측에서 이사벨의 방문 앞에 놓아두는 《유에스 에이 투데이》였다. 보노보의 집 담장 밖에서 벌어진 장난감 총 소동 이 그날의 머리기사였다.

"가져가려면 가져가. 난 다 읽었어."

이사벨이 말했다.

"그럼 저희랑 같이 점심 안 드실 거예요?"

"방금 먹었어."

거짓말이었다. 자신도 누군가의 음식을 집어던진 죄가 있긴 하지 만, 아직은 네이선과 함께 밥까지 먹고 싶지는 않았다.

"알았어요. 나중에 봬요."

실리아는 신문을 접었다.

"실리아. 그 이메일 좀 빨리 보내줄래? 존에게 바로 보내주기로 약속했거든."

"문제없어요."

실리아가 문밖으로 뛰어나가며 말했다.

❖———❖

오후가 되자 젤라니는 자신의 특기인, 벽에 뛰어올라 뒤로 재주넘기 를 시작했다. 예전에는 마케나가 신나게 춤추며 소리 질러 응원했는데, 오늘은 어깨너머로 가끔 쳐다보기만 할 뿐 마당을 향해 난 창가에 서서 먼 곳을 바라봤다. 젤라니가 다가가 마케나의 어깨를 쿡쿡 찔렀지만, 마케나는 놀아주지 않고 무시했다. 젤라니는 결국 포기하고 대신 샘에게 다가갔다.

이사벨은 방을 왔다갔다하면서 이따금 실리아가 범죄를 밝혀줄 이메일을 보냈는지 확인하고 있었다. 그러다 갑자기 정신이 번쩍 들었다. 롤라를 낳을 때 본지도 한쪽 구석에 네 시간 동안 가만히 앉아 있다가 일어서더니 불쑥 새끼를 낳았던 것이다. 이사벨은 책상에 딸린 의자를 텔레비전 앞으로 끌어당겼다. 높이가 다르긴 했지만 어쨌든 거기에 앉아 텔레비전 모니터를 뚫어지게 쳐다봤다.

얼마 후 마케나는 컴퓨터가 있는 방으로 들어가 본지에게 한참 동안 뭐라고 얘기했다. 그러더니 벽에 기댔다. 때가 되어 지금 새끼를 낳으려고 하는 것이었다. 이사벨은 폭스가 수의사를 대기시킬 사람이 아니라는 것을 알고 있었다. 직원 중에 '영장류 전문가'를 두고 있다고 공언했지만, 피터는 행동주의와 인지과학을 연구하는 과학자일 뿐 산부인과 의사는 아니었다. 그건 이사벨도 마찬가지였지만, 본지가 롤라를 임신하고 있을 때 같이 있었기 때문에 피터보다는 아는 게 많았다. 현장으로 달려갈까 했지만, 폭스의 부하직원들은 들여보내 주지 않을 것이다. 이사벨은 그냥 텔레비전 앞에 무릎을 꿇고 앉았다.

젤라니를 위해 피자를 주문하고 있던 본지는 금속의자에 앉은 채 빙글 돌았다.

마케나는 벽에 기대 수화를 하기 시작했다. 한쪽 손의 손가락 관절을 다른 쪽 손바닥에 부딪혔다. 그것은 보노보들이 이사벨을 가리킬 때 쓰는 '벨'을 나타내는 신호였다.

이사벨 빨리. 본지 해줘 이사벨 와. 이사벨 빨리 와 지금.

본지는 컴퓨터를 향해 돌아앉아 헛되이 메뉴를 찾았다. 연구실에 있던 컴퓨터에는 벨을 나타내는 버튼 외에 이사벨을 나타내는 버튼이 따로 있었지만, 지금 이 컴퓨터에는 없었던 것이다. 본지의 시커먼 손가락은 카테고리를 빠짐없이 선택해서 하위 메뉴까지 뒤졌다. 그래도 본지는 포기하지 않았다. 처음부터 하나하나 찾아가며 마케나가 부탁한 것을 불러오려 했다.

그 장면을 본 이사벨은 두 손으로 머리를 감싸며 울음을 터뜨렸다. 곧 새끼가 나올거란 걸 안 마케나는 이사벨을 불러오려는 것이었다.

✥———·———✥

존은 침대에 누워 아만다로 인해 겪은 피로를 풀면서, 가끔 자리에서 일어나 이사벨이 피터 벤튼의 메일을 보냈는지 확인했다.

텔레비전에서는 〈보노보의 집〉이 방영되고 있었다. 물 한 잔을 마시려고 일어나던 그는 컴퓨터 앞에 앉아 있는 본지에게 마케나가 수화로 이야기하는 장면을 보게 됐다. 마케나 머리 위의 말풍선에 쓰인 내용은 **벨 와 곧. 벨 벨. 마케나 원해 벨 빨리 벨 곧. 벨** 이었다.

음향기사는 빅벤의 종소리를 배경음향으로 내보냈지만, 벨은 쇼핑목록에 없었다. 본지는 거기에 없는 뭔가를 찾고 있는 것 같았다. 마케나의 수화가 그렇게 다급하게 느껴진 적은 없었다.

존은 물은 잊어버리고 침대 끝에 앉았다.

마케나는 벽에 기대 주저앉더니 가만히 있지 못하고 불편한 듯 자꾸 자세를 바꿨다. 그러더니 배에 힘을 주기 시작했다. 다른 보노보들이 주위로 몰려와 목을 빼고 마케나를 보는 바람에 천장에 매달린 카메라의 영상까지 보이지 않게 되었다. 마케나는 몇 번 얼굴을 찡그리더니 손을 아래로 내렸다. 그리고는 새끼를 가슴으로 끌어올렸다. 탯줄이 아직 달려 있었다. 새끼는 너무나 작아서 머리가 찻잔에 들어갈 정도였다. 다른 보노보들은 기뻐서 함성을 지르더니 새끼를 자세히 보려고 옥신각신하다가 차례로 새끼를 안아봤다. 몇 분 후에, 마케나는 탯줄과 태반을 손으로 받아냈다.

존은 새끼가 살아 있는지 숨죽이고 지켜봤다. 마케나가 몸을 이리저리 움직이고 자세를 바꾸고 있어서, 새끼가 살아서 움직이고 있는지는 알 수 없었다. 이윽고 마케나가 새끼를 가슴에 안고 입에 젖을 대주자, 새끼는 작은 손가락들이 달린 손을 조금씩 움직였다.

존은 깊은 안도와 함께 경의에 차 그 광경을 지켜보았다. 그리고 또 다른 무언가, 원초적인 감정을 느꼈다.

마케나가 작고 여린 새끼에게 젖을 물리자, 존은 텔레비전 화면을 어루만졌다.

32장

보노보가 쪼그리고 앉아 새끼를 낳은 후부터는 전화가 쉴 새 없이 울리고 있었다. 그 출산을 긴급상황으로 받아들인 판사는 PAEGA 의 탄원서와 관련한 심리를 바로 다음날 열기로 했다. 그리고 인터넷 게시판에서는 동물보호단체들이 지금까지의 시위는 친목 모임 수준으로 보일 정도로 대규모의 인원을 보노보의 집 앞에 집결시킬 거라는 정보가 떠돌았다.

폭스가 회의실에 들이닥쳤다. 문을 얼마나 세게 열어젖혔는지 문 손잡이 뒤의 회녹색 벽이 움푹 파였다. 앉아 있던 임원 중 세 명은 각오하고 있다는 표정이었고, 다른 두 명은 기죽은 채 그대로 의자에 파묻혀 있었다.

폭스의 눈이 임원들을 훑었다.

"그 작자 어딨어? 여기 데려다 놓으라고 했잖아."

“오고 있습니다.”

재무부장이 말했다.

“개인적으로 먼저 정리해야 할 일들이 있다고 했습니다. 피트모스라던가……”

“이제 오고 있으면 뭐해. 무슨 일을 시키면 재까닥 해 놔야 할 거 아니야!”

“회사 제트기를 보냈으면 모를까, 그때로선 방법이……”

그는 폭스를 올려다보곤 마음을 바꿨다.

“네, 죄송합니다.”

폭스는 잠시 앞뒤로 왔다갔다하더니 테이블 상석에 서서 두 주먹을 쾅 내리쳤다. 물잔과 펜이 튀어 오르고 임원들도 모두 움찔했다.

“어젯밤엔 장기 가입자가 얼마나 늘었나?”

그는 임원 한 명 한 명을 돌아가며 쳐다봤다. 마케팅부장만 시선을 내리깔지 않고 대답했다.

“황금 시간은 큰 효과가 없었지만, 새끼를 낳은 후에는 가입자가 급격히 늘어났습니다.”

“뭐?”

폭스의 눈이 커졌다. 상석에 자리를 잡고 앉은 폭스는 잠시 아무 말도 없었다.

“얼마나 늘었는데?”

“21퍼센트입니다.”

믿기지 않는다는 듯 폭스의 미간에 주름이 잡혔다.

“21퍼센트?”

마케팅부장이 고개를 끄덕였다.

폭스는 의자 등받이에 기댔다.

"굉장하군. 또 임신한 보노보는 없나?"

"저희가 알기에는 없습니다."

"허."

폭스가 한동안 생각에 잠겨 있는 동안 모두 잠자코 있었다. 그는 몸을 앞으로 내밀며 팔을 테이블 위에 올려놨다. 그리고 마케팅부장을 돌아보며 말했다.

"21퍼센트가 확실한가?"

부장이 다시 고개를 끄덕였다.

폭스는 좀 더 고민해 보고는 재무부장을 가리켰다.

"좋아. 자네, 새로 가입한 사람들의 가입비로 경찰 놈들이 요구하는 비용을 마련할 수 있을지 계산해봐. 그리고 자네."

그가 머리를 모아 올린 금발의 여자를 가리켰다.

"경찰이 우리한테 비용을 청구할 법적 근거가 있는지 알아봐. 그리고 자네."

이번에는 겨드랑이가 땀에 젖은 남자를 가리켰다.

"비행기에 전화하든 무슨 짓을 하든 그 영장류 박사한테 연락해서 어떡해야 그 청원서 문제를 해결할 수 있는지 오늘 밤까지 알아와. 그리고 혹시 그 결과가 내 마음에 들지 않을 경우를 대비해서, 이 골칫덩이들을 넘길 만한 곳을 알아봐. 조건도 받아보고. 분명히 말하는데, 나는 그냥 내줄 생각 없어. 팔아넘기는 거야."

재무부장이 목을 가다듬자 모두의 눈이 그를 향했다.

"회장님, 제가……."

그는 허가가 떨어지기를 기다리며 폭스를 쳐다봤다. 폭스가 냉랭

한 회색 눈으로 그를 똑바로 바라보자 재무부장은 말을 이었다.

"제가 황금 시간 첫회가 끝난 후에 좀 알아봤습니다."

"그래? 뭘 알아냈는데?"

"제가 접촉해본 곳 중에서 코스턴 재단에서 제시한 가격이 단연 높습니다. 거기는 연구시설인데, 비밀은 지키겠다고 확실히 약속했습니다."

음흉한 미소가 폭스의 입가에 떠돌았다. 그는 천천히 고개를 주억거렸다.

"그럼 우리에게 대안이 하나 있는 셈이군. 좋아."

폭스는 셔츠 주머니에서 백금 몽블랑 만년필을 꺼내 재무부장을 가리켰다.

"자네 진취적이군. 맘에 들어."

처음에 이사벨은 〈보노보의 집〉 황금 시간이 된 줄 알았다. 그런데 시계를 힐끗 보니 그럴 시간이 아니었다.

크레인이 달린 트럭이 보노보의 집 외벽 너머로 보노보들이 가장 좋아하는 껍질 벗긴 사탕수수를 마당에 뿌렸다. 보노보들이 밖으로 나와 좋아하며 반기는 동안, 남자들이 특공대처럼 떼를 지어 몰려 들어가 마당에 연결된 문을 바로 닫고 잠갔다.

본지와 롤라, 새끼를 꼭 안은 마케나는 후다닥 놀이기구 꼭대기로 올라가 원통형 미끄럼틀 위쪽에 숨었고, 샘과 음봉고는 아래에서 야단법석을 떨었다. 젤라니는 어느 쪽에 합류해야 할지 몰라서 안전유리로 된 문을 향해 날카롭게 소리 지르기도 하고, 암컷들과 허둥지둥 숨기도 하며 갈팡질팡했다.

남자들이 집안을 비우는 동안 샘과 음봉고는 소리를 지르며 화를 내고 경중경중 뛰면서 손과 발로 창문을 때렸다. 남자들은 모든 장난감과 담요, 그 밖의 자질구레한 물건들을 내간 다음, 가구를 실어갈 수레를 들여갔다. 그때서야 이사벨은 그들이 무엇을 하고 있는지 눈치채고 변호사 마티 쉐이퍼에게 전화했다.

"보셨어요? 보고 계세요?"

"네."

사내들은 삽과 수레를 이용해서 쓰레기와 썩어가는 음식들을 모았다. 양동이를 가진 남자들이 바닥과 벽을 대걸레로 청소했고, 그 일이 끝나자 다른 사람들이 긴 빗자루와 강력호스를 들고 들어왔다.

"저래도 되는 건가요?"

이사벨이 물었다.

"그렇습니다."

"그럼 청원서는 무산되는 건가요?"

"그들이 음식 문제를 해결한다면, 그렇죠. 의학적인 수준으로요."

피터 때문이다. 왜 그 생각을 못했을까? 이사벨은 희망에 눈이 멀어, 피터가 말한 '보노보에 대한 적절한 조치'가 법원이 폭스에게서 보노보들을 빼앗을 수 없게 할 거라는 걸 깨닫지 못했다. 이사벨은 별안간 책상 위에 있던 얼음통을 붙잡고 토악질을 했다.

이사벨이 다시 고개를 들었을 때, 샘은 항의를 멈춘 상태였다. 그리고 문을 통해 안을 유심히 들여다봤다. 그의 눈은 어떤 특정 인물을 쫓는 것 같았다. 샘은 수화를 시작했다.

나쁜 손님. 큰 연기. 나쁜 손님.

그때 말풍선이 갑자기 사라졌다.

샘은 다급하게 수화를 계속했지만, 그 내용은 번역되지 않았다.

샘은 손을 입에 넣었다가 지독한 맛을 본 것처럼 휙 빼냈다. 두 손가락으로 입술을 탁탁 치고, 가슴 앞에서 집게손가락 두 개를 맞댔다.

나쁜 연기 손님. 이사벨 다쳐. 나쁜 손님 저기. 큰 불.

이사벨은 일하는 남자들을 보여주는 작은 화면을 자세히 보려고 텔레비전에 더 가까이 다가갔다. 그중 한 명이 동료에게 소리를 질렀는데, 그 입술이 뭉툭하고 두꺼웠다.

그때 어떤 기억이 갑자기 튀어나왔다. 연구실 바닥에 쓰러진 그녀의 머리 옆에 무릎을 꿇고 앉아 고무밴드 같은 큰 입으로 "쉿!" 하던 남자.

"마티, 끊어야겠어요."

이사벨은 전화를 침대 위에 던졌다.

남자들은 물이 잘 빠지는 팔레트 타입의 바닥재를 콘크리트 위에 설치했다. 그리고 천으로 된 가구들을 모두 항균처리와 방수처리를 한 똑같은 모양의 가구로 바꾸고 있었다. 샘과 음봉고는 마당 저쪽 구석으로 물러나서 심히 수상하다는 표정으로 그들을 유심히 지켜보고 있었다.

더럽게 나빠.

음봉고가 수화로 말했다.

더럽게 나빠, 더럽게 나빠, 더럽게 나빠.

그런데 그 순간 갑자기 모니터에서 영상이 사라졌다.

실리아는 금세 도착했다. 이사벨은 문밖으로 손을 뻗어 실리아를 방으로 홱 잡아당겼다.

"그거 봤어? 봤어?"

"뭘요?"

실리아가 텔레비전으로 시선을 돌렸다.

"〈보노보의 집〉! 샘하고 음봉고가 방금 폭스의 청소부 중 한 명을 알아보고 폭발이 있던 날 거기 있던 사람이라고 지목했어. 지구해방연맹이 아니었어. 켄 폭스 패거리였어! 걔들이 생방송 중에 범인을 지목했고, 나도 그 범인의 입 모양을 알아봤어. 그들이 방송을 중단했지만 한발 늦은 거야. 어디에선가 저거 녹화되고 있겠지? 그렇지? 오, 맙소사, 보노보를 증인으로 인정해주지 않으면 어떡하지?"

이사벨은 주먹을 꼭 쥐고 입을 가린 채 다시 텔레비전으로 돌아섰다. 실리아는 꼼짝하지 않다가 천천히 말했다.

"그건 못 봤어요. 하지만 보노보들이 증언을 할 필요도 없고, 켄 폭스 혼자 한 것도 아니에요."

실리아의 말투가 심상치 않아 이사벨은 실리아를 돌아봤다.

실리아는 이사벨을 물끄러미 쳐다보다 입을 열었다.

"노트북 어딨어요?"

이사벨은 격렬하게 뛰는 심장 소리를 들으며 노트북을 가져왔다. 실리아가 앉아 노트북을 열었다. 얼마 안 돼서 그들은 피터의 메일 수신함, 아니 정확히 말하면 자와드의 서버에 있는 복사본을 보고 있었다.

"여길 즐겨찾기에 추가해 놓을게요. 비밀번호는 '엄청큰페니스'. 한 번에 붙여 써야 해요. 조엘이 지은 거예요. 제 생각엔 '조그만빨대'가 더 적당한데. 하지만 다수결에서 제가 밀렸죠."

실리아는 모니터를 가리켰다.

"자와드가 오늘 이걸 빼냈어요. 피터는 이 메일들을 삭제했지만 안전 삭제 기능을 사용하지 않았어요. 그래서 수신함에서는 안 보이지만 여전히 남아 있었던 거죠. 자와드는 그걸 꺼낸 뒤에 피터가 자기 계정에 접근할 수 있도록 원상복구시켰죠. 피터는 컴퓨터에 오류가 생겨서 잠시 메일이 다운되었던 것으로 생각할 거예요."

이사벨이 초조하게 고개를 저으며 손가락으로 텔레비전을 가리켰다.

"나도 그 소프트웨어에 대해서는 이미 알고 있어. 너 왜 내 말 안 듣니! 지금 그보다 더 큰 일이 벌어졌다니까!"

"박사님, 박사님이 제 말을 안 듣고 있어요. 아니 안 보고 있어요. 이 이메일들의 날짜를 확인해 보세요."

그것을 확인한 이사벨은 다시 구역질이 올라오는 걸 느꼈다.

❖——•——❖

존은 여전히 텔레비전을 뚫어지게 쳐다보고 있었다. 이럴 수도 있는 건가? 샘이 수화하는 모습이 잠깐 나왔는데, 느닷없이 말풍선이 사라지고 화면이 캄캄해진 것이다.

전화가 울렸을 때도 존은 새까만 화면에서 눈을 떼지 못하고 전화기를 더듬어 잡았다.

"여보세요?"

어떤 여자가 자신을 밝히지도 않고 다짜고짜 말했다.

"특종 따고 싶으시죠? 제가 줄게요. 폭스하고 제 약혼자가 짜고 저를 날려버리려고 했어요."

한 시간 뒤, 이사벨에게 달려가 피터 벤튼의 메일함을 열어본 존은 망연자실한 표정으로 버커니어 모텔로 돌아오고 있었다. 미러 서버의 주소는 이사벨의 호텔방을 나오기 전에 자신의 이메일로 전송했다.

이사벨은 벌써 감싸줄 만한 이유를 찾으려고, 좀 더 나은 상황을 만들어 보려고 애를 쓰고 있었다. 그 모습이 존의 가슴을 더 아프게 했다.

"그 사람들은 차가 주차장에서 모두 빠져나가고 나면 일을 벌이려고 했어요. 제가 실리아에게 차를 빌려줬다는 건 생각도 못했을 거예요."

이사벨은 그들이 자신을 죽일 뻔한 범인과 한통속이란 건 용서하는 듯했지만, 보노보와 관련된 부분에 대해서는 그럴 생각이 전혀 없었다.

"그 폭약은 보노보의 거주구역에는 피해를 주지 않게 설계되었다지만, 만일 보노보들이 갇혀버렸다면 어떻게 됐겠어요? 범인들이 타이어 지렛대로 보노보들을 풀어줄 수 없었다면 어쩔 뻔했냐고요! 화재 사망자들은 대부분 연기에 질식해서 죽잖아요."

이사벨이 말해준 사실은 엄청났다. 어마어마했다. 존은 인정하기 싫지만 개인적인 이유에서 이 이야기를 남김없이 까발리고 싶었다.

문제는, 그러기 위해서는 익명 프록시 서버를 통해 전달된 내용보다
더 확실한 증거가 필요하다는 것이었다. 그러려면 그 이메일을 받고
답장을 해준 인물이 누구인지 밝혀야 했다.

존은 전화소리에 화들짝 놀랐다. 손을 뻗어 휴대폰을 찾아보니 새벽 3시였다. 그 개가 아만다를 문 걸까? 아니면 아만다에게 무슨 사고라도? 피터 벤튼이나 켄 폭스가 눈치를 채고 이사벨에게 무슨 짓을 한 건 아니겠지? 아니면 이반카일지도 몰라…….

"여보세요?"

"존 티그펜 씨인가요?"

"네."

존은 얼굴을 찌푸렸다. 그리고 손을 뻗어 불을 켰다.

"누구십니까?"

"전 실리아 허니컷인데, 이사벨 던컨 박사님과 잘 아는 사이예요. 며칠 전에 만날 뻔했는데요."

들어본 이름이었다. 지구해방연맹의 동영상과 로렌스 시립 동물관리국 여직원을 통해서.

"무슨 일이 생겼나요? 이사벨은 괜찮습니까?"

"아뇨, 박사님은 별일 없어요. 네이선 때문에 전화 드렸어요."

"누구요?"

"그때 그, 초록색 머리 남자애요."

"그 사람이 왜요?"

"구치소에 있어요."

"잘됐군요."

"아니에요, 잘된 게 아니라 잘못된 거예요. 그 친구 보석금 좀 내 줄 수 없으세요?"

"뭐라고요?"

"던컨 박사님한테는 전화를 드릴 수가 없어요. 그냥 내버려두라 고 할 테니까요."

"나는 뭐 다르게 말할 줄 알았습니까?"

"그거 아세요?"

실리아는 퉁명스럽게 말했다.

"그 친구가 잘못하긴 했지만, 당신도 던컨 박사님이 생각하는 만 큼 좋은 분은 아닌가 봐요. 오늘 교수님이 당신한테 준 그 정보 말이 에요. 다른 기자들은 아무도 모르지만, 무슨 짓을 하더라고 입수하 려 들 그 정보, 그게 어디서 왔는지 알아요? 저예요. 틀림없이 캣우 먼도 아주 관심이 많을걸요."

존은 한숨을 쉬었다.

"그 친구가 무슨 짓을 했죠?"

"음주 연령 제한* 위반이요."

"음주 연령 제한 위반으로는 체포되지 않아요. 벌금만 내지."

"신분증 위조도 했어요. 체포할 때 저항도 했다더군요."

"뭐, 그랬을 테죠, 안 들어도 짐작이 되는군요."

"오, 제발. 부탁해요, 네?"

존이 두 손으로 머리를 감쌌다.

"얼마나 되는데요?"

"1400달러요."

"장난해요? 나한테 여윳돈 1400달러가 어딨어요."

"700달러만 내주시면 돼요. 나머지는 개리 씨가 내실 거예요."

"누구요?"

"그 애랑 같이 시위한 분이에요. 그분은 벌써 보내주셨어요."

존은 침대에서 발을 내리고 똑바로 앉았다.

"그런데 내 번호는 어떻게 안 거요?"

"던컨 교수님 책상에서 가져왔어요. 네이선이 그때 레스토랑 일로 사죄드리고 싶어했거든요."

존이 푹 수그린 머리를 한 손으로 받쳤다. 이런 일까지 고민해야 하다니 어이가 없었다.

"알았어요."

존은 일어서면서 옷을 찾아 주변을 둘러보았다.

"거기 가서 누구를 찾아야 합니까?"

"네이선 피니거요. 활발하니 어쩌니 하는 농담은 하지 마세요. 개

---

* 미국 대다수의 주에서는 법적으로 21세가 넘어야 음주가 가능하다.

는 그거 싫어해요."

피니거? 네이선의 성이 피니거였어?

십대 피니거라고?

존은 어지럼증을 느끼며 손으로 벽을 짚었다.

✦——•——✦

안내 데스크 뒤에는 모니터들이 줄지어 있었고, 각 모니터는 감방을 하나씩 비추고 있었다. 변기까지도 전부 보였다. 네이선은 좁은 침대에 웅크리고 있었다. 존이 그 모습을 바라보고 또 바라보았다.

"어떻게 오셨습니까?"

결국 안내석을 지키던 경찰이 말을 걸었다.

"아, 네."

존은 헛기침을 하고 앞으로 다가갔다.

"보석금을 내러 왔는데요."

경찰이 껌을 딱딱 씹으며 존을 수상쩍은 눈으로 쳐다봤다.

"누구요?"

존은 침을 두 번이나 삼키고 나서 그의 이름을 말했다.

"네이선. 피니거요. 저 애."

존이 모니터를 가리켰다.

경찰은 어깨너머로 모니터를 힐끗 봤다.

"현금으로 낼 건가요?"

"카드로요."

"저 길을 따라가면 보증사무실이 있습니다."

건물을 나올 때까지 두 사람은 한마디도 하지 않았다. 네이선은 존 뒤에서 얼마간 떨어져 살금살금 따라왔다. 네이선의 움츠린 어깨를 보고, 존은 저게 10대들이 좋아하는 슬라우치slouch 패션이구나 하고 짐작했다.

계단을 다 내려오자 존은 걸음을 멈추고 그리스풍으로 기둥이 줄지어 선 건물을 돌아봤다. 네이선은 거리 양쪽을 살폈다.

"이제 가도 돼요?"

"아니. 뭐 좀 물어볼 게 있다. 너 어디서 자랐니?"

"뉴욕이요. 모닝사이드 하이츠. 왜요?"

"너희 어머니 성함은?"

"왜요? 전화하려고요?"

"아니, 그게 아니고…… 그냥…….'"

피가 귀로 몰리면서 공포감이 초음속으로 존을 덮쳤다.

"그럼, 어디 태워다 줄까?"

"아니에요. 괜찮아요."

그가 초조하게 몸을 이리저리 흔드는 걸 보니 빨리 가고 싶은 것 같았다. 존이 고개를 끄덕였다.

네이선의 무거운 발소리가 거리를 따라 멀어져가자 존은 현기증이 나서 계단에 주저앉았다.

35장

이사벨은 베개를 안고 옆으로 누워 있었다. 아직 해가 뜨려면 멀었지만 이사벨은 두 시간 전부터 깨어 있었다. 혹시 〈보노보의 집〉이 다시 방송되지 않을까 해서 텔레비전을 음소거 상태로 켜놓은 채였다. 하지만 방송은 재개되지 않았고 이사벨도 큰 기대는 하지 않았다. 왜냐하면 로즈가 전화해서 코스턴 재단이 새로 들어올 유인원들을 받기 위해 별도의 공간을 준비하고 있다고 알려줬기 때문이었다. 그 유인원들이 보노보인지 확신할 수 없었지만, 〈보노보의 집〉 방송중단이 길어질수록 그럴 가능성이 점점 커지는 것 같았다. 통역이나 피터, 아니면 스튜디오의 누군가가 샘의 수화 내용을 알아채고 플러그를 뽑아버렸을 것이다. 피터는 연구실을 폭파하는 데 관여한 것도 부족해 보노보들을 생지옥 같은 생의학 연구시설에 몰아넣으려 하고 있었다.

누군가 방문을 세차게 두드렸다. 이사벨이 비명을 한 번 지르자 두드리는 소리가 멈췄다. 잠시 후에 망설이듯 톡톡 두드리는 소리가 이어졌다.

이사벨은 이불을 젖히고 어둠 속에서 문쪽으로 걸어갔다. 아무도 없는 척할 수는 없었지만, 빗장은 걸려 있고 호텔 경비는 길어야 1~2분 안에 도착할 거리에 있었다. 문구멍으로 살펴보니 존 티그펜이 한 손을 문에 기대고 서 있었다. 문구멍의 어안 렌즈 때문에 존의 코가 커다랗게 확대되어 콧구멍이 벌렁거리는 게 보였다. 이사벨은 문을 활짝 열고 존을 안으로 들였다.

그는 비틀거리며 방으로 들어왔다. 이사벨은 얼른 불을 켰다.

"왜 그래요? 무슨 일 있어요?"

존은 휘둥그레진 눈으로 여기저기를 둘러보며 당황한 표정으로 서 있기만 했다. 그러다 마침내 이사벨을 쳐다봤다.

"저 때문에 깬 건가요?"

"깨어 있었어요. 왜 그래요? 무슨 일 생긴 거예요?"

"제가 그 애 아버지인 것 같아요."

존의 눈은 여우원숭이처럼 커져 있었다.

"누구 아버지요?"

"채식주의자이자 생태여성주의자라는 그 초록 머리 애요."

"네이선이요?"

존은 아직도 숨을 가쁘게 쉬며 고개를 끄덕였다.

"도대체 왜 그런 생각을 하는 건데요?"

"피니거라는 성을 가진 열일곱 살짜리 애가 세상에 몇 명이나 되겠어요?"

이사벨은 문득 존을 괜히 들였나 하는 생각이 들었다. 술에 취한 건가? 이사벨은 술 냄새를 기막히게 잘 맡는데 존에게서는 전혀 맡을 수 없었다. 약에 취한 건가? 존의 눈을 자세히 들여다봤지만 동공은 팽창되어 있지 않고 정상이었다.

이사벨이 유심히 살피는 것을 느낀 존이 말했다.

"죄송합니다. 괜히 왔나 봅니다."

존은 계속 몸을 떨고 있었지만 정신이 이상한 것 같진 않았다. 그냥 비참하고 애처로워 보였다. 존이 문을 향해 걸음을 옮겼다.

"아니에요. 괜찮아요."

이사벨이 그의 팔꿈치를 잡으며 말했다.

"이리 와 앉아요. 무슨 일인지 얘기해 보세요."

존이 다시 휘청거리며 소파로 향하자 이사벨이 그 뒤를 따랐다. 존이 오래전의 철없는 행동을 털어놓는 동안, 이사벨은 옆에서 다리를 깔고 앉아 그를 바라보고 있었다.

"실은 우리가 그걸 했는지 확실하진 않아요. 그런데 아무래도 제가 그 여자를 임신시킨 것 같아요. 그 여자는 왜 아무 말도 안 했을까요? 저는 어리고 멍청했지만, 그래도 저나 제 부모님이 함께했다면 그 애의 삶이 이렇게 되진 않았을 거 아닙니까."

"네이선이 그렇게 한심한 건 아니에요."

"한심해요."

"네, 그런 것 같긴 해요."

이사벨도 인정했다. 존은 등받이로 머리를 젖히며 신음을 냈다.

"있잖아요."

이사벨은 다리를 흔들다가 곧추세우며 말했다.

"아직은 절망할 거 없어요. 그 애가 정말 당신 아들인지 확실하진 않아요."

"그 애 나이가 열일곱 살에 성이 피니거라니까요. 뉴욕에서 컸고요."

이사벨은 그의 말에 일리가 있다는 것을 부인하지 못했다. 이사벨은 자리에서 일어나 노트북 컴퓨터를 가져왔다. 존은 얼빠진 사람마냥 다리를 벌리고 앉아 있었는데, 목울대를 위아래로 움직일 뿐 꼼짝도 하지 않아, 소파 왼쪽 팔걸이에 축 처진 불가사리가 걸려 있는 것 같았다.

"죄송합니다. 무슨 생각으로 그랬는지 모르겠어요."

이사벨이 컴퓨터에 뭔가를 쓰는 동안 존은 쉰 목소리로 말했다.

"뭐가 죄송해요?"

"이런 이야기 당신한테 한 거요."

"괜찮아요. 누군가한테는 털어놓고 싶으셨던 거겠죠. 그런 얘기를 부인한테 하기는 어려울 테니 이해해요."

"아마 저를 죽이려 들 겁니다. 정말로요. 전 어떡해야 하죠?"

이사벨은 계속 타자를 치면서 그의 마음을 이해한다는 듯이 고개를 주억거렸다.

존은 말을 이었다.

"저는 좋은 아빠가 될 수도 있었어요. 아마도요. 보고 따라할 수 있는 모델이 있었어요. 저희 아버지가 그러셨거든요. 당신 아버지는 어떤 분이셨나요?"

"없어요."

"오, 맙소사. 죄송합니다."

“뭐가요?”

이사벨은 타자를 치며 존을 힐끗 보더니 존이 무슨 생각으로 한 말인지 알아차렸다.

“아, 아니에요. 돌아가신 게 아니에요. 제 생각이지만요. 그냥 가 버린 거예요. 어차피 제 친아버지가 아닐 수도 있어요. 그것도 문제 긴 문제였죠.”

“유감스럽군요.”

존이 다시 말했다.

“전 그렇게 생각 안 해요. 제가 그 사람과 아무 관계가 없을 수 있 다는 걸 알게 돼서 좋은걸요. 물론 우리 엄마하고도 전혀 관계 없는 사이라면 좋겠지만, 안타깝게도 그건 의심의 여지가 없어요.”

그녀는 노트북을 돌려서 모니터를 보여줬다.

“여기요. DNA 검사하는 곳인데 아주 빨라요. 24시간 안에 결과 가 나오거든요. 혈액 표본도 필요 없어요. 결과는 이메일이나 전화 로 통보하고요. 원하시면 지금 신청할 수 있어요.”

존의 눈은 여우원숭이에서 부엉이만큼 커졌다. 존은 눈을 몇 번 껌벅거리더니 이사벨에게 물었다.

“어떤 표본이 필요한데요?”

이사벨은 노트북을 건넸다.

“그 애가 입을 댄 컵. 혹은 담배꽁초, 아니면 머리카락 한 가닥. 염색한 머리도 괜찮을 거예요.”

존은 초록색 머리카락이 마술처럼 나타나기라도 할 것처럼 주위 를 둘러봤다.

“그 애는 여기 온 적 없어요. 하지만 내일 제가 표본을 구해볼게요. 아니, 오늘이군요."

창밖을 본 이사벨은 머잖아 해가 떠오를 시간이라는 걸 깨닫고 말했다.

존은 온라인 신청양식을 물끄러미 쳐다봤다. 그러더니 빈칸을 채워넣기 시작했다. 처음에는 겁에 질려 조심스레 입력하더니 나중에는 허둥지둥하며 급하게 치는 바람에 철자를 고치기 위해 앞으로 되돌아가야 했다. 이사벨이 몸을 굽혀 들여다보니 존은 벌써 신용카드 번호를 적어넣고 있었다.

떠날 준비를 하던 존은 문간에 어색하게 섰다. 그러더니 고개를 숙이고 말했다.

"고맙습니다."

"별말씀을요."

존이 돌아서자 이번엔 이사벨 자신의 걱정이 밀려왔다. 이 사람이 자기 문제 때문에 보노보 일에 신경 쓰지 않으면 어떡하지?

"그래도 폭스가 한 짓은 밝혀낼 거죠? 이제 〈보노보의 집〉이 방송되지 않으니 그 애들이 잘 있는지 알 수도 없잖아요. 새로 태어난 아기가 제대로 먹지 못하면 어떡하죠? 마케나가 병이라도 걸리면 어떡해요? 아직도 치즈버거하고 M&M 초콜릿만 먹으면요?"

존이 돌아섰다.

"그럼요, 당연하죠. 오늘 밤에 제 원고를 보낼 겁니다. 이번 호는 내일 오후에 발매될 거고요."

"아, 다행이네요."

이사벨은 안도했다.

"지금 여기서 중요한 게 뭔지 아시죠? 당국에서 보노보를 맡게 되면 당분간 우리가 함께 지낼 샌디에이고 동물원에 보내는 데 동의할 거예요. 그럼 저는 그동안 우리가 살 곳을 찾아보면 돼요. 하지만 당신이 폭스가 한 짓을 폭로하지 못하고 그 사람이 계속 그 애들을 데리고 있는다면 그 애들이 어떻게 될지는 아무도……."

이사벨은 자신이 존의 팔을 아플 정도로 꽉 잡고 있다는 것을 깨달았다. 그래서 얼른 놓아주며 눈을 질끈 감았다.

존은 이사벨을 감싸 안았다.

"걱정하지 마세요. 그런 일이 생기게 내버려 두지 않겠어요."

이사벨은 존의 가슴을 통해 울리는 그의 목소리를 느꼈다. 이상하게 그의 말에 믿음이 갔다. 그래서 이사벨도 그의 듬직한 등을 껴안았다.

✦———·———✦

존이 떠나자마자 이사벨은 실리아에게 전화를 걸어 네이선과 함께 방으로 오라고 했다.

네이선은 옷을 질질 끌고 다니긴 했지만, 존이 말한 만큼 한심해 보이지는 않았다. 이사벨은 그의 얼굴형과 눈동자 색깔을 살펴봤다. 키는 존과 거의 똑같았고 몸매는 그 또래답게 힘줄이 다 보일 정도로 삐쩍 말랐지만 살이 찌면 체격도 비슷할 것 같았다. 정말 존의 아들일 가능성도 있었다.

그러다 문득 이사벨은 네이선이 이상하다는 듯 그녀의 눈을 마주 보고 있다는 것을 깨달았다.

"부모님한테는 전화했니?"

이사벨이 물었다.

"아뇨. 앞으로도 안 할 거예요."

"명심해, 공판 날짜는 지키는 게 좋아. 알겠니?"

그는 귀찮다는 듯 어깨를 으쓱했다.

"연락 안 하면 존의 돈은 어떻게 갚을 건데?"

"모르겠어요. 신용카드를 발급받아서 현금서비스를 받든지……."

"네이선. 넌 열일곱 살이잖니. 직업도 없고. 그런 사람한테는 신용카드가 안 나와."

실리아가 그를 휙 돌아봤다.

"열일곱? 너 열일곱이야? 그럼, 이건……. 어, 미성년자잖아!"

실리아가 네이선의 팔을 후려쳤다.

"두 달만 있으면 열여덟이에요."

그는 팔을 문지르며 우물거렸다.

실리아가 이사벨을 보며 변명했다.

"얘가 자긴 열아홉이라고 했어요."

실리아의 두 눈 사이로 불쾌함이 번개같이 지나가더니 다시 네이선에게 고개를 휙 돌렸다.

"너 열아홉 살이라며!"

이사벨이 말했다.

"오늘 밤에는 애를 다른 침낭에 집어넣는 게 좋겠구나."

네이선은 두 손을 주머니에 찔러넣고 그답잖게 풀죽은 표정이 됐다. 실리아는 팔짱을 끼고 앞을 똑바로 바라보며 발을 탁탁 두드렸다.

이사벨은 관자놀이를 문지르며 물었다.

"너희 밥 먹은 지 얼마나 됐니?"

"전 어제 점심이 마지막이었어요. 아마 얘도 마찬가지일 거예요. 구치소에서 얻어먹지 않았다면요!"

실리아는 네이선을 잡아먹을 듯이 노려보며 말했다.

"실리아, 그래 봤자 좋을 거 없어. 계란도 살생이니?"

이사벨이 네이선을 돌아보며 물었다.

네이선은 옆을 보며 말했다.

"수정된 계란이 아니면 엄격히 말해서 살생은 아니에요. 하지만 알을 낳는 암탉이……."

"알았어."

이사벨은 밝은 표정으로 말했다.

"그럼 너는 버터 안 바른 토스트와 오렌지 주스 먹고. 실리아는?"

"배달시키려고요?"

실리아가 물었다.

"바는 아직 문 안 열었어. 그리고 우리가 레스토랑에 갈 수 있겠니?"

이사벨은 네이선을 쏘아보며 말했다. 그는 카펫의 무늬만 내려다보고 있었다.

실리아가 말했다.

"저는 계란 반숙 두 개하고 통밀 토스트, 그리고 혹시 그레이프프루트도 있으면 시켜주세요."

이사벨은 전화기를 들었다.

이사벨은 레스토랑보다는 룸서비스의 쟁반에서 컵을 훔치는 것이 훨씬 더 쉽다는 걸 말하지 않았다. 이사벨은 그저 누가 어떤 컵을 사용했는지만 눈여겨보면 되는 것이다.

✦ — ✦

이사벨에게 컵을 받은 지 한 시간도 안 됐지만 존은 자신의 안쪽 볼을 닦은 약솜과 컵이 담긴 상자를 로비 한쪽 구석에 있는 페덱스 택배함에 넣었다. 수면량으로 볼 때 걸어다니는 좀비가 되어야 하겠지만, 존은 급히 보내야 할 원고와 아버지가 될 가능성에 대해 걱정하느라 극도로 흥분한 상태였다.

아버지가 될지도 모른다고 생각하니 소화가 되지 않았다. 새벽녘에 이사벨의 호텔방에서 버커니어 모텔로 비틀거리며 돌아온 이후 커피 한 잔도 제대로 넘기지 못했다.

왜 지넷은 얘기하지 않았을까? 그랬다면 내 인생은 완전히 달라졌겠지. 우리 모두의 삶이 달라졌을 거야. 만일 내가 지넷과 살았다면 아만다와 함께하는 삶은 없었을 것이고, 지넷과 살든 그렇지 않든 나는 대학을 그만두고 일을 찾아야 했을 거야. 지넷은 술집 종업원을 하면서 아이까지 키울 돈은 벌지 못했을 테지만, 그래도 그 일을 계속했겠지. 지넷이 다른 남자와 결혼을 했다면 모를까, 그렇지 않았다면 내 아들은 아빠 없이 자랐을 거야. 결혼을 했다 하더라도 내가 아들의 존재를 모르고, 아들에게 뭔가를 해줄 기회가 없었다는 사실은 변함이 없지만. 어쨌든 피해자는 부모 없이 자란 네이선이야. 그러니 내가 네이선에게 보상을 해줘야 해. 지금부터 나와 아만다는 그 아이와 함께할 거야. 그런데 그렇게 하려면 임신하려고 노력 중인 아만다에게 내게 이미 아들이 있을 뿐 아니라, 그 아이가

머리를 초록색으로 물들인 비행 청소년이자 채식주의자라고 밝혀야
하는 괴로운 과제가 남아 있군.

아버지로서의 책임감이 밀려오자 존은 다시 숨이 턱까지 찼고,
걸으면서 저도 모르게 주먹을 쥐었다.

그리고 이사벨이 한 말이 뇌리에서 계속 맴돌았다.

"…… 당분간 우리가 함께 지낼……"

우리.

이사벨에게 보노보들은 어떤 사람보다도 더 가까운 가족이었다.
만일 네이선이 정말 그의 아들이라면, 그보다는 더 가깝지 않겠는가.

존이 자정까지 보내야 하는 기사의 내용은 토퍼가 꿈에도 생각
못할 엄청난 것이지만, FBI가 발 벗고 나설 만한 확고부동한 증거가
없다는 게 문제였다. 《위클리 타임스》는 그동안 근거도 없는 기사를
너무 많이 실었다. 존이 아직 인키에 근무하고 있다면…….

존은 머리를 저으며 생각을 털어버렸다. 지금은 폭스에 대한 확
실한 뭔가를 찾아야 했다. 방법은 알 수 없었다. 하지만 이사벨을 위
해, 그리고 보노보들을 위해 그는 어떤 수단도 마다하지 않을 작정
이었다.

36장

존은 손 거스러미를 물어뜯으며 피터 벤튼의 이메일을 열심히 읽고 있었다. 그는 카페인 음료를 마신 것을 후회했다. 원고 마감 시간은 12시인데, 벌써 11시 30분을 향해 가고 있었다. 기사는 이미 썼고 보낼 준비도 되었지만, 아직도 '보내기' 버튼을 클릭하지 못하고 있었다. 《위클리 타임스》다운 저급한 추측성 기사를 올해의 특종으로 바꿔줄 마지막 세부정보를 찾고 있었던 것이다.

11시 37분에 존의 전화가 울렸다. 이반카였다.

"그가 왔어."

그녀는 귀청이 터질 것 같은 시끄러운 음악 소리와 사람들이 떠드는 소리를 뚫고 큰 소리로 말했다.

"나 많이 취했어, 기분도 아주 더럽고. 하지만 전화한다고 약속했으니까 전화한 거야. 오늘 밤은 일하는 날 아닌데, 그가 날 불렀어.

랩댄스 때문에 좀 오래 있다가 갈 거야. 오고 싶으면 와. 하지만 오늘
은 이야기하기 좋은 밤은 아냐."

"이반카! 내 부탁 하나만 들어줘. 아무도 없는 곳으로 가."

그의 말대로 조용한 곳으로 간 이반카는 존이 하는 말을 잠자코
들었다.

"알았어. 할 수 있어."

존의 귀에는 그녀의 다짐과 함께 어깨를 으쓱하는 소리까지 들리
는 듯했다.

기다림은 고통이었다. 존은 텔레비전을 켜고 집중하려 했다. 방
을 왔다갔다하고, 손톱을 물어뜯고, 손으로 머리를 쓸어넘기다가 머
리를 긁어댔다. 뭘 찾기라도 하듯 팔을 위아래로 쓰다듬기도 했다.
욕실에 들어간 그는 거울에 비친 모습을 보고 소스라치게 놀랐다.
자신의 눈을 들여다보며 몇 번이나 심호흡을 했다. 젖은 손으로 머
리를 쓰다듬고는 침실로 나와 침대 끝에 앉았다. 그는 텔레비전 옆
을 지나면서 꺼버렸다.

12시 1분에 전화기가 울렸다.

"가져왔어."

이반카였다.

"어디야?"

"내 방."

존은 전화를 끊고 침대에서 벌떡 일어나 신발에 발을 꿰었다. 그
즉시 다시 전화가 울렸다.

"지금 가는 중이야."

존은 발뒤꿈치를 신발에 억지로 밀어 넣으며 한 발로 뛰었다.

"딴짓하지 말고 빨리 기사나 보내요."

토퍼였다.

그의 호통이 길어지기 전에 존이 말했다.

"좀 늦어질 거예요. 부장님이 지금까지 낸 어떤 기사보다 폭발력이 클 겁니다. 그리고 제가 쓴 단어는 하나도 고치지 말고 그대로 내줘야 합니다."

"그건 내가 판단해요."

"그러시겠죠. 하지만 장담하건대, 제 말대로 하실 겁니다."

잠시 후에 존은 이반카의 방문을 두드렸다. 이반카는 문을 조금 열고 블랙베리를 내밀었다.

"카트리나가 25분 후에 시작하니까 10분 안에 돌려줘. 분실물센터에 갖다 놓으라고 할게."

존은 켄 폭스의 블랙베리를 쥐고 계단을 달려 내려갔다. 존은 방에 도착하기도 전에 폭스의 블랙베리에 있는 모든 정보, 이메일, 문자메시지를 자신의 이메일 계정으로 보내기 시작했다. 이메일 프로그램은 익명 프록시 서버로 연결되어 있었고, 거기에는 피터 벤튼이 보낸 이메일들도 있었다. 연구소 폭발사고가 일어나기 전부터, 도중에, 그리고 그 후에도 피터가 폭스와 공모하고 있었다는 것은 의심의 여지가 없었다. 또한 사고 이후에 돈을 더 많이 받아내기 위해 줄다리기를 했다는 것도 분명했다. 폭스가 공공연하게 밝힌 장기가입자 수와 시청률이 사실과는 전혀 다르다는, 흥미로운 정보들도 있었다.

"빨리, 빨리."

존은 시계와 노트북 컴퓨터를 번갈아 쳐다보며 중얼거렸다. 파일을 선택하면서 동시에 다운을 받고 있긴 했지만, 각 파일은 하나씩 제멋대로 도착했다. 물론 순서는 큰 문제가 아니었지만, 블랙베리를 돌려주기 전에 정보를 하나도 빠짐없이 내려받았는지 확인하는 것이 문제였다. 존은 그의 이메일 수신함에 정확한 수의 메시지가 나타나자, 블랙베리에서 이메일을 전송한 흔적을 모두 지웠다. 그런 다음 블랙베리를 들고 이반카에게 뛰어갔다.

이반카는 보송보송한 목욕 가운을 입은 채 문을 열어줬다. 아직 화장은 지우지 않았고, 머리핀만 뽑아 호주머니 가장자리에 나란히 꽂아 둔 상태였다.

"왜 이렇게 오래 걸렸어?"

존은 블랙베리를 건네주고 그녀의 어깨를 잡았다. 그리고 파우더를 바른 볼의 불그스름한 부분에 키스했다.

"이반카, 당신 최고야."

흰색 승합차 한 대가 러시아 테크노 음악을 시끄럽게 울리며 발코니 아래 멈춰 섰다.

"카트리나."

이반카가 어깨너머로 소리쳤다. 카트리나는 욕실에서 분홍색 인조가죽 부츠에 금속조각으로 장식된 반바지와 홀터탑을 입고 나왔다. 그리고 걸어가면서 자연스럽게 이반카의 손에서 블랙베리를 낚아챈 뒤 존을 지나쳐 갔다. 카트리나는 한마디도 하지 않았지만, 존은 그녀의 얼굴에서 뻐기는 듯한 웃음을 본 것 같았다.

"카트리나! 그거 넘기기 전에 지문 좀 닦아줘!"

존이 그 뒤에 대고 소리쳤다. 카트리나가 알았다는 듯 어깨 위로 블랙베리를 들어 올리고는 콘크리트 계단을 우아하게 내려갔다. 차 문이 열리면서 음악 소리가 커졌고, 문이 닫히자 차가 출발했다.

이반카는 느긋하게 침대로 가 누웠다. 그리고 다리를 꼬았다. 그 발에는 깃털로 장식된 굽 높은 슬리퍼가 신겨져 있었다. 이반카는 담배에 불을 붙였다.

"이반카, 도와줘서 정말 고마워. 이번 일은 정말 대단한 거야."

존이 말했다.

"별말씀을."

이반카는 담배로 자석과 데이지 스티커로 꾸며진 소형 냉장고를 가리켰다. 그 위에 포장지도 뜯지 않은 인공수정기구가 있었다.

"하여튼 일이 잘되면 나도 은퇴할 수 있어. 18년 동안 고정배역을 맡은 거나 마찬가지지."

"뭐라고?"

존이 영문을 몰라 물었다.

"난 항상 콘돔을 사용했어."

그녀가 설명했다.

"하지만 이번엔 안 쓸 거야. 그 사람은 내가 쿠거로는 너무 늙었다고 생각해. 하지만 아이를 갖기에는 그렇지 않을걸. 하. 두고 보라고."

✦————·————✦

존이 마침내 '보내기' 버튼을 누른 때는 새벽 3시 56분이었다. 보내자마자 '수신확인' 메일이 왔다.

3분 후에 토퍼가 전화해서 인사도 없이 단도직입적으로 물었다.

"세상에. 이거 사실이요, 아니면 지어낸 거요?"

"백 퍼센트 사실입니다."

“정말 ‘관계자에 의하면’ 수법이 아니란 말이오?”

“그 관계자가 진짜입니다.”

“입증할 수 있는 거요?”

“당연하죠. 하지만 전 취재원을 밝히지 않을 겁니다.”

“어떤 증거를 갖고 있소? 나도 봐야겠소.”

“네, 보내드리죠. 하지만 제 취재원들을 보호한다는 말은 진심이
에요. 어떤 일이 있어도 절대 밝히지 않을 겁니다.”

“알았소. 증거가 뭐요?”

“부장님.”

“알아들었소. 취재원은 보호할 거요. 증거가 뭔지나 말해봐요.”

“언어연구소 폭발테러 전후에 피터 벤튼과 켄 폭스가 접촉했다는
것, 벤튼이 그 후로 돈을 더 요구했다는 것, 그리고 폭스가 그의 이
메일을 반송하다가 결국은 다시 손잡게 되었다는 걸 입증해줄 이메
일을 전부 갖고 있습니다. 그리고 〈보노보의 집〉 방송에서 한 보노
보가 폭스의 인부 한 명이 폭발테러 때 있던 사람이라고 알아보는
걸 본 연구원이 있습니다. 누군가는 그 장면을 녹화한 영상을 갖고
있을 것이고, 장담하건대 샘은 용의자들 중에서 그자를 지목할 수
있습니다.”

“샘이 누구요?”

“그 인부를 알아본 보노보요.”

토퍼는 대단하다는 말을 연발하더니, 존을 장래성 있는 기자라
고 추어올리며 술이든 뭐든 마음껏 먹고 마시며 자축하라고 했다.
그리고 전화를 끊었다.

존은 아만다에게 전화를 했다. 하지만 받지 않았다. 생각해 보니

새벽 4시였고, 그녀가 있는 곳에서는 3시였다. 그래서 다정한 음성으로 녹음을 남겼다.

"안녕, 자기. 나 드디어 진짜 기자로 다시 태어난 것 같아. 여기 취재도 곧 끝날 거야. 곧 세상이 떠들썩하게 다 밝혀질 테니까. 금방 집에 갈 거야. 당신이 보고 싶어 죽겠어. 당신도 글 잘 쓰고 있길 바랄게. 그리고 부거도 적응 잘하고 있길. 사랑해."

존은 옷을 벗고 불을 끈 뒤 침대로 들어갔다. 이반카와 그녀의 인공수정기구가 떠올랐다. 막 태어난 새끼에게 젖을 먹이던 마케나도 떠올랐다. 다정하게 새끼를 안던 모습, 조그맣고 주름진 얼굴에 젖꼭지를 대주던 모습이 눈에 선했다. 그리고 가족을 가지려는 ― 단지 프랜과 팀의 자손, 폴과 패트리샤의 자손을 남기기 위해서가 아니라 ― 아만다의 열망을 생각했다. 문득 깨달음이 왔다. 자신이 사랑하는 이와 생명을 창조할 수 있다는 것은 자연의 기적이며, 어쩌면 자신이 느꼈던 그 어떤 욕구보다 근원적인 욕구라는 것을.

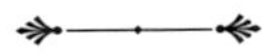

존은 오후 두 시가 다 되도록 잤다. 누군가가 방문을 계속 두드리지 않았다면 분명히 더 잤을 것이다. 문을 살짝 열어보니 늘 뚱뚱한 몸과 번들거리는 얼굴로 모텔 안내 데스크를 지키는 빅터였다.

"팩스가 와서요."

빅터는 구불구불 접은 종이 뭉치를 문틈으로 밀어 넣었다.

"고맙습니다."

존은 팩스 뭉치를 받아 안고 문을 닫았다.

팩스에는 오늘자 《위클리 타임스》 내용이 흑백으로 비스듬히 찍혀 있었다. 표지에는 '기다릴까 봐 먼저 보냅니다. 진짜는 금방 나올 겁니다. 토퍼'라고 적혀 있었다. 표지 한가운데에 폭스의 가장 흉한 사진(눈을 반쯤 감을 때 찍은 듯)이 크게 실려 있었다. 그 뒤 배경에는 핵 구름이 피어오르고 있었고, 제목은 '포르노 킹, 킹콩한테 당하다!'였다. 존은 표지사진이 으레 그러려니 생각하며 넘어갔다. 그런데 토퍼는 존이 보낸 원고를 한 글자도 고치지 않고 그대로 실었다. 제목 '수화에 능한 보노보가 연구소 폭발테러범으로 폭스의 직원 지목'부터 바로 아래 문장 '영장류언어연구소의 전 연구부장 피터 벤튼이 포르노업계의 대부 켄 폭스와 공모하여 1월 1일의 폭발사건을 일으켰음을 보여주는 확실한 증거가 익명의 제보자에 의해 밝혀졌다. 이 사고로 연구원 한 명이 중상을 입었고, 이후 여섯 마리의 보노보들은 리얼리티 프로그램을 통해 미국인들의 끝 모를 호기심의 인질이 되었다'까지 모두 고스란히 실려 있었다.

존은 천천히 사각팬티 위로 바지를 입었다. 그리고 나서 러닝셔츠 바람에 양말도 신지 않은 채로 팩스를 가슴에 품고 모히건문 호텔을 향해 내달렸다.

"만날 수 있을까?"

이사벨은 전화에 대고 숨을 내쉬며 말했다.

피터가 화들짝 놀라 반색했다.

"물론이지. 어디에서?"

"모히건문 호텔 바에서. 되도록 빨리 와 줘. 당신이 해냈다니 정
말 믿어지지가 않아. 고마워. 고마워, 정말 고마워."

"세상에. 이지, 보고 싶어 미치겠어."

피터는 얼이 나간 것 같았다.

"나도."

이사벨은 책상 앞에 가지런히 펼쳐진 팩스를 내려다봤다.

20분 후, 이사벨은 바의 중앙쯤에 놓인 테이블에 앉아 있었다.
이제 〈보노보의 집〉은 방송하지 않기 때문에 자리 잡기는 쉬웠다.
아직도 기자 몇몇과 카지노 손님들이 군데군데 앉아 있었지만 전체
적으로는 여유로운 편이었다. 캣 더글러스가 바의 한쪽 구석에서 캄
파리 소다를 홀짝거리고 있었다. 캣은 의자에서 살그머니 미끄러져
내려와 이사벨을 향해 다가왔다. 하지만 이사벨의 시선을 받고 멈칫
했다가, 이사벨이 계속 쏘아보자 원래 자리로 돌아갔다.

피터는 바에 들어서더니 내부를 훑어보고 이사벨을 찾아냈다. 피
터는 이사벨의 뺨에 살짝 키스하고 자리를 잡았다. 의자를 잡아당길
때 바닥에서 긁히는 소리가 나자 미안한 얼굴로 주위를 돌아봤다.

"당신 근사해 보여."

피터가 앉으면서 말했다.

"고마워."

이사벨은 피터를 마지막으로 만났을 때, 자신이 머리카락도 없었
고 이도 다섯 개나 빠져 있었다는 것을 떠올렸다. 피터도 어딘지 모
르게 무척 달라 보였지만, 늘 그랬듯이 점잖고 깔끔한 옷차림에 부
드러운 자신감을 풍기고 있었다.

종업원이 다가와서 주문을 받았다. 피터는 얼음을 띄운 더블 스

카치를 주문했다.

"이렇게 다시 만났네."

종업원이 떠나자 피터가 말했다.

"그러게."

이사벨은 자신의 탄산수를 바라보다가 붉은색의 작은 빨대로 저었다. 그리고 유리잔 테두리에 꽂힌 라임을 뽑아 즙을 짜 넣었다. 얼마 안 되는 라임 즙이 잠시 물 위에 구름처럼 퍼지다 사라졌다. 캣더글러스가 유심히 그들을 살피는 것이 느껴졌다.

이사벨은 미소를 지으며 두 손을 테이블 맞은편으로 내밀었다. 피터가 그 손을 잡았다.

"이제 우리가 보노보들을 되찾게 됐다니 정말 꿈만 같아. 미안해. 정말 먼 길을 왔어. 이제 다 끝났다는 게 믿어지지가 않아."

이사벨은 눈을 깜빡거리며 말했다.

피터는 여전히 이사벨의 손을 잡고 있었지만, 힘이 약해졌다. 종업원이 얼음을 넣은 더블 스카치를 피터 앞에 놓아주자 피터는 종업원을 올려다보며 고맙다고 말했다.

"이제 끝났어. 그렇지?"

이사벨이 말했다. 그녀는 눈물을 글썽거리며 짐짓 미소를 지었다.

"일전에 당신이 우리 예전으로 돌아가자고 한 말, 진심이지? 그렇지?"

"이사벨, 난 당신을 사랑해. 사랑하지 않은 적이 없었어."

"피터, 난 보노보 얘길 하는 거야. 우리는 보노보들과 함께 돌아가는 거지?"

피터는 이사벨에게서 시선을 떼지 않은 채 스카치 잔을 내려놓았다.

"한 잔 더 시켜야겠네?"

이사벨이 말했다. 피터는 이사벨을 힐끗 보고는 하하 웃었다.

"셰익스피어가 술에 관해 한 말 있잖아. '알코올은 욕망을 자극하나 능력은 앗아간다.' 그리고 너무 오랫동안 당신과 헤어져 있었으니……."

"뭐를 자극하고 뭐를 앗아간다는 거야, 멍청하긴."

이사벨은 벌떡 일어나 테이블 위로 몸을 굽히고 말했다.

"언제쯤 그 잘난 체하는 입 좀 다물래!"

피터는 몸을 뒤로 물렸다.

이사벨은 다시 자리에 앉고는 핸드백에서 반으로 접어놓은 종이를 꺼냈다. 그리고 침착하게 그 종이가 바르게 펴지도록 원래 접혀 있던 방향과 반대 방향으로 접었다가 테이블에 대고 반듯하게 폈다.

"이 기사를 보고 슬프다고 말했으면 좋겠지만, 어떡하지? 당신은 이제 감옥에 가야 한다고 알려주려니 신나서 미치겠어. 당신은 가로세로가 2.4미터, 높이가 3.6미터인 감방에서 기나긴 세월을 보내야 할 거야. 이제 거기서 당신의 고통에는 아무 관심도 없는 살벌한 인간들에 의해 우리에 갇힌 심정이 어떤지 이해할 수 있겠네. 당신이 영장류연구협회에서 실험한 그 침팬지들처럼 말이야."

이사벨은 팩스를 테이블 맞은편으로 죽 밀었다. 피터가 그것을 집어 읽는 동안 이사벨의 몸에는 희열이 번졌다. 피터의 얼굴에 점점 사태를 파악하는 기미가 퍼지자 전율이 느껴졌다. 이사벨이 자리에서 일어나 바로 지금, 이 기사가 실린 신문이 전국의 신문가판대에 놓이기 시작했다고 큰 소리로 말했을 때 특종을 놓쳤다는 걸 깨닫고 어리둥절해하는 캣의 눈을 보았다. 이사벨은 짜릿한 기분에 기절할 것 같았다.

✦ — · — ✦

존이 버커니어 모텔의 주차장을 가로질러 걷고 있을 때 이반카가 목
욕 가운 차림으로 발코니에서 소리쳤다.

"빨리! 텔레비전을 켜!"

존은 급히 방으로 뛰어들어 갔다. 그가 세 번째로 채널을 돌렸을
때 토퍼 맥패든이 기자들과 카메라에 둘러싸인 모습이 나왔다. 그
의 금발머리는 바람에 헝클어져 있었고, 연보라색 와이셔츠는 맨 위
단추가 열려 있었다. 카메라 불빛이 그의 사각형 안경에 반사되었다.

"저희 《위클리 타임스》는 이 사건을 여러분에게 알리게 된 것을
자랑스럽게 생각합니다. 제보자들은 저희를 믿고 이 사건에 관한 내
용을 제공했습니다."

사방에서 목소리들이 쏟아져 나왔다. 토퍼가 기자들의 얼굴과
마이크를 훑어보다가 한 사람을 지목하자 나머지 사람들의 목소리
는 잦아들었다.

"어떻게 다른 주요 신문사들보다 먼저 〈보노보의 집〉 사건을 파
헤칠 수 있었습니까?"

"저희 기자들은 노련해서 정보를 어디서 어떻게 캐내야 하는지
잘 알고 있습니다. 저는 이 취재를 위해 존 티그펜을 발탁했고, 그가
첫 기사를 송고한 이후 긴밀하게 협조를 해왔습니다. 티그펜 기자는
이 사건을 밝히는 데 필요한 자질과 집요한 취재정신을 갖고 있었습
니다. 그는 폭발사건이 있기 전부터 그 보노보들, 연구원들과 친밀

한 관계를 쌓았기 때문에 다른 기자들과는 달리 심층적으로 취재할 수 있었던 겁니다.”

질문을 던지려는 기자들의 외침과 몸싸움은 더 심해졌다. 토퍼는 다시 한 번 손가락으로 누군가를 가리켰고, 이어서 주위가 조용해졌다.

“네.”

토퍼는 질문이 나오길 기다렸다.

“이 사건에 대한 주장을 둘러싸고 범죄수사가 있을 거라는 소문이 돌고 있습니다. 이에 대해 알려주실 수 있습니까?”

다시 한 번 여러 목소리가 커졌다. 토퍼는 조용히 해달라는 뜻으로 두 손을 들고 눈을 감았다. 시끄러운 소리가 잦아들자 그가 말했다.

“저희도 이 사건의 마지막 퍼즐 조각을 원고마감 직전에 찾았습니다. 그 이후로 저희는 FBI뿐 아니라 로렌스 시 경찰청 관계자들과도 협조하고 있고, 취재원들을 보호할 수 있는 한도 내에서는 저희가 가진 정보를 최대한 제공할 계획입니다. 지금 분명히 말씀드릴 수 있는 건 오늘 아침 도냐아나 카운티 동물관리국에서 보노보들을 넘겨받았고, 샌디에이고 동물원으로 옮기기 위해 현재 운송팀이 오고 있다는 겁니다.”

다시 한 번 질문을 쟁취하려는 고함 소리들이 일어났다. 기자를 지목하는 토퍼의 태도는 마치 백악관 대변인 같았다.

“이 사건은 증언, 이 단어가 적절한지는 모르겠습니다만, 증언에 달린 것 같은데요. 폭스의 직원을 연구소 폭발사건의 범인으로 지목했다는 보노보 말입니다. 법원에서 보노보의 증언을 채택하리라고 생각하십니까?"

햇볕에 탄 토퍼의 얼굴이 깊이 고민하는 표정으로 바뀌었다.

"이 보노보들이 인간의 언어에 능하다는 것을 잊지 마십시오. 법원은 보노보의 증언을 허락하지 않을지도 모르지만, 여론의 법정에서는 분명히 증언할 수 있을 겁니다. 케이티 쿠릭*이 인터뷰해 준다면 정말 흥미로울 겁니다. 하지만 샘의 증언 말고도 《위클리 타임스》에서 밝혀낸 증거는 아주 많습니다."

"폭스는 영화제작자입니다. 인터넷에 유포된 비디오 성명도 그가 제작한 걸까요?"

"저희가 확신하는 것은 모두 신문에 실었습니다. 폭발 후에 지구해방연맹은 이것을 기회 삼아 자신들의 행위라고 허위로 광고하고, 몇 가지 공격행위를 벌인 것으로 추정하고 있습니다. FBI가 조사를 계속하고 있으니 확실히 밝혀질 것으로 믿습니다."

그때 양복 입은 남자가 토퍼에게 다가와 귀에 뭐라고 속삭였다. 토퍼가 고개를 끄덕였다.

"맥패든 씨!"

"맥패든 씨!"

토퍼는 기자회견을 끝낸다는 의미로 한 손을 들었다.

"대단히 감사합니다. 《위클리 타임스》 다음 호를 기대해 주십시오."

그는 돌아서서 비서와 함께 군중 속으로 사라졌다. 존은 멍한 표정으로 화면을 바라봤다. 뉴스 진행자는 작은 화면 쪽으로 머리를

---

* 케이티 쿠릭Katherine Anne Couric: NBC, CBS를 거친 유명 여성앵커. 특히 CBS에서는 지상파 방송 메인뉴스 최초로 단독 여성앵커로서 활약했다.

기울이며 이제 보노보들이 예전에 그들을 돌봐줬던 연구원 두 명과 곧 재회할 예정이고, 수의과 진료를 받은 다음 샌디에이고 동물원으로 출발할 거라고 알려주었다.

다음 날 아침이 되자 존은 언론의 관심을 받는다는 것이 어떤 것인지 실감했다. 그의 전화번호가 어떻게 알려졌는지 알 수 없었지만, 휴대폰뿐 아니라 모텔방 전화까지 끊임없이 울렸다. 캣 더글러스 같은 사람은 무턱대고 그의 방을 찾아오기까지 했다.

"존, 잘 있었어요?"

캣은 고개를 약간 기울이며 활짝 웃었다. 그리고 매력적으로 보이고 싶은 건지 적갈색 머리를 옆으로 돌려 뒤로 넘겼다.

"이렇게 만나니 반갑네요! 전 당신이 여기 있을 줄은……."

존은 문을 쾅 닫았다. 세실 같은 친구들에겐 조금 더 시간을 내줬지만, 그들이 진심으로 원하는 것은 존이 그런 정보를 어디서, 어떻게 구했냐는 것이었기 때문에 서로 서운하고 미안한 마음으로 헤어질 수밖에 없었다. FBI도 마찬가지였다. 취재원을 스스로 밝히든지, 기다렸다가 소환장을 받든지 하라며, 어차피 밝힐 수밖에 없으리라고 통보해왔다. 존은 굳이 언쟁을 벌이지는 않았다. 앞으로 어떤 압박을 받든 취재원 신분을 무덤까지 가져가겠다는 말도 하지 않았다.

그로서는 언제 DNA 결과가 통보될지 알 수 없었기 때문에 전화를 받지 않을 수도 없었다. 결과가 나온다던 24시간은 이미 지났다.

"여보세요?"

존이 그날만 해서 벌써 마흔여덟 번째 전화를 받았을 때였다. 이제는 휴대폰에 계속 충전기를 꽂아 두는 상황이었다.

"존 티그펜 씨인가요?"

영국식 억양의 여자였다. 물어보는 것임에도 말꼬리를 뚝 떨어뜨렸다.

"그런데요. 누구 신가요?"

"제 이름은 힐러리 피니거입니다. 돈을 갚아야 할 것 같아서요. 실리아라는 여자분이 고맙게도 그동안 일어난 일을 알려주더군요."

"힐러리 피니거? 네이선 어머니신가요?"

존은 침대 끝에 걸터앉았다.

"네. 아이가 폐를 끼쳐서 정말 죄송합니다. 지금은 도무지 어떻게 할 수가 없는 상태예요. 그 애 아버지와 저는 그냥 시간이 지나면 나아지겠지 하고 지켜보고만 있답니다. 어쨌든, 일을 깔끔히 처리하고 싶어서 리자드에 가는 중입니다만, 되도록 빨리 선생님의 돈을 갚고 싶습니다."

"힐러리 피니거 씨라고요."

존이 재차 확인했다.

"네."

그녀는 자기 이름을 다시 확인하는 것에 당황한 것 같았다.

"혹시 지넷 피니거 씨와 무슨 관계라도?"

잠시 침묵이 흘렀다.

"아닌데요."

"그렇군요."

"어쨌든."

그녀가 말을 이었다.

"주소를 알려주시면 지금 바로 수표를 보내겠습니다."

전화를 끊자, 존은 이상하게 공허해졌다. 어쩌면 실망한 건지도
몰랐다.

38장

경찰 여덟 명이 이사벨을 누에고치처럼 둘러싼 채 인파를 헤치며 나아갔다. 이제 보노보의 집 안에서 벌어지는 일을 아무도 알 수가 없었기 때문에 보노보의 집 주변에는 사람들이 훨씬 더 많아졌다. 직원 한 명이 정문을 열자 군중 사이에서 일던 소란이 잦아들며 모두 목을 빼고 무슨 일이 일어나는지 보려고 했다.

대기실로 들어선 이사벨이 직원을 돌아보며 고개를 끄덕이자, 직원은 뒤로 물러나 문을 닫았다.

이사벨은 주위를 둘러봤다. 그 방은 보노보의 집에서 유일하게 카메라가 없는 곳이어서 텔레비전으로도 본 적이 없었다. 방과 문은 지게차가 드나들 정도로 널찍했고, 바닥에는 바퀴 자국과 질질 끈 자국이, 베이지색 벽에는 긁히거나 움푹 파인 자국이 남아 있었다.

이사벨은 안쪽 문을 쳐다보며 숨을 크게 내뱉었다. 이제 끝났어.

보노보들은 내가 여기 와 있다는 걸 알고 있을까.

이사벨은 문구멍과 얼굴이 같은 높이가 되도록 바닥에 앉았다. 문구멍의 높이는 보노보들이 쪼그리고 앉거나 손을 짚으며 걸을 때의 높이에 맞춘 것이었다. 그녀가 노크를 했다. 문 저쪽에서 후다닥 뛰는 소리가 났다가 조용해졌다. 이사벨은 자신이 관찰당하고 있다는 것을 알고 미소를 지었다. 그녀의 손과 입술이 벅찬 기대감에 떨리고 있었다.

부산하게 움직이는 소리에 이어 귀가 먹먹해질 만큼 큰 함성이 나면서 문이 벌컥 열렸다. 본지가 튀어나와 이사벨에게 달려들었다. 두 팔로 이사벨을 안는 바람에 그녀는 뒤로 넘어질 뻔했다. 롤라는 그녀의 머리 위로 올라가 스쿠버의 마스크에 달라붙는 문어처럼 이사벨의 얼굴에 매달렸다. 이어서 우레와 같은 발소리와 환희에 찬 외침이 들리자, 이사벨은 보노보들이 몸을 던져 자신을 껴안고 토닥거리고 팔을 잡아당길 것을 예상하고 마음의 준비를 했다.

"롤라! 숨을 못 쉬겠어!"

이사벨은 웃으며 팔을 빼내 얼굴에 딱 붙어 있는 롤라의 배를 떼어냈다. 롤라는 이사벨의 옆머리로 자리를 옮겼지만, 그래도 이사벨은 여전히 누가 누군지 알아보기 어려웠다. 모두 뛰고 소리 지르며 그녀에게 달라붙어 있었기 때문이다.

본지는 계속 이사벨의 팔을 잡아당겼다.

"그래, 그래. 들어갈게! 그런데 나를 먼저 놔줘야 들어가지."

하지만 아무도 그녀를 놔주지 않았다. 이사벨은 보노보들에게 둘러싸인 채, 검은 털로 뒤덮인 팔에 이끌려 안으로 엉금엉금 기어 갔다. 그러면서도 웃느라 숨도 제대로 쉬지 못했다.

이윽고 보노보들이 진정하자, 이사벨을 포함해서 서로 털 고르기를 시작했고 마케나는 엄숙한 표정으로 새끼를 내밀었다.

작은 암컷이었다. 머리에 여전히 롤라를 매달고 있던 이사벨은 새끼를 받아 어깨로 받치고 그 까맣고 주름진 얼굴을 들여다봤다. 아기 보노보의 동그란 눈이 호기심으로 빛났다. 그리고 그 조그만 주먹으로 이사벨의 셔츠를 제 어미의 털처럼 꼭 움켜쥐었다.

"안녕, 아가야."

이사벨의 눈이 눈물로 그렁그렁했다. 그녀는 마케나를 돌아보며 말했다.

"장하다, 마케나. 아기 정말 예쁘구나. 우리 애 이름부터 지어줘야겠다. 그렇지?"

음봉고가 아래에서 이사벨의 발을 잡아당기는 동안 샘은 주저하며 지켜보고만 있었다. 음봉고는 그녀의 신발과 양말을 벗기더니 발가락 사이에서 이 잡는 시늉을 하기 시작했다. 본지는 그 뒤에 웅크리고 앉아 이사벨의 짧은 머리를 만지다 흉터 부위에 특별한 관심을 보였다. 젤라니는 이사벨의 턱과 코를 살피더니 입안에 손가락을 넣어 의치를 빼 갔다.

"젤라니! 내 틀니 돌려줘!"

이사벨은 웃느라 제대로 말도 하지 못했다. 젤라니는 의치를 자기 입에 넣었다가 마케나한테 대봤고, 마케나는 그것을 다시 샘의 입에 대봤다.

본지가 앞으로 돌아와 이사벨 앞에 쪼그리고 앉았다. 그리고 손바닥을 관자놀이에 대고 밀면서 주먹을 쥐었다. 또 손가락과 엄지를 입술에 대고 다음에는 귀를 만졌다.

아직 아기 보노보를 어르고 있던 이사벨이 말했다.

"본지, 우리 곧 다 함께 집에 갈 거야. 옛날 집은 아니지만 좋은 집이고 나도 함께 살 거야. 그리고 절대 헤어지지 않을 거야."

본지가 좋아서 빙 돌며 핍, 핍 하는 소리를 냈다. 그리고 수화로 말했다.

돌다가 멈춘 본지의 두 눈이 강한 의지로 빛나고 있었다. 본지가 아기 보노보와 이사벨 사이로 얼굴을 들이밀며 털에 둘러싸인 분홍색 입술을 이사벨의 입술에 대자 이사벨도 웃으며 입술을 내밀었다.

존은 군중의 바깥 가장자리에 서서 거대한 흰색 트럭이 나오는 것을 지켜봤다. 이사벨과 실리아는 보노보들과 함께 트럭 뒤에 타고 있었기 때문에 자신을 볼 수 없다는 것은 알고 있었지만, 존은 작별인사로 한 손을 들어 보였다. 일은 일사천리로 진행되었다. 건물 주위에 차단벽을 설치하고 트럭이 입구로 후진해 들어가자 곧장 보노보들의 후송이 시작됐다. 존은 아침에 이사벨에게 전화를 걸어봤지만 예상대로 통화는 되지 않았다. 아마 보노보 일로 분주할 터였다. 이사벨과 보노보들이 다시 만난다고 생각하니 존은 아만다가 보고 싶어졌다.

버커니어 모텔을 떠날 때 빅터는 존이 불붙은 남자를 구할 때 쓴 침대보 가격까지 청구했지만 따지지 않았다. 토퍼가 전화할 때마다 존을 '진짜 사나이'라고 치켜세워 기분이 좋았던 데다, 회사에서 LA

행 항공권을 일등석으로 예약해줬기 때문이었다. 생각지도 못한 호사였지만, 존은 새처럼 팔을 퍼덕여서라도 빨리 집에 가고 싶었기 때문에 절실히 필요한 선물이기도 했다. 존은 의기양양해서 아만다에게 음성녹음을 남겼다. 그리고 오지 오스본의 〈마마 아임 커밍 홈〉에 맞춰 붕 뜨고 행복한 기분을 만끽했다.

모히건문에 가서 점심을 먹을까 생각해봤지만, 존은 자판기에서 트위즐러*나 뽑아 먹기로 했다. 아무래도 상관없었다. 오늘 밤이면 아만다의 식탁에서 저녁을 먹고 있을 테니까. 그다음에는 설거지를 해야겠지만.

비행기에서 존은 휴대폰을 끄려다 문자메시지가 와 있는 것을 발견했다. 제발 연락 좀 해달라는 장모의 메시지였다. 하기 싫은 걸 억지로 참으며 전화를 걸었다.

"여보세요, 장모님. 무슨 일이세요?"

"자네 내 딸한테 뭘 어떻게 했나?"

장모는 따지는 말투였다.

"무슨 말씀이세요?"

"전화를 안 받아. 무슨 짓을 한 거야?"

존은 아만다가 장모님 전화를 피하고 있을 거라고 속 시원하게 말하고 싶었지만, 생각해보니 자신도 아만다와 마지막으로 통화한 게 언제인지 기억이 가물가물했다. 지난 며칠은 정신없이 바쁘긴 했지만, 어떻게 그걸 깨닫지도 못하고 있었을까?

"언제부터 전화를 안 받던가요?"

---

* 트위즐러Twizzler: 고무줄을 꼬아 만든 것 같이 생긴 과일맛 캔디.

"사흘 동안. 무슨 일이 있는 거야. 틀림없어. 엄마의 직감이야."

천장의 전구를 갈다가 사다리에서 굴러떨어진 거 아닐까? 지금 피투성이가 되어 휴대폰도 닿지 않는 곳에서 눈을 뜬 채 속수무책으로 죽어가고 있으면 어떡하지? 그 괴물 같은 개가 아만다를 얼굴도 못 알아보게 발기발기 물어뜯은 건 아니겠지?

"이제 막 비행기를 탔습니다. 집에 가서 연락드릴게요."

갑자기 어디선가 승무원이 나타나 존의 코앞에 서 있었다.

"선생님. 이제 휴대폰을 끄셔야 합니다."

그녀가 직업적인 미소를 띠고 말했다.

"네, 그러죠."

승무원이 휴대폰을 쓰는 중인 다른 사람에게 가려고 등을 돌리자마자 존은 몸을 벽 쪽으로 돌리고 몰래 아만다에게 전화를 걸었다.

"안녕하세요. 아만다입니다. 메시지를 남겨주시면 곧 연락드리겠습니다."

불안감이 더 커진 존은 주변에 전화해서 알아볼 사람이 없는지 생각해봤다. 숀 말고는 아만다의 친구도 동료도 아는 사람이 없었다. 숀의 성은 알고 있었지만 그의 전화번호가 전화번호부에 등록돼 있다 해도, 로스앤젤레스에서 숀 그린이라는 사람은 수천 명까지는 아니라도 수백 명은 족히 될 것이다. 존은 휴대폰에 저장된 번호를 물끄러미 쳐다보며, 자신이 아내의 새로운 삶이나 거기에 잠재된 위험에 대해 아는 게 거의 없다는 걸 깨달았다.

그를 보는 승무원의 눈길이 더 이상 부드럽지 않았기 때문에 존은 할 수 없이 전화기를 껐다.

생전 처음 일등석에 탔건만 등받이를 뒤로 젖힐 생각도, 공짜 음

료를 주문할 여유도 없었다. 존의 머릿속은 무서운 장면으로 가득
차서, 비행기를 타고 가는 내내 앞자리 승객의 동물 털 같은 부분
가발만 쳐다보고 있었다.

택시가 집 앞에 도착했을 때 보니, 차고 문이 거의 내려와 있었다.
조금 열린 틈으로 제타의 바퀴가 보였고 잔디밭에는 눈 지 얼마 안
된 개똥이 있었다. 이 마지막 실마리가 희망을 줬다. 존은 잠긴 문을
열고 들어갔다.

"아만다?"

그녀의 핸드백이 문 옆 테이블에 놓여 있었지만 대답은 없었다.

부엌으로 들어갔다. 사다리도 없었고 낭자한 핏자국도 보이지 않
았다. 널찍한 고무 매트 위에 스테인리스 개 밥그릇 두 개가 놓여 있
는 것 외에는 모든 게 예전 그대로였다.

존이 계단을 올라가자 개의 몸뚱이가 부분적으로 눈에 들어왔
다. 처음에는 귀와 이마가 보였고, 그다음에는 어울리지 않게 파스
텔 계열의 분홍색과 파란색이 섞여 있는 것이 보였다. 계단을 다 올
라갔을 때 믿기 힘든 광경이 펼쳐졌다. 그 못생긴 것이 마름모꼴 무
늬의 스웨터를 입고, 닫힌 욕실 문 앞에 뚱한 표정으로 누워 있었던
것이다. 아무리 마약제조상의 개였다 하더라도 아가일 스웨터를 입
은 개를 정상적으로 보기는 어려웠다. 그래서 존은 욕실 문 앞으로
다가갔다. 안에서는 뭔가를 긁어내고 문지르고 두들기고 부딪는 소
리가 들렸다.

"아만다!"

부거를 내려다봤지만 개는 고개도 들지 않았다. 걱정스러운 마음에 존의 미간이 좁아졌다.

욕실 문을 열었다. 그러자 아만다는 변기 옆에 무릎을 꿇고 앉아 있었다. 마스크와 샤워캡, 팔꿈치까지 올라오는 노란 고무장갑에, 쓰레기봉지를 장화처럼 신고 허벅지에서 묶은 차림이었다. 아만다는 리졸* 통을 휘두르며 사방팔방으로 격렬하게 뿌려댔다. 스펀지, 종이타월, 그 밖의 청소용품들도 주변에 널려 있었다.

"아만다."

"물 틀지 마."

아만다는 고개도 들지 않고 말했다.

"S자 파이프에 세제 부어놨으니까."

그녀가 코멧† 캔을 거꾸로 들고 바닥을 쾅 치자 화산이 폭발한 것처럼 가루가 공중에 퍼졌다. 벌떡 일어난 아만다는 고무장갑 낀 손을 마스크 앞에 대고 기침을 하더니, 양동이에서 솔을 집어들고 타일바닥을 맹렬하게 문지르기 시작했다.

"아만다, 뭐 하는 거야?"

"그거 알아?"

그녀는 여전히 고개도 돌리지 않고 말했다.

"솔과 밀걸레가 닿지 않는 곳은 온갖 병원균이 들끓는다잖아. 굽도리판자, 배수관, 타일 사이, 그리고 손잡이도. 손잡이가 제일 심

---

* 리졸Lysol: 크레솔을 칼륨 비눗물에 녹여 만든 소독제.

† 코멧Comet: 북미권에서 판매되는 가루 세정제.

해! 포도상구균, 연쇄상구균, 대장균, 항생제도 안 듣는 세균, 여시니아*도 득실거리고, 잘못하면 렙토스피라병이나 A형 간염도 걸릴수 있다고. 공중화장실은 어떻고. 대부분의 사람들이 화장실에서물을 내릴 때 손 대신 발을 쓰는 거 알아? 그러니까 온갖 화장실 세균들 말고도 길거리에 있는 더러운 세균들까지 거기 묻어 있을 거아니야. 세면대 손잡이도 더럽고, 문 손잡이도 마찬가지야. 손을 아예 안 씻는 사람들도 있거든. 그런 인간들이 구역질 나는 세균을 손잡이에 그대로 남겨놓으면 다음에 들어오는 사람은 아무것도 모르고 바보같이 그 손잡이를 잡는 거야. 아무리 손을 깨끗이 씻어봤자 말짱 헛짓이라고. 전부 다 소독해야 해⋯⋯.”

아만다는 이제 솔을 내던지고 세제 통을 집어들더니 욕조로 몸을 기울였다. 그리고 하얀 거품이 흘러 넘칠 때까지 수도꼭지와 손잡이에 무한정 끼얹었다.

“아만다?”

“변기도 지금은 쓰지 마. 약품이 독하니까 나한테 튀면 안 돼. 이제 칫솔을 변기가 있는 욕실에 절대 두지 않을 거야. 우리가 죽지 않고 지금까지 살아 있다는 게 기적이야.”

“아만다, 제발 무슨 일인지 얘기 좀 해.”

아만다는 무릎을 바닥에 대고 반듯이 앉더니 마스크를 벗고 그를 올려다봤다. 잠시 후에 그녀가 말했다.

“그럴 거야. 샤워 좀 하고 나서.”

그리고 손을 들어 그의 앞에서 문을 닫았다.

---

* 여시니아yersinia: 출혈성 패혈증을 일으키는 장내세균.

존은 문을 바라보며 멍하니 서 있다가, 아래층으로 내려가 기다렸다.

몇 분 후에 아만다는 목욕 가운 차림으로 내려와 소파에 앉았다. 그녀의 얼굴은 밀가루반죽처럼 창백했고 눈 아래는 거무튀튀했다. 수건으로 닦은 머리는 벌써 코일처럼 꼬불꼬불 말려 올라가고 있었다.

"커피 좀 가져올게."

커피가 우러나는 동안 존은 주방에 서서 기다렸다. 무슨 일인지 도무지 짐작도 할 수 없었고, 그래서 무슨 말을 해야 할지도 몰랐다. 커피가 트림하듯 졸졸 떨어지자 컵에 붓고 설탕을 넣었다. 크림도 넣을까 하다가 그만두었다. 크림은 너무 오래돼서 이름도 없는 신종 치즈처럼 변해버렸기 때문이다.

존은 김이 나는 머그잔을 아만다 앞에 놓고 맞은편으로 가서 앉았다. 아만다는 몸을 앞으로 숙여 두 손으로 커피잔을 감쌌다가 놓았다. 그리고 입도 대지 않은 채 다시 등받이에 기댔다.

"아만다, 무슨 일이야?"

"나 직장 구했어."

아무렇지도 않은 척하려고 힘겹게 애쓰는 게 존의 마음을 아프게 했다.

"왜? 무슨 일?"

"지금은 공중화장실 청소에 관한 팸플릿을 쓰고 있어. 다음 주에는 기관 유니폼과 면직물을 올바르게 삶는 법에 대해 쓸 거고, 그다음엔 산업시설의 주방에 대해 쓸 거야."

존이 그녀를 빤히 쳐다봤다.

"방송일에 뭔가 문제가 생긴 거야?"

"아니."

아만다의 표정이 사나워졌다.

"문제는 우리 사이에 생긴 거야. 그리고 NBC에서 그 시리즈를 더 이상 찍지 않겠다고 하면 내 생활비를 벌어야지. 그런데 필라델피아 집을 살 사람이 나섰어. 그러니까 오래 기다리지 않아도 재산분할을 할 수 있을 것 같아."

재산 분할? 존은 말문이 막혀 아만다를 쳐다봤다. 부거는 구석으로 가 몸을 벽에 바싹 붙이고 눕더니 존과 아만다를 번갈아 바라봤다.

아만다는 숨을 크게 토해내더니 침착한 태도로 돌아왔다.

"며칠 전에 슈퍼에 갔었어. 뭘 사러 갔는지는 중요하지 않아."

아만다는 묻지도 않은 질문을 정리해가며 말했다.

"그런데 우리 신용카드가 승인이 안 나는 거야. 나는 방금 그 카드로 세금 결제도 했다면서 그럴 리가 없다고 했지. 하지만, 다시 해봐도 안 되는 거야. 점원이 카드회사에 전화해보더니 우리가 한도를 초과한 게 맞대."

존은 한 번도 겪어보지 않은 묘한 욕지기를 느꼈다. 벌써 다음에 무슨 얘기가 나올지 알 것 같았다.

"그래서 나는 창피하게 카운터에 물건들을 남겨두고 차로 돌아왔어. 그리고 집에 와서 인터넷에 접속해 거래 명세를 알아봤어. 당신은 내가 그걸 알아내리라고는 생각도 못했겠지."

긴 침묵이 흘렀다. 그녀는 힘겹게 침을 삼키고 눈물을 닦았다. 다시 입을 열었을 때 그녀는 억지로 울음을 참고 있었다.

"나는 한 번도 바람을 피우지 않았어. 단 한 번도. 그런데 당신은 DNA 결과를 알아보고 있었어? 이제 축하할 일만 남은 거야? 보석 보증서 얘기는 묻고 싶지도 않아."

"아만다. 어떻게 된 건지 설명해줄게."

존은 차분하게 말했다.

"하!"

아만다는 코웃음을 치더니 갑자기 흐느끼기 시작했다. 존은 일어 서서 아만다에게 가려고 했지만 아만다는 손을 들어 막았다.

"아냐. 내가 설명해 볼게. 그 여자 담배 피우지? 내가 당신 모텔방 에 갔을 때, 바로 전에 있던 여자. 그렇지? 이 개도 그 여자 개야? 하 지만 돌려주지 않을 거야. 절대로 안 돌려줘."

부거는 슬그머니 일어나 아만다에게 다가가더니 발치에 앉았다. 그리고 그녀의 손을 핥으며 존을 못마땅하게 노려봤다. 아만다가 말 을 이었다.

"임신 중에는 담배 피우지 않는 게 좋은데. 애는 괜찮대?"

존이 숨을 깊이 들이마셨다.

"애는 없어. 전에도 없었고. 있었던 건, 성이 피니거이고 머리를 초록색으로 물들인 열일곱 살짜리 펑크족이야. 난 그 애를 구치소에 서 빼내려고 보석금을 내준 거야."

아만다가 얼어붙은 듯 움직임을 멈췄다. 그녀의 손은 부거의 등 가운데 있었다. 부거는 고개를 돌려 다이아몬드 무늬가 박힌 스웨터 아래의 가려운 부분을 이로 야금야금 물었다.

"그래. 피니거. 햇수를 계산해보고 나는 그 애가 내 아들일지도 모른다고 생각했던 거야. 그런데 아니었어. 그 애 엄마도 지넷이 아니었어. 그리고 그 애 부모가 보석금을 갚으려고 수표를 보낼 거야."

"지넷 피니거? 당신, 지넷 피니거가 당신 애를 낳았다고 생각했던 거야?"

"모르겠어. 세상에 피니거라는 성을 가진 사람이 얼마나 되겠어?"

존은 누군가 전두엽을 얼음송곳으로 찌르는 것 같은 기분을 느끼며 쿠션에 몸을 기댔다.

"그럼 한 번도 바람피운 적 없는 거야?"

"한 번도. 절대, 단 한 번도 안 피웠어."

잠시 멍하던 아만다는 커피 테이블을 넘어 존의 무릎으로 달려들었다. 정신을 차려보니 아만다는 두 팔로 존의 머리를 안고 얼굴을 묻은 채 울고 있었다.

얼마 후, 두 사람은 엉클어진 이부자리 위에 누워 있었다. 그리고 아만다의 자연 건조된 스프링 같은 머리카락이 존의 가슴에 펼쳐져 그의 턱을 간질이고 있었다. 아만다가 말했다.

"당신이 내 원고를 보낸 저작권 사무실 중 한 곳에서 오늘 메시지를 남겼더라. 내일 만나서 얘기하고 싶대."

"잘 될 것 같은데?"

"어쩌면. 그런데 지금까지 거절을 너무 많이 당해서 잘될 거라는 생각은 안 들어."

존은 잠시 생각에 잠겼던 끝에 물었다.

“개가 왜 스웨터를 입고 있어?”

“엄마가 보내준 거야. 옷장까지 마련해야 할 지경이야.”

“장모님이 개 스웨터를 떠주신 거야?”

“응.”

존은 한숨을 쉬었다.

“우리 애가 생기면 정말 큰일 나겠군.”

“맞아.”

시장이 상자에서 큼직한 가위를 꺼내 입구를 가로지르는 붉은색 띠를 자르자 산발적인 박수소리가 들려왔다. 가위에 잘린 새틴 띠 조각이 땅에 닿을 듯 펄럭이자 사진기자들이 셔터를 눌러댔다. 거기에는 존과 함께 온 《아틀란틱》의 사진기자도 있었다. 시장은 이사벨의 어깨에 팔을 두르고 카메라를 향해 활짝 웃어 보였다. 실리아는 그의 반대쪽에서 서성이고 있었다. 시장이 실리아를 힐끗 보는 순간 그 미소가 옅어지는 듯했지만, 금세 밝은 표정을 되찾고 그녀에게도 팔을 둘렀다.

다른 기자들이 질문을 시작하자 존은 나중에 따로 기회가 오리라 생각하고 조용히 기다렸다. 존과 조금 떨어진 곳에는 이 시설을 설계한 건축가 개리 핸슨과 네이선 피니거가 서 있었다. 네이선의 부모는 리자드의 판사에게 호소해서, 보노보들의 새 거주지를 짓는 데

참여하는 것을 네이선의 사회봉사활동으로 인정받았다. 네이선은 행복해 보였고 그 자리와도 어울리는 것 같았다. 그의 머리색은 평소보다 눈에 띄게 더 파릇파릇했다. 존은 네이선과 실리아가 오늘 이 행사를 위해 밤늦게까지 서로의 머리를 염색해주는 장면을 떠올렸다.

"던컨 박사님, 이 시설의 규모에 만족하십니까?"

이사벨은 잠시 어깨너머 이중 담으로 둘러싸인 3만 7천여 평의 마우이 산과 그 안에 자리 잡은 건물을 돌아봤다. 그리고 다시 카메라를 향했다. 빛나는 눈과 양 끝이 올라간 입술로 보아 존은 그녀가 기쁨을 억누르고 있다는 것을 알 수 있었다. 이사벨은 땅을 내려다보다가 목청을 가다듬었다.

"합의 조건에 의하면 저는 시설 규모에 대한 발언권이 없습니다. 하지만 새 보금자리가 지어질 때까지 샌디에이고 동물원이 보노보들과 저를 따뜻하게 보살펴준 은혜는 잊지 않겠습니다. 또한 이 시설을 무료로 설계해주시고 그것도 정글에 버금가는 친보노보적인 환경으로 설계해주신 개리 핸슨 씨와 개리 핸슨 씨의 회사에도 감사를 드립니다."

이사벨은 모여선 사람들을 훑어봤다. 존은 잠시 이사벨이 자신을 찾는다고 생각했다. 하지만 그녀의 시선은 개리에게 가서 멈췄고, 그제야 그녀는 활짝 미소를 지었다.

"영장류 언어 프로젝트에 대해 좀 더 말씀해 주시겠습니까?"

"현재 저희는 이 분야 최고 과학자들을 선발하는 과정에 있고, 앞으로 고 리처드 휴즈 교수님이 시작하신 언어습득과 인지능력 연구에 전념할 계획입니다. 교수님은 영장류 동물들은 당연히 존엄과

자율, 그리고 삶의 질을 보장받아야 하고, 그렇게 해주는 것이 우리의 의무라고 믿으셨습니다."

"박사님이 보스턴 아동언어치료센터와 협동작업을 할 거라는 보도가 있었는데요, 거기에 대해 설명 좀 해주시겠습니까?"

"말을 못하는 어린이들이 수화나 그림문자처럼 다른 방식을 사용하면 치료에 큰 효과가 있다는 확실한 증거가 있습니다. 저희는 그동안 모은 데이터를 언어치료센터와 공유할 예정이며, 앞으로 이 분야에서 큰 발전이 있으리라 기대하고 있습니다."

"현재 진행 중인 형사재판에 대해서는 어떻게 생각하십니까?"

"저는 죄가 입증되기 전까지는 무죄라 생각하지만, 정의는 반드시 실현되리라 자신합니다."

이사벨은 미소를 지으며 앞에 모인 사람들과 두루 눈을 맞췄다.

"이 자리에 와주셔서 정말 감사드립니다."

이사벨은 준비해온 답변용지를 반으로 접어 호주머니에 넣었다. 그리고 핵심 인물들 — 실리아와 네이선, 개리, 존, 존이 데려온 사진작가 필립 — 에게 시설을 안내하겠다고 말했다. 그들이 시설 안으로 들어서자 제복 차림의 보안직원이 정문을 닫았고, 모였던 사람들은 밖에서 서성거리다가 흩어졌다.

이사벨은 열대나무와 농익은 과일냄새를 내뿜는 화초들 사이로 구불구불 난 흙길을 따라 그들을 이끌었다.

존이 성큼성큼 걸어 이사벨 옆으로 다가갔다. 이사벨의 머리는 충분히 자라서 흉터가 보이지 않았다. 머리카락이 다시 허리에서 찰랑찰랑하게 물결 치려면 몇 년이 더 걸릴 테지만, 아름답고 섬세한 그녀의 얼굴과 잘 어울렸다.

"콩고에 갔다 오셨다면서요? 롤라야 보노보 보호구역*에요."

이사벨이 먼저 말을 건넸다.

"네, 지난주에 돌아왔어요."

"어땠어요?"

"굉장했죠. 초현실적인 세계처럼. 파리에서 에어프랑스를 타고 갔는데, 킨샤사에 도착해보니 완전히 다른 세계더군요. 저희가 탄 비행기를 무장한 군대가 행렬하듯 앞뒤로 둘러싸고 호위했어요. 공항 활주로에는 비행기 때문에 죽은 짐승들이 널려 있었고요."

존은 그 광경을 떠올리며 눈을 크게 떴다.

"공항은 완전히 아수라장이었어요. 다행히 '협상담당자'가 있어서 그 사람이 뇌물을 주고 세관을 빠져나오게 해줬죠. 그렇지 않았다면 아직도 거기에 잡혀 있을 겁니다. 우리 짐도 다 뺏기고요."

"보호구역은 어떻던가요?"

이사벨이 존의 팔에 자신의 팔을 감으며 물었다. 예상치 못한 행동에 존은 속으로 움찔했다.

"도로는 움푹 파인 구덩이들이 너무 커서 지프도 빠질 정도였어요. 가는 동안 가난에 찌든 마을도 보고 먼지투성이 농장도 봤지만, 보호구역 자체는 정말 환상적이더군요. 독재자 모부투†가 별장으로

---

* 롤라야 보노보 보호구역Lola ya Bonobo Sanctuary：1994년 클로딘 앙드레Claudine Andre가 만든 어미 없는 보노보들을 위한 보호구역이다. 콩고민주공화국의 수도 킨샤사Kinshasa 외곽에 자리하고 있다. 'Lola ya Bonobo'는 링갈라어로 '보노보의 낙원'이라는 뜻이다. www.friendsofbonobos.org, lolayabonobo.wildlifedirect.org 참조.

† 모부투 세세 세코Mobutu Sesse Seko(1930~1997)：1965년, 쿠데타로 대통령이 된 후 1997년 다시 쿠데타로 물러나기 전까지 32년간 콩고민주공화국(당시 이름은 자이르)을 통치한 독재자.

썼다니까요. 백합이 가득한 연못과 낮은 폭포가 연달아 나오는 강이 있었어요. 그리고 모기! 아, 정말 모기들은 스텔스 폭격기 같았어요……."

존은 자유로운 손으로 모기 흉내를 냈다.

"……조용하게, 아프지도 않게 쏘는데 치명적이죠. 물리면 딱 나흘 후에 죽는 말라리아 아세요?"

"네. 전격뇌성말라리아죠. 예방주사는 맞으셨죠?"

"그럼요. A형 간염, B형 간염, 황열병, 장티푸스, 파상풍, 독감, 뇌막염, 소아마비, 심지어는 들개 때문에 광견병 예방주사까지……."

존은 고개를 절레절레 흔들었다.

"뭘 하나 빠뜨린 것 같은데."

"말라리아요?"

"맞아요, 말라리아. 어쨌든 거기 도착하자마자 보노보 소리가 들리더니, 일제히 몰려와서 우리를 둘러싸더군요. 떠드는 소리가 마치 새가 크게 지저귀는 것 같았어요. 우리를 살펴보러 다가오는가 싶었는데 글쎄 어느새 필립의 카메라를 낚아채가지 뭡니까. 조직적으로요. 한 놈이 필립의 다리를 꽉 붙잡자 다른 놈이 카메라 끈을 풀고, 또 다른 놈이 카메라를 잡아채서 나무 꼭대기까지 후다닥 올라가 버리더군요. 필립은 금방이라도 울 것 같았어요. 결국 풋사과를 몇 개 주고 카메라를 돌려받긴 했는데, 그것도 그 녀석들이 사진을 열댓 장 찍어보고 돌려준 거예요. 그중 하나를 기사에 함께 실을 건데 필립이 카메라 렌즈를 들여다보며 사정하는 사진이에요. 불쌍한 표정으로 필사적으로 비는 데 정말 기막혀요."

이사벨은 고개를 젖히고 웃었다.

"보노보들의 성향을 제대로 보여주네요!"

그러다 한숨을 쉬었다.

"저도 언젠간 거기 가 보고 싶어요."

"꼭 그렇게 될 겁니다."

"네. 그럼요."

그녀가 말했다. 너무나 자신 있는 말투에 존은 슬쩍 이사벨을 훔쳐봤다. 그렇게 편안하고 행복해 보이는 모습은 처음이었다. 폭발사건이 일어나기 전 처음 만났을 때, 그녀는 뭔지 모르게 내성적이고 불안한 분위기를 풍겼다. 하지만 지금은 그런 기미를 찾아볼 수 없었다. 몸가짐부터 달랐다. 예전의 이사벨이라면 절대 존의 팔을 잡거나 하지는 않았을 것이다.

나무가 늘어선 길이 끝나자, 공터와 커다란 건물이 시야에 들어왔다. 건물 한쪽 끝에는 그물로 이루어진 높은 탑이 있었다. 꼭대기에서 바닥까지 소방호스와 그물침대가 연결되어 있고 주변은 정글짐, 장난감, 어린이용 튜브 풀장들이 한가득이었다.

이사벨이 존의 팔에서 손을 빼내 자랑스러운 얼굴로 그쪽을 가리키며 말했다.

"저기가 놀이터예요. 놀고 싶으면 아무 때나 올 수 있는 곳이요. 연구원 중 한 명이 동행하면 숲 속에도 갈 수 있어요. 보노보들은 저기 가는 걸 무척 좋아해요. 그래서 정해진 곳에 먹을 것을 뒀어요."

이사벨은 나무 하나를 가리켰다.

"저 나무 아래에는 항상 찐 계란이 담겨 있는 냉장박스가 있고……."

그녀가 다른 나무를 가리켰다.

"저 나무에는 항상 M&M 초콜릿이 있어요. 물론 설탕이 없는 것으로요. 피자와 치즈버거로 생긴 후유증을 아직도 치료하고 있거든요."

건물 바로 안쪽에는 널따란 관찰실이 있었는데, 이곳은 보노보들이 생활하는 구역과 완만하게 굽은 유리벽으로 구분되어 있었다. 개리가 유리벽으로 다가가 보노보들이 나올까 기다렸지만 허사였다. 필립이 그 옆으로 다가가 카메라를 들었고, 실리아와 네이선은 바로 뒤에서 안을 들여다봤다.

"자, 어때요?"

이사벨이 기대에 찬 표정으로 존에게 물었다.

"굉장하네요. 그런데 보노보들은 어딨죠?"

"단체실에 있어요. 아마 〈보노보의 집〉 재방송을 보고 있을 거예요. 거기에 좀 빠진 것 같아요."

"제가 보낸 소포 도착했나요?"

존이 물었다.

"모르겠는데요. 실리아, 도착했어?"

이사벨이 실리아에게 물었다.

"네. 왔어요."

실리아가 자홍색 머리를 휙 돌렸다.

"정말 맛있어 보이던데요. 고맙습니다. 돼지우리 씨."

존이 손가락 두 개를 들어 장난스럽게 경례를 했다.

"뭔데요?"

이사벨이 물었다.

"당근 케이크요. 오늘 개막식을 축하하는 의미에서."

“아, 그건 좀……”

이사벨이 머뭇거리자, 존은 재빨리 덧붙였다.

“아내가 만든 거예요. 유기농 당근에 설탕 대신 사과즙을 썼고, 위에 얹은 장식은 무지방 크림치즈로 만들었답니다. 여기 재료 목록도 가져왔어요.”

그는 호주머니에서 구깃구깃한 종이를 꺼내 이사벨에게 내밀었다.

이사벨이 웃었다.

“아, 뭐, 아만다가 만든 거라면……”

“멋지네요. 우리는 보노보들한테 케이크 가져온다고 할게요.”

실리아는 네이선과 함께 복도로 사라졌다.

이사벨은 자신의 발을 내려다보다 고개를 들어 존을 쳐다봤다.

“감사하다는 말을 드리고 싶어요.”

“푸우……. 별거 아닌데요, 뭐.”

존은 손을 내저었다.

“별거 아닌 게 아니죠. 저희 대신 열흘이나 교도소에 계셨잖아요.”

“기자는 당연히 취재원을 보호하는 겁니다.”

“실리아는 자수하려고 했어요. 그래서 당신이 보호하고 있는 건 실리아뿐만 아니라 조엘, 자와드, 이반카도 있다고 하며 말렸죠.”

“그리고 당신도요.”

“네, 저도요.”

두 사람의 시선이 잠시 마주쳤다.

“어, 그런데……”

존이 목소리를 낮췄다.

“제가 무슨 냄새를 맡았는데, 그…… 누구랑 잘 되어가고 있는 거죠?"

그러면서 개리를 향해 살짝 머리를 까닥였다.

"그럴지도 모르죠."

이사벨의 뺨이 발그레해졌다.

"참! 아만다는 어떻게 지내요?"

이사벨은 시선을 돌리며 말했다.

"입덧할 때는 다 지나서, 이젠 커피 냄새 때문에 소리 지르면서 방에서 도망가진 않아요."

이사벨이 웃었다.

"잘됐네요. 아기는 언제 볼 수 있어요?"

"3개월 조금 안 남았어요. 이반카가 낳고 나서 나흘 후죠. 믿거나 말거나."

"기대되시겠네요."

"기대도 되고 두렵기도 하고. 반반이에요."

존은 사실 두려움이 더 큰 게 아니길 바라며 대답했다.

"그리고 새 책도 나오잖아요!"

이사벨이 손뼉을 치며 말했다.

"그 소식 듣고 정말 기뻤어요. 언제 나온다고 했죠?"

"넉 달 후에요."

"정말 기대하고 있어요. 그렇게 전해 주세요."

"그럼요."

"그리고 그 시리즈 종영된 건 안됐다고 전해줘요. 상처를 건드리는 게 아니라면요."

"전혀 아니에요. 그거 끝내기로 했다는 소식 듣고 오히려 기뻐했

으니까요. 아만다는 그 시리즈랑 LA를 정말 치가 떨리도록 싫어했어
요."

"당신은요? 어떻게 지내요?"

"잘 지내요. 뉴욕에 돌아와서 행복하기도 하고요. 아만다가 지역
보호센터에서 고양이들을 잔뜩 데려다 키우느라 아파트가 난리긴
하지만요. 게다가 아만다가 임신 중이니까 고양이 똥을 제가 다 치
워야 해요. 정확히 말하면, 부거가 그걸 먹어치우지 않는다면 말이
죠."

존은 이사벨이 몸서리치는 것을 보고 한술 더 뜨고 싶어졌다.

"앗, 고양이 똥이다. 냠냠. 부거가 아주 좋아하는 메뉴죠."

"그만 해요!"

이사벨은 오만상을 찌푸리며 소리를 질렀다. 그러더니 몸을 한
번 더 부르르 떨고 나서 물었다.

"그럼 당신이 출장 중일 때는 누가 그걸 치웠어요?"

"친구들이 돌아가며 해줬죠. 천사 같은 이웃사람들도 도와줬고
요."

이사벨은 잠시 아무 말이 없다가, 필립을 슬쩍 쳐다봤다.

"《아틀란틱》에 들어가시다니. 정말 대단해요."

"어쩌다 운 좋게 들어간 거지만, 그래도 좋아요. 교도소 생활을
한 게 제 경력에 기적 같은 도움을 준 거죠."

그도 필립을 슬쩍 쳐다봤다.

"진작 알았었다면 몇 년 전에 술집이라도 털었을 텐데."

이사벨이 하하 웃었다.

"그렇게 구속됐어도 똑같은 효과를 봤을까요. 아닐걸요."

그때 보노보들이 관찰실 앞으로 몰려나와 창문 앞에서 소리 지르며 이리저리 뛰어다녔다. 필립은 셔터를 누르기 시작했다.

본지가 신나서 말했다.

내게 줘 맛있는 거! 본지 먹어 내게 줘 너!

"손님이 가져왔어."

이사벨이 존을 가리키며 말했다.

본지 사랑해 손님!

보노보가 있는 쪽에서 실리아가 케이크를 들고 나타났는데 케이크 가운데에 촛불이 하나 꽂혀 있었다.

"본지, 이리 와."

그녀가 말했다.

"내 주머니에 라이터 있어. 촛불에 불 좀 붙여줄래?"

본지는 실리아의 주머니에 손을 넣어 라이터를 꺼내더니 솜씨 좋게 불을 붙였다. 불을 붙이기가 무섭게 젤라니가 달려들어 꺼버렸다. 그리고 케이크에서 초를 뽑아 끝에 묻은 크림을 빨아 먹었다. 음봉고는 실리아가 케이크 한 조각을 건넬 때까지 수상쩍은 표정으로 존을 유심히 쳐다보고 있었다.

"이거 맛있니? 존이 가져온 건데."

실리아가 음봉고에게 가르쳐줬다. 그러자 음봉고는 케이크 조각에 꽂힌 당근 모양 과자를 뽑아 빨아먹으면서 존의 시선을 피했다. 본지는 입술에 묻은 크림을 핥아 먹고 유리벽 쪽으로 왔다.

본지 사랑해 손님. 만들어 손님 보금자리. 키스 키스.

본지는 유리벽 안쪽의 테두리 위에 올라서서 입술을 유리에 대고

눌렀다. 밖을 향해 눌린 입술은 마치 수조 밖에서 본 알지이터[*] 같
았다.

존이 잠시 주저하다가 유리벽으로 다가가며 말했다.

"이 유리를 청소할 분, 죄송합니다."

존은 필립이 그 장면을 찍기 위해 카메라의 방향을 돌리는 것을
보았다. 존은 본지의 입술과 높이를 맞춘 다음 입을 맞췄다.

---

[*] 알지이터Algae eater : 바닥에 붙어 살며 빨판 모양의 입으로 이끼를 먹는 열대어.

《워터 포 엘리펀트》의 홍보 투어를 떠나기 직전, 제 어머니께서 한 통의 이메일을 보내셨습니다. 아이오와주 디모인에 있는, 영장류의 언어습득력과 인지를 연구하는 곳에 대한 이메일이었습니다. 처음 고릴라 코코Koko의 이야기를 들었을 때(제가 허가를 받으려고 애쓰기 훨씬 전의 일입니다)부터 인간-유인원의 담론에 끌렸던지라 그날 온 종일 그레이트 에이프 트러스트*의 웹사이트를 들락거리며 보냈습니다. 저는 그곳에서 하는 일뿐 아니라 여태 들어본 적도 없는 온갖 영장류들이 모두 그곳에 있다는 사실에 매료되었습니다. 그때는 제가 무엇에 이끌려 가고 있는지 전혀 몰랐지만요.

---

* 그레이트 에이프 트러스트Great Ape Trust: 비영리 유인원 신탁연구단체. 2004년에 설립되어 지금까지 유인원의 언어능력, 인지능력, 문화 등을 연구하고 있다. 웹사이트 주소는 www.greatapetrust.org이다.

조사기간 동안 운 좋게도 그레이트 에이프 트러스트를 방문할 수 있게 되었습니다. 조건이 없는 건 아니었습니다. 저는 토론토의 요크 대학을 찾아가서 언어학의 기초를 단기간에 가르치는 특강을 들어야 했고, 산더미 같은 과제를 제출해야 했습니다. 그토록 바라던 트러스트의 초대장을 받았지만, 그것이 유인원들을 만나러 갈 수 있다는 뜻은 아니었습니다. 결정권은 유인원들에게 있었으니까요. 존처럼 저도 준비를 했죠. 배낭에 유인원들이 맛있어하거나 즐거워할 만한 잡다한 것들을 잔뜩 채워넣었습니다. 통통 튀는 공과 양모 담요, M&M 초콜릿, 실로폰, 미스터 포테이토 헤드 등등. 그러고 나서 과학자들에게 제가 '깜짝 선물'을 가져가도 좋을지 유인원들에게 물어봐 달라는 이메일을 보냈습니다. 사람과 하는 오리엔테이션이 모두 끝난 뒤에, 조금 걱정이 돼서 유인원들이 허락했는지 물어봤어요. 대답은 그냥 와도 된다는 정도가 아니라 꼭 와야 한다는 거였습니다.

그날 저는 충격적인 경험을 했습니다. 지금도 그때를 생각하면 전율이 느껴져요. 유인원과 서로 주고받는 쌍방향 대화에 정신없이 푹 빠졌고, 바짝 붙어 그냥 상대의 눈을 들여다보고 있었어요. 무척 재미있어서 거의 질질 끌려나오기 전까지 온종일 거기에 있었어요. 다음날 팬배니샤가 연구원 중 한 분께 "새러 어딨어? 새러의 보금자리를 만들었어. 새러는 언제 와?"라고 했다는 말을 들었습니다.

이 책에 나오는 보노보와 사람의 대화 대부분은 코코, 와쇼 Washoe, 부이Booey, 칸지Kanzi, 그리고 팬배니샤 같은 실제 유인원과의 대화를 바탕으로 작성했습니다. 2년 동안의 조사가 끝난 뒤, 제가 본 것이 빙산의 일각에 불과하단 걸 깨달았습니다. 이들에 대해 더 알고 싶다면 다음 책들로 시작할 것을 적극 추천합니다. 수 새비지럼바우Sue Savage-Rumbaugh와 로저 르윈Roger Lewin의 《Kanzi: The Ape at the Brink of the Human Mind》, 로저 포츠Roger Fouts와 스티븐 투켈 밀즈Stephen Tukel Mills의 《Next of Kin: My Conversations with Chimpanzees》. 그리고 그레이트 에이프 트러스트와 프렌즈 오브 보노보www.friendsofbonobos.org의 웹사이트에서도 보노보에 대한 정보를 얻을 수 있습니다.

비록 제가 소설가의 재량으로 가명을 쓰고 날짜와 장소들을 바꾸긴 했지만, 이 책에 나오는 많은 장면은 실제 일어났던 일을 바탕으로 구성되었습니다. 필라델피아 동물원의 화재 때 떨어진 아이를 고릴라(빈티주아)가 구한 장면, 침팬지들을 가둔 열악한 환경과 그들에게 행한 실험들, 공군이 자행한 침팬지에 대한 행위와 유기 같은 장면 말입니다. 이젠 금지되었지만 그 수많은 최악의 사례들은 우리가 우리의 친척들을 어떻게 취급해 왔는지 잘 보여줍니다. 포츠 박사의 말처럼 '털 있는 시험관'으로서 말이죠. 그동안 많은 진전이 있었지만 유인원들은 아직도 심각하게 위험한 상태에 있습니다. 더 많은 변화가 필요합니다.

제가 조작하거나 이름을 바꾸지 않은 유일한 장소는 콩고민주공화국에 있는 롤라야 보노보 보호구역*입니다. 거기선 고아가 된(보통 어미가 식용으로 살해당하고 애완용으로 팔린) 아기들을 받아들여

---

* 롤라야 보노보 보호구역Lola ya Bonobo Sanctuary: 1994년 클로딘 앙드레Claudine Andre가 만든 어미 없는 보노보들을 위한 보호구역이다. 콩고민주공화국의 수도 킨샤사Kinshasa 외곽에 자리하고 있다. 'Lola ya Bonobo'는 링갈라어로 '보노보의 낙원'이라는 뜻이다. www.friendsofbonobos.org, lolayabonobo.wildlifedirect.org 참조.

보살핍니다. 그리고 그들이 준비되면 다시 정글 속으로 돌려보냅니다. 지역 주민의 교육과 함께 진행되는 이 작업은 야생 보노보의 생존을 위한 최선의 희망 중 하나입니다.

언젠가 저는 용기를 내어 롤라야 보노보 보호구역에 갈 참입니다. 그전에 팬배니샤의 물음에 먼저 답해야겠죠.

빨리 돌아갈게. 바로 곧. 내 보금자리를 준비해놔!

– 새러 그루언

비밀 블로그 − 익명의 변호사

블로그 하나로 작가의 꿈을 이루다!

《비밀블로그 − 익명의 변호사》의 작가 제레미 블라크만. 그는 프린스턴대학을 다닐 때 뮤지컬 코미디용 대본을 쓰고 노래를 작곡하면서 작가의 꿈을 키웠다. 졸업 후 한 소프트웨어 회사의 마케팅 부서에서 일하던 그는 작가가 될 수 있을 때까지 돈을 벌기 위하여 하버드 로스쿨에 진학하였다.

하버드에서도 학보에 글을 쓰고 교내 아카펠라 그룹을 위해 작곡을 하던 블라크만은 인턴사원으로 로펌의 생활을 접하고 충격을 받는다. 그리고 그 경험을 살려 거대 로펌의 인사담당 파트너가 몰래 쓰는 비밀 블로그 anonymouslawyer.blogspot.com를 만들게 된다. 며칠 정도 장난이나 치려던 블로그는 인기가 높아지며 소문이 나서 방문자가 계속 불어났고, 방문자들은 '익명의 변호사'가 진짜 로펌의 변호사인지 궁금해했다.

그러다가 뉴욕타임즈에 인터뷰 기사가 실리면서 그의 정체가 밝혀졌고, 7명의 출판 에이전트와 36명의 출판사가 달려들어 신인으로서는 파격적인 계약을 맺게 되었다. 블라크만은 로스쿨을 졸업한 후 새로운 형식의 픽션 블로그 소설의 집필작업에 착수하였다. '익명의 변호사'는 타임지 선정 50 Coolest Website에 올랐고 책으로 출간되었다. 드디어 작가의 꿈이 이루어진 것이다.

블로그의 내용을 정리해서 내는 일반 블룩(Blog+Book)과 달리 《비밀블로그 − 익명의 변호사》에는 블로그의 내용은 10% 정도뿐이다. 사장이 갑자기 사망하는 사건이 일어나고 '익명의 변호사'는 일생의 라이벌 '머저리'와 사장 자리를 놓고 치열한 암투를 벌인다는 완전히 새로운 스토리로 만들어졌다.

"문화에 관심이 있는 사람이라면 반드시 구입해서 읽어야 할 참고서이자 거울이다. 《비밀블로그 - 익명의 변호사》는 우리 사회사의 한순간의 심혼을 관통한다." – 〈뉴욕 포스트〉

"사악하게 즐거워지려면 《비밀 블로그 - 익명의 변호사》를 읽어라." – 〈유에스에이 투데이〉

"감미롭고 강력한 독백……. 사악하게 재미있다." – 〈에스콰이어〉

"익명성은 우리 시대의 사탄이다. '익명의 변호사'가 토해내는 신경에 거슬리는 고백에도 불구하고 그를 좋아하게 만드는 무엇인가가 있다. 일촉즉발의 긴장감, 성공에 대한 왜곡된 가치관, 블라크만이 높은 수위로 노출하는 정교한 로펌 변호사의 일상은 변호사뿐 아니라 변호사가 아닌 이들에게도 만족스러운 글을 제공할 것이다." – 〈글로브 앤 메일〉

"세계적 로펌 안에서 벌어지는 한 변호사의 히스테리 발작 엿보기. 그것 하나만으로도 충분한 소설. 블로그가 주요 무대이며 이메일은 외부와의 소통이다. 짧은 문장처럼 빠르고 격렬하며 흥미진진하다." – 〈탬파 트리뷴〉

"《비밀블로그 - 익명의 변호사》는 진실한 순간을 포착한, 여느 소설보다 더 많은 것을 가진 책." – 〈내셔널 로 저널〉

"아무리 바쁘더라도 블로거 제레미 블라크만의 무대 소설에 고개를 숙일 시간은 내야 한다. 블라크만이 그려내는 로펌 생활의 초상화는 너무 진짜 같으며 충분히 진짜다. 비난할 수는 있지만 완전히 미워할 수 없는 '익명의 변호사'. 뒤뜰에서 익명의 아들과 함께한 모습은 뭉클했다." – 〈더 레코더〉

보노보의 집

초판 1쇄 발행　2011년 10월 10일
ISBN　978-89-92524-42-1　03840

지은이　새러 그루언
옮긴이　한진영
편　집　안현아

펴낸이　탁연상
펴낸곳　도서출판 두드림
등록번호　제138호
주소　서울시 마포구 도화동 173번지 삼창빌딩 1202
전화　0505-707-0050 (02-3141-7218)
팩스　0505-707-0051

＊책값은 뒤표지에 있습니다.
＊잘못 만들어진 책은 구입하신 곳에서 바꾸어 드립니다.